Andreas Herteux

Eine deutsche Geschichte

© 2023 Andreas Herteux

ISBN: 978-3-948621-73-5

Erich von Werner Verlag

Birkenfelder Straße 3

97842 Karbach

Printed in Germany

Hinweis:

Bei diesem Buch handelt es sich um ein fiktionales Werk. Personen und Handlung sind frei erfunden. Ähnlichkeiten mit lebenden oder dahingeschiedenen Personen sind rein zufällig und nicht beabsichtigt

Kapitel 1

Blitzlichtgewitter. Eine jubelnde Masse. So viele freudige Gesichter. Schwarz, weiß, bunt. Männer, Frauen und all jene, die beides, irgendwas oder gar nichts sein wollen. Wundervolle Atmosphäre. Eine Weltgemeinschaft. Kein Hass. Keine Nationen. Keine Not. Kein Elend. Frieden. Gleichheit. Gerechtigkeit. Brüderlichkeit. Liebe. Der Kapitalismus geschlagen. Der Klimawandel besiegt. Sie alle rufen voller Ekstase seinen Namen und warten auf ihn. Vereint die Völker, lebendig der größte Traum.

Und genau das war es auch. Ein kurze Tagesillusion eines Mannes, der gerade einen Angelhaken in den Main werfen wollte: Gregor Michael Asmas. Lange Zeit hatte er sich, trotz der wiederholten Fürsprache seines Freundes Benno, einem begeisterten Jäger jener glitschigen Flossentiere, gegen den Gedanken gesträubt, harmlose Fische auf, wie er fand, brutalste Art und Weise aus der Mitte ihrer Familie zu reißen. Die Umstände, die sind es doch immer, brachten ihn jedoch dazu, die Angelegenheit zu revidieren und sich ein Sportgerät, er ließ sich das teuerste Modell mit dem eigentümlichen Namen „*Fischmatscher 2412*" andrehen, zuzulegen. Große Angespanntheit braucht brachiale Ablenkung. Unsichere Zukunft, innere Ruhe. Ein Teil des großen Traumes lag sofern nicht. Er konnte Wirklichkeit werden. Schon an diesem Abend.

Hier stand er nun, am Rande des Flusses. Die Angel in der Hand, die Gummistiefel fest angezogen und den Klappstuhl geöffnet. Auch der Eimer war bereit und ein Blick auf diesen behagte Gregor, denn mit dessen Kauf unterstützte der tendenziell dickliche Mann arme Strafgefangene, die wegen einzelner Verirrungen in ihrem Leben weggesperrt wurden und nun traurig in den Gefängnissen der Republik auf ihre Freilassung warteten. Asmas runde Mütze stammte allerdings aus dem Anglergeschäft und war keinesfalls als Referenz an irgendwelche sozialistischen Führer gedacht. Sie gefiel ihm einfach und nicht für jedes Ding brauchte man, so sah er es, eine Rechtfertigung.

Schwieriger war es mit dem Köder, denn Gregor konnte es nicht verantworten, dafür das Leben „wurmischer" Individuen zu opfern. Letztendlich dachte er erst an die veganen Würmer, die im Geschäft angeboten wurden, aber in den Tests bei den Anglern weniger gut ankamen, entschied sich aber am Ende für ein Stück seines Mittagessens und befand das Nutzen eines saftigen Schweineschnitzelstücks sogar als ein Zeichen von Respekt gegenüber den Fischen. Teilte er nicht sein eigenes Mahl mit ihnen? Eine Geste voller Symbolkraft, oder nicht?

Ja, innere Konflikte waren für Gregor keine Seltenheit und nicht immer konnten sie ohne die großen und kleinen Paradoxien des Lebens gelöst werden. Was aber war dieses anderes als pure menschliche Eigenart?

„Nun stehe ich hier und weiß auch nicht", dachte er und sah dabei in den Main. Seine neue Hose rutschte ein wenig. Das verwunderte Gregor, da der üppige, aber noch kontrollierbare Bauchansatz in ähnlichen Fällen einen derartigen Kontrollverlust über die Kleidungsstücke eindrucksvoll verhinderte, doch beim Kauf hatte er sich offensichtlich vergriffen. Kann passieren.

Asmas strich sich durch die immer noch blonden, vollen Locken und blickte in Richtung des anderen Ufers. Dort saßen einige Enten, die fröhlich quakten. *„Interessante Kreaturen. Ob sie miteinander kommunizieren?"*, dachte er, aber schließlich fand er durch intensive Selbstreflexion heraus, dass die kleinen Schnabelträger ihn nur von seinem eigentlichen Vorhaben, dem Angeln, abbringen wollten. War es vielleicht, weil er selbst daran zweifelte? Konnte das sein? Hatte sein Freund Benno ihn wirklich davon überzeugt oder nur gedrängt? Vielleicht sogar, im geistigen Sinne, dazu verführt oder gar genötigt?

In seinen Augen blitzte Unsicherheit auf und erste Schweißtropfen liefen über seine Stirn, überquerten die breite fleischige Nase, erreichten schließlich den Mund und tropften über das Doppelkinn ab. Er dachte an die baldigen Ereignisse, denn da zählte es. Entspannung, Ablenkung. Mehr war die Jagd nach den Fischen nicht.

Das Finale der bisherigen Existenz war eingeläutet. Noch eine kurze Ruhephase vor dem Sturm. Irgendwo am Main. Eine Angel in der Hand. Die Zeit der Entscheidung! Endlich angebrochen! Triumph oder Tragödie! Ein Leben lang darauf hingearbeitet! Die Revolution für eine bessere Welt wird in diesem kleinen fränkischen Dorf beginnen und zum Flächenbrand werden. Veränderung! Sie naht! Bald! Bald!

Doch wir sind beim Schweiße, der Gregor über die Stirn rannte und sich unaufhaltsam seinen Weg bahnte. Manch einer der Tropfen sorgte für einen salzigen Geschmack auf seinen Lippen und eben jener ließ die Bilder der Vergangenheit wieder heraufziehen.

Kapitel 2

Ja, wir beginnen von vorne. Der Tunnel und das Licht. Babygeschrei. Menschen werden bekanntlich geboren. Grässliches Geheul! Von Gregors Geburt gibt es wenig zu berichten, denn er konnte sich nicht mehr daran erinnern. Im Gegensatz zu vielen anderen war er jedoch ein Wunschkind und alle freuten sich, als er Ende der 1960er, in einem kleinen Krankenhaus, ganz im Norden des Landes in der großen Stadt, das Licht der Welt erblickte. Leider wurde er bereits kurz darauf in eine maskuline Rolle gedrängt, da Vater Asmas für seinen Sohn einen blauen Strampel-Anzug angeschafft hatte. Ein Umstand, der Gregor ein Leben lang sich selbst fragen ließ, ob seine männliche Identität, vielleicht nur eine untergeschobene war.

Die ersten Monate vergingen wie im Fluge und alsbald hatte er die ersten Entwicklungsschritte gemeistert. Sein erstes gesprochenes Wort sollte im Übrigen "Kmpf" werden. An dieser Stelle gingen die Meinungen auseinander. Während die Mutter davon überzeugt war, dass sich der Blondling auf die Kindersendung "Mungel" bezog, in der die Zecke "Kmipf" Kinder über die Gefährlichkeit ihrer Art aufklärte, behauptete Asmas später gerne, seine erste Artikulation hätte "Kampf" bedeutet. Wie auch immer.

Gregor wurde ein hinreißendes Kleinkind! Die blonden Locken, die helle Haut, das goldige Lachen und die knuffige, runde Form, gepaart mit den großen Augen und der fleischigen Nase, riefen, im Besonderen bei Frauen, echte Begeisterung hervor. Damals wusste er zwar nicht, dass der weibliche Geschmack launisch sein konnte, aber das war nichts, was einen derartigen Wonnepropen kümmern musste. König in seinem Reich! In Windeln uninteressant. Getauft, die Familie war dem Papier nach trotz der geographischen Herkunft gut katholisch, wurde der liebe Junge auf den Namen *„Gregor Michael Asmas"*. *„Gregor"* wegen des Großvaters väterlicherseits und *„Michael"* aufgrund seines Paten, den Bruder seiner Mutter. Für eine kurze Zeit war er, wie vermutlich jeder Stammhalter, ein stetig umworbener Stern, was sich jedoch ein wenig änderte, als zwei Jahre später seine Schwester Ida geboren wurde. Deren Namen rief sich nicht nur viel kürzer als der Gregors, in ihr schlummerte auch ein völlig anderes Wesen. Ständig schreiend, unangenehm dürr, kränkelnd und mit dunklen Haaren von Geburt an gezeichnet. Oft wurde Ida in den ersten Lebensjahren mit Gregor im gleichen Alter verglichen, doch diesem Vergleich konnte sie nicht standhalten, denn, wer vermochte schon neben dem blonden Engel mit dem süßen Lächeln, zu bestehen? Gregor war schlicht so ein niedliches Kind, dass man es auch an dieser Stelle noch einmal wiederholen muss: Niedlich, pausbäckig, kugelig und fröhlich.

Die Eltern wachten gelegentlich liebevoll über die Entwicklung ihrer beiden Bälger. Josef Asmas, kurz nach Kriegsbeginn geboren, und Alma Asmas, geborene Muff, fast direkt nach dem späteren Ehepartner das Licht der Welt erblickend, lernten sich während einer Italienfahrt, im Jahre 1966 kennen, stellten fest, dass sie in Deutschland nicht weit voneinander dahinvegetierten und heirateten schließlich zwei Jahre später. Im Jahre 1969 entdeckten sie dann ihre Liebe zueinander. Kinder ihrer geordneten Zeit, in der alle Dinge noch ihren natürlichen Platz hatten. Manchmal dauerte es eben eine Weile, und dabei ist es bis heute geblieben.

Josef Asmas arbeitete in einer Automobilfabrik und konnte es sich, dank eifrigen Sparens und aufgrund mehrerer Erbschaften, leisten, frühzeitig in Rente zu gehen. Fortan widmete er sich ab dem 45. Lebensjahr ganz seinen Bienenvölkern und Hasen, für die er größtes Interesse aufbrachte. Dem Grunde nach, waren es seine einzigen wirklichen Beschäftigungsformen. Sehr spät wurde der Vater auch Vorsitzender des lokalen Kleintierverbandes, legte diesen Posten aber nach zwei Jahren, aufgrund einer Fingererkrankung wieder nieder und zog sich auf das Ehrenamt des zweiten Schriftführers zurück.

Er war ein ruhiger und angenehmer Zeitgenosse. Böswillig ausgedrückt, schlicht langweilig und spießig. Dabei bar jeglichen Interesses an der großen Politik oder sonstigen Dingen, welche die Ruhe des Alltags stören konnten. Man blieb unpolitisch und damit im Trend der Zeit. Es lief doch auch alles, wenn man sich in das Privatleben zurückzog, oder? Alma Asmas blieb ihr Leben lang Hausfrau, sorgte sich um Haus, das am Rande einer großen Hanse-Stadt stand, und die Familie, hatte zu keinem Zeitpunkt in ihrem Leben berufliche Ambitionen und war mit ihrem Leben im Großen und Ganzen, stets zufrieden. Biedermeier im 20. Jahrhundert. Fröhliches oder unterdrücktes Hausfrauendasein? Wen mag es interessieren? In der Summe darf mit Recht davon gesprochen werden, dass Gregor wunderbare, geborgene erste Jahre erlebte und als glückliches Balg betrachtet werden durfte. Das umsorgte Wunschkind mit dem vergnügten Lachen. Ein richtiger blonder Lockenwuschel! Herrliche Ödnis! Gepriesen sei der Zynismus! Doch springen wir ein wenig weiter!

Kapitel 3

Mit drei Jahren kam der kleine Gregor in den Kindergarten und bezauberte mit seinen blonden Locken, die er nun etwas länger trug, die Kindergärtnerin Frau Birnbaum derartig, dass diese ihn allen anderen Kindern vorzog und ihm stets einen Extranachtisch zukommen ließ, den er auch auffällig genüsslich verzehrte. Echte Freunde fand er dagegen am Anfang wenige, allerdings war das weniger schlimm, denn die Kinder in den Gruppen wechselten häufig und Spielkameraden für kurzweilige Vergnügungen fanden sich immer. Der kleine Gregor fühlte sich wohl, allerdings änderte sich das schlagartig, als Frau Birnbaum pensioniert und durch den blutjungen Herrn Schlagmann, der gerade erst seine Ausbildung zum Kinderbetreuer beendet hatte, ersetzt wurde. Herr Schlagmann, den die Kinder „*Janis*", nennen sollten, aber eigentlich Detlev mit Vornamen hieß, führte völlig neue und alternative Erziehungsmethoden ein.

Am Ende störte es den Knaben wenig, sich in Farben zu wälzen und so Kunst entstehen zu lassen. Der antiautoritäre Ansatz, dass die Kinder ihre Freizeit selbst gestalten konnten, und zwar auch auf der Schnellstraße in der Nähe des Kindergartens, wenn sie es denn wollten, war noch geradeso akzeptabel, aber, dass er nun keinen besonderen Nachtisch mehr erhielt, konnte Gregor „*Janis*" nie verzeihen. Auf der anderen Seite schien Herr Schlagmann ebenso eine tiefe Abneigung gegenüber Gregors blonden Haaren und dessen blauen Augen gehabt zu haben, denn nicht umsonst zog er ihn immer wieder als „*arisches Engelchen*" auf. Der zarte Knabe aber verstand das ebenso wenig, wie irgendwelche Lieder über Pioniere, den Kommunismus und den Faschismus. Er sollte erst viel später begreifen, welchen Wert dieser Teil seiner Erziehung hatte und wie ignorant er dieser doch in seinen jüngsten Jahren gegenüberstand. Aber damals war er eben noch ein Kind gewesen. Bedauerlich, doch wahr. Doch kann man existieren, ohne politisch zu sein?

Trotz seiner Probleme mit „*Janis*" hatte der Lockenkopf schon früh ein Gespür für das Gute und die Gerechtigkeit. So verteidigte er die eigenen, wie fremden Butterbrote, gegen jene Rabauken, für die das Wort Gerechtigkeit keine Bedeutung hatte. Vereinfacht ausgedrückt, knuffte er die Chaoten, die mehr wollten, als ihnen zustand, kräftig in die kleinen Bäuchlein, worauf sie in der Regel aufgaben. Die Frage, ob er lediglich Hungrige von einem Mundraub abhielt, stellte er sich jedoch nicht, dafür aber Herr Schlagmann, der den Kindern gelegentlich aus dem „*Kapital*" von Karl Marx vorlas. Der kleine Gregor hatte davon jedoch nichts behalten, denn er spielte lieber mit den Klötzchen, anstatt zu lauschen, was „Janis" als reaktionär befand und dessen Abneigung gegen den kleinen „Arier" noch mehr steigerte. Doch warum musste das ein Kind schon kümmern? Jenseits des merkwürdigen Erziehers mochten ihn die Kleinen, allen voran der winzige Karsten. Die schlechterzogenen jedoch, wie der zornige Zacharias und der brüllende Bernd, konnten seine Nähe nicht ertragen, denn er maßregelte sie, wenn sie wieder über die Strenge schlugen. Beide besaßen Bäuchlein, die zum Knuffen anregten. In der Summe war alles gut so, wie es war. Nur die Sache mit dem Nachtisch tangierte nachdrücklich.

Nach gut zwei Jahren, die kleine Ida spielte nun ebenfalls im gleichen Kindergarten, wurde „Janis" verhaftet, konnte jedoch aus dem Gefängnistransporter entkommen und sich in die Zone, von manchen DDR genannt, absetzen. Die Sache wurde von den faschistischen Medien ausführlich breitgetreten, doch an unserem blonden Knaben zog sie vorüber wie ein Sommerwind, denn zu diesem Zeitpunkt bereitete sich Gregor bereits auf seinen Übergang in die Schule vor. Mit erst sechs Jahren, denn er war nicht nur ein blondes, sondern auch ein helles Köpfchen. Zwar schmerzte ihn der Abschied von seinen jüngeren Freunden, allerdings wusste er, dass sie nun alt genug waren, ihre Butterbrote selbst zu verteidigen und konnte sie guten Gewissens zurücklassen. Mission Bauchknuffen abgeschlossen. Zeit zu gehen. Der Lotse geht von Bord.

Die Einschulung in eine Lehranstalt ganz in der Nähe und die Grundschulzeit verliefen durchaus positiv. Der kleine Mensch hatte Freude an der Schule und fand sogar einige Freunde. Merkwürdigerweise gehörten hierzu alsbald auch Zacharias und Bernd, was mit daran lag, dass sie stets bei ihm die Hausaufgaben abschreiben durften. Kinderlogik. Man sollte sie nicht hinterfragen. Das Feuer von gestern, schnell gelöscht und die Bäuchlein der beiden waren fortan knuff-befreite Zone. Ja, sie bildeten sogar eine kleine Räuberbande, die sich durch Cowboy und Indianerspiele vergnügte. Gregor wollte bei diesen Spielen lange Zeit nur einer der weißen Männer sein, weil diese über Pistolen verfügten und die Indianer nur Tomahawks benutzen durften. Kinderlogik! Später, in seiner Fast-Studentenzeit sollte er dieses jedoch bedauern, da er erfahren musste, dass es eben jene weißen Männer waren, welche die Ureinwohner des amerikanischen Kontinentes so brutal ausgerottet hatten. Generell schienen weiße Männer ein historisches und auch aktuelles Problem zu sein und im Nachhinein schämte er sich für das kindliche Verhalten, das er als Kind so kindisch an den Tag gelegt hatte, akzeptierte aber, dass man es nicht als eine individuelle Schuld, sondern als ein Versagen der Gesellschaft an einem kleinen, unschuldigen Wesen betrachten sollte. Und wäre die Rolle als Ureinwohner nicht vielleicht sogar kulturelle Aneignung gewesen? Hilfe? Aufklärung? Reflektion? Fehlanzeige! Klassisches Systemversagen!

In einem anderen Fall trat die individuelle Verantwortung allerdings deutlicher hervor und dies sollte viele Jahre später zu einer verdrängten halben Traumatisierung führen. Bei einem Sportfest, an dem Kinder von unterschiedlichsten Schulen gemeinsam antraten, nahm doch tatsächlich auch der blonde Knabe, wenngleich auch ohne rechte Motivation, teil. Das Ereignis selbst blieb ohne Eindruck, dafür aber nicht die anschließenden Ereignisse in der Gemeinschaftsdusche, denn da geschah es; ein Kind, offenbar mit türkischem Migrationshintergrund, hatte offenbar nicht alle Utensilien für den Säuberungsvorgang eingepackt und fragte in die Runde:

„Gebt mir mal der Duschgel!"

Erstes Kichern der zahlreiche und geistesgegenwärtig merkte Gregor in bester Absicht an, dass es „das" Duschgel heißen würde. Plötzlich erschallte ein großes Gelächter in der ganzen Dusche, an dem sich auch Gregor und der türkische Junge beteiligte. Fröhliche Idylle. Eine selbstverständliche Episode?

Nicht für Asmas, der sich später, nach seinem politischen Erwachen, daran erinnern sollte. Was vielleicht wie eine kleine und harmlose Episode aussah, ließ sich auch als struktureller Rassismus charakterisieren, der vielleicht den Migrationsbub für ein Leben negative prägte. Außenseiter, verlacht von der indigenen Mehrheitsgesellschaft. Die selbstverständliche Arroganz, mit der er als kindlicher Rädelsführer, den armen Jungen belehrte – Gregor fragte sich später oft, wie er als Kind so ignorant und rücksichtslos sein konnte. Doch vergessen wir diese Episode für einen Moment.

Letztendlich verlief seine Zeit in der Grundschule frei und unbekümmert. Zu Hause gut behütet, in der Schule akzeptiert und mit durchaus guten Noten. Das Gymnasium konnte kommen. Nur mit seiner Schwester Ida, die sich leider mit anderen Kindern etwas schwertat und sich ganz an die Mutter klammerte, stritt er sich gelegentlich. Doch das gehört bei Geschwistern vermutlich zum guten Ton. Alles sehr gewöhnlich. Springen wir daher weiter!

Kapitel 4

Alles änderte sich, als Gregors Zeit auf dem Gymnasium anbrach. Nicht nur, dass er dafür fast eine Stunde mit dem Bus fahren musste, was alles über den Ausbau des öffentlichen Nahverkehrs, selbst in der Großstadt Hamburg zu damaliger Zeit sagte, nein, auch keiner seiner bisherigen Freunde schaffte es, seinen persönlichen Weg an dieser Stätte humanistischer Bildung fortzusetzen, denn seine Spielkameraden landeten größtenteils, aber auch wenig überraschend, auf der sogenannten Hauptschule. Schreckliche, selektierende 1970er Jahre! Relikt düsterer Tage! Leistungsdruck, der die Studenten auf die Straße trieb!

Der junge Knabe, wer kann es ihm verdenken, wäre auch lieber ein beliebter Hauptschüler geworden, als ein einsamer Gymnasiast, jedoch konnten die Grundschullehrer Asmas Eltern am Ende davon überzeugen, dass man den blonden Jungen fördern musste. Der blondgelockte Bube, der erste mit Abitur in der Familie? Eine erquickliche Vorstellung! So musste er von Zacharias, Bernd und all den anderen Abschied nehmen, denn ein neues Leben begann. Wiederum ein prägendes Erlebnis, das in Gregor später den Wunsch erweckte, sich aktiv für Chancengleichheit und Bildungsgerechtigkeit einzusetzen. Frühe Prägung eines wackeren Kämpfers. Frühkindliches Trauma. Schon wieder.

In den ersten Wochen gymnasialer Beglückung fand Gregor keinen Anschluss an seine neuen Klassenkameraden und das sollte sich in den folgenden Jahren auch nicht mehr ändern. Oberflächlichkeit! Viele Mitschüler aus besserem Haus und er das Arbeiterkind. Bourgeoisie! Klischee! Muffiger Humanismus in einer verknöcherten Einrichtung. Staub der Jahrhunderte, dem ein frischer Wind gutgetan hätte. Wie war das mit den Talaren? Gewälzte Probleme der Vergangenheit! Wie viel Raum erhielten Gegenwart und Zukunft?

Einzelne Bekanntschaften wurden zwar geknüpft, jedoch scheiterte das Heranwachsen von Freundschaften oft daran, dass man sich, aufgrund der räumlichen Distanz nicht zum Spielen verabreden konnte. Außerdem kam die Nachwuchselite aus dem gesamten Ballungsgebiet einer hanseatischen Großstadt. Kurzeitige Kameradschaft in gemeinsamer Not. Tiefe? Nein - und die Jahre vergingen.

Doch Gregor litt nicht etwa darunter, nein mehr und mehr spürte er, wie profan und kindisch viele seiner Mitschüler doch noch waren. Anstatt in eine schwierige, brünstige oder bockende Pubertät zu stolpern, erwachte in Gregor ein unerhörter Wissensdurst. Keinen, den man in der Schule löschen konnte, sondern einen, für den das Leben selbst herhalten musste. Mittelmäßige, niemals schlechte, Noten, kaum Anschluss, aber eine unerhörte Neugier auf die Welt. Bald schon interessierte er sich für die Natur, die Tiere, die Gesellschaft und noch so vieles mehr. Auf einmal kam ihm die Erziehung von „Janis" durchaus zugute, denn mehr und mehr verstand er den tieferen Sinn seiner Botschaften und es machte ihn unendlich traurig zu erfahren, dass der Kindergärtner in irgendeinem südamerikanischen Land, während eines Guerilla-Krieges, von reaktionären, rechtsgerichteten Regierungstruppen erschossen wurde. Nach anderen Quellen wäre es ein Erschlagen durch einen Eispickel gewesen, was am Ergebnis aber so gar nichts ändern wollte. So erzählte man zumindest, ob es nun stimmte, wusste niemand so recht.

Zwar war Gregor nicht ganz klar, was er mit seinem Leben anfangen wollte, allerdings entwickelt er das tatsächliche Bewusstsein, dass es zumindest gut und richtig sein müsste. Sinnvoll und wahrhaftig. Einfach besser.

Ein Ziel; zumindest etwas. Sein erstes großes Thema wurde die Natur. Umweltverschmutzung. Saurer Regen. Verschmutze Wirklichkeit. Klimawandel. Ausbeutung der Erde. Der Wert des Lebens. Aller Lebewesen. Er las verschiedene Bücher, studierte die Zeitung und eines Tages fuhr er spontan, er war gerade 16 Jahre alt, mit dem Zug auf eine Demonstration gegen Tierquälerei und Baumsterben. Präsenz zeigen, schreien, auf Veränderung hoffen. Gregor for Future. Daran glauben! Was für eine brillante Zeit! Sie passte! Gleichgesinnte! Er passte. Hoffnung, auf eine bessere Welt und der blonde Junge mittendrin! Nicht alles, was Gregor in der Folge tun sollte, machte immer Sinn. Gelegentlich schoss er sogar ein wenig über das Ziel hinaus. So beispielsweise, als er des Nachts die Hasen seines Vaters von dessen Tyrannei, die er natürlich niemals diesem gegenüber erwähnte, befreien wollte, in der Dunkelheit in ein Bienenvolk fiel und die armen Langohrträger die anschließende Insektenattacke nicht überlebten. Ja, er hatte übertrieben, aber zählte nicht der gute Wille allein? Tatsächlich steckte mehr dahinter, denn Asmas war ein Überzeugungstäter, der aus vollem Herzen an eine bessere Welt glaubte. Die ersten Schritte eines Rebellen des Guten.

Als es darum ging, den Wald vom Müll zu befreien, war der blonde junge Mann einer der ersten, der auch den widerlichsten Schrott mit bloßen Händen auflas. Er saß auf den Schienen, die Güterzüge voll radioaktiven Materials stoppen sollten, stieg in verunreinigte Flüsse, um dort Proben zu nehmen und schreckte auch nicht davor zurück, in Betriebe mit Massentierhaltung einzubrechen und die Vorkommnisse dort zu dokumentieren. Über Gesetze dachte er damals noch nicht nach, sah nur das heldenhafte seines Tuns und wer sollte es ihm auch übelnehmen?

Zusätzlich demonstrierte er: Gegen das Waldsterben, gegen Tiertransporte- und Versuche, Abholzung des Regenwaldes, gegen die Erderwärmung, gegen Krieg, gegen Armut, gegen die Atomkraft, für sauberer Flüsse, gegen die wilde Müllentsorgung und noch so viele Dinge mehr. Vieles, was heute selbstverständlich erscheinen mag, war es damals noch nicht. Die große grüne Welle und Gregor Michael Asmas war ein Teil davon: Seine Gerechtigkeit, sein Weg, das Richtige zu tun. Alles war einfach! Das Böse, das den Baum am Wegesrand sterben ließ, leicht zu identifizieren. Folgen, mitschwimmen – das genügte vollauf. Zeitalter der Klarheit! Alles übersichtlich, alles simpel zu erkennen. Wenig Ablenkung, volle Konzentration!

Bei diesem Engagement lernte der junge Mann zahlreiche Leute kennen: Ehrliche Kämpfer, Mitläufer, Aussteiger und komische Gestalten. Die Szene war bunt, ganz so wie das Leben. Nicht viele sind eine Erwähnung wert. Einer davon war Axel, auch Vegan-Axel genannt. Man traf sich auf einer Demonstration, kam ins Gespräch und schon bestand eine Art ewige Verwandtschaft, eine Blutbrüderschaft ohne Blut. Wohlgemerkt sind das nicht meine Worte. Ich stehle sie lediglich aus Gregors Gedankenwelt. Wie die Leute immer gleich übertreiben müssen! Nur, weil man am gleichen Müsli-Riegel knabberte und eine Gemeinschaftstoilette auf dem Gang benutzte! Zeit der Gleichmacherei. Der kleinste Nenner siegt! Doch weiter im Takte!

Leider sorgte der Mitstreiter bald darauf für Gregors ersten großen ideologischen Konflikt. Der Tag begann vollkommen harmlos. Man protestierte gegen eine Flussbegradigung und warf einige Steine auf die Polizisten, wobei Gregor erst immer so warf, dass er niemanden traf und es dann ganz ließ, weil er sich den genauen Zweck solcher Aktionen gegen Menschen, die nur ihrer Arbeit nachgingen, nicht erschließen konnte. Andersartige Aufforderungen interessierten ihn nicht. Gewalt gegen Menschen war für ihn schlicht nicht akzeptabel und auch nicht zielführend. Er warf nie wieder einen Stein auf ein lebendes Wesen.

Aber zurück zu seinem ideologischen Konflikt. Erst gab es die Aktion und anschließend die wohlverdiente Mittagspause. Wie immer. Aber, als Asmas an einem schönen Tag sein saftiges Wurstbrot auspackte, das ihm seine Mutter am Abend zuvor liebevoll zubereitet hatte, geschah es, denn Vegan-Axel bemängelte seinen Konsum von Fleisch dermaßen wortreich, dass er, während er das Brot verzehrte, in eine schwere Gewissensnot verfiel. Durfte man Wurst essen? Überhaupt Fleisch?

Asmas lag viele Nächte wach und dachte darüber nach. Obwohl schon immer ein großer Tierfreund, kümmerte ihn bislang doch mehr das große Ganze, denn das persönliche Verhalten. Ein Fehler? Eine kurze Zeit aß er nur noch Salat und Ersatzprodukte aus Brennnesseln, aber irgendwann musste er sich eingestehen, dass er einfach zu gerne Fleisch verzerrte, als dass er es lassen wollte. Dieser Abschnitt seines Lebens war nicht einfach für ihn, doch fand er schließlich einen Kompromiss: Nur das Fleisch von glücklichen Tieren aus biologischem Anbau wollte er zu sich nehmen, denn dadurch förderte er nicht nur die bessere Behandlung dieser armen Wesen, sondern zeigte ihnen gleichzeitig Respekt. Tat er damit nicht viel mehr als jene, die ausschließlich den Weg des Verzichts gingen? Eine gute Lösung; fand er, doch sie zeigte auch Gregors größtes Problem, das in Wahrheit keines war:

Er war schlichtweg zu intelligent, um sich dauerhaft an Dogmen zu klammern, im Besonderen, wenn sie ihm innerlich nicht wirklich zusagten. Zu klug, um jegliches Hinterfragen zu vermeiden, auch wenn es manchmal dauerte. Vielleicht war es richtig, überhaupt keine Tiere zu essen, aber was war mit dem Leid der Pflanzen? Fielen die Vegetarier vielleicht nur auf das nette Gesicht einer sympathischen Kuh herein? Nur Pflanzen? Was würde das bedeuten? Monokulturen, die für die Umwelt schädlich sind! Würde das nicht ein radikales Abholzen der Regenwälder bedeuten? Eine Katastrophe für das Klima und damit ein erster Schritt zur Selbstvernichtung des Menschen? Was machte man mit dem Verzicht besser? Und das Gebiss eines Allesfressers? Mangelernährung? Glückliche Tiere? Bei jedem großen Fressen eine Gedenkminute an jene Viecher, die gequält wurden und grausam sterben mussten? Wer durfte ihm vorschreiben, dass der fleischlose Weg, der einzig wahre war? Wieso sollte es richtig sein? Ja, so war der blonde junge Mann. Reflektiert und immer für den Kompromiss bereit. Es sei aber auch erwähnt, dass manche in seinen inneren Einigungen lediglich widerliche Heuchelei und fehlende Charakterstärke sahen. Das wurde allerdings nicht seiner Gedankenwelt entnommen, sondern ist als externe Wertung zu verstehen.

Wie dem auch sei, Gregor hinterfragte, zumindest innerhalb gewisser Grenzen, und besaß dafür auch, ganz vulgär ausgedrückt, den notwendigen Hirnschmalz.

Dieses zeigte sich beispielsweise daran, dass Asmas ein Buch, welches er von Vegan-Axel erhalten hatte und das den Namen *„Einführung in die politische Ökonomie des Kapitalismus"* trug, genau studierte und mit der erlebten Realität verglich. Im Grunde genommen nicht sein Thema, denn bisher gab es primär eine Fixierung auf die Ökologie. Die Szene war jedoch vielfältig und der Kontakt mit Wirtschaft, Politik und anderen Themen, im Besonderen natürlich mit dem Kapitalismus, kam daher zwangsläufig und erschien unvermeidbar.

Sozialistische Ökonomie? Das erinnerte ihn an seine Kindergartenzeit bei *„Janis"* Schlagmann. Das Buch selbst stammte aus der ehemaligen DDR und wurde bereits im Jahre 1975 ausgegeben, aber musste die Wahrheit nicht eine zeitlose Größe sein?

Das Werk prophezeite eine Verschärfung der Ausbeutung der Arbeiterklasse und aller weiteren Schichten. Revolution! Aufstände! Gregor dachte nach. Natürlich waren die Arbeitslosenzahlen im Westen des Landes gestiegen, aber hatte sich sozial nicht so einiges gebessert? Zumindest im Vergleich zu früher. Auf welchen Zeitraum waren diese Prognosen überhaupt bezogen? Immerhin waren inzwischen über 10 Jahre vergangen, seit das Buch publiziert wurde. Von den USA hörte man in dieser Hinsicht viele negative Dinge. Niedriglohnsektor, kaum Schutz bei Krankheit, Altersarmut. Aber in Westdeutschland? Würden die Menschen nicht auf die Straße gehen, wenn der Wohlstand so extrem sank?

Trotzdem spürte er wie wichtig die Themen der wirtschaftlichen Ordnung, des Imperialismus und der Politik waren und schämte sich dafür, sich bisher nur auf die Umwelt konzentriert zu haben. Es ging um mehr! Die Gesellschaft verändern!

Sollten sie nicht auch deswegen auf der Straße? Natürlich! Und Gregor intensivierte sein Engagement. Dehnte es aus! Streiten für mehr Demokratie! Gegen den Muff! Kein Staat wird die Massen ignorieren können. In dieser Hinsicht war sich Gregor sicher, denn war er nicht Teil einer lautstarken und engagierten Jugend? Warum sollten die nächsten Generationen auf eine andere Art und Weise gegen die Ungerechtigkeiten dieser Welt reagieren?

So las er mehr und intensiver. Auch das Buch des veganen Kumpans, wobei ihn ein Abschnitt besonders erheiterte:

„In den Jahren bis 1980 soll nun schrittweise eine einheitliche „Wirtschafts- und Währungsunion" geschaffen werden. In dieser Etappe der Integration werden die Widersprüche [...] erst voll ausbrechen. Bei diesen Bestrebungen stoßen nicht nur die gegensätzlichen Konkurrenzinteressen der privaten Monopole aufeinander. Es steht sich nun die konzentrierte Kraft des Staates der einzelnen Länder gegenüber, wenn über die Angleichung der Wirtschafts- und Haushaltspolitik, über eine Vereinheitlichung der Währung und anderes [...] gestritten wird. [...] Zustande gekommen auf der Grundlage und im Interesse der aggressiven Expansionsbestrebungen des Finanzkapitals der wichtigsten imperialistischen Länder [...] trug die EWG von Anfang an einen ausgeprägten antidemokratischen und antisozialen Charakter. [...] Dieser Machtapparat richtet sich vor allem gegen die Arbeiterklasse und alle demokratischen Kräfte. [...] Nach wie vor sind in allen EWG-Ländern die Werktätigen von sämtlichen ökonomischen und politischen Entscheidungen ausgeschlossen. [...] Die noch Anfang der 60er Jahre von den imperialistischen Apologeten unter der Flagge der „Integration Europas" in der Öffentlichkeit Westeuropas weit verbreitete „Europa-Euphorie" hat schon seit Jahren einer zunehmenden Ernüchterung über den wirklichen Charakter [...] Platz gemacht."

Gregor war ein großer Freund der europäischen Aussöhnung und Integration und konnte daher diese Bedenken, zumal das Jahr 1980 bereits etwas länger vorübergezogen war, nicht teilen, denn wird es nicht eines Tages ein Europa der Bürger sein? Eine gewollte und geliebte Ergänzung zu den Nationalstaaten? Ein demokratisches Paradies? Und was wollte dieses Buch aus der DDR suggerieren? Was sollte die Schwarzmalerei? Glaubten sie wirklich, dass die Europäer einen neofaschistischen Staat dulden würden, dessen Geschicke primär vom Kapital gelenkt werden?

„Nein!", dachte Gregor „das ist unvorstellbar! Wir würden das niemals zulassen! Wir würden die Ketten einer Diktatur zerbrechen! Schon im Ansatz! Wir verwandeln die Welt doch gerade! Auf die Straßen! Die Ketten der Ungerechtigkeit zerbersten, der Amboss wird zerstört, die Schmiede nutzlos!"

Zwar fand er in seinem ersten wirklichen sozialistischen Werk auch viele Worte, denen er zustimmen konnte, insgesamt jedoch, wollte er nicht jede einzelne Position annehmen. Musste man wirklich den Mehrwert der Arbeit und den Akkumulationsprozess des Kapitals aus diesem Blickwinkel betrachten? Natürlich waren Rentier-Staaten ein Problem und auch die Macht des Finanzkapitals. Selbstverständlich agierte der westdeutsche Staat immer wieder faschistisch und die alten braunen Brüder waren vielerorts noch immer da. Ob die DDR jedoch wirklich besser war? Unter der Sowjetunion? Oder waren seine Gedanken bereits durch amerikanische Propaganda durchsetzt? Gregor war gespalten, denn ihm war die Ausrichtung des Buches in der Summe zu dogmatisch und unflexibel. Auf der anderen Seite benötigte man aber doch eine geschlossene Weltanschauung; behauptet zumindest Vegan-Axel, der allerdings, nach eigener Auskunft, bisher nicht über das Inhaltverzeichnis des Buches hinausgekommen war. Oder doch nicht? Gregor las, um Klarheit zu erlangen, fand aber oft nur weitere Fragen. Was wusste Axel eigentlich von der marxistisch-leninistischen Theorie? Nichts, wenn man nachbohrte! Was wusste der größte Teil der Szene davon? Auch nicht besser! Sie schwammen alle mit. Mit der grünen Welle, der roten Flut. Immer dem Strom der Parolen nach! War er ihnen nicht allen in dieser Hinsicht überlegen? Was half totaler Glaube, wenn das Massenelend erst einmal ausblieb? Brauchte man das aber nicht für die sozialistische Weltrevolution? Also darauf hoffen?

Vielleicht ist die Wahrheit niemals ein Extrem, sondern stets eine Nuance dazwischen? Sollte nicht jeder absolute Anspruch Kritik gebären? Oder doch nicht und bedurfte es nicht des roten Fadens? Asmas dachte lange darüber nach, nutzte selektiv ausgewählte Quellen, um seine Meinung zu stützen und wollte künftig versuchen, das Beste für sich aus Allem herauszuziehen. Sein Herz schlug für das Gute und Gerechte. Nicht mehr, nicht weniger.

Am Ende stand ein Welt- und Menschenbild, in dem alle Menschen von Geburt an gleich waren. Gleicher Wert, gleiche Träume, gleiche Ängste. Erst Erziehung und Gesellschaft schufen, aus Asmas Sicht, das Individuum und dabei konnte einiges, vielleicht sogar unabänderlich, schiefgehen. Den größten Teil der Menschheit, so sein neu entworfenes Glaubensbekenntnis, musste man lediglich in die wahre Richtung erziehen, denn steckte in jedem Menschen nicht der gleiche gute Kern? *„Die Sozialisierung schafft den Menschen"*, war sein Credo und sprach Gregor selbst einmal von gut oder böse, dann meinte er damit eben jene Beeinflussung, die eine Person in eine bestimmte Richtung gebracht hatte und keinen von Geburt an bestehenden Makel oder Vorzug. Eine prägende Phase, gekennzeichnet durch tiefes Nachdenken und stetiger Reflexion.

Nachdem er sich innerlich gefunden hatte, konnte er auch Vegan-Axel gegenübertreten, jenem Aktivisten, der mit seinen 30 Jahren eher wie 50 aussah. Man konnte meinen, dass der jahrelange Fleischentzug seine Spuren hinterlassen hatte, aber vielleicht waren es auch die Gene. Oder der Alkohol. Oder die Drogen. Oder das ewige Schnüffeln an Auspuffen. Es folgten zahlreiche Diskussionen, bei denen Gregor stets seine fachliche Überlegenheit ausspielen konnte und es wunderte daher nicht, dass sich Axels 16-jährige Freundin, auch die dicke Brigitte genannt, mit der Zeit weitaus mehr für den kernigen blonden Jüngling interessierte als für den alternden Aktivisten. Freie Liebe und Partnertausch. Er rutschte mehr oder weniger in sein erstes Liebeserlebnis hinein. So selbstverständlich, dass die Details nur Zeitverschwendung wären. Zarte Gefühle und überwältigender Sturm. Eines Tages standen Koffer vor der Wohngemeinschaft. Wortlos zog Axel ab und ward nicht mehr gesehen. Die Dinge hatten sich eingependelt. Später davon noch mehr!

In dieser Zeit sah der junge Mann Zacharias und Bernd wieder und war erstaunt, wie weit sie sich doch auseinanderentwickelt hatten. Der zornige Zacharias, inzwischen mehrfach vorbestraft, wenn auch nur nach Jugendstrafrecht, wurde nach der 34. Straftat schließlich nach Mexiko in ein Strandcamp zur Resozialisierung geschickt. Der brüllende Bernd lebte nur noch für seine rechtsradikale Band und trank jeden Abend zwei Bier.

Einmal, Asmas traf ihn zufällig auf der Straße, kamen er und der Radikale ins Gespräch. Bernd führte den Anstoß mit der menschenverachtenden Theorie von Kulturträgern, Kulturfolgern und Parasiten aus. Gregor jedoch parierte alles glänzend mit dem Verweis auf die Leistungen der asiatischen Völker. Jedoch gab es weiter Druck über die rechte Seite, denn Bernds Flanke, die sich primär auf den Flügelspieler Darwin stützte, konnte er nur gerade so mit dem Unterschied zwischen Menschen und Tier, bei diesem Argument war Asmas keinesfalls wohl, abwehren. Des Radikalen Kritik am Kapitalismus schien zu überzeugen, jedoch tappte Gregor nicht in diese Abseitsfalle, denn es war keinesfalls richtig, einen jüdischen Verteidiger als Abwehrchef auflaufen zu lassen. Schließlich versuchte der Blonde links außen gegen den Dunkelhaarigen auf der rechten Seite, zum Angriff überzugehen, denn er durfte sich keinesfalls zu weit zurückdrängen lassen. Klug umkurvte der gewiefte Gregor die üble Propaganda von der verschwundenen Massenarbeitslosigkeit, Autobahn und Friedensliebe, ignorierte das Leugnen historischer Tatsachen und war nur darauf erpicht, zielgerichtet zum Abschluss zu kommen. Er sah die Möglichkeit, schoss und traf, denn wer einen solchen Krieg verlor, ein zerstörtes Land und so viele Tote hinterließ, der musste einfach verlieren, am Ende zählte schließlich nur das Ergebnis und das war klar und eindeutig. Schuss! Tor! Ein Abseitspfiff? Oder doch nur Latte?

Zu seinem Erstaunen musste Gregor feststellen, dass Bernd erstaunlich viel vom Topf des rechten Randes genascht hatte, kurzum sehr gut geschult war. Dessen pseudo-logischen Rassismus und Sozialdarwinismus entsetzte Asmas so sehr, dass er bei seiner Mao-Bibel, die er zwar geschenkt bekommen, aber bislang nicht gelesen hatte, schwor, sein theoretisches Wissen so auszubauen, dass die Bernds dieser Welt argumentativ keine Chance mehr gegen ihn haben sollten. Am Ende verlor der rechte Bernd zwar, doch war Asmas nicht etwa stolz auf diese Leistung, sondern schämte sich sehr, dass die Gesellschaft seine früheren Freunde, er dachte auch an Zacharias, so fallen ließ und hoffte, die Umstände irgendwann so zu verändern, dass einem jeden geholfen werden konnte. Gewonnen? Unentschieden? Knappe Niederlage? Wacker geschlagen? Ärgerlich! Unbefriedigend! Der berühmte falsche Fuß! So richtig sicher war sich Asmas dann doch nicht. Der Antifaschismus und allgemeine Gesellschaftslehren waren in seinem Kanon der Weltverbesserung bislang nur Stiefkinder gewesen, doch das konnte man ändern. Vielleicht nicht sofort, aber auf Dauer. Doch erst einmal zurück zu Gregors sonstigem Umfeld. Im Grunde genommen gab es nur wenige relevante Personen, mit denen der Kontakt über ein kurzes Grüßen, Parolen und die politischen Aktionen hinausging.

Da gab es noch den Professor, wie Leonid Mehrmann genannt wurde, weil er bereits im 25. Semester seines Politikstudiums angekommen war, der stetig über neue Formen des Protestes sinnierte. Er blieb dabei stets Theoretiker, oder wer glaubte wirklich daran, dass es etwas bringen würde, sich auf die Straße zu kleben und so die normalen Verkehrsteilnehmer am Fortkommen zu hindern? Würde das auf Dauer nicht die einfache Bevölkerung gegen die Ziele aufwiegeln und es den rechten Apologeten leichter machen, jede gute Sache zu diskreditieren? Warum den einfachen Menschen behelligen? War dieser nicht selbst Opfer der Ausbeutung? Galt es nicht, das Volk davon zu überzeugen, gemeinsam gegen Missstände zu demonstrieren und so eine Veränderung zu bewirken? Stellte nicht das den Kern der echten Demokratie dar? Nein, der Professor war Theoretiker, kam mit seinen Ideen auch nicht wirklich an und ward nach der zwangsweisen Exmatrikulation auch nicht mehr gesehen.

Eine weitere Figur aus der Szene war der beste Freund des Veganers. Auf den Namen Jens Richter getauft, schob er sich immer wieder in den Vordergrund und betrachtete sich, nach Axels Verschwinden, als Anführer der alternativen Szene. Brigitte und Gregor diskutierten oft mit ihm, das heißt die Männer redeten und die Dicke bereitete belegte Brote vor. Damals war es nicht so klar, wie sexistisch ein solches Verhalten gedeutet werden kann, im Rückblick sah es der eifernde Jungspund später deutlich kritischer.

Richters Lieblingsthema war die freie Liebe, für die er sich auch politisch einsetzte, denn in seinen Augen war fast jedes seelische Problem und jede Aggression auf die Unterdrückung der individuellen Sexualität zurückzuführen. Um auch Asmas von diesem Kurs zu überzeugen, übergab er ihm immer wieder selbstgeschriebene Gedichte und Abhandlungen, die Gregor, der von der Wichtigkeit des Themas nicht überzeugt werden konnte, lange Zeit ignorierte.

Wer schrieb damals nicht seine eigene kleine Weltenerklärung auf? Hätte man das alles lesen sollen? Der gute Jens Richter war in jedem Fall politisch aktiv und vernachlässigte sogar sein Studium, nur um überall die Handzettel und Plakate mit seinen politischen Botschaften zu verteilen. So waren eben die Zeiten und jede noch so Idee fand Unterstützer. Auch, wenn Gregor nicht zu diesen gehörte, nötigte ihm der Einsatz für die Sache doch durchaus Respekt ab.

Ein Rivale um die Gunst Brigittes war Richter jedoch zu keinem Zeitpunkt, denn dieser stand, nach eigener Auskunft, auf Frauen, die bereits Kinder hatten. Das galt für die Dicke definitiv nicht, denn diese war selbst noch ein halbes Kind. Daheim weggelaufen, keine Vergangenheit, über die sie reden wollte. Kindisch, sexuell verlangend. Braune Locken, rundes Gesicht, klein und pummelig. Schräge Stimme, kleine Ohren. Einfach da und für den Moment genug. Man traf sich in ihrer Wohnung. Also die ehemalige WG. Sie war doch noch nicht einmal volljährig! Wer zahlte eigentlich die Miete? Vegan-Axel? Egal, völlig uninteressant!

Asmas Eltern bekamen von diesen Aktivitäten wenig mit. Aus deren Sicht war er nur ein, daheim lebender, braver Schüler, der, wie alle jungen Männer es taten, gelegentlich ausging. Sorgen machten sie sich keine. Gregor festigte diesen Eindruck dadurch, dass er seine Haare stets kurz-lockig trug und auch in der Klamottenwahl den Vorschlägen seiner Mutter, die jeden Tag im Bad alles bereitlegte, folgte. Wenn man nur wollte, dann konnte man alles zusammenbekommen. Parallele Welten, kein Zusammenstoß. Alles feinsäuberlich getrennt.

Da es in der Schule so halbwegs lief, Vater Josef Nacht für Nacht seinen Hasenstall gegenüber weiteren Terrorakten verteidigte und bei Lichte relativ müde war, hatte Gregor Narrenfreiheit. Selbst wenn er tagelang nicht zu Hause war, gab es keine Kritik. Der blonde Junge konnte leben und nach seiner Fasson selig werden. Seiner Schwester Ida ging es in dieser Hinsicht weniger gut, denn sie war am Ende auf der Sonderschule gelandet und galt fortan als das schwarze Schaf der Familie.

Letztendlich beendete Gregor das Gymnasium mit mittelmäßigen Noten. Lief nebenbei. Mitnahmegeschäft. Irgendwie zumindest. Man hatte Abitur. Als Erster in der Familie. Das zählte und rechtfertigte alles! Aufsteiger! Gewinnertyp! Vater und Mutter Asmas waren unsagbar stolz und selbst Onkel Michael, der inzwischen eine Schauspielkarriere begonnen hatte, schickte eine Glückwunschkarte. Die Welt stand dem Jungen mit den blonden Haaren offen und er wollte sie für sich erobern; auf seine Weise.

Kapitel 5

Gregor schrieb sich für ein Studium der Betriebswirtschaftslehre ein, verbrachte aber bald mehr Zeit mit Brigitte, die sich inzwischen auch offiziell von Vegan-Axel getrennt hatte, als mit Universitätsbesuchen. Eigentlich noch zu Hause lebend, bemängelte niemand, wenn er als forscher junger Mann bei einer Frau nächtigte. Schließlich lebte man in den 80ern. Derartige Freiheiten galten jedoch nicht für seine kleine Schwester Ida, die auch noch mit 19 Jahren Rechenschaft über jeden Schritt ablegen musste und den großen Bruder in dieser Hinsicht beneidete.

Überhaupt Brigitte! Die gute Frau war knapp, aber heroisch am Hauptschulabschluss gescheitert, lief von zu Hause weg, verkaufte die eigene Ignoranz als Kampf gegen das System und öffnete Gregors Augen für all die Ungerechtigkeiten auf dem Erdenrund. Sie schrie gerne und laut, besaß stets eine Meinung und hielt diese niemals zurück. Außerdem war sie auch für andere Dinge offen, bei denen der Anstand gebietet, sie nicht näher zu beschreiben. Der Mensch vermag eigentümlich zu sein, wenn es um seine Gelüste geht.

Es verstand sich von selbst, dass der junge Asmas fortan das Studium der Wirtschaftswissenschaften völlig bewusst mied, da es, wie es Brigitte ausdrückte, nur ideologisch den Kopf *„verkapitalisieren"* sollte. Das wollte Gregor natürlich nicht. Anti-Kapitalismus gehörte zum guten Ton und er war schlicht neugierig auf die andere Seite gewesen, um sie zu verstehen sowie von innenheraus zu zerstören. Wohl eine dumme Idee, oder? Was, wenn ihn das Studium vom wahren Weg abbrachte? Eine derartige Beeinflussung durch irgendwelche, vielleicht alt-braune Professoren, hatte er bereits bei seinem Privatstudium der marxistisch-leninistischen Theorie abgelehnt, aber in erster Linie war er verliebt und nichts tat er lieber, als ihrer Stimme zu lauschen, ihre Lippen zu schmecken und was es eben sonst noch so gab. Es war wieder einer diese Kompromisse. Die Welt drehte sich nur noch um sie beide und besonders Gregor wollte keinen anderen Menschen, die Familie, bei der er stets der liebe, niemals rebellische Sohn war, einmal ausgenommen, mehr sehen und sich ganz auf seine *„Dicke"*, das *„Bodyshaming"*, ausgelöst durch eine unbefriedigende Wortwahl, war in diesen Jahren der Natürlichkeit im Übrigen noch kein relevantes Thema, konzentrieren. Dass sie ihn oft an seine körperliche Leistungsfähigkeit brachte, störte ihn ebenso wenig, wie die gelegentlichen Diskussionskreise mit uninteressanten Personen, esoterischen Sitzungen und

Brigittes Drogenkonsum. Für die Liebe nahm er es in Kauf, allerdings konnte er den anderen Dingen mittlerweile nichts mehr abgewinnen. Zu banal die Thesen, zu öde die Menschen, aber der Amore wegen ist schon mancher Fisch auf das Trockene gesprungen.

Zu Hause präsentierte er Brigitte nie. Er fürchtete, sie würde keinen guten Eindruck hinterlassen und schlicht dämlich wirken. Einen kurzen Moment fragte sich Gregor, ob das frauenfeindliche Gedanken waren und schämte sich sehr. Denn er war für Gleichberechtigung und zeigte das auch öffentlich auf Demonstrationen. Dann aber stellte er auch unangenehme Fragen: Wieso informierten sie sich nicht? Warum verweigerte sie jegliche Bildung? Nur Oberfläche! Nachplapperer! Das rote Spiegelbild zu den braunen Spießern und Trotteln! Wo war die Tiefe? Nein, nicht das Geschlecht war das Problem, sondern die Umstände! Ach, schwer lastete die eigene Überlegenheit auf Gregors Schultern! Und jenes bereits seit den seligen Abiturzeiten! Er beschoss sie zu erziehen, wenngleich auch jede Theoriestunde nach ungefähr 3 Minuten mit wenig filmreifen Sex endete. Auch gut, oder?

Alles, wirklich jede Kleinigkeit, war wunderbar, bis seine *„Dicke"* die eine, die alles entscheidende Frage stellte:

„Gregor? Wie war das in deiner Familie mit den Nazis?"

Ein Schock und tiefer Schmerz setzten ein, denn der junge Mann hatte sich nie sonderlich mit diesem Thema befasst. Selbstverständlich verfügte er über oberflächliches Wissen und natürlich gab es einst die Auseinandersetzung mit seinem früheren Schulkameraden, allerdings war das Thema immer eines gewesen, welches er aus der Ferne betrachtete. Nicht involviert. Erst einmal zurückgestellt. Das es auch eines aus seinem direkten Umfeld sein konnte, war ihm bis zu Brigittes Frage nicht in den Sinn gekommen.

Gleichzeitig schämte er sich fürchterlich, dass er nicht von selbst darauf gekommen war, in dieser Hinsicht die Familiengeschichte zu erforschen. Erinnerungen kamen hoch. Da gab es diese Szene mit den Cowboys und Indianern und schon damals hätte er sich gegen jede Art von Rassismus stellen müssen. Ja, langsam, aber sicher wurde sein Wunsch, die Welt durch eine ökologische und ökonomische Revolution zu erneuern, was in Teilen auch geschafft war, durch die Sehnsucht nach einem allgemeinen, radikalen Humanismus ersetzt. Zumindest für den Moment, denn letztendlich ging es ja auch darum, einen Sinn im Leben zu finden. Hatte er den denn?

Die nächsten Schritte des jungen Mannes waren geprägt von gnadenlosen Recherchen und extremen Enttäuschungen: Die eigene Familie! Die Wahrheit ergründen! Schonungslos und ohne Rücksicht auf Gefühle. Die harmlosen Masken herunterreißen und den Ungeheuern ins Gesicht sehen. Mission, Streben, gegen das Böse kämpfen. Da seine Eltern 1940 und 1942 geboren, des Nazi-Anhängertums unverdächtig waren, überprüfte er seine Großeltern. Mit Entsetzen stellte er fest, dass sein Großvater bereits 1939, offenbar kurz nach der Zeugung des Vaters, als einfacher Straßenarbeiter von einem Panzerfahrer namens Karl Eisen während des Wehrmachts-Panzerfahrunterrichtes überfahren wurde. Zwar versetzte man Eisen und dieser landete am Ende bei den Fallschirmjägern, allerdings musste seine Großmutter ihren Josef fortan allein großziehen. Sie gehörte natürlich nicht der Partei an und geriet, als stramme Katholikin, im Gegenteil, immer wieder mit den Parteimitgliedern in Streit. Kirche war selbstredend auch schlecht, aber nicht übel genug.

Nicht besser sah es bei den Großeltern mütterlicherseits aus. Der Großvater war bereits ein alter Mann und wurde mehrfach wegen seiner monarchistischen Gesinnung und des Tragens eines Wilhelm-Bartes verwarnt, während seine Frau sich weigerte, die Bilder des Kaisers durch die des Führers zu ersetzen. Über etwaige Urgroßeltern oder sonstige Verwandte war nichts in Erfahrung zu bringen.

In der Summe war der junge Mann von seiner Familie gnadenlos enttäuscht, denn offenbar gab es keinen einzigen menschenverachtenden Nazi und er verfluchte sie bitterlich. Es bedurfte vieler Gespräche und viel des Sexes mit Brigitte, bis er seine Bürde schließlich ertrug und als Aufforderung verstand, die Last anderer zu tragen. So beschloss er künftig auch als Mahner und Warner zu dienen.

In jenen Tagen sah er auch den brüllenden Bernd wieder, seinen einstigen Kameraden aus Kindergartentagen. Er befand sich inmitten einer menschenverachtenden, rechtsextremen Demonstration und rief ungeniert radikale Parolen, aber es gelang Asmas einfach nicht, sich dafür die Verantwortung zu geben, so sehr er es auch innerlich versuchte. Zu einem Gespräch kam es nicht. Die Blöcke waren streng getrennt. Dort der Hass, der einst Millionen das Leben kostete und die Welt in Schutt und Asche legte und hier der Gegendruck, der ihr erneutes Aufsteigen verhindern wollte. Und im Fluss des Bösen schwamm leider auch Bernd. Unerreichbar für die Vernunft. In der Masse aus den Augen verloren. Das Rückspiel fiel aus. Gregor hätte ihn deklassiert: da war er sich sicher. Schade, dass es nicht zur Konfrontation kam.

Letztendlich hatte er auch eine andere Hoffnung, denn seine „*Dicke*" besaß einen waschechten SS-Mann in der Familie. Zwar hatte sie mit dem eigenen Anhang nichts zu schaffen, aber durch eine mögliche Hochzeit, wäre das doch auch seine Angelegenheit, oder? Dass die alternative Brigitte wenig von Dingen wie einer Vermählung hielt, ignorierte er, so wie er schon manch anderen Widerspruch ignoriert hatte, denn noch schwebte er auf den Schwingen der Liebe.

So verging die Zeit und es gelang ihm temporär, zumindest im Großen und Ganzen, allem gerecht zu werden: Er war der gute Sohn, der glühende Liebhaber und über allem thronte der Kämpfer für die Gerechtigkeit. Doch konnten derart getrennte Leben auf Dauer funktionieren? Oder musste er das jeweils Beste nehmen und in sich vereinen? Überhaupt, wie sollte es weitergehen? Die Vorlesungen besuchte er nicht. Geld erhielt er von seinen Eltern und dem Staat. Für letzteres hatten sie, das heißt alle Aktivisten, gestritten. Deswegen gab es heute Bafög. Was war morgen? Was übermorgen? Doch kämpfte man nicht nur für den Moment und für eine ideale Zukunft? Alles andere waren doch Spießer, oder? Auf der anderen Seite, wieso zog man sich aus dem gerechten Krieg zurück, nur weil man ein wenig Sicherheit wollte? Ist diese Betrachtung nicht sogar scheinheilig? Vegan-Axel, Brigitte oder Jens Richter – sie alle hatten mit ihrem vorherigen Leben gebrochen. Eine Heldentat? Eine bewusste Entscheidung? Oder nur die Unfähigkeit, alles unter einen Hut zu bekommen? Sind radikale Brüche nötig? Hatten diese Kampfgenossen Familie? Vielleicht üble Spießer, alte Nazis, Reaktionäre? Im Einzelfall möglich! Doch betraf ihn das? Fuhr Gregor nicht gerne nach Hause? Er mochte seine Eltern und irgendwie auch seine kleine Schwester Ida. Auch an der Lebensweise fand er nichts Falsches. Ein schönes Häuschen mit Garten. War das nicht viel besser als eine Dusche und eine Toilette, die sich acht Leute, gelegentlich auch gleichzeitig, teilten?

Ein Bruch mit der Familie? Undenkbar und vor allem, selbst unter der Prämisse, dass nicht alles Gold war, was glänzte, doch gänzlich unnötig. Eine NS-Vergangenheit fand sich nicht und an der Lebensweise der Eltern war in Asmas Augen wenig Verwerfliches. Er wurde nie geschlagen, nie wirklich unterdrückt und in ihm war daher auch kein Hass. Gut, da gab es die Sache mit der frühkindlichen Prägung auf seine männliche Identität durch den blauen Strampelanzug, doch konnte man das ihnen wirklich vorwerfen? Tief innen glaubte er auch fest daran männlich zu sein und schämte sich dafür auch fast nicht.

Je mehr er darüber nachdachte, desto erstrebenswerter erschien ihm diese vorgelebte Gewöhnlichkeit. So ein Häuschen im Grünen und zwei Kinder? Was war daran verkehrt? Oder musste er es reaktionär finden? Nahm man Frauen die Rechte, wenn man sich mit ihnen Nachwuchs wünschte? Verachtete man sie vielleicht bereits mit dem Gedanken daran? Hatte die Monogamie noch Zukunft? Sollte nicht jeder alle lieben, gleich ob Männlein oder Weiblein? Konnte man nicht auch etwas anderes sein? Freie Liebe? Was war mit der Solidaritätspille für den Mann? Überhaupt, der Wunsch nach Eigentum! War das nicht kapitalistisch und geradezu abgrundtief böse? Es war wieder einer dieser Konflikte, die ihn Gregor tobten und bei dem er sich für einen eigenen Weg entscheiden musste.

Es war kein Punkt, kein Schlüsselerlebnis, aber dafür ein Prozess und er dauerte über ein Jahr, bis er wusste, dass er, im Gegensatz zu seiner *„Dicken"*, die halb von den Subventionen des faschistischen Staates, der inzwischen die Wohnung bezahlte, und halb von ihrer Schnorrerei bei ihm lebte, bald auf die Unterstützung der Eltern und auf das Bafög verzichten wollte.

Was änderte das auch an seiner Grundeinstellung, stets für eine bessere und gerechtere Welt einzutreten?

Vermutlich dauerte es nur eine Weile, bis er sich, zumindest grob, selbstgefunden hatte, aber zukünftig wollte er auf eigenen Beinen stehen und etwas solider werden. Abbruch des Studiums? Er stand sowieso kurz vor der Exmatrikulation. Eine kaufmännische Lehre? Etwas aufbauen? Warum nicht? Natürlich mit Brigitte; soweit möglich.

Kapitel 6

Gregor war inzwischen 23 Jahre alt, Onkel Michael hatte eine erste Nebenrolle in einem Film erhalten, eine bekannte Mauer in Berlin bröckelte und Ida war von einem Versicherungsvertreter mit dem Namen Harald „Versicherungs-Harry" Buxler schwanger.

Ja, der potenzielle Schwager; schmieriger Typ, billige Anzüge, die dunklen Haare schön nach hinten gekämmt, grenzdebiles Grinsen und aufdringliches, kumpelhaftes Getue, samt unbeholfener Eleganz. Von Asmas aufgrund seines dünnen Oberlippenbartes gerne „Rhett-Butler-für-Arme" genannt. Das passte ganz gut, denn auf der einen Seite mochte er den dazugehörigen Film, hasste ihn aber gleichzeitig auch, weil dort die Sklaverei verniedlicht und verharmlost wurde. Also machte er es wie immer. Er sah sich derartige Produkte des Kapitalismus an, aber immer mit dem festen Ansatz diese als unbewusste Propaganda zu enttarnen. Ähnlich verhielt es sich mit Buxler. Er konnte ihn kaum ertragen, brauchte ihn aber, ohne, dass ihm das lange bewusst war, als Kontrast zu seiner eigenen Persönlichkeit. Hier das erhabene Licht, dort der Schatten! Sei es darum!

Die sozialistische Weltrevolution blieb aus. Im Gegenteil, es zeichneten sich der Untergang der DDR und die Wiedervereinigung der beiden deutschen Staaten mehr und mehr ab. Obwohl Asmas starke Angst vor der Macht eines neuen Großdeutschlands hatte und die Szene eigentlich ein Maximum an Engagement benötigte, fühlte er, dass es Zeit war, die Zelte abzubrechen und die Abzweigung in Richtung Spießigkeit zu nehmen. Gut und gerecht konnte man auch dann sein, wenn man etwas Solides gelernt hatte. Fand zumindest er.

Es war, wie gesagt, ein Prozess. Ist es wirklich verwerflich, wenn man mehr aus seinem Leben machen wollte, als von einer Demonstration zur nächsten zu rennen? Wenn man das ständige Diskutieren irgendwelcher Kleinigkeiten irgendwann für brotlose Zeitverschwendung hielt? Wenn man mehr haben wollte als eine Gemeinschaftstoilette auf dem Gang? Vielleicht mochte das, wie Vegan-Axel einst argumentierte, die freie Liebe fördern, allerdings auch die Pilzinfektionen und noch so manche Krankheit mehr. Die Syphilis beispielsweise, wie auch immer sie dorthin gekommen war. Oder die Magenwürmer, wenn mal wieder gleichzeitig gegessen und gegeben wurde. Das ungeheure Ungeziefer, das ungerührt an der Wand kroch, gar nicht erst erwähnt.

Überall lagen verfaulte Bio-Äpfel und erst der Geruch! Sauberkeit war sowieso ein Problem, an dem sich Gregor schon länger störte, denn niemand außer ihm putzte, niemand kaufte ein. Immer nur reden und so manch' andere Dinge, deren Sinn man bestenfalls mit „Selbstverwirklichung" umschreiben konnte. Wo lag, um nur einen Fall zu erwähnen, der Sinn darin, eine Arbeit nur deshalb nicht aufzunehmen, weil man angeblich alle drei Stunden eine Gedächtnisminute für die Opfer der kapitalistischen Spanischen Grippe von 1918 abhalten musste? Wozu? Gregor sah es nüchtern. Nicht für die Gesellschaft, wie es sich viele vorlogen, nicht für eine bessere Welt, sondern nur für den eigenen Egoismus, die eigene Egozentrik. Die 60er und 70er mit ihren Studentenrevolten und der Ausbruchstimmung waren vorbei! Die 80er mit ihren großen Erfolgen in der Umweltpolitik neigten sich dem Ende zu. Zu spät geboren! Der Linksextremismus alter Prägung nur noch ein Auslaufmodell.

Auf der ökologischen Welle konnte Gregor noch mitreiten und dafür war er dankbar. Atomkraft, Waldsterben, Tierversuche und so vieles mehr! Wichtige Themen! Wertvoller Kampf! Doch nun galt es, die Zukunft ins Visiert nehmen, aber wie sollte das mit einer Szene gelingen, die in der Vergangenheit lebte? Oder kannte er schlichtweg nur die falschen Leute? Waren das lauter Extremfälle der Szene? Gingen nicht auch welche einen soliden Weg? Sind nicht genügend Leute aus dem Dunstkreis der Bewegung in die Politik und agierten vollständig seriös? Offensichtlich stellten seine Bekanntschaften tendenziell eher den Griff ins Klo dar und diesen Griff, sollte man im Besonderen bei der WG-Toilette tunlichst vermeiden.

Wie viele Leute lebten eigentlich bei Brigitte? Ob es aufgeklärtere Wohngemeinschaften gab? Das konnte sein, dennoch aber war es nicht das Leben, das Asmas anstrebte. Ruhigere Bahnen! Was war daran schlimm, wenn man nur seine Ideale nicht verriet? Ging es nicht auch vielen so, die in den letzten Jahrzehnten lautstark demonstriert hatten? Haben sie nicht die Gesellschaft und die ganze Welt zum Besseren bewegt? Tun sie es nicht immer noch? Von innen und aus der Mitte der Gemeinschaft?

Ist ein alternativer Lebensstil daher Pflicht? Als eine Art Uniformierung oder besser Schein? Kämpft es sich in der schmutzigen WG besser für den Weltfrieden als im sauberen Einfamilienhaus? Sind nicht viele der gebliebenen nicht nur Abklatsch, Plagiatoren, einen Lebensstil nachäffend, den es gar nicht mehr gab? Schlicht nicht authentisch.

Und wie viele von jenen, die früher auf die Straße gingen, lebten noch immer so wie damals? Wenige, sehr wenige. War seine Gedanken nicht die Normalität? Das Engagement würde doch nicht am Eigenheim enden? Nein, da war sich Gregor absolut sicher. Es würde niemals sein Ende finden. Die Lektionen waren gelernt, die Lehrzeit vorüber. Alles Relevante konnte er doch mitnehmen, aber, ob dieser Weg mit seiner Liebsten möglich sein konnte? Diese war noch immer zahlreichen Rauschmitteln zugetan, walzte, als erlebnisorientierte Aktionistin, auf jede Demonstration und heuerte sogar kurzfristig auf einem Boot an, das gegen Walfänger zu Felde, oder besser zu Wasser, ziehen wollte. Letzteres unterließ sie dann doch, da sie Negatives über die Verpflegung an Bord gehört hatte.

Mit der Zeit störte den jungen Asmas das ein oder andere Element: Wie sie sich gegen den Kapitalismus einsetzte, gleichzeitig aber Freitag stets 25 Mark schnorrte, um in den aufkommenden amerikanischen Schnellrestaurants jedes Menü zum x-ten Male zu probieren. Wie wenig Sinn ihre Welterklärungen machten, die eigentlich nur dazu dienten, zu erklären, warum sie weder Schulausbildung noch Abschluss hatte oder keiner regelmäßigen Erwerbstätigkeit nachging. Als sie auch noch davon redete, dass ein Kind ihre Figur zerstören würde, was bei einem Kampfgewicht von 125 Kilogramm durchaus bezweifelt werden darf, war Gregor, der sich durchaus Nachwuchs vorstellen konnte, ernüchtert. Welche Eigenschaften hatte Brigitte eigentlich? Wieso fiel ihm das hohle Geschwätz erst jetzt auf? So richtig nach vorne schien sich diese Beziehung nicht zu bewegen. Weiterentwicklung? Leider nur bei beide Leibesumfängen zu erkennen!

„Die Sozialisation macht den Menschen!", dachte er und wollte in diesem Sinne wirken. Wie also Brigitte auf seinen Weg bringen? Man konnte doch auch ein guter Mensch sein, und solidere Lebensstrukturen schaffen? Oder nicht? Selbstverständlich würde er dabei mit allen Unterdrückungsmechanismen brechen! Das klassische Männer- und Frauenbild leben? Niemals! Die Kinder zu freien Individuen erziehen? Selbstverständlich! Jede Handlung ökologisch bedenken? Was

sonst? Wo war das Problem? Gregor schob die Umsetzung seiner Gedanken lange hinaus, aber letztendlich beschloss er, Brigitte aufzusuchen, um seine Pläne zu offenbaren.

Es war an einem schönen Sommertag und seine Herzdame befand sich gerade auf dem Marktplatz einer wunderbaren Hansestadt. Die übliche 14:00-Uhr-Demonstration, die ewig gleichen 17 Aktivisten. Einen konkreten Anlass gab es nicht, aber gelegentlich genügte es, Präsenz zu zeigen. Während Asmas sich langsam dem Ort des Geschehens näherte, fiel ihm schon von Weitem seine Dicke in ihren hautengen Leggins auf. Rosa, eng, pressend. Der Schweiß tropfte ab. Das seltsame Kraut auf ihrem Kopf. Diese Schweinchen-Nase. Die Arme, so gewaltig, so einschüchternd. Doch zurück zu den Leggins. Während Gregor noch darüber nachdachte, ob er diese Art Kleidung anziehend fand, fiel ihm die Gruppe auf, die als eine Art menschlicher Schild rund um einen kleinen Mann mit südländischem Aussehen stand und lautstarke Parolen von sich gab. Davor zwei Polizisten; wild gestikulierend. Offenbar wollten die Beamten den armen Mann ergreifen und das gab der Veranstaltung endlich ein Thema.

„Polizeigewalt!", dachte Asmas blitzartig und fühlte plötzlich, dass er und seine Gedanken nicht wichtig waren. Er hörte die Rufe und Parolen der Demonstrierenden und stimmte mit ein:

„Ihr schiebt Menschen ab, ihr Faschistenpack! Ihr schiebt Menschen ab, ihr Faschistenpack!"

Fisch im Wasser! Es packte ihn! Endlich wieder das gute Gefühl, zurück im Element! Kämpfen, streiten! Die Gerechtigkeit rief und er folgte dem Schrei! Der südländische Mann lachte und es war ein strahlendes Lachen, obwohl ihm beide Schneidezähne fehlten. Irgendwie bekam Gregor mit, dass der arme Mensch Tico hieß, während die beiden Polizisten stetig weiter irgendetwas von *„Schmuck"*, *„Juwelier"* und *„gemeingefährlicher Kleinganove"* schrien und dann den Fehler machten, die Worte *„krimineller Zigeuner"* und *„Abschiebung"* zu gebrauchen. Die Demonstranten wurden immer lauter und kamen den sichtlich verängstigten Beamten stetig näher. Am Ende rannten die treuen Vertreter der Exekutive davon.

Es war ein gutes Gefühl, dem armen Tico zu helfen, denn dieser konnte, durch die Ablenkung entkommen. Die Straße hatte gesiegt! Wir sind das Volk! Gegen Abschiebung und Staatsterror! Ein Funken! Der, der ihn wieder entbrannte? Brigitte umarmte ihn strahlend und das machte ihn mehr als glücklich. Wieder ein Kampf für die Gerechtigkeit! Gemeinsamer Sieg! Noch einmal die Sicherheit, für das Gute gestritten zu haben, doch es war nur noch ein Zucken, kein dauerhaftes Gewitter mehr, dass Tage und Wochen das Gemüt tragen konnte. Trotzdem nahm er natürlich die Zufriedenheit in Brigittes Augen wahr.

„Diese glücklichen Glubscher", befand Asmas, *„vielleicht warte ich doch noch eine Weile, damit ich den Moment nicht zerstöre!"*

Der Rest ist schnell erzählt. Zwei Tage später kam unser blonder Heroe von seinen Eltern zurück, und fand die dicke Brigitte mit dem dünnen Tico im leidenschaftlichen Liebeskampfe vor. Er war von der Ausdauer des kleinen Mannes erstaunt und auch, dass sie das Spiel nicht einmal unterbrachen, während Brigitte ein *„Es ist aus! Raus!"* stöhnte.

Gregor ging einfach so und war überaus erleichtert. Ticos mutmaßliche Vorfahren hatten durch deutsche Verantwortung so viel erdulden müssen. Da war es nur fair, wenn er solche Freuden genoss. Dafür stand er gerne zurück und Brigitte war dem gegenüber offenbar auch recht aufgeschlossen.

Im Grunde genommen war es für Asmas aber kein Opfer, denn mit jedem weiteren Tag mit seiner *„Dicken"* wurde im klarer, dass ihre beiden Lebensentwürfe offensichtlich nicht zusammenpassten. Schluss gemacht hätte er nicht, das konnte er nicht. Dafür war er nicht der Typ. Rechte der Frauen? Emanzipation? Natürlich, aber hauptsächlich lag es an seinem Charakter.

Da passte es gut, wenn es höhere Weihen gab, die man sich selbst vorgaukeln konnte. Er war sie los und hatte auch noch etwas für die Menschenwürde aller Zigeuner getan, wobei er sich schämte, dass er in Gedanken nun doch dieses Wort benutzt hatte. Wenn er ehrlich war, liebte er sie gar nicht mehr oder hatte sie nie geliebt. Sie war Zeitgeist gewesen, jetzt ist sie es nicht mehr und es war gut so, wie es gekommen war. Endlich konnte er nun befreit darangehen, sein Leben neu zu ordnen.

Letztendlich nahm Gregor Abschied von jener Szene, die ihn eine Weile begleitete, von der er sich aber mehr und mehr entfremdet hatte. Nicht ganz, aber in Teilen. Alles verändert sich irgendwann. Die Unschuld ging verloren. Manche Dinge hatten sich jedoch auch in einem Sinne entwickelt, die sich Asmas nicht mehr schönreden konnte, geschweige denn wollte. Irgendwann erstarrt jeder Aktionismus, lüftet sich der Schleier und manches fiel sogar in schreckliche Tiefe.

Jens Richter, einer jene Szenekreaturen, beispielsweise, übertrug seine Thesen der freien Liebe inzwischen auf Kinder. Lange hatte der blonde Gregor solche Tendenzen ignoriert, denn oft will man nur Grundgemeinsamkeiten sehen, aber nicht die Unterschiede. War nicht jeder, der sich zur Szene zählte, ein guter Mensch? Natürlich, es gab diese Flyer mit der Forderung nach pädophilen Freizügigkeiten, aber musste Gregor nicht annehmen, dass dieses schlichte Provokation war? Ein bloßer Gegenwind für die spießige Gesellschaft? Oder aber nutzten manche Menschen Ideologien nur als Mantel, um die eigene Schlechtigkeit auszuleben? Missbrauchten das Zusammengehörigkeitsgefühl, um an Akzeptanz zu gewinnen und hofften darauf, dass andere wegsahen, um nicht die geliebte Homogenität zu stören, die es in Wahrheit niemals gab? Feige ist, wer aus Harmoniegründen schweigt, denn am Ende hat er das Recht zu reden verloren.

Dann allerdings hörte Asmas immer wieder von weinenden und verstörten Kindern aus Richters Umfeld. Bevorzugte er nicht stets Lebensgefährtinnen mit Nachwuchs? Erst jetzt machte sich Gregor die Mühe, Richters alte Schriften und Gedichte durchzulesen. Immer wieder schienen sich die Gedanken des Autors um einen Mann zu drehen, der einen Hundekopf, es war kein echter, sondern ein Teil eines Karnevalskostüms, trug und sich ansonsten nackt unter Kindern bewegte und dort Dinge tat, die Gregor nicht aussprechen wollte. Asmas dachte nach und dann erkannte er, was das Richtige war. Nein, kein Held sein und keine direkte Konfrontation. Es fiel Gregor daher schwer, doch letztendlich zeigte er Jens bei der örtlichen Polizeidienststelle an; diesen faschistischen Ordnungshütern. Später erfuhr er aus der Zeitung, dass Richter verhaftet und wegen Kindesmissbrauch auch verurteilt wurde. „*Pädo-Hund*" nannte ihn die Presse. Wie viele Kinderseelen Richter zerstörte, konnte nicht ermittelt werden. In der Szene selbst sprach man kaum über den Fall und wenn, wurde darauf verwiesen, dass Richter nie dazugehörte. Niemals. Manche mieden Gregor nun, andere agierten in Zukunft schlicht vorsichtiger.

So schrecklich es klingen mag, diese Begebenheit machte es ihm noch leichter, dem Milieu, dem er entwachsen war, den Rücken zu kehren. Asmas hatte das Gefühl, das Richtige getan zu haben und das allein zählte. Helden sind manchmal einsam, aber sie bleiben Helden. Er hatte viel gelernt, viel erlebt. Zeit, den eigenen Weg einzuschlagen.

Kapitel 7

Gregor kehrte an den Ort zurück, den er offiziell nie wirklich verlassen hatte: Sein Elternhaus. Das abgebrochene Studium mochte Anfangs ein Schock für Vater und Mutter gewesen sein, doch alsbald verziehen sie ihrem blond-gelockten Jungen. Beruflich dauerte es nur wenige Monate und der junge Mann begann eine kaufmännische Lehre bei der Firma Karl-Mandolf Klastermann GmbH, kurz KAMA, dem mittelständischen Weltmarktführer für linksgedrehte Halbschrauben, der in seiner Nähe ein Zweigwerk eröffnet hatte. Die Lehre zu bekommen, erwies sich, trotz seines Alters, als nicht sonderlich schwer; schließlich hatte er Abitur. Er war nun ein bürgerlicher Revoluzzer oder ein alternativer Bürgerlicher; ganz wie man es sehen mochte. Vielleicht noch nicht ganz, aber auf dem Weg dazu.

Die Jahre verflogen und mit großem Willen beendete er die berufliche Ausbildung als Jahrgangsbester. Die angebotene Planstelle als Sachbearbeiter nahm er dankend an. Mit Recht war Asmas stolz auf sich und ebenso sahen es seine Eltern, die zwar lieber, schlicht aus Prestigegründen, einen Studierten gehabt hätten, aber sich dennoch mit der Entwicklung einverstanden zeigten. Aus dem Jungen schien etwas zu werden.

Privat jedoch gelang dem Manne eher weniger. Von seinen ehemaligen Spielkameraden aus dem Kindergarten und der Grundschule kannte ihn kaum jemand mehr, die Arbeitskollegen interessierten ihn wenig und zu Hause wurde, jenseits aller beruflichen Taten, mehr und mehr Schwester Ida, dank Ehemann Harry und Söhnchen Tilmann, zum neuen Liebling der Eltern. Ja, der liebe Enkel und bereits in jungen Jahren ein Künstler vor dem Herrn! Welche Werke man doch aus Grashalmen und Käfern schaffen konnte!

Zacharias und Bernd, letzteren hätte er gerne wieder auf den Pfad der Tugend geführt, lebten nicht mehr in der Gegend und aus der alternativen Szene, taugten wenige, oder genauer gesagt niemand, für sein neues Leben. Vegan-Axel sah er noch einmal an der Seite einer jungen, aber wenig hübschen Frau. Von der langen Lockenpracht hatte er sich inzwischen getrennt, die Kleidung wirkte nicht älter als zwei Jahre und generell schien es so, als ob sich auch in seinem Leben etliches verändert hätte. Zu mehr als einer kurzen Begrüßung kam es jedoch nicht. Was sollte man sich auch sagen, wenn man einst nur durch das löchrige Band der Ideologie vereint war? Reißt der Faden des Gemeinsamen, bleibt oft nur Sprachlosigkeit.

Gleich nach seinem beruflichen Abschluss ließ Gregor den Keller des Elternhauses zu einer schicken Eigentumswohnung mit separatem Eingang umbauen und lebte dort seine kleine Unabhängigkeit. Eine nette Einliegerwohnung. 142 Quadratmeter. Schneller als vermutet war er Mitten im Leben angekommen und wirklich viel hatte sich zu Hause nicht verändert, wenn man einmal von dem Neu-Anhang absah.

Überhaupt die Buxlers! Während er seine Schwester, die es schwer hatte, stets wohlwollend betrachtete, beurteilte er Versicherungs-Harry, wie sich Harald Buxler selbst nannte, skeptisch. Bereits in der Kennenlernphase hatte der gute Gregor 25 Versicherungen abgeschlossen, einschließlich einer Hundehalterhaftpflicht. Der immer noch junge Mann besaß zwar keinen Hund, aber die Argumentation, dass sein Jahresbeitrag zum Senken der Jahresbeiträge aller Hundehalter da draußen führen würde, überzeugte Asmas, denn das war mehr als nur sozial und tierlieb. Passend dazu, nannte ihn Harald sehr gerne *„Michel"*, nach seinem Taufnamen Michael und fügte, wenn er glaubte, dass Gregors Ohren nicht in der Nähe waren, gerne ein *„dummer"* an. Doch Gregor wusste es natürlich. Nicht jede Erklärung, die er sich selbst vorschob, stimmte mit seinen inneren Überzeugungen überein und manches Mal war eine abstruse Handlung lediglich eine Mischung aus Mitleid und schlichtem Spott, denn letztendlich amüsierte er sich gar köstlich über Versicherungs-Harry, der es offenbar nötig hatte, den eigenen Schwager zu betrügen. Ein Triumph, wenn auch mit hohen Versicherungsprämien erkauft.

Nein, er mochte den windigen Harald nicht sonderlich, fühlte aber mit dessen Frau und Kind. Oberflächlich zumindest, nicht in die Tiefe gehend. Zum Glück sah er die Buxlers nicht allzu oft. Die Probleme der Welt standen im stets näher als seine eigenen Verwandten. Details, Nähe und derartige Kleinigkeiten waren seine Sache nicht.

Positives gab es auch von einem anderen Familienmitglied, dem weitgereisten Onkel Michael, zu berichten. Es war zwar nur eine Statistenrolle, genauer gesagt, war er ein Passant, der im zweiten *„Kometmann-Kinofilm"* in einer kurzen Szene von einem Auto überfahren wurde, aber ein Anfang. Die Verfilmung der Bildergeschichten-Serie mochte der Blonde aus dem Norden nie. Primitive Gewalt, billiger Sexismus, Nationalismus und Klischees aus chauvinistisch-patriarchischen Zeiten, wie es schlimmer nicht sein konnte. Trotzdem war da auch der Stolz auf den Verwandten, der es geschafft hatte. Die anspruchsvollen Rollen würden schon kommen! Mainstream-Kino. Wow!

Immer noch war Gregor sehr engagiert in ökologischen und gesellschaftlichen Fragen, zog sich jedoch mehr und mehr von der Straße zurück. Im Grunde genommen war er sowieso nur noch eine Randfigur. Ein Relikt unter unbekannten, die nichts oder nichts mehr mit ihm anzufangen wussten. Da konnte man es auch lassen, oder?

Die Einstellung selbst verlor man auch zu Hause nicht, denn die kam von innen. In dieser Hinsicht war er wie so viele andere auch. Mit den Jahren wurde man ruhiger, vielleicht auch sicherheitsorientierter, wahrscheinlich spießiger. Insgeheim war er auch von den jungen Generationen enttäuscht:

Nicht nur, dass diese in immer geringerer Zahl den Kampf für Freiheit und Gerechtigkeit forcierten, nein, oft waren die Kenntnisse und der theoretische Hintergrund so wenig vorhanden, dass Brigitte, im Rückspiegel der Zeit betrachtet, wie eine Prophetin des Sozialismus wirkte. Für Asmas waren jene, die ihre eigene Dumm- und Faulheit durch extreme Parolen kaschierten und für die der Kampf nur ein Deckmäntelchen für die eigene Charakterschwäche war, schon damals ein Gräuel. Und nun hatte er den Eindruck, dass der größte Teil jener, die mit bunten Haaren und gammeligen Klamotten den Tag mit einer kapitalistischen Biermarke vergeudeten, eine Masse waren, für die man sich als echter Kämpfer für die Gerechtigkeit nur schämen konnte. Hatten sie dafür gekämpft? Für das ganztätige Saufen am Bahnhof? Er hoffte aber auch, dass er sich irrte und dieser Eindruck von den lokalen Begebenheiten verzerrt wurde.

Statt der deutschen Straße wandte er sich lieber diversen Hilfsprojekten in Afrika zu. So unterstütze Asmas den Bau von Brunnen und Schulen mit erheblichen finanziellen Mitteln. Noch zu Ausbildungszeiten übernahm er sogar eine Patenschaft für einen kleinen afrikanischen Jungen namens Enkidu, dem er immer wieder Pakete mit Süßigkeiten sendete, worüber sich der Bube weitaus mehr freute als über die weltanschaulichen Ratschläge in den beiliegenden Briefen. Obwohl Gregor stets begeistert auf die Antwortschreiben und Bilder seines Patenkindes wartete, konnte er sich nie dafür entscheiden, eines der zahlreichen Angebote der Hilfsorganisation, doch nach Afrika zu reisen und Land, Projekte und Menschen vor Ort zu erleben, anzunehmen. Nein, am Gelde wäre es nicht gescheitert. Er wollte schlicht diese Nähe nicht.

Beruflich ging es dagegen stetig aufwärts, denn Gregor bildete sich in kürzester Zeit zum Bilanzbuchhalter weiter, bekam sein eigenes Einzelbüro und damit auch Ruhe vor den zahlreichen Kollegen, deren Geschnatter ihn schlicht nervte. Nein, er war kein Menschenfeind, aber erst recht kein Freund von Oberflächlichkeit oder Dingen ohne Belang. Er strebte Tiefe an, weil er sie aber nicht fand, beendete er den Versuch, sie bei Menschen zu suchen. Es waren die ewig gleichen Geschichten und Belanglosigkeiten. Kleine Sorgen, wie die Farbe der Terrassenbretter, die doch so unbedeutend wirkten, dass man sie getrost ignorieren sollte. Kindergeschichten. Das neue Auto. Nein, über so etwas Profanes wollte er nicht reden und daher sprach er wenig mit anderen Personen.

Parallel dazu stieg sein Einkommen immer weiter an und irgendwann gehörte er zu jenen Besserverdienenden, gegen die Vegan-Axel & Co in den Redegruppen immer gehetzt hatten. Selbstredend erkannte Gregor dies, schämte sich gelegentlich auch dafür, spendete jedes Jahr, als Kompensation, ein paar Mark an diverse Organisationen und kaufte nur ökologisch-sozial konforme Produkte. Doch musste er sich für seine Leistung wirklich selbst tadeln? So richtig klären konnte er die Sache mit sich selbst nie.

Einmal, es war auf einem Spendenmarathon für Oper rechter Gewalt, an dem Gregor natürlich nicht sportlich teilnahm, aber solidarisch zusah, traf er sogar noch einmal auf die dicke Brigitte. Offenbar war Tico sehr fleißig gewesen, denn in den Armen hielt sie ein Kleinkind, das den Namen Marine trug. Warum dieser merkwürdige Name? Nun, der Dicken gefiel er, weil ein Großonkel von ihr immer so von seiner Zeit dort schwärmte und sie „Marine" offenbar für einen schönen, fast paradiesischen Ort hielt. Gregor ließ sie in diesem Glauben, weil er es als falsch empfand, ihr die Realität in dieser Hinsicht näherzubringen. Brigitte erzählte viel, doch er hörte wenig zu. Die einzigen Dinge, die er behalten hatte, waren, dass der gute Tico sich, nach einem Bruch, herzensgut abgesetzt hatte und sie nun auf Kosten des faschistischen Staates, zusammen mit der kleinen Marine, in einer winzigen Sozialwohnung hauste. Letztendlich hatte sich faktisch nichts verändert. Obwohl sich die Frau liebevoll an ihn anschmiegte und er das Lachen in Marines Augen sah, konnte er sich nicht dazu überwinden, erneut eine Beziehung mit der Dicken zu beginnen.

Ideologisch rechtfertigte er sich damit, dass er diese moderne Familie nicht durch die Anwesenheit einer männlich-autoritären Bezugsperson zerstören wollte, aber jenseits dieser Gedanken mochte er weder Brigitte noch das fremde Kind durchfüttern. Er schämte sich zwar sehr für diese asozialen Bedenken, konnte aber gut damit leben und lobte sich, dass ihm diese immerhin in das Bewusstsein drangen. Das war schon weitaus mehr Empathie, als sie der größte Teil der restlichen Menschheit gezeigt hätte; fand Gregor.

Zu einer Beziehung kam Asmas jahrelang nicht mehr, obwohl seine Mutter alles tat, um auch ihn mit dem Überschuss aus der näheren Umgebung zu verkuppeln. Doch die Ware von der Resterampe fand sein Interesse nicht. Zwar gab es immer wieder kleine Kurzabenteuer, doch für mehr genügte es nicht.

Die einzige Ausnahme stellte eine Jura-Studentin namens Leopoldine Rauscher dar, die er an einem Protest-Stand kennenlernte, an dem beide gegen die Befugnisse von Kaminkehrern unterschrieben. Es waren zarte Bande, die dort geknüpft wurden. Sie begannen mit einigen Restaurantbesuchen und endeten schließlich im Bett. Leopoldine war stets voller Energie und studierte ihr Fach aus voller Überzeugung und mit größter Leidenschaft. Für Asmas jedoch, der mehr und mehr in noch ruhigere Fahrwasser vordrang, zeigte sich die jüngere Frau etwas zu quirlig und gelegentlich auch zu rechthaberisch, da sie jede Kleinigkeit an geltendem Recht maß und dieses auch umfangreich ausdiskutierte. Das begann bei einem Kinobesuch, bei dem sie alle geschlossenen Verträge aufzählte, setzte sich bei den gewöhnlichen Einkäufen sowie den Rechten eines Verbrauchers fort und machte auch im Schlafzimmer, was gab es nicht alles für Paragrafen, nicht halt. Gregor war sich sicher, dass seine Leo, wie er sie nannte, eine große juristische Karriere vor sich hatte, nur konnte er mit dieser begabten Karrierefrau immer weniger anfangen.

Auf der anderen Seite wollte er sie auch nicht verletzen und bedachte, wie sehr Feministinnen für solche Möglichkeiten gekämpft hatten. Würde ein Ende der Beziehung nicht indirekt ein altertümliches Familien- und Rollenbild rechtfertigen? Wäre das nicht ein fataler Triumph über die Rechte der Frau auf Selbstbestimmung? Am Ende nahm Rauscher ihm diesen Konflikt ab, denn sie ging nach dem ersten Staatsexamen an eine Universität im Bayernlande und beendete die Beziehung relativ lapidar mit der Feststellung, dass sie keinerlei Unterhaltsansprüche an ihn stellen würde. Ob das nun ernst gemeint war oder ein Scherz sein sollte, wusste Gregor nicht, aber er war froh, dass die Geschichte so positiv für alle ausging. Aus und vorbei! Ob das Liebeskarussell nun für immer stand? Erst einmal!

Natürlich gab es da noch Manuela Drücker, eine Sekretärin aus der Firma KAMA und gut ein Jahrzehnt jünger als unser Lockenhaupt. Man merkt, unsereins springt und springt. Nur, erst traute sich Asmas nicht an die gutaussehende Brünette heran und später musste er feststellen, dass ein kleiner, untersetzter Mann mit Glatze offenbar mutiger gewesen war, denn der wurde zum Ehemann, der am Ende den schönen Namen Herbert Drücker-Musler erhielt. Auch diese Chance war damit vertan.

25, dann 30, 35 und schließlich 40. Das waren die Geburtstage, die vorüberzogen. Die Minuten, die Stunden, die Tage, die Jahre verstreichen und die Dinge, die verschoben wurden, blieben unerledigt. Die Zeit verging tückisch schnell. Selbst sein afrikanisches Patenkind, der niedliche kleine Enkidu mit seinen krausen Haaren und der großen Nase, der Kontakt riss leider ab, nachdem dieser aus dem kleinen Dorf weggezogen war, musste nun schon ein erwachsener Mann sein!

Und Gregor? Was hatte er die letzten Jahre eigentlich so getrieben? Alles gleich. Langeweile. Nein, ich werde davon nicht berichten! Uninteressant für unsereins! Die Zuschauer wollen Spannung und keine Spiegelung des eigenen Seins! Doch zurück zu unserem Helden!

Nur gelegentlich regte sich innerlicher Widerstand. Wer dachte nicht einmal ans Aussteigen? Wer wollte noch nie den ewig gleichen Trott durchbrechen? Doch sind es nicht fast immer nur Worte? Die Uhr tickt und am Ende sind nicht einmal mehr genug Sekunden vorhanden, um von einer Abkehr vom bisherigen Leben auch nur zu träumen. War nicht immer irgendetwas? Lenkten Sachzwänge nicht einen jeden davon ab, sich auszuleben und sich selbst zu finden? Man wird älter, die monotonen Details hat man längst vergessen, man erinnert sich an einzelne Szenen, Momente, Bilder und bedauert am Ende, dass es nicht mehr gewesen waren. Oder aber man ist mit ihnen zufrieden, denn es hätte ja auch schlimmer kommen können. Genau so sah es bei Gregor aus, das war der eingeschlagene Pfad.

Dann jedoch gab es eine Betriebsversammlung der Firma KAMA, die alles verändern sollte. Mit langsamen Schritten nähern wir uns der Gegenwart, auch, wenn wir sie noch nicht ganz erreicht haben.

Kapitel 8

Betriebsversammlungen bei KAMA waren immer eine uninteressante Mischung aus Wehklagen, mittelmäßigem Essen und verstohlener Wiedersehensfreude, doch dieses Mal war alles anders. Man konnte es bereits ahnen, denn nach dem Tod von Ernst-Werner Klastermann, dem Sohn des Gründers Karl-Mandolf, übernahm dessen Abkömmling Jürgen Ernst, kurz Jürgen E. Klastermann das Unternehmen, und hatte, andere, nennen wir sie, modernere Vorstellungen von der Unternehmensführung. Klastermann Junior, Absolvent einer Elite-Universität im Ausland, wenig sozialromantisch und ohne Verbundenheit mit Land und Leuten ausgestattet, wollte, den Weltmarktführer für linksgedrehte Halbschrauben Schritt für Schritt, vom Mittelständer zum Weltunternehmen umbauen. Global Player, Image, Größe. Dafür müsste man nur rationalisieren, verlegen, umbauen und was sonst noch so alles notwendig war. Was Unternehmensberatungen so raten.

Aus diesem Grund redete er auch persönlich auf der Betriebsversammlung eine Weile über die Qualität der Produkte und Mitarbeiter, um letzteren dann mitzuteilen, dass sie entbehrlich waren. Man schloss das Werk zum Monatsende. Keine große Sozialverträglichkeit, keine Pläne. Der Vorhang fiel. Das letzte Glas Wein getrunken. Rechtlich war das Konstrukt offenbar so gut abgesichert, dass sich daran wenig machen ließ und wenn man ehrlich ist, wie viele Arbeitnehmer verfügen schon über juristische Kenntnisse? Wehklagen ist eine Stetigkeit, Klagen eher nicht.

Es war ein geschickter Kniff, aber er griff und Klastermann zahlte die potenziellen Abfindungen lieber direkt an die politischen Parteien und ließ so jeden Gedanken an etwaige Unsauberkeiten von Anfang an verstummen. Das Werk wurde geschlossen und es sollte nur noch die Zentrale in Rodringbach, weit im Süden des Landes, sowie ausländische Zweigstellen geben. Entsetzte Gesichter, Geschnatter, Überraschung, Hektik und Verzweiflung.

Gregor jedoch war ein „*Eingeweihter*" und blieb, im Gegensatz zu der sich übergebenden Manuela Drücker, völlig ruhig, denn er hatte längst, wie einzelne andere Spezialisten auch, ein persönliches Gespräch mit Klastermann geführt. Ihn wollte man übernehmen, schließlich war er eine hochbezahlte Fachkraft. Unentbehrlich mit außertariflichem Gehalt. Allerdings müsste er dafür in das Frankenland ziehen. Asmas war sich unsicher, doch man bot ihm an, ihn ein halbes Jahr, bei vollen Bezügen, freizustellen. In dieser Zeit sollte die Zweigstelle abgebaut und der Umbau der Firmenzentrale stattfinden. Er konnte es sich in aller Ruhe überlegen, denn es sollten noch einige Monate vergehen, bis seine Fähigkeiten am neuen Standort gebraucht werden würden.

Die Freistellung war natürlich nicht vollkommen selbstlos, denn so wollte sich das Unternehmen letztendlich auch bewährtes Humankapital sichern, das auf dem Markt nur teuer zu erwerben war. Mitarbeitern, die weniger wichtig waren als Gregor, wurde eine Versetzung zu deutlich schlechteren Konditionen angeboten. Ausgelagert, jenseits des Tarifvertrages, wunderbare Änderungskündigungen.

Für Asmas war Jürgen E. Klastermann der Prototyp eines Kapitalisten. Eisblaue Augen, der entschlossene Blick, herrischer Ton. Ein Muster-Arier, der sicher auch in der SS Karriere gemacht hätte. Selbstverständlich war er innerlich gespalten, denn einerseits fühlte er Solidarität mit den vielen Neu-Arbeitslosen, auf der anderen Seite jedoch war da auch die Anerkennung, die er erfuhr und für die er letztendlich hart gearbeitet hatte. Außerdem war er doch Buchhalter und kannte die Zahlen. Betriebswirtschaftliche Unlogik war nicht zu erkennen. Was sollte Asmas schon tun? War es aber gerecht, dass er bevorzugt wurde? Musste er nicht gegen einen derartigen Vorgang auf die Straße gehen, wie manche Teile der Belegschaft?

Gregor rang lange Zeit mit sich und fand letztendlich einen Kompromiss: Er missbilligte passiv die Vorgehensweise des Unternehmens und freute sich nicht aktiv über die, wie er fand, persönliche Auszeichnung. Nein, an den nun folgenden Demonstrationen und Streiks gegen die Firmenpolitik beteiligte er sich nicht und doch fühlte er mit jedem Einzelnen intensiv mit. Auch schwor er sich, das halbe Jahr zu nutzen, um herauszufinden, ob es im Leben nicht vielleicht noch etwas anderes gab als KAMA und sollte es Derartiges geben, so wollte er, im Sinne einer nachgelagerten Solidarität, auf die freigehaltene Stelle verzichten.

Am Anfang waren das nur Floskeln, aber dann dachte er nach. Inzwischen auch schon über 40 Jahre alt. Vielleicht schon die Mitte des Lebens? Ja, es gab den beruflichen Erfolg und Geld besaß er mehr als genug. So richtig viel. Richtig, richtig viel. Richtig, richtig, richtig viel. Mich dünkt, man hat den Punkt verstanden.

Noch immer wucherten die blonden Locken auf seinem Haupt. Der Bauch hielt seit einigen Jahren sein rundes Niveau. Mit den Beziehungen funktionierte es nicht so ganz, aber bei wem war schon alles perfekt? Wie viele Familien gingen in diesem Alter auseinander und vielleicht lag es in der menschlichen Natur, dass man sich ein, zweimal im Leben neuorientieren musste? Es war doch noch nicht zu spät, oder? Nein, das konnte nicht sein! Asmas erinnerte sich an die Zeit mit Brigitte. War es da nicht auch so gewesen? Ohne den dünnen Tico, dem er im Nachhinein immer noch dankbar war, wäre er vielleicht in einem Milieu verharrt geblieben und hätte heute eine Tochter mit dem merkwürdigen Namen Marine. Nun also wieder ein Schnitt, eine Chance. War es nicht Zeit, sich neu zu erfinden? Vielleicht sogar den wahren Gregor zu entdecken? All das Potential herauszukitzeln und sich als Mensch zu veredeln? Was tat er denn den ganzen Tag? Aufstehen, Arbeit, Sofa oder Garten! War das wirklich alles? War da nicht mehr möglich? Kannte er nun nicht jedes Extrem? Auf der einen Seite die Leichtlebigkeit eines Vegan-Axel, bei dem die Gedanken im Moment verharrten und auf der anderen Seite die sichere Spießigkeit, die vor allem durch die Sorgen über das Morgen genährt wurden, die letztendlich nie real waren? Zumindest nicht, wenn man leitender Angestellter war. War es nicht an der Zeit, all die Erfahrungen zu nutzen und daraus sein optimales Leben zu mixen? Keine Sachzwänge vorschützen! Leben!

Umso intensiver Asmas nachdachte, umso mehr fühlte er, dass es Veränderungen bedurfte. Nur, welche? Vielleicht einen Motorradführerschein? Nein, die Klamotten sahen so eng aus und wirklich Spaß konnte so etwas doch nicht machen! Außerdem war da der CO2-Ausstoss, ein Thema, das in den letzten Jahren immer mehr aufkam. Das war nichts für ihn.

Oder Inserate im Netz, um eine Frau zu finden? Nein, da hatte er im Moment wenig Lust darauf. Ein eigenes Haus bauen? Eigentlich tat es seine Wohnung doch! Vielleicht ein großes Schwimmbad im Garten? Lieber nicht, denn das würde nur Versicherungs-Harry anlocken.

Gregor reflektierte und reflektierte und mehr und mehr fühlte er diese unerklärliche Sehnsucht Wider den Stillstand! Was war eigentlich die letzten Jahre so passiert? Alles so gleich, alles so grau. Wo war der Sinn? Wo das Leben geblieben?

Am Ende beschloss er, ganz konservativ-mutig, sich die Welt anzusehen. Reisen? Warum nicht? Die erste große Unternehmung seit langem! Die erste Reise, seitdem er 1999 aufgebrochen war, um gestrandete Wale in Norwegen zu reden, die leider schon alle umgekommen waren, als er zwei Tage später mit dem Bummelzug ankam. Über die potenziellen Ziele sinnierte er umfassend, denn er wollte mit seinem Geld kein faschistisches Regime oder gar den Kapitalismus unterstützen. Durfte er ein Ziel anvisieren, das vielleicht Derartiges bot? Auf der anderen Seite musste man aber doch den Feind kennen? Wiederum rang Gregor innerlich mit sich und am Ende schrieb er sieben Ziele auf Zettel: Kuba, Israel, Libyen, Bolivien, Venezuela, China und Florida. Letzteres kannte er aus billigen Trash-Filmchen aus den 80ern und erschien ihm als interessantes Ziel.

Letztendlich wollte er diese Zettel in eine Schüssel werfen und anschließend ein Ziel daraus ziehen. Der Zufall sollte entscheiden und nichts sonst. Waren die Ziele nicht gerecht aufgeteilt? Die Mehrzahl waren sozialistische oder gar kommunistische Länder, zumindest soweit er das wusste, dann noch Israel und die USA, denen er den Vietnam- und den Golfkrieg noch immer nicht verziehen hatte. Die Wahrscheinlichkeit, das Falsche zu ziehen, war daher sehr gering und beruhigte den armen Mann doch in einem erheblichen Umfang.

Final zog er Israel, bedachte aber dann doch, dass er als Deutscher, auch noch mit blonden Haaren und blauen Augen gesegnet, vielleicht aufgrund der Geschichte unwillkommen war. Aus Rücksicht auf die Israelis griff er erneut zu und dann stand da schlicht: Florida. Insgeheim schämte sich Gregor jedoch innerlich, weil er spontan nur an Sonne und Strand, nicht aber an den US-Imperialismus und die Kriegstreiberei gedacht hatte. Doch sein Selbsttadel währte nur kurz. „*Dann also Florida*", sprach er zu sich selbst. Die Reise würde daher, allen kapitalistischen Bedenken, die ihn nächtelang quälten, zum Trotze in die USA gehen.

Kapitel 9

Eine Rundreise durch Florida ist schnell gebucht und schon nach wenigen Tagen stand Gregor daher startbereit am Flughafen. Selbstverständlich hatte er, das war neuerdings möglich, einen Ausgleich für das CO2 des Reisevehikels gespendet und war damit zumindest dieses schlechte Gewissen los, was verdammt viel Wert war, wenn man wusste, wie Gregor dachte und fühlte.

Urlaubsstimmung? Noch nicht so ganz, denn hier war er nun: Großer Flughafen, unübersichtliches Gedränge. So laut. Viele Sprachen, überall Bewegung. Hektik, immerwährende Unruhe: Der Mann im Anzug, die Familie mit den beiden kleinen Kindern. Stress. Letztendlich fand er den Weg zum Schalter und in das Flugzeug. Das erste Mal über den Wolken. Angst? Nein, das nicht, aber Asmas war überrascht, wie unbequem die Sitze in der ersten Klasse waren und wie schlecht das Essen. Angeblich hatte es etwas mit Hühnchen zu tun. Hoffentlich führte es bis dato ein würdiges Leben, denn der Tod und die Verarbeitung waren es nicht.

Trotz aller Enge, der verstopften Toilette und dem Schnarchen des Nachbarn überlebte er den neunstündigen Flug und landete, übernächtigt und durchaus müde, in Miami.

Es war warm und die Luftfeuchtigkeit hoch, als er den Flughafen in Richtung des Mietwagenterminals durchquerte. Sein Englisch? In der Firma benötigte er es sehr selten, aber es war dennoch ausreichend. Schulenglisch. Er hatte doch Abitur!

In das Auto, natürlich mit deutschem Navigationssystem, und freie Fahrt voraus! Kurz darauf begann seine Reise auf den Straßen Miamis. Blauer Himmel, Palmen, Stau auf den Umgehungswegen. Fremdes, helles Licht, fast karibisches Flair. Den Worten des Navigators folgen? Nein, erst einmal die Freiheit genießen und sich die Stadt ansehen! Schnell an den Straßenverkehr gewöhnt. Ach, im Urlaub fährt es sich entspannter, aber was sollten diese Geschwindigkeitsbegrenzungen? Was soll man klagen? Für die Umwelt erschein es sinnvoll.

Nur staunen, die Müdigkeit durch die Neugier verdrängen! Verschiedene Baustile, überall Menschen und Verkehr. Wolkenlos, strahlende Sonne. *„Ja, so gefällt mir das!"*, dachte er bei sich. Die überall zu sehenden „Verschönerung" mit der amerikanischen Fahne gefiel ihm dagegen eher weniger. Das war ihm zu nationalistisch.

Asmas hatte damals oft mit Vegan-Axel über den Begriff der Nation diskutiert, aber so sehr er es auch wollte, er schaffte es nicht, eine vollkommene Abneigung gegen diese kulturelle Evolution zu entwickeln. Schlimmer noch, feuerte er 1990 sogar kurzfristig die deutsche Nationalmannschaft in Italien mit einem Deutschlandfähnchen an, doch vergessen wir die Vergangenheit! Es ging um das Hier und Jetzt und je bunter die Häuser wurden, desto weniger schien dieser Makel zu interessieren. Überhaupt! War Florida nicht ein Schmelztiegel der Kulturen? War es nicht gelebtes Multikulti? Schwarze, Weiße, Hispanics – sie alle lebten hier nebeneinander. Waren Nachbarn, Freunde, vielleicht inzwischen sogar Familien? Es gab doch sogar eine Gleichstellung der englischen mit der spanischen Sprache, oder? Natürlich wusste Asmas, dass das Zusammenleben nicht immer reibungslos verlief. Das allerdings schob er auf den kalten und ungezügelten Kapitalismus, der die Ethnien gegeneinander aufhetzte und sie so entzweite, dass sie sich nicht vereinen konnten. Es war, in Gregors Augen, ein perfides System. *„Wir sagen um Brot und Freiheit müsst ihr kämpfen"*, sagte einmal ein deutscher Kommunist und um das zu vermeiden zerstörte man lieber die Solidarität.

Die Häuser und Baracken wurden immer bunter. Inzwischen fuhr Asmas durch ein kunterbuntes Viertel mit Namen *„Little Haiti"*, was der blonde Mann jedoch nicht wusste, und weil er die Farben der Gebäude so mochte, hielt er an, stieg aus und atmete tief ein. Angekommen in einer fremden Welt, die so anders war als seine deutsche Heimat. Plötzlich sah er, nur wenige Meter vor sich, Einheimische, die ihn offenbar freudig begrüßen wollten. Gregor rief *„Hello"* und als er wiedererwachte, sah er sich einem Polizisten auf einem Revier gegenüber. Da er die spanische Sprache nicht beherrschte und kein englisch-sprechender Staatsdiener anwesend war, verstand er nur so viel, dass arme Migranten ihn wohl, weil sie ihn nicht verstanden, niedergeschlagen und komplett ausgeraubt hatten. Nun ja, nicht komplett, zumindest einen Teil der Bekleidung ließen sie zurück. Gregor verfluche die US-Einwanderungspolitik, die einfach zu wenig für die Zuwanderer tat und gab diesen Menschen keine Schuld. Vielmehr bewunderte er sie, wie sie sich Tag für Tag durchkämpften und das auch noch oft ohne Arbeit und Sprachkenntnisse. *„Es ist einfach die Sozialisation und Armut, die den Menschen zum Verbrechen treibt"*, dachte er und war zum ersten Mal froh, dass er sich so viele Versicherungen von Schwager Harald hatte aufschwatzen lassen, denn im Nu erhielt er, durch seine *„Auslands-Migranten-Überfalls-Versicherung-Optimal"*, ein

Ersatzmietfahrzeug. Man möge mir an dieser Stelle glauben, dass der Name des Produktes Gregors interne Prüfung auf „politische Korrektheit" bestehen konnte. Wie fragen wir lieber nicht.

Tatsächlich ging alles lobenswert schnell, denn ein Mitarbeiter der Versicherung fand sich innerhalb weniger Minuten ein und half ihm aus der misslichen Lage. Weiterhin kümmerte sich der Repräsentant des Finanzunternehmens rührend um Papiere, einen neuen Mietwagen, stellte Bargeld und Kreditkarte zur Verfügung und nur einige Stunden später erreichte Gregor Michael Asmas das Hotel Fountainebleau, in dem er die nächsten drei Tage nächtigen wollte. Schönes Hotel. Bekannt aus Funk und Fernsehen. Direkt am Stand von Miami Beach. Was für ein wunderbarer künstlicher Wasserfall! Traumhaft! Natürlich war diese Unterbringung nicht gerade schlicht und ein wenig schämte er sich auch, aber gebucht war gebucht! Hingen nicht so viele Arbeitsplätze an der Tourismusbranche? Die folgenden Tage verbrachte Asmas primär am sonnigen Sandstrand, in der Poollandschaft oder in den vielen Restaurants. Besonders das Essen schmeckte ihm. Viel Fleisch, gut gewürzt, große Portionen und Geschmacksverstärker. Lecker, mehr davon. Ausnahmsweise schämte er sich nicht. So lässt es sich leben! In die Lincoln Road Mall? Nein, im Moment kein Interesse. In eine der beworbenen Tiershows? Delfine und Wale im Aquarium? Für ihn brutale Tierquälerei! Das lehnte er ab! Der junge Gregor hätte sie zu befreien versucht.

Nur Entspannung, das tolle Wetter, Palmen und die Ruhe in einer sonst hektischen Stadt genügten. Zumindest für die ersten Momente auf der großen Reise.

Nach den drei Tagen in Miami fuhr der Deutsche weiter in Richtung Key West, was eine Fahrt von vielen Stunden bei langsamer Geschwindigkeit bedeutete. Persönlich war er zwar ein Freund von Tempolimits, aber vielleicht sollte man es doch nicht übertreiben? Auch langsames Tempo und Stopps können klimaschädlich sein.

Nicht unerwähnt bleiben darf, dass sich bereits die Abfahrt verzögerte, denn unglückseligerweise nutzte ein grüner Leguan Gregors mangelnde Aufmerksamkeit und platzierte sich, in einem unachtsamen Moment bei offener Türe, frech auf dem Beifahrersitz. Alle Bemühungen, das fast 90 Zentimeter lange Tier zu verscheuchen, misslangen und letztendlich fuhr McRunkel, wie Gregor ihn nach einer Chips-Sorte, die er in den letzten Tagen dauerhaft als Zwischenmahlzeit verzehrte, taufte, mit. Ein Beifahrer, mit dem man sich unterhalten konnte? Warum nicht!

So ging es die Keys hinunter und alles verlief wunderbar. Traumhaftes Wetter und dazu tief-sinnige Gespräche mit McRunkel, der scheinbar auf dem Sitz erstarrt war und sich nur selten regte. Was wollte man mehr? Auch ein Tier war artgerecht zu behandeln und dessen freien Willen zu achten.

Allerdings, und unsereins will es nicht verschweigen, hatte Gregor in Key Largo eine sehr unangenehme Begegnung. Zum Mittagessen war er in einem Pizzaschnellrestaurant eingekehrt. Alles ganz normal. Es gab große Portionen und sehr große. Plötzlich aber hörte er eine laute Stimme, die über das Essen fluchte. In deutscher Sprache! Er drehte sich um und sah einen Mann der wildfuchtelnd auf seine Pizza deutete, während die Frau verstört schaute und die beiden Kin-der weinten. Der harmlose Angestellte der Fast-Food-Kette zuckte nur die Schultern. Deutsche im Ausland, welche die Einheimischen unterdrückten! Wie Kolonialherren oder Herrenmen-schen! Nie wieder! Da hielt es Gregor nicht mehr aus, denn die Szene war für ihn typisch deutsch:

„Da kommen sie in ein fremdes Land und anstatt die einheimischen Gepflogenheiten zu genießen, lassen sie überall die Spießer raushängen", dachte er und herrschte dann den Mann mit einem *„Lassen Sie den Mann in Ruhe. Was fällt Ihnen ein? Sie sind doch kein SS-Mann, der einen Untermenschen ins KZ schickt! Sie Rassist!"*

Vielleicht hatte Gregor etwas übertrieben, aber in dem Moment fühlte er sich als Sprachrohr aller Menschen, denen Deutsche jemals Unrecht getan hatten. Der Mann sah Asmas entgeistert an und als Gregor schließlich die Kakerlake auf der Pizza sah, war es bereits zu spät. Mit hochroten Köpfen verließ die komplette Familie das Restaurant und zurück blieben Gregor, der verspätete NS-Widerstandskämpfer und der Bedienstete, der nur lachte und andeutete, dass er die Pizza auch mit der einen oder anderen Körperflüssigkeit angereichert hatte. Gregor fühlte sich gar nicht gut, was einerseits an seiner Pizza lag, andererseits aber auch daran, dass er womöglich die Situation nicht ganz so überblickt hatte. Das *„Fuck all white people",* das die Angestellten als fröhliches Lied-chen anstimmten, trug auch nicht wirklich zur Verbesserung seiner Stimmung bei. Ja, Weiße hat-ten schreckliches getan und der Hass war verständlich. Sklaverei, Aneignung, die Dominanz der hellen Rasse! Ja, ja, ja! Dagegen war ein Spruch einfach nichts. Oder? Egal! Raus und weiter, ein-fach nur weiter!

Die ganze Angelegenheit beschäftigte ihn noch einen Teil der restlichen Fahrt nach Key West. In der Nähe der Seven-Miles-Bridge, gleich nach Marathon hatte er sich allerdings innerlich wieder beruhigt, denn es war nun einmal, wie es war: Deutsche hatten genug angerichtet und das musste nun einmal raus! Mit dem Ergebnis seiner gedanklichen Leistung zufrieden, bewunderte er fortan das blaue Meer, über das er nun fuhr. Links Wasser, rechts Wasser. Oh, du schöne Sonne! Ob hier seine Zukunft lag? Sollte er KAMA vergessen? Aussteiger sein? Mit großer Freude fuhr er Key West entgegen, Das Ende einer Sehnsucht und der Beginn seiner neuen Welt? McRunkel, der grüne Leguan, gab ihm leider keine Antwort, sondern verzehrte lediglich die restlichen Chips.

Kapitel 10

Der „*Southern Most Point*" war Gregors erstes Ziel, bevor er den Leuchtturm bestieg und das gegenüberliegende Hemingway-House besuchte. Ein nettes Häuschen mit schönem Pool und vielen, vielen Katzen. Obwohl Asmas selbst noch nie ein Tier sein Eigen nannte, die des Vaters und die Kurzbeziehung mit McRunkel außen vorgelassen, liebte er alle Geschöpfe der Natur. Ein Widerspruch? Nein, aus der Sicht des Deutschen nicht. Während sich seine Hand einem Katzenkopf, der zum Streicheln reizte, näherte, erinnerte er sich daran, wie oft er schon gegen Massentierhaltung und Tierversuche demonstriert hatte und an wie vielen Aktionen er mitwirken konnte. Manche legal, einige illegal. Immer aber gerecht und wichtig. Die Katze, rot und weiß und mit dem Namensanhänger „Ajoscha" bekränzt, selbst würdigte Gregors Engagement auf ihre Weise, kratzte ihn und lief anschließend davon. Nur eine kleine Wunde. Nichts Dramatisches.

„*Eigenwillige Tiere, diese Katzen*", murmelte er, während er langsam Richtung Mallory Square lief und dabei die vielen Bars, Ansichtsläden und Kneipen links und rechts auf den Weg dorthin begutachtete. Helligkeit, Wärme und eine unglaublich positive Atmosphäre. Es kam, wie es kommen musste; Gregor kehrte ein und verzehrte mehrere große Steaks. Die Conch Republic begeisterte ihn sehr und dieses steigerte sich noch, als ein Kellner ihm mehrere Komplimente zu seinem giftgrünen Achselshirt mit der dicken roten Erdbeere darauf, es war übrigens ein Label, bei dem garantiert wurde, dass die Kinderarbeiter ordentlich entlohnt wurden, und seinen blonden Locken machte. „*Freundliche Menschen, so locker, großartiges Wetter. Ein Traum und dann erst das Essen!*", dachte er und unterhielt sich kurz mit dem Angestellten: Wie sich herausstellte hieß der Kellner Oswaldo Sanchez und floh vor einigen Jahren von Kuba in die USA. Nach einigen Jahren in Miami, in denen er im Import tätig war, landete er in Key West und blieb im kanadischen Restaurant seines Vetters Gonzalo hängen. Klein, dunkler Teint und Hautfarbe, eine breite Nase, lockiges Haar und er strahlte vor Lebensfreude und Fröhlichkeit. Gregor war begeistert, dass es diesem Angehörigen einer ethnischen Minderheit so gut ging und dass er offenbar den historischen Groll gegen die Weißen verarbeitet hatte. Ja, er schien im Paradiese angekommen zu sein. Key West war offenbar eine einzige große Kommune!

„Hier bin ich Mensch, hier kann ich sein!", jubilierte er innerlich, während er am Mallory Square den spektakulären Sonnenuntergang beobachtete. Nicht einmal die vielen Menschen störten ihn. Überall Stimmen. Angenehmes Surren, nicht das hektische Geschnatter. War das nicht der Garten Eden? An der Promenade! Überall Kleindarsteller, die ihre Tänze oder Akrobatik-Nummern darboten! Wunderbar! Dort hinten? Waren das dressierte Katzen, die durch einen Feuerreifen sprangen? Dann sah er auf seine Hand und dachte an Kater Ajoscha: *„Nein, von denen habe ich heute genug!"*

Vergnügt ging Asmas weiter und landete wenig später in einer *„Ghost Tour"*, die ihn in einer kleinen, motorisierten Bimmelbahn durch die Nacht und zu den gruseligsten Orten führte. Was es nicht für absonderliche Geschichten gab! Besonders erregte den guten Gregor die Geschichte einer bösen Puppe, die hinter einer Vitrine ausgestellt war. Er mochte Horror-Geschichten eigentlich nicht, ließ sich aber ausnahmsweise kurz mitreißen, während er die Gestalt aus Stroh und Stoff betrachtete. Dann aber kam kurz der alte Asmas wieder durch und er bemerkte kritisch, dass der Kapitalismus selbst das Böse für seine Interessen ausbeutete. Anschließend besann sich der Blonde aus Deutschland wieder und beschloss, die Systemkritik innerlich zu verarbeiten und auf später zu vertagen. Wir wollen jedoch nicht verschweigen, dass Asmas auch noch etwas anderes störte, denn während er sich, als höflicher Gast, direkt in die hinteren Reihen gesetzt hatte, saß vorne jene deutsche Familie, die ihm schon in Key Largo so unangenehm aufgefallen war. Die Ursache hatte er längst vergessen, aber er schämte sich dafür, dass sich *„Jörg"* und *„Rita"* wie die Eltern hießen, mit ihren Kindern *„Marvin"* und *„Reintrud"* lautstark in deutscher Sprache unterhielten. *„Sollte man sich nicht im Ausland den Gegebenheiten anpassen?"*, dachte Gregor. Was war, wenn jemand sich aufgrund der Geschehnisse im Zweiten Weltkrieg unangenehm berührt fühlte, wenn er die Tätersprache hörte? Asmas berührte diese Gedankenlosigkeit seiner Landsleute peinlich und er war dankbar, dass diese ihn nicht bemerkten.

Nach der „Tour", bei der er auch nur die Hälfte verstanden hatte, denn Schulenglisch mal gehabt zu haben und richtiges zu hören, sind offenbar zwei verschiedene Elemente, lief er langsam wieder zurück zu seinem Hotel und bekam optisch bis dahin vieles geboten. Links, rechts. Überall Menschen, überall Musik, pure Lebendigkeit. Hektischer Trubel, milde Temperaturen. Lachen und Ausgelassenheit. Billige Drinks und überall freundliche Worte. Kein Verbot, Alkohol auf der Straße zu trinken, wie sonst in den USA. Gehörte nicht jeder hier dazu? Der totale Sozialismus?

Auf einmal sah er auch den Kellner wieder, der ihn so freundlich bediente. Dieser nahm Gregor am Arm und zerrte ihn zärtlich und lachend in eine Bar. Asmas, der eigentlich keine Kneipenkultur kannte, wollte den Einheimischen nicht verletzen oder gar gegen die Gebote der Gastfreundschaft verstoßen und ließ sich einfach treiben.

„Warum nicht? Ja, warum denn nicht?", dachte er, hatte kurz darauf ein Glas in der Hand und danach Oswaldos Lippen auf seinen. Gregor fuhr entsetzt zurück und sah sich um. Überall waren Menschen in gleichgeschlechtliche Handlungen verstrickt, denn er war offensichtlich in einem eindeutigen Etablissement gelandet. Oswaldo stand fragend und mit erwartungsfrohem Gesicht vor ihm und stellte Gregor damit vor eine schwere Entscheidung:

Hatte er nicht auf vielen Demonstrationen für die Rechte Homosexueller gekämpft? Gestritten für ihre Gleichberechtigung vor dem Gesetz? War ihnen nicht so viel Unrecht geschehen? Durfte er diesen netten Menschen wirklich enttäuschen? Doch leider war Asmas nicht homosexuell und er fand, dass Sanchez Hand nichts da zu suchen hatte, wo sie gerade reibend tätig war. Leider wurde die Sache dadurch komplizierter, dass plötzlich die unmögliche deutsche Familie die Bar betrat. Während Rita ihren Kindern die Augen zuhielt, starrte Jörg den Landsmann angewidert an. Was nur sollte Gregor tun? Vor ihm stand der homophobe deutsche Spießer und neben ihm ein homosexueller Migrant, dessen sexuelle Erregung er nicht erwidern konnte. Asmas entschied sich für das für ihn einzig Richtige: Um es dem reaktionären Deutschen zu zeigen, drückte er Oswaldos Hand näher an sein Geschlechtsteil, schleckte sich über die Lippen und blinzelte dem verdutzten Jörg zu, woraufhin dieser seine Familie sofort nach draußen führte.

Nachdem Gregor sicher war, dass er nicht mehr im Blickfeld der Familie stand, holte er rasch Oswaldos Hand aus seiner Hose, sagte leise *„No, no"*, verließ dann so schnell wie möglich die Bar, lief zurück zu seinem Hotel und wurde von Gewissensbissen gequält.

Hatte er Sanchez in seinem homosexuellen Selbstverständnis gekränkt? Die Schwulenbewegung in den USA vielleicht sogar zurückgeworfen? Oder war das Gegenteil der Fall? Hatte er nicht der reaktionären Bürgerlichkeit ein Schnippchen geschlagen, in dem er sich klar zu dem homosexuellen Kellner bekannt hatte? War das nicht genug und viel wichtiger, als aus bloßer Solidarität heraus die Triebbefriedigung anzugehen?

Wie so oft suchte Gregor nach einem Kompromiss und fand ihn sogleich, denn da er es nicht schaffte aus bloßer Solidarität seine geschlechtlichen Neigungen zu wechseln, beschloss er, alsbald er zurück in Deutschland war, einen Betrag für Organisationen zu spenden, die die Unterdrückung von Homo- und Transsexuellen anprangerten. Aus Asmas Sicht war das eine gute Lösung und insgeheim war er sogar stolz darauf, Widerstand gegen Vorurteile geleistet zu haben. Ähnlich sah es wohl auch McRunkel, der weiter zufrieden auf dem Beifahrersitz lag und anscheinend am Sitz genagt hatte, was Gregor jedoch nicht kümmern musste, da er dank seines Schwagers Harald Buxler und der Fahrzeug-Annage-Versicherung umfassend vor jedem Regressanspruch geschützt war.

Kapitel 11

Es ging in den Norden. Eine lange Strecke und Gregor war froh, dass er sich an der Westküste Floridas noch ein Hotel als Zwischenstopp genommen hatte. Auf dem Weg durchfuhr er ein Reservat der Ureinwohner und natürlich ließ es sich nicht nehmen, an einem der Häuschen, die Boot-Erlebnisse in die Everglades feilboten, anzuhalten und einem verdutzten, indianisch aussehenden Mann die Hand zu schütteln, um so seine Solidarität zu zeigen. Fröhlich stieg er wieder in das Fahrzeug und war voller Freude, dass er einen weiteren Schritt zur Aussöhnung zwischen dem roten und dem weißen Mann vollbracht hatte. Außerdem konnte er sich so nebenbei seines kleinen Jugendtraumas, wir erinnern uns an das Cowboy- und Indianerspiel, entledigen. Ein angenehmer Nebeneffekt. Brillante Selbst-Therapie. Eine Bootstour wollte er nicht unternehmen. Zwar interessierte ihn diese sehr, er hatte jedoch gelesen, dass man damit die Ruhe seltener und vom Aussterben bedrohter Tiere stören würde. Zwar war Florida nicht seine Heimat, aber aus Asmas Sicht endete der Artenschutz nicht an irgendwelchen Staatsgrenzen und er wertete seinen Verzicht als Opfer für eine Zukunft der Everglades. Ein kleines zwar nur, aber weitaus besser als keines. Gregor Asmas blieb Gregor Asmas. Auch in den USA. Gerade dort!

Während der Fahrt durch die Everglades hatte sich McRunkel mehrfach bewegt. Einmal nach links und ein anderes Mal nach rechts. Der Sitz sah inzwischen nicht mehr sonderlich ansehnlich aus, aber Asmas empfand es als unbotmäßig, den grünen Gast bezüglich etwaiger Exkrement-Absonderungen maßzuregeln, weswegen er es unterließ.

Nach weiteren zwei Stunden erreichte er schließlich sein Hotel, das direkt auf einer Insel an der Westküste lag. Es folgte ein üppiges Mahl. Anschließend lag er noch eine Weile am feinen Sandstrand und sah sich den Sonnenuntergang an. Fort Myers Beach. Erstaunlich ruhig und ein Gegenentwurf zu den bisherigen, hektischen Stationen. Ach ja, die Sonne und deren täglicher Abtritt. Wie schnell das ging, wunderte er sich und ließ sie auf seiner Hand wandern. Am Strand war er fast allein. Nicht ausgelastete Hotels? Falsche Saison! Egal, denn was konnte schöner sein, als das Paradies allein zu genießen? Obwohl das Licht der Sonne erloschen war, blieb Gregor, trotz der Warnung, die er vor den Sandflöhen erhalten hatte, noch liegen und reflektierte dabei die bisherige Reise und Teile seines Lebens.

Sollte er ganz aussteigen? Hierherkommen? Nur noch faul sein? Das Geld würde schon genügen, schließlich hat er viele Jahre sehr gut verdient und wenn er es geschickt anlegte, mochte es vielleicht reichen, bis die ganzen Lebensversicherungen, die ihm Schwager Harry beschert hatte, fällig wurden. Auf der anderen Seite war die Luftfeuchtigkeit hoch und die Temperaturen oft noch höher. Überall Klimaanlagen, die womöglich giftige Kühlmittel verwandten und damit die Umwelt beeinflussten. Treibhauseffekt. Klimawandel. Das Land war vom Kapitalismus geprägt und die USA führten überall Kriege. Überall nur Konsummenschen! Der gigantische Niedriglohnsektor! Es mochte komfortabel sein, wenn ein 75-Jähriger im Supermarkt die Einkäufe verpackte und zum Auto trug, aber was sagte das über das Sozialsystem aus? Was war mit der Krankenversicherung? Was mit den vielen Menschen in den Gefängnissen? Und dann die schlechte Behandlung der illegalen Einwanderer! Die Grenzen waren nicht offen und wenn es doch einer schaffte, folgte in der Regel die Diskriminierung. Die reaktionären Elemente, wie die perversen Abtreibungsgegner! Durfte er so eine Nation mit seinem Geld unterstützen? War das nicht falsch? Allerdings brauchten diese Menschen nicht einen Lehrer? Jemanden, der ihnen zeigte, wie man das Gute lebt? Könnte nicht er das sein? Gregor war hin- und hergerissen. Konnte das seine wahre Berufung werden? Ein Aufklärer und Humanist?

Rasch verdrängte der blonde Deutsche diesen Gedanken wieder und sein Denken sprang irgendwann auf ein anderes Thema über. Zurück in die Kindheit. Wie war sie doch glücklich! An die Schule und an den Einstieg in die Szene. Was Vegan-Axel wohl heute machte? Ob er immer noch seine kruden Theorien, von denen sich Asmas emanzipierte, verbreitete? Und erst Brigitte, die dicke Brigitte, seine einzige längere Beziehung.

Hatte sich Gregor nicht auch von diesem Leben gelöst? Einmal gelungen; Wiederholung möglich? Raus aus der Beschaulichkeit und in das Paradies unter Palmen?

Ob für den dünnen Tico gut gesorgt wurde? Was war eigentlich aus Leopoldine, Bernd und Zacharias geworden? Gab es in seinem Leben einen roten Faden? Für Außenstehende vielleicht nicht, dabei war dieser für Asmas doch klar erkennbar: Er versuchte stets das Gute und Richtige zu tun. Genügte das nicht?

Während Gregor so sinnierte, hatten ihn die Sandflöhe, diese gemeinen kleinen Biester, entdeckt und obgleich es keinen Akt der Aggression oder gar eine Kriegserklärung gab, stachen sie sofort auf den armen Asmas ein. Schnell sprang er auf und lief zurück in das Hotel, versuchte die Flöhe zu ertränken, zog sich um und holte sich die größte Pizza, die er im näheren Umkreis finden konnte. Er ließ sie sich schmecken, auch wenn er ein Stück dem sich immer noch im Auto befindenden, McRunkel abgeben musste. *„Gefräßige, grüne Bestie"*, murmelte der Lockenkopf, *„aber es schmeckt ja, das Kapitalisten-Fressen!"*

Außerdem konnte er das Ganze noch mehr genießen, weil er sich, je mehr er sich nach dem Norden Floridas bewegte, immer leichter vorkam. Tatsächlich aber wurden lediglich die anzutreffenden Beinahe-Ureinwohner stetig dicker und der etwas übergewichtige Gregor war nun der Dünne unter den Beleibten. Psychologie ist alles und nach einem weiteren Tag am Strand setzte er seine Reise nach Orlando fort.

Kapitel 12

Üppiges Hamburger-Steak-Frühstück, das Hotel beziehen, Mittagessen, wenige Sekunden beim Minigolfen irgendwelcher Touristen zusehen und schon war wieder ein Vormittag vergangen. *„Was nun?"*, fragte sich Gregor scheinheilig selbst und wusste zu gut, dass es etwas gab, was sein Interesse geweckt hatte. Alsbald betrat er eine der Malls. Das waren die großen Einkaufszentren mit ihren vielen kleinen Geschäften. Selbstverständlich betrachtete er den Vorgang als eine Art Studienreise, um die Auswüchse des Kapitalismus näher untersuchen zu können. Nicht etwa aus purer Konsumgier, sondern als bewusster Akt der Beobachtung und um die geradezu teuflischen Verwirrungen des Rausches zu verstehen, war sein Besuch zu deuten.

20 Minuten, zwei Zuckungen von McRunkel und zahlreiche Kreuzungen später. Der riesige Parkplatz mit vielen, vielen Autos beeindruckte ihn und wurde nur durch die Menschenmasse im Inneren getoppt, die ob der Last ihrer Einkaufstaschen fröhlich ächzten. Genüsslich beobachtete Asmas die Individuen und meinte in ihren Augen die Leere, die lediglich durch sinnlose Reize und den wahllosen Konsum gefüllt wurden, zu erkennen. Zombies. Zweifellos.

Freilich, und dieses ist einzuräumen, wohnte auch Gregor zu Hause nicht in einem selbstgebastelten Baumhaus. Auch trug er keinesfalls nur Kleidung aus Rinde oder ökologisch einwandfreien Blättern. Nein, im Gegenteil war seine Wohnung durchaus gehoben eingerichtet und schon sein Beruf zwang ihn dazu, optisch ordentlich aufzutreten, was er in der Regel auch tat. Im Gegensatz zu den amerikanischen Konsummenschen fand Gregor seine Verhaltensweise aber weitaus bewusster und verantwortungsvoller, denn er versuchte zumindest, seinen Konsum auf Notwendigkeiten zu beschränken und diesen nachhaltig zu gestalten. Das mochte nicht immer gelingen, allerdings, und das war aus Asmas Sicht eben der zentrale Unterschied, war er sich diesem Umstand durchaus bewusst. Kurz gesagt; der übliche Scham-Stolz, der ihn so gerne überkam.

Nun aber saß der Deutsche auf irgendeiner Bank in irgendeiner Mall und betrachtete die Menschenmassen, die in die Geschäfte strömten.

„Lämmer, vermutlich ohne Gedanken, Lemminge. Völlig unfähig, das eigene Verhalten zu reflektieren", grummelte er.

Gerne hätte er das auch mit McRunkel diskutiert. Letzterer zog es aber vor, im Auto zu warten. Ob die Amerikaner etwas von der Kinderarbeit in der Dritten Welt wussten? Von Umweltverschmutzung? Klimawandel? Ausbeutung? Nein, befand Gregor, dafür war das Bildungssystem doch zu schlecht. Warum klärte sie niemand auf? Vegan-Axel hätte diese Frage mit dem Hinweis auf den US-Imperialismus beantwortet, bei dem die gierige Klasse der Oberschicht und die Großkonzerne die Menschen gezielt mit einem widerlichen Materialismus von realer politischer Teilnahme und dem Registrieren der Wirklichkeit ablenkte. Framing & Co, die guten alten Techniken, die schon die Nazis draufhatten. Alles Oberfläche! Wo ist die Tiefe?

„Brot und Spiele!", dachte Gregor. *„Ein Verdummungsapparat in Perfektion!"*

Asmas stand auf und lief ein paar Schritte. Die Ware in den Schaufenstern wurde durchaus interessant präsentiert.

„Der teuflische Kapitalismus ist sehr geschickt!", dachte er. Glitzer, Glanz, gespielter Individualismus, der nur in einem Kollektivismus münden konnte, denn wie kann jemand ein Individuum sein, wenn er sich verhielt wie alle? Noch einige Schritte. *„Kleidung, Schuhe, Klamotten, Seifen, Kosmetik, Schmuck, Videospiele, Snacks. Klamotten, Klamotten! Marke hier, Marke da! Wie sie sich freuen. Debiles Grinsen. Kranker Rausch."*

Plötzlich machte er eine interessante Entdeckung, denn, obwohl er es nicht vermutet hätte, fand er sogar ein Geschäft, das Bücher verkaufte. Bücher! Neugierig betrat der Deutsche den Laden, denn natürlich interessierte es ihn, ob man auch Literatur über ferne Länder, im Besonderen über sein Heimatland, fand. Nicht lange musste er suchen, denn nach wenigen Metern stand er vor einer ganzen Wand von Schriften, die sich ausschließlich mit einer ganz bestimmten Periode der deutschen Geschichte befassten. Erst war Gregor sehr erfreut, denn offensichtlich gab es in den USA durchaus eine gesellschaftliche Auseinandersetzung und offenbar ein Interesse an diesen 12 Jahren des Bösen. Als er jedoch kritische Literatur über das Schicksal der amerikanischen Ureinwohner oder gar über den Vietnamkrieg suchte, wurde er bitter enttäuscht. Was war mit den Atombomben auf Japan? Offenbar bewerteten die Amerikaner die eigene imperiale Geschichte überwiegend positiv. Etwas, was Gregor nicht verstehen konnte. *„Der Stecken ist so dreckig, dass die Kruste im Feuer explodieren würde"*, murmelte er in sich hinein.

Mit gemischten Gefühlen verließ Asmas den Bücherladen und sah sich weiter in der Mall um. Vieles erhielt man in Deutschland nicht. Anderes Land, andere Waren. Mode für Übergewichtige? Hier überall erhältlich und nach US-Kriterien war Gregor sogar rank und schlank; vermutete er zumindest.

„So dick bin ich ja gar nicht. Wenn man mich mit manchen hier vergleicht, sogar dünn. Man hat halt seinen Ranzen. Gut aber, dass die Kugeln hier nicht diskriminiert werden!", rang sich der Deutsche ein Lob ab. *„Gut, die Auffahrwege für Behinderte sind auch vorbildlich. Muss man einräumen",* stellte er fest.

Überhaupt; diese Helligkeit, die fröhlichen Gesichter der Menschen und der Duft aus den Essecken. Dort der wunderbar dekorierte Brunnen und überall war es sauber. Ein Stück heile Welt. Herrliche Verlockung! Ansteckend, wie ein Fieber! Schwierig, sich zu entziehen. Ist der Glitzertempel nicht vielleicht sogar ein Stück gelebter Sozialismus? Schöne Sachen, interessante Dinge, bunte Schaufenster. Er war doch im Urlaub!

Er betrachtete eine Lederjacke in einem Schaufenster. Sie kostete gut 600 Dollar und am Ende gehörte sie ihm. Der Jacke folgten noch Hosen, Schuhe, eine Uhr und weitere Dinge. Dabei muss betont werden, dass Gregor jeden Kauf bewusst anging und auch bedachte, dass vielleicht an gerade seinem Einkauf der Arbeitsplatz eines Angestellten in einem der Geschäfte hing. Waren nicht viele Jobs in den USA Niedriglohnstellen? Hatten nicht die wenigsten eine Krankenversicherung und half ein kleiner Kauf nicht viel mehr diesen Menschen als den großen Konzernen? Der Konsument als Wohltäter?

Innerlich wusste Gregor nur zu gut, dass diese Haltung lediglich ein Kompromiss war. Konnte man mit leben? Oder? Egal, erst einmal ein Mahl zu sich nehmen. Nach einem längeren Besuch in der Fressecke, ließ er sich vom Einkaufsbähnchen für erschöpfte Kunden zurück zum Parkplatz fahren und die Käufe von einem 82-jährigen Angestellten Namens George-Jerome einräumen. Der Blonde aus dem Norden gab ihr ein üppiges Trinkgeld und schämte sich ein wenig für den kurzen Kaufrausch, sah aber auch die gesellschaftliche Notwendigkeit seines Handels für eine Gesellschaft, die wenig soziale Absicherung kannte und in der eine alte Frau noch einen Nebenjob haben musste, um über die Runden zu kommen. Vollkommen inakzeptabel, aber brachte ihr die großzügige Zuwendung im dreistelligen Bereich nicht mehr als ein Boykott des Systems seiner-seits? Nein, die Welt ist einfach nicht schwarz und weiß und Asmas hatte sich von ideologischen Scheuklappen, hinter denen sich manch kleiner Geist in solchen Situationen gern versteckte, schon lange gelöst; dachte er.

Kurz darauf saß er wieder in seinem Mietwagen. McRunkel zog, wie immer, das Schweigen vor und sinnierte still vor sich hin. Das Abendessen wartete und morgen ein weiterer Tag in einem fremden Land.

Kapitel 13

Da stand er nun und hatte ernste Zweifel, ob er das Richtige tat. War diese Maus nicht eines der Wahrzeichen des US-Imperialismus? Durfte er diesen fördern? Widerliche Ohren! Da stand er nun am Eingang eines der größten Vergnügungsparkkomplexe der Welt. Während Gregor noch überlegte, hörte er an einem weiteren Schalter zwei bekannte Stimmen. Es waren „*Rita*" und „*Jörg*", die ewig deutschen Plagen, die augenscheinlich mit ihrer Familie nichts anderes zu tun hatten, als sie der Rundumberieselung eines kapitalistischen Freizeitsparkes auszusetzen. Mit spitzen Ohren erlauschte Gregor, in welchen der mehreren Themenparks diese Unpersonen gehen wollten. Leider war es der mit dem großen Schloss und für genau diesen hatte er sich auch interessiert. Obwohl sich der lockige Blonde über die Ausmaße des Geländes bewusst war, befürchtete er, wiederum mit seinen Landsleuten konfrontiert oder gar als Deutscher erkannt zu werden.

Das wollte er nicht und so holte er sich ein Ticket für einen Themenpark, der weniger auf den verführerischen Zauber, dafür umso mehr auf lehrreiche Inhalte setzte. Was wollte er auch im Magic Kingdom? Da konnten Rita und Jörg hin! Tja, lehrreich! Nur was sollte das in den USA schon sein? Ging es hier nicht immer nur um Unterhaltung und Konsum? Epcot hieß der gewählte Park und er war, so versprach es der mehrsprachige Prospekt, in die Bereiche internationale Kultur und Technische Innovationen unterteilt. Das klang erst einmal gut, aber würde es das auch sein? „*Die Werbung wird lügen*", dachte er bei sich, „*aber, ich probiere es mal.*" Letztendlich fühlte er sich mit der Wahl aber auch etwas besser, ließ sich von der zentralen Stelle zu diesem speziellen Park fahren und stand alsbald in dem selbigen. Doch bereits hier wunderte er sich: Von buntem Treiben und Konsum keine Spur. Stattdessen betrat er sogleich das „*Morgen-Land*", in dem er umfangreich über erneuerbare Energien, Klimawandel und Umweltverschmutzung aufgeklärt wurde. Weiter ging es auf dem „*Land*". Das zentrale Thema dort war Lebensmittelerzeugung. Bahnen oder aufregende Fahrten gab es dafür weniger und wenn, dann versuchten sie so lehrreich zu sein, dass Gregor gelegentlich froh war, dass sein Englisch nicht jeder Geschwindigkeit folgen konnte. Bis dahin war er sehr enttäuscht, denn er war offenbar nicht in einem Vergnügungs-, sondern in einem Belehrungspark gelandet. Natürlich folgte das moralische Dilemma auf dem Fuße, denn wünschte er sich nicht genau so eine Art der Unterhaltung? Hatte er nicht selbst über die mangelnde Bildung der Amerikaner geklagt und leistete die Maus nicht einen relevanten Beitrag zu vielen Themen, die ihm wichtig waren?

Auf der anderen Seite jedoch, und eine gewisse Scheinheiligkeit ließ sich kaum unterdrücken, war der Plan, sich über die vielen bunten Figuren, die fröhlichen Paraden, fantasievollen Gebäude und Souvenirartikel zu echauffieren. *„Rita“* und *„Jörg“* ging es sicher besser!

Etwas frustriert setzte er seinen Parkbesuch fort und kam zu einem großen See, dessen Größe Gregor auf 16 ha schätze, um den herum sich die Nationen verschiedenster Länder kulinarisch und gelegentlich auch alkoholisch präsentierten. Gebäude im idealisierten Landesstil, Angestellte in typischer Kleidung. Einzelne Fahrangebote. Angeblich authentische Ware, Musik und Attraktionen.

„Klischees, über Klischees“, dachte er bei sich, als er im deutschen Pavillon, der an eine mittelalterliche Kleinstadt erinnerte, von einer jungen Frau im Dirndl bedient wurde und bereits die dritte Bratwurst verschlang. Anschließend betrat er einen der „deutschen“ Verkaufsläden: Von der Lederhose bis zum Trachtenhut – Klischee, du bist ewiglich! *„Gott sei Dank, keine Hitler-Puppen oder Naziuniformen“*, dachte er, während er sich die Krüge und T-Shirts näher betrachtete.

Schließlich kam er zum Wein, bezeichnenderweise hieß der Laden auch noch *„Weinkeller“*. Ob es echtes deutsches Gesöff war oder dieses schrecklich versüßte amerikanische, das ihm bisher nicht mundete? Er nahm einen Bocksbeutel, eine Weinflasche mit spezieller Flaschenform, hoch und las den Erzeugungsort ab.

Plötzlich durchzuckte es ihn, so wie man eben durchzuckt wird! War das nicht? Das konnte doch nicht sein? Die Weinflasche war tatsächlich Importware aus der Heimat! Damit aber nicht genug, wurde sie doch ganz in der Nähe der Zentrale der Firma KAMA im Frankenland abgefüllt! Zufall? Ein Zeichen? Der Wink des Schicksals? Wie elektrisiert stand Asmas dort. Sinn, wo war der Sinn? Ironie? Musste er etwa erst ins ferne Amerika kommen und in einem belehrenden Park stehen, um zu erkennen, dass sein Schicksal im Süden Deutschlands lag? Warum auch immer Gregor diese Variablen verknüpfte; am Ende zählte nur, dass er es tat.

„*Ja, so muss das sein*!", rief er aus, kaufte sich gleich mehrere der Flaschen, zog um die ganze Welt, also einmal um den See herum, ärgerte sich dabei, dass er kein „*Dicken-Mobil*", das waren Fahrzeuge, mit denen sich beleibtere Menschen schonungsvoll und motorisiert durch den Park bewegen konnten, genommen hatte und verließ diesen Ort am Ende doch wesentlich vergnügter, als er ihn betreten hatte. Zur Reflektion kam er kaum und auch seine Umgebung beobachtete er, im Gegensatz zu dem, was er sich vorgenommen hatte, mehr aus der Perspektive des staunenden Touristen als aus der Sicht eines Kapitalismuskritikers. Nun, irgendwann wollte er das nachholen. Aber nicht heute.

Kapitel 14

Mit dem Tag im Park ging der Urlaub seinem Ende entgegen, denn am nächsten Mittag sollte das Flugzeug gen Heimat abheben. Noch aber war es nicht so weit, noch gab es einen Abend und mit wem sollte er ihn sonst verbringen, wenn nicht mit McRunkel, jenem treuen, aber schweigsamen Freund, den er während der Reise gewonnen hatte. Dämmerung, die Dunkelheit näherte sich mit raschen Schritten. Asmas wartete noch, bis die bestellte Pizza, es gab wahrlich sehr viele Sorten und Anbieter, geliefert wurde und brach dann, samt der gekauften Weinflaschen, in Richtung Parkplatz auf, um den Urlaub ausklingen zu lassen.

Fröhlich ließ sich Gregor in den Beifahrersitz fallen und bot dem grünen Tier einen Plastikbecher des Weines aus dem Maus-Park an. Da dieser ihn aber ablehnte, trank er ihn für den grünen Leguan mit. Sie aßen die Pizza, wobei McRunkel sich heute als besonders gierig erwies, tranken und redeten, wobei die letzten beiden Dinge primär und auch sekundär auf unseren Urlauber zutrafen. Asmas erzählte von seiner Heimat, seinem Leben und vor welcher Entscheidung er stand.

„Was soll ich nur tun, mein Freund?", fragte er den schweigenden Leguan. *„Dort ein neues Leben anfangen? Der Wein ist doch ein Zeichen? Das ist doch kein Zufall, oder? Du bist doch auch keiner, oder?"*

Die ersten Bocksbeutel waren bereits geleert, doch er hatte ja genug. Die Sonne ruhend. Dunkelheit, Nacht, wunderbarer Sternenhimmel. Trotzdem warm, Wohlfühl-Atmosphäre unter Kreaturen, die sich verstanden. Sie verstanden sich doch, oder? Gregor erzählte weiter und irgendwann wurden es dann deren vier leere Flaschen. Alles drehte sich. Schwindelgefühl. Tanz im schwülwarmen Ambiente. Wein, Hitze und die hohe Luftfeuchtigkeit. Er fühlte sich ein wenig wie auf Drogen. Dazu sei angemerkt, dass Gregor durchaus einmal Erfahrung mit derartigen Substanzen gemacht hatte. Damals, zusammen mit Vegan-Axel, der dicken Brigitte und dem ökologisch einwandfreien und ohne Tierversuche angebauten Opium, jedoch hatte ihn dieser eine Versuch nicht süchtig gemacht, sondern ihn in seiner Ablehnung von Drogen aller Art, vom Alkohol einmal abgesehen, nur bestärkt. Schwindlig war ihm aber nun trotzdem. Alles wirr. Hirn-Karussell. *„Alle Menschen werden Brüder, wo der grüne Leguan weilt"*, lallte der Deutsche und griff nach einem

Stück Pizza, aber da war keines mehr. Fast wollte er weinen, weil alles in seinem oder im Magen des grünen Leguans gelandet war, doch bevor er seiner Traurigkeit freien Lauf lassen konnte, sprach McRunkel zu ihm: *„Gregor, mein lieber Menschenfreund, komm mit!"* Völlig verdutzt sah Asmas auf den nun auf den Hinterbeinen stehenden McRunkel, der plötzlich zu schweben anfing. *„McRunkel, ich wusste es immer"*, stammelte er.

„Halt dich an mir fest, Gregor", sprach der Leguan, der, wie Gregor fand, eine sehr schöne, angenehme Stimme hatte und auch noch akzentfrei die deutsche Sprache beherrschte. Das war bei einem amerikanischen Tier nicht unbedingt zu erwarten gewesen. *„Ich kann doch auch Englisch"*, rülpste Asmas, aber hatte im nächsten Moment schon wieder vergessen, warum er das erwähnen wollte. Der Urlauber klammerte sich an das Hinterbein des Leguans und plötzlich schwebten sie beide in die Luft. Dort unten die Lichter die Stadt. Immer höher und schneller. Wahnsinnige Geschwindigkeit! Da vorne war das Meer! Am Stand landete der Leguan und bevor Gregor irgendetwas sagen konnte, tauchte ein Manatee, eine Seekuh, aus dem Wasser auf. Sie hüpften zusammen auf deren Rücken und rasten über das Meer. Es dauerte nur Sekunden, dann erreichten sie die deutsche Küste, schwammen in Flussmündungen, übersprangen alle Hindernisse und erreichten schließlich den Main, einen Fluss ganz in der Nähe der potenziellen neuen Arbeitsstelle. McRunkel und Gregor sprangen an Land. Da standen sie nun am Ufer, ganz in der Nähe einer mittelalterlichen Burg, die auf der anderen Seite des Flusses herausragte. Gregor wusste genau, wo er war, denn er kannte genau diese Anlage aus einem alten Prospekt der Firma KAMA. Nein, Zweifel waren nicht nötig. Plötzlich sprach McRunkel ein *„Es ist dein Schicksal, Gregor!"* und dieser verstand.

Auf einmal drehte sich wieder alles. Blitze, Wirbel, Tanz im Kopf. Gregor fuhr hoch. Er war wieder in seinem Mietwagen und die Sonne bereits aufgegangen. Neben ihm saß noch immer McRunkel, doch er sprach nicht mehr. Dafür jedoch, nachdem er sich den Speichel von Gesicht und Hemd gewischt hatte, Asmas:

„Musst du auch nicht, mein Freund. Für das, was du für mich getan hast, bedarf es keiner Worte, denn nun weiß ich, wo mein neues Leben wartet. Ich werde alles besser machen. Zeit für einen neuen Abschnitt!"

Asmas wollte den grünen Leguan umarmen und ihm einen Kuss auf die schuppige Stirn geben, doch dieser schien diese neue Nähe nicht zu schätzen, denn er biss Gregor lediglich kräftig in die Nase, kletterte über ihn, sprang ins Freie und verschwand im Gebüsch. Der Urlauber verstand die Botschaft und rief, während er versuchte die Blutung zu stoppen, seinem Freund nach: *„Danke, McRunkel. Danke für alles!"*

Innerlich fühlte Gregor, dass der Leguan gehen musste, denn sein Werk war getan. Ob er ihn irgendwann wiedersehen würde? Nun, spielte es eine Rolle? Es ging um sein Leben und das lief schon zu lange in geordneten, heißt ereignislosen, Bahnen! Wo ist nur der wahre Asmas hin? Der Aktivist, dessen Engagement längst eingeschlafen war. Einer der gerade erstmals seit Jahren wieder das Ausland besucht hatte? Es bedurfte eines neuen Bruches! So wie damals, als er aus der Szene ausstieg und sich für ein damals passenderes Leben entschied. Nur wächst man aus der alten Kleidung nicht gelegentlich heraus, oder wird, wie in Asmas Fall nicht schlicht etwas körperlich umfangreicher? Was hatte er sonst noch zu erwarten? Die Ödnis der ewig gleichen Tage? Was band ihn im Norden? Die Eltern? Ein wenig. Die Familie der Schwester? Sicher nicht! Freunde oder ein soziales Umfeld? Kaum vorhanden, alles oberflächlich und verzichtbar. Weiter Stagnation und einen immer gleichen Tagesablauf? Nein, ging ja nicht, denn den Job würde er verlieren, wenn er blieb. Es würde daher sowieso etwas passieren müssen. Aber nur in dem Bereich neu anfangen oder doch lieber gleich als Mensch? Die komplette geistig-moralische Wende? Fragen über Fragen, im Besonderen jene, die er stets unterdrückte, überfluteten ihn so, wie es der Wein vorher im inneren tat. Es sprudelte förmlich heraus. Plötzliche Midlife-Crisis, ausgelöst durch aufgezwungene Veränderungen? Egal! Doch spielte ihm das Schicksal nicht in die Hände? Passte es nicht ideal zu seiner Welt der Kompromisse, wenn er einerseits einen Neustart wagen konnte, andererseits aber das vertraute Firmenumfeld, wenngleich auch an einem anderen Standort, behielt? Im Beruf war er immer maximal erfolgreich gewesen und warum das nicht beibehalten? Nein, der Bruch schien an dieser Stelle nicht von Nöten. Aber privat? Der Mensch Gregor Michael Asmas kann doch aus der Dunkelheit erneut ins Licht geführt werden, oder? Aufblühen wie eine Blume, die zu lange in der Finsternis, oder besser im Grauen verweilte! Ja, so soll es sein!

Er sah auf die Uhr. In nur vier Stunden würde der Flieger abheben! Schnell rannte Gregor auf sein Zimmer, packte die Koffer, hoffte dass seine Alkoholfahne den freundlich-faschistischen US-

Polizisten nicht auffiel und fuhr Richtung Flughafen. Dort verlief alles ohne Problem. Lebe wohl Orlando! Goodbye Florida! Das Flugzeug startete und viele Stunden später, die geprägt waren von Enge, einer eigenen Übelkeit, Toilettengängen und schlechtem Essen, landete er wieder auf deutschem Boden.

Kapitel 15

Gregor war zurück und hatte eine Entscheidung im Gepäck, das immerhin dann doch 7 Koffer umfasste. Es war Zeit für einen neuen Impuls in seinem Leben. Ein neues Abenteuer wagen! Wenn nicht jetzt, wann dann? Ja, das wollte er. Zuvor ein paar Anrufe bei KAMA. Man freute sich sichtlich über Asmas Interesse, denn er war eine wohlgeschätzte Fachkraft, bereits heute hierarchisch zwei Ebenen unter dem Vorstand angesiedelt, über die sich auch der Firmeneigentümer, der eiskalte Jürgen E. Klastermann mit den blauen Augen, mehrfach lobend geäußert hatte, und schon war das Notwendige geklärt. Selbstverständlich ist so jemand immer willkommen, auch wenn die Verlagerung noch nicht abgeschlossen war und der neue Arbeitsplatz bislang nicht existierte. Man lockte ihn darüber hinaus, das aber nur nebenbei erwähnt, weil es dem Blonden aus dem Norden gar nicht groß interessierte, mit der Aussicht auf eine Beförderung innerhalb der nächsten 5 Jahre. Zusätzlich eine sofortige Gehaltssteigerung um 30%, was Asmas durchaus obszön fand, da er bereits jetzt im fünfstelligen Bereich verdiente. Im Monat. Netto. Trotzdem eine Wertschätzung, die Gregor irgendwie gefiel, wenngleich er auch an diejenigen dachte, die diese weniger erfuhren und nun arbeitslos wurden oder in Transfergesellschaften landeten. Ja, das schlechte Gewissen gepaart mit dem eigentümlichen Stolz auf die eigene Leistung. Und wieder der Kompromiss: Absolute innerliche Solidarität für die, die unter dem Kapitalismus litten. Ohne Einschränkung und Kompromisse. 100% Gregor Michael Asmas, aber doch auch ein Gefühl der Befriedigung, da er nun noch mehr Geld für wohltätige Zwecke spenden konnte und eine starke Anerkennung erfuhr. Vielleicht hätte er irgendwann doch mal auf eine der zahlreichen Veranstaltungen gehen sollen, zu denen er wegen seines sozialen Engagements immer eingeladen wurde? Doch waren da nicht nur Bonzen und Angehörige des Großkapitals? Nein, da half nur Boykott!

Doch zurück zu seiner beruflichen Situation! Zwar schämte er sich innerlich noch immer, weil er eine kapitalistische Vorzugsbehandlung bekam, aber das konnte man durchaus aushalten. Musste man.

Die Rahmenbedingungen waren damit klar und abgeklärt und die Firma erklärte sich auch dazu bereit ihn bei der Suche nach einem neuen Domizil zu unterstützen. Also ab in den Süden. Ab ins Frankenland. Wann? Natürlich sofort, denn, auch wenn er nicht sofort umzog, galt es allerhand organisatorisches zu erledigen und außerdem wollte er sich die Gegend selbst noch ein wenig ansehen. Man musste ja wissen, wo man hinkommt und wie man leben kann. Vielleicht, was er allerdings nicht glaubte, denn zu deutlich die Omen, gab es ja Gründe, doch noch einen Rückzieher zu machen? Die Reise, die er zusammen mit McRunkel und der Seekuh unternommen hatte, konnte in der Hinsicht nur einen eingeschränkten Eindruck vermitteln. So sah der Plan aus. In das Fahrzeug, auf die Autobahn. Der blondgelockte Mann nahte und fuhr dem neuen Leben entgegen.

Schon vor der Abfahrt wurde ihm, anhand der Unterlagen, die ihm per Post von seinem Arbeitgeber zugesandt wurden, sowie seiner bisherigen Kenntnisse, klar, dass er in einer ländlichen Region ziehen würde. Auf Wiedersehen anonyme und kalte Großstadt! Hier gab es nur Kleinstädte, teilweise mit großer Historie, Wälder, Felder, Dörfer, der Main und dann der Spessart. Nichts Größeres im Landkreis, der sich nach Fluss und Wald benannte. Wilde Natur. Ehrliche, bodenständige Einheimische.

Ab ins Auto. Das erste Ziel? Ein kleines Dorf, firmennah, mit dem Namen Rodringbach. Eine Bezeichnung, die so klang, als ob sie aus drei unterschiedlichen Orten zusammengesetzt war. Dort wollte er sich ein Häuschen, das die Firma als Besichtigungsobjekt vermittelt hatte und scheinbar das einzige annehmbare sowie schnell beziehbare Objekt für eine teuer bezahlte Fachkraft, man repräsentierte das Unternehmen ja auch nach außen, war, ansehen und auch einen ersten Eindruck von seinem möglichen neuen Lebensmittelpunkt erhalten. Das mit dem Status waren, und dies soll ausdrücklich unterstrichen werden, allerdings nicht Gregors Gedanken und das Ganze entsprach auch nicht seiner Selbsteinschätzung. Vielmehr handelte es sich um die Aussagen einer Mitarbeiterin der unterstützenden Personalabteilung, die ihn mit wohlgemeinten Worten schmeichelte, ihn aber gleichzeitig auch von gewöhnlichen Menschen abgrenzte und von ihm das Bild eines überlegenen, ja das eines, Herrenmenschen zeichnete, der, so ihre unüberlegten Worte, einen viel höheren Wert für KAMA besaß als jene, die sich Tag für Tag an den Fließbändern den Körper zerschunden hatten und nun auf der Straße standen. Widerliche Schleimerei! Devot und so geschichtsvergessen! Er schämte sich dafür. Für die Mitarbeiterin, aber auch dafür, sich selbst in so eine Lage gebracht zu haben, denn er sah sich stets als einfachen Arbeiter an, der nur notgedrungen derartige Privilegien akzeptieren musste, sie im Inneren aber scharf ablehnte.

Asmas fuhr den Main entlang, sah auf der anderen Seite des Flusses die Burg, zu der ihn McRunkel, an den er ab und zu dachte, geführt hatte, fuhr einen Berg hinauf und erreichte nur wenige Minuten später das kleine Dorf. Gregor hatte in dieser Hinsicht nichts dem Zufall überlassen: Es gab bereits einen Termin mit dem Bürgermeister, der ihn am örtlichen Feuerwehrhaus erwarten sollte. Während er einbog, sah er einen wartenden Mann, parkte und nur wenige Momente später schüttelten sie sich die Hände.

„Grüß Gott, Herr Asmas. Mein Name ist von den Linden. Ich bin der Bürgermeister dieser schönen Gemeinde und zeige ihnen gerne unser wundervolles Dorf."

Obwohl Gregor von dem Verweis auf einen Gott, an den er nicht glaubte, irritiert war, erwiderte er die Begrüßung. Anpassung an die Einheimischen. Oder doch kulturelle Aneignung? Schwierig!

„Eigentlich alles ganz nett", dachte er, bevor seine Gedanken unterbrochen wurden.

„Sie kommen aus den Norden und KAMA macht das Werk zu, richtig? Schlimm, schlimm, auch im Heimwerk sollen Teile nach Osteuropa verlegt werden, aber unser Abgeordneter, der Walter Schulz setzt sich für uns ein. Ist es für sie nicht schlimm, ihre Heimat und die Familie verlassen zu müssen?"

Gregor war kein Freund der leichten Unterhaltung, die nur peinliches Schweigen vermeiden sollte. Nicht, weil er sie nicht wollte, sondern weil er sie entweder über die Jahre verlernt hatte oder niemals beherrschte. Sein Wesen lechzte nach Tiefe, nicht nach Oberflächlichkeit. Letztendlich war er aber für das Firmenthema dankbar und erzählte kurz von seiner Tätigkeit bei KAMA seinen familiären Stand, und als der letzte Satz gesprochen war, standen sie bereits vor einem Haus.

„Sehen Sie, Herr Asmas, das ist das Haus. Eine Familie hier konnte es nicht mehr halten. Hatten eine Firma und mal viel Geld. Dann die Pleite. Ist ein halber Palast. Die haben völlig überdimensioniert gebaut. Eine Villa. Schön repräsentativ, wie es von KAMA für die Elite angefragt wurde. Wunderschön, mit großem, was sag ich, gigantischem Garten und viel Platz. Das Haus ist das Letzte in der Straße und dann kommen schon Felder und ein paar hundert Meter weiter der Wald. Rechts ist auch alles offen. Ein kleines Bächlein. Einige Gärten. Was ich sagen will: Dort wird nie mehr erschlossen. Um Sie herum ist fast nur die Freiheit der Natur."

Während Gregor sich das Haus ansah, und sich immer noch an dem Wort „Elite" teilweise störte, es aber auch irgendwie passend fand, erzählte von den Linden von seiner Frau, seiner Tochter und seiner Tätigkeit als Bürgermeister. Offenbar gab es eine Feuerwehr, einen Fußballverein und Schützen. Kurz; mannigfaltige Dorfkultur. Gregor hörte nur mit halbem Ohr hin und besichtigte stattdessen das Haus: Viel Wohnfläche, manches musste renoviert, das heißt an seinen Geschmack angepasst werden. Tatsächlich ein großer Garten. Aus Asmas Sicht war es perfekt und erstaunlicherweise hinterfragte er dieses Mal nicht, ob ein einzelner Mensch, in Zeiten der Wohnraumknappheit, in einer Villa mit 400 qm Wohnfläche leben sollte, aber das musste man ja auch nicht. Der Bürgermeister und er verließen das Grundstück alsbald wieder und während sich von den Linden verabschiedete, beschloss der Blonde aus dem Norden noch ein paar Schritte durch das Dorf zu wandeln, um die Eindrücke zu festigen oder auch neue zu gewinnen.

Hinter seinem Haus verstellte nichts die Sicht. Bis zum Wald. Gegenüber wenige Gebäude im größeren Abstand. Ganz dahinten das kleine Bächlein. Nach rechts oder links? Links, in Richtung Dorf und Kirchturm! Auf den Straßen herrschte wenig Leben. Hier und da eine Katze, das war es schon. In seiner Straße fast nur neue Häuser. Je mehr Asmas sich dem Zentrum näherte, desto älter und homogener. Fachwerk, Sandstein, oft mit Marienstatuen verziert. Gelegentlich grässliche Bauten aus den 80ern mit kuriosen Lichtelementen. Trotzdem alles sehr gepflegt. Sauberkeit und Ordnung. Bildstöcke, Blumen, ein Brunnen. Tradition und Moderne. Man könnte sich wohl verlieben, wenn man für die Idylle empfänglich wäre. Dort eine große Scheibe an einem Gebäude! War dort früher einmal ein Geschäft? Wie viele gab es hier noch von den kleinen Läden?

Auf einmal fiel sein Auge auf die großen Tonnen, die vor allen Häusern an der Straße standen. Neugierig näherte er sich und stellte fest, dass sie als Sammlungsort für den Papiermüll dienten. Gregor war immer ein großer Verfechter von Nachhaltigkeit und Mülltrennung gewesen. Es interessierte ihn daher auch sehr, wie genau es die Bewohner damit nahmen und so kontrollierte er die Papiertonnen. Erst eine, dann zwei, dann mehr. Nachdem er sechs oder sieben durchwühlt hatte, konsternierte er zufrieden, dass er den Einheimischen, bis auf kleinere Verfehlungen, ein durchaus gutes Zeugnis ausstellen konnte. Auch die ein oder andere Photovoltaikanlage auf den Dächern fand sein Gefallen. Offenbar waren die Bewohner dieses Ortes durchaus zum Richtigen hin erziehbar.

Nun nach rechts gehen? Nein, lieber Richtung des vermuteten Zentrums! So lief er, fast schon beseelt, weiter. Plötzlich, aber erblickte Gregor einen alten, weißen Mann, der im Vorgarten eines Hauses in einem Schaukelstuhl saß und in seine Richtung blickte.

„Ob ich etwas sagen sollte oder grüßen?", murmelte Asmas in sich hinein, aber auf irgendeine unerklärliche Weise lief ihm ein kalter Schauer über die blonden Rückenhaare. Erinnerungen an seine Zeit in der Szene kehrten in seine Gedanken zurück. Sah so nicht ein zentrales Feindbild aus? Der alte weiße Mann! Wie lange wurde er schon nicht mehr, von seinem Vater und einigen Nachbarn, deren Hintergrund er penibel recherchiert hatte, einmal abgesehen, mit diesem Typus konfrontiert? Und doch gab es ihn immer noch und er lauerte im Schatten. Automatismen, gegen die er sich nicht wehren konnte, kamen plötzlich wieder hoch. Langsam ging der Blonde aus dem Norden vorwärts, wollte das Haus passieren und dabei versuchen, den Alten zu ignorieren, doch wieder und wieder sah er verstohlen nach jenem Mann, der dort im Schaukelstuhl saß. Woher nur kam das schlechte Gefühl? Instinktiv spähte Gregor auf das Namensschild am Gartentor und fühlte sich in seiner finsteren Ahnung bestätigt: Das mutmaßliche Alter, dieser graue Bart, das faschistische Schaukeln, der böse Blick und der Name! Bei Adolf Hartzorn musste es sich zweifellos um einen alten Nazi handeln, der nun fröhlich und vergnügt seinen Lebensabend auf dem Schaukelstuhl verbrachte, während seine Opfer dieses Privileg nicht hatten. Gregors Herz klopfte, während er förmlich an dem Haus vorbeistürmte. Aus den Augenwinkeln sah er noch, dass der alte Mann ihm mit seinem Stock drohte oder winkte er nur? Letztendlich war das nun egal, denn ein so greiser, alter, weißer, deutscher Mann konnte niemals unschuldig sein. Nachdem er das Sichtfeld des Bösen verlassen hatte, hielt Gregor inne. Wollte er in ein Dorf ziehen, in dem die braune Brut auf dem Schaukelstuhl saß? Auf der anderen Seite; musste nicht einer kommen und das neue, das bessere Deutschland repräsentieren? War nicht schon Präsenz allein ein Akt des Widerstandes gegen das falsche Gedankengut?

Oder übertrieb er einfach? War es vielleicht nur eine alte Konditionierung, die jetzt ansprang und der er sich gar nicht bewusst war? Egal wie; das Erlebte hatte ihn leicht verunsichert und er versuchte seine Umgebung nun kritischer wahrzunehmen. Standen da nicht überall mehrere Autos in den Auffahrten? In Zeiten des Klimawandels doch unvertretbar! Gab es denn keinen öffentlichen Nahverkehr? Und dann gab es einige Steingärten! Was war mit der Artenvielfalt und den Insekten?

Während er noch sinnierte und einordnete, hatte er die Kirche erreicht und überrannte beinahe den örtlichen Pfarrer. Er stellte sich als Eckebrecht Meiselbach vor und entgegen Gregors Erwartungen kamen sie relativ schnell ins Gespräch. Überraschenderweise schein der Geistliche für einen katholischen Priester und trotz des Alters einem gewissen liberalen Gedankengut nicht abgeneigt zu sein, denn weder die Problematik des Zölibats noch die Frage nach der Homosexualität brachten ihn aus der Ruhe, sondern er zitierte lediglich Friedrich den Großen. Gemeint ist der preußische König, nicht jener LKW-Fahrer, der bei KAMA die Nachtfahrten übernahm. Es war ein angenehmes Gespräch. So herzlich, dass es Gregor die Begegnung mit dem Nazi, der offenbar, wie sich herausstellte, im Dorf nur *„Opa Hartzorn"* genannt wurde, fast vergessen ließ. Gerne hätte sich Asmas noch weiter unterhalten, sie waren gerade bei den diversen Festen in der Gemeinde und der Messe in der nahen Kleinstadt gewesen, aber der örtliche Küster, ein biederer Mann namens Klüpfel, unterbrach das Gespräch und ging mit Meiselbach zurück in die Sakristei. Offenbar mussten beide den Gottesdienst vorbereiten.

Asmas ging weiter durch die Straßen. Es gab einen Bäcker, Gasthäuser, einen Zigarettenautomaten, eine Telefonzelle und mindestens eine Bushaltestelle. Direkt neben der letzteren stand ein extrem hässlicher Gartenzwerg, der, wie er vom Pfarrer vorher erfahren hatte, an örtliche Fabeltiere namens *„Grubel"* erinnern sollte. Eine ältere Frau kam aus dem dazugehörigen Haus und grüßte ihn freundlich. Das Türschild verriet den Namen *„Koranus"* und langsam, aber sicher dämmerte es Gregor, dass dieses *„Grüß Gott"* wenig mit einem religiösen Fanatismus zu tun hatte, als vielmehr ein verbreiteter Gruß war. Er bog noch einige Male ab und am Ende eines Weges erreichte er den örtlichen Friedhof. Nicht, dass er ein morbides Wesen hatte, aber, warum nicht? Interessant fand er am Ende nur die Kreuzigungsgruppe, offenbar ein altes und seltenes Werk, die dort aufgestellt war. Er bestaunte den Realismus der Figuren, betrachtete die Gräber, die ebenso wohlgepflegt waren wie die Gärten und kam an einzelnen Feldern vorbei, die offensichtlich bewusst als Blumenwiesen für Insekten angelegt waren. Selbst dem Problem mit den, wie er fand, zu vielen Automobilen kam er auf die Spur, als er den Busfahrplan studierte und enttäuscht feststellte:

„Kein Wunder, dass sie hier alle Autos haben, hier gibt es ja keinen ausgebauten ÖPNV. Fährt ja fast nie ein Bus. Hier versagt nicht der Mensch, sondern der Staat!"

Und so lief Asmas dann langsam, aber bestimmt zurück zu seinem Automobil. *„Trotz leichter Mängel; ein kleines, gemütliches Dörfchen. Heile Welt und vor allem Ruhe. 2-."*, murmelte er in sich hinein und wollte gerade in sein Fahrzeug steigen, als ein Mann aus dem Feuerwehrhaus kam. Er stellte sich kurz als Horst Mettwald, erster Feuerwehrkommandant des Ortes, vor und bot ihm, nachdem er sich bestätigen ließ, dass Gregor der Interessent für das freie Haus war, seine Hilfe bei den Renovierungsarbeiten an. Darauf wollte der Blonde aus dem Norden aber im Moment nicht näher eingehen und würgte das Gespräch freundlich, aber bestimmt ab.

Anschließend fuhr Asmas wenige Kilometer weiter in die Firmenzentrale. Jürgen E. Klastermann selbst war nicht zugegen, jedoch empfing ihn sein künftiger Kollege Herbert Müller. Gregor war vorsichtig, vermutete er doch hinter eben jenem Müller einen mutmaßlichen Konkurrenten, stellte aber erleichtert fest, dass es sich bei diesem um einen Biedermann handelte, der keinerlei Ambitionen hatte und dessen größte Sorge es war, ob sein Sohnemann Thorsten nach dem bald kommenden Abitur einen geeigneten Studienplatz erhielt. Die Bereiche selbst wurden zwischen ihnen genau aufgeteilt und Müller lud ihn, allerdings erst in einigen Wochen, doch tatsächlich auch zum Abendessen bei sich ein, was Asmas ganz entzückend. Er sagte, entgegen seinen sonstigen Gepflogenheiten, auch zu.

Wenig später war Gregor wieder auf der Autobahn und sichtlich zufrieden mit den Erlebnissen dieses Tages. Das kleine Dorf Rodringbach schien genau der richtige Ort zu sein, um einen Neuanfang zu wagen. Auch der Landkreis, von dem er natürlich nur einen Ausschnitt kannte, beeindruckte ihn, aufgrund seiner Natur, bislang positiv.

Weg von der kalten Stadt, in der er niemanden wirklich näher kannte! Lange genug der einsame Wolf gewesen! War es nicht erstrebenswert, Teil einer kleinen Dorfgemeinschaft zu werden? Vielleicht fand er sogar eine Frau, mit der es sich lohnte, eine Familie zu gründen? Die Landfrauen sollten genügsamer sein, oder nicht? Für den sexistischen Gedanken schämte er sich natürlich, aber bündelten sich hier nicht seine Sehnsüchte und gaben der Leere einen Sinn? Und der mutmaßliche Nazi, die vielen Autos sowie die kleinen Verstöße in den Papiertonnen? Nun, kleine Schattenspiele konnten das Licht der Sonne nicht ersticken! Und natürlich; war denn die urbane Welt an dieser Stelle wirklich Vorbild?

Er hatte es mit einer Reise ans andere Ende der Welt versucht, doch diese führte ihn über einen Leguan und den Wein nur hierher. Konnten die Zeichen klarer sein? Gleich Morgen wollte er sich mit dem Makler, der zum Glück auch ein Büro in seiner Heimatstadt hatte, treffen.

„Danke McRunkel, danke Seekuh", dachte er nur und trat auf das Gaspedal, denn sein Sportwagen, der Umwelt zuliebe natürlich mit einem Hybrid-Antrieb ausgestattet, musste doch auch einmal ausgefahren werden. Warum Gregor nicht ganz auf Elektro-Autos setzte? Nun, das ließ sich klar begründen: Weder war ihre CO_2-Bilanz so gut, wie es suggeriert wurde, noch war klar, wie die Batterien einst entsorgt werden würden. Auch die Reichweite war für jemanden, der zuvor immer gut 50 Minuten Anfahrweg zur Arbeitsstätte hatte, wenig überzeugend. Nein, die Elektro-Autos waren einfach noch nicht so weit. So lange war der Hybrid einfach eine akzeptable Lösung. Sollte sich das einmal ändern, würde auch Gregor sofort handeln. Ein guter Kompromiss. Mal wieder. Und mangelndes Engagement konnte man ihm zudem kaum vorwerfen. Was hatte er nicht daheim bei seinen Eltern alles für die Nachhaltigkeit getan! War er es nicht, der die Solaranlage und die Auffangtonne für Regenwasser bezahlt hatte? Kontrollierte nicht Asams die Tonnen seiner Familie auf peinliche genaue Mülltrennung? Warum es aber kein Kleinwagen war musste detaillierter erklärt werden. Was sollte man sagen? Das lag natürlich nicht nur daran, weil er das Tempo liebte oder maximal bequem fahren wollte. Behauptete er, sondern war vielmehr darin begründet, dass er manchmal die Getränke für die ganze Familie mitbringen sollte und dafür entsprechenden Platz brauche. Zweifellos hatte er eine sehr durstige Familie. Zudem gab es noch die Hasen des Vaters, die immer wieder auch zu Leistungsschauen transportiert werden mussten. Nein, es gab auch praktische Gründe für die Fahrzeugwahl.

Egal, es ging zurück in den Norden. Via Autobahn, wobei er versuchte den Begriff nicht negativ zu assoziieren, was ihm auch halbwegs gelang.

„Das ist schon besser hier als in den USA. Kein Tempolimit. Würde dir gefallen, Leguan", lächelte er in sich hinein. Tatsächlich unterbrach Gregor die Fahrt auch nur einmal, um bei einer speziellen christlichen Gemeinschaft, die direkt an besagter Autobahn einen Supermarkt und mehrere Restaurants betrieb, einzukehren, um sich genüsslich dem ausschließlich vegetarischen Essen hinzugeben. Er war sichtlich erfreut, dass sich so eine Einrichtung nur wenige Kilometer von seinem neuen Ort befand und begrüßte die dort überall mit Plakaten angebrachten radikalen Parolen, die sich gegen Tierquälerei aussprachen. Die politisch-spirituelle Ausrichtung oder die Natur als Glaubensgemeinschaft bemerkte er jedoch nicht, denn auf dieser und auf die Worte einer hauseigenen Prophetin fußte die Tierliebe. Man kann nicht alles sehen, als fast neutraler Berichterstatter darf aber unsereins darauf hinweisen. Hauptsache das Mahl mundete.

Kapitel 16

So weit so gut. Als beinahe allwissender Erzähler erlaube sich unsereins eine kleine Unterbrechung. Man möge mir verzeihen, dass ich es für notwendig hielt, soweit auszuholen, doch würde man manch' weiterer Entwicklung skeptisch gegenüberstehen, wären einem die Lebensschritte des Unterhaltungsobjektes nicht bekannt. Es lag mir daran, zu zeigen, wie unser guter Gregor wurde, was ihn prägte, woran er glaubte. Das auf eine unterhaltsame Art und Weise, denn genau dieses ist und bleibt meine große Aufgabe. Meiner selbst ist bewusst, dass manch Ort außerhalb der Wertung liegt, doch ist es nicht meine Natur, ein zerhacktes Stückwerk zu präsentieren. Habe ich ihn in seinem Innersten getroffen? Ich weiß es nicht, denn es sind nur Beobachtungen und Ausschnitte. Unsereins verhielt sich stets subjektiv und wählte jene Momente, die bedeutsam erschienen. Ob es gelungen und ein einfacher Mensch die Mühe wert ist? Wer vermag das schon zu sagen? Ich führe das Stück auf, bewerten müssen es diejenigen, die es sich ansehen. Letztendlich ist es nur ein Mensch. Ob mein Hang, die Kreaturen lächerlich zu machen, Überhand gewann? Ich hoffe nicht. Davon abgesehen, sind Menschen bereits von ihrer Natur her lächerliche Gestalten? Deswegen dienen sie unsereins auch zur Belustigung. Einer wie der andere. Ohne, dass sie etwas ahnen, gelenkt in unsere Bahnen. Alle gleich! Ewige ähnliche Geschichten! Oder, vereinfacht in poetischeren Worten:

„Sorgen, Ärger und Verbot.

Leid, Missgunst und auch Not.

Freude, lachen oder siegen.

Lieben, frei sein, vor Glück fliegen.

Alles das wird's immer geben,

in einem jeden neuen Leben."

Doch ich sollte nicht abschweifen! Asmas! Zurück zu Gregor Michael Asmas! Dem Blonden aus dem Norden! Eine Figur seiner Zeit mit unerschütterlichem Glauben an das Gute. Letzteres etwas, was es in Wahrheit doch gar nicht geben kann, denn das Einzige, was wahrlich relevant ist, sind Interessen. Führen sie zum Guten, so hochjauchzet. Enden sie im Unglück, soll es den Profiteur auch nicht interessieren. Doch dieses ist nur meine Meinung. Nicht die von Gregor Michael Asmas, zu dem wir nun zurückkehren.

Kapitel 17

Zurück im Norden war es nun an der Zeit, die Familie über die künftigen Pläne zu unterrichten. Gregor Michael Asmas würde gehen und sie mussten es wissen. Ob es ihm sonderlich schwerfiel, seinen Umzug zu verkünden? Nein, letztendlich lebte man seit Jahrzehnten zwar im gleichen Haus, aber ein gemeinsames Leben gab es kaum mehr. Das lag weniger an den separaten Eingängen, dafür umso mehr daran, dass schlicht wenig passierte. Man grüßte sich, saß gelegentlich zusammen, feierte Feste, fürchtete gemeinsam um den Gesundheitszustand der Hasen, aber sonst? Vielleicht hatte Asmas seine Eltern auch enttäuscht, schließlich war er noch immer Single und hatte die notwendigen Zahlen in der Enkelproduktion nicht erreicht oder aber Josef und Alma konzentrierten sich wieder mehr auf ihr eigenes Leben. Wer weiß? Ach was, Gregor und seine Familie behandelten sich gegenseitig so, wie so viele andere auch. Nichts mehr, nichts weniger. Manchmal glänzendes Rampenlicht, meistens langweiliges Grau. Unterbrochen wurde diese Monotonie lediglich von Enkel Tilmann, der, nun doch deutlich über 20, immer noch seinen wöchentlichen Obolus abholte und sich damit ganz gut durch das Leben schnorren konnte. *„Ob der Junge wirklich von Ida ist? Oder wurde er vielleicht mit Brigittes Balg vertauscht?"*, fragte sich Asmas gelegentlich, meinte die Frage aber nicht wirklich ernst.

Gregor hatte einst versucht, seinem Neffen eine Lehrstelle bei KAMA zu vermitteln und wollte ihn zu einem verantwortungsbewussten Menschen schulen. Menschen besser machen war stets ein Anspruch, den er in sich trug. Tilmann blockte allerdings ebenso stetig ab, denn er sah sich selbst als reiner Künstler und nicht als Arbeiter oder Angestellter. Wie so oft, wenn es um die Familie ging, mischte sich der blonde Lockenkopf irgendwann nicht mehr ein. Außerdem wäre jede Handlung gegen die künstlerische Natur und gegen das schöpferische Wesen Tilmanns doch auch ein grausamer Eingriff in dessen Selbstbestimmungsrecht gewesen, oder? Das Werk des Neffen bewunderte der Onkel nicht. Er verstand nie, was an den Objekten aus geflochtenen Grashalmen und Käfern künstlerisch sein sollte, aber dafür bewunderte er den Mut und die Durchsetzungskraft an sich, die Tilmann zeigte, um sein Leben so zu führen, wie er es sich vorstellte. Nebenbei bemerkt waren die großen und kleinen Skulpturen des Buxler-Sprosses ökologisch einwandfrei und klimaneutral.

„Die Botschaft verstehe ich nicht, aber ich bin auch kein Künstler, aber ich sehe ja nicht einmal die Schauspiel-kunst bei Onkel Michael, wie soll ich so etwas dann bei etwas weniger Offensichtlichem sehen?", sagte er sich immer wieder. Einmal hatte Tilmann sogar eine Ausstellung, in der die zahlreichen Objekte, die er aus Grashalmen und Käfern, man kann es gar nicht oft genug erwähnen, gebastelt hatte, ausgestellt wurden. Jedoch war die Resonanz gering und Gregor konnte ihn nur damit trösten, dass viele große Künstler lange nicht die Anerkennung erhalten hatten, die sie eigentlich verdienten.

Trotzdem darf man sich nicht täuschen. Das Verhältnis zwischen Onkel und Neffen war nie herzlich oder tiefergehend und beschränkte sich irgendwann auf ein einfaches Grüßen. Soweit Gregor wusste, lebte Tilmann mit seinen Freundinnen in einer Sozialwohnung und bezog staatliche Transferleistungen, die zur Deckung des täglichen Bedarfes beantragt wurden. Ob sich das mit seiner Zeit in der Szene vergleichen ließ? Er wusste es nicht, aber so sehr sein Interesse auf die großen Fragen der Weltpolitik auch ausgerichtet war, so wenig Empathie zeigte er für seine nähere Umgebung. Extrem war das bei Schwester Ida, die er noch einmal vor seinem Umzug sah. Im Gegensatz zu ihm rank und schlank, beklagte sie sich bitterlich über Schwager Harry, der offenbar Teile seines Einkommens in einem Spiel-Casino verspielt hatte und sie generell sehr kurzhielt. Behauptete Ida. Leider gingen die Unterhaltungen mit ihr nie in die Tiefe, weswegen er überhaupt nicht einschätzen konnte, ob diese Anmerkungen auf Verzweiflung, Humor oder Sarkasmus basierten. Wer war diese uninteressante Frau eigentlich? Gregor erfuhr noch, dass sie die Ehe auf keinen Fall in die Brüche gehen lassen wollte, da sie Schäden an der sensiblen Künstlerseele Tilmanns befürchtete. Während Ida erzählte, dachte der große Bruder an das Mittagessen. Ein kräftiger Braten? Warum nicht? Buxler ein windiger Bursche? Wer hätte das gedacht! Eine moralische Wertung nahm er dagegen nicht vor. Davon stand nichts in der Mao-Bibel, nichts im Kapital von Marx und auch in keinem DDR-Buch. Es war keine Frage der Gerechtigkeit oder eine die Weltgeltung hatte und ob seine Schwester nun glücklich war oder nicht interessierte ihn nicht wirklich.

Dementsprechend erwähnte er auch nichts dem Versicherungsvertreter Buxler gegenüber, der ihn, für die Reise, das neue Haus und überhaupt mit 16 neuen Versicherungen versorgte. Bunt ausgeschmückte Geschichten, Drohkulissen, Horrorszenarien. Gregor nahm diese Lügen hin. Je mehr er nachdachte, desto klarer wurde ihm, dass er hier im Norden nichts vermissen würde.

Der Umzug konnte kommen. Noch einige Tage im Elternhaus. Langsamer Abschied. Die Mutter schien sich ihm nun wieder mehr zu widmen. Verlustängste? Der Vater streichelte die Hasen.

Unterbrochen wurde die gewohnte Langeweile durch einen überraschenden Anruf aus der neuen Welt: Horst Mettwald, der Feuerwehrkommandant, bot ihm an, sein neues Haus, zusammen mit einigen Freunden, zu renovieren. Erst jetzt verstand Asmas, dass es sich offenbar um ein Angebot für Schwarzarbeit handelte und nicht um eine reine Gefälligkeitsleistung. Er stand nun zwischen den Stühlen. Gewissensfrage? Einerseits entzog er auf diese Art und Weise dem faschistischen Staat Steuermittel, auf der anderen Seite jedoch wollte er den kleinen, steuerehrlichen Handwerkern, die für das System an sich nichts konnten, nicht die gerühmte Butter vom Brot nehmen. Dieses war aber nur ein oberflächlicher Konflikt, denn tief im Innersten fürchtete er in Wahrheit, dass die steuerbefreiten Tätigkeiten nicht sachgerecht durchgeführt werden würden. Er lehnte daher Mettwalds Angebot ab, war aber trotzdem ob der Fürsorge sichtlich gerührt und engagierte einen renommierten Handwerksbetrieb, der alle Räume einschließlich des Bades erneuerte und auf den gewünschten Stand brachte. Die Umbauarbeiten überwachte der Makler. Nach wenigen Wochen waren auch diese abgeschlossen und Gregor verließ eines schönen sonnigen Tages, vermutlich zum letzten Mal, die Tür zu seiner nun leeren Einliegerwohnung. Ein wenig Autobahn und es würde beginnen; das neue Leben. Die Mutter weinte. Der Vater streichelte die Hasen.

„Jetzt geht es los! Neues Leben – ich komme!“

Kapitel 18

Die erste Nacht im neuen Bett war vorüber. Gregor hatte hervorragend geschlafen und sprühte nur so vor Tatendrang. Alles war perfekt verlaufen: Die Handwerker hatten hervorragende Arbeit geleistet, der Hausrat wurde durch die Spedition sachgerecht geliefert und aufgestellt. Und erst der Gärtner – eine wunderbare Leistung! Ein voller Kühlschrank, warmes Wasser, sonniger Tag, noch lange Urlaub. Nach einem üppigen Frühstück beschloss er sich eine Weile in den Garten zu legen. Wie groß der war! Sollte das einmal ein Fußballplatz werden? Egal, er beschloss ein wenig und zugleich untypisch durch die nur wenige Hundert Meter entfernten Felder zu wandern und die Natur zu entdecken und von dieser gab es reichlich.

Nach wenigen Minuten kündigte der ländliche Geruch irgendeine Form der Tierhaltung, vermutlich Kühe, an und Asmas hielt kurz inne. Schrecklicher Bilder aus früheren Tagen stiegen in seinem Kopf hoch und ließen ihn erstarren: Massentierhaltung, Tierleid und gierige Kapitalisten, welche die Qual in Kauf nahmen, um noch mehr Profite zu generieren. Schon die Erinnerung ließ ihn trauern, weckte aber auch den alten Kämpfer. Wie oft hatte er gegen die Dunkelheit protestiert und versucht wachzurütteln? Selbst an einem Einbruch war er beteiligt, wenn auch nicht federführend, dessen Ziel es gewesen war, die grausamen Umstände der Haltung zu dokumentieren und anschließend die Bilder und Videos der Presse zuzuspielen. Der Betrieb musste unter dem anschließenden Druck der Öffentlichkeit schließen. Eine halbvergessene Heldentat der Vergangenheit, wohl auch deswegen, weil Vegan-Axel, die dicke Brigitte und der Professor, letztere nur planerisch, daran beteiligt waren. Bis heute spendete er jeden Monat für Tierschutzorganisationen. Konnte er nun wegsehen, wenn eine solche Tötungsfabrik in unmittelbarer Nähe zu seiner neuen Residenz ihren üblen Machenschaften nachging? Nein, das konnte er nicht und das würde Gregor auch nicht dulden! Niemals! Mit zunehmender Erregung und tiefer Empörung ging er, die Nase in den Himmel reckend, dem sanften Duft nach und entdeckte hinter der nächsten Kurve die nicht einmal notdürftig bekleidete Wahrheit: Vor ihm bot sich eine Weide mit scheinbar sehr glücklichen Kühen dar!

Der Blonde aus dem Norden blieb verdattert stehen und bemerkte gar nicht, dass sich ihm ein Mann in mittleren Jahren näherte:

„Servus! Des sind scho' prächtige Burschen, was?"

Erst jetzt registrierte Gregor den Mann.

„Ja," stammelte er.

„Ich bin der Herrmann Derberle, mir gehört der Bio-Bauernhof. Nur bestes Fleisch von zufriedenem Vieh. Seit vielen Jahren unser Wahlspruch."

Mit vielem hatte Asmas gerechnet, nur dem nicht und daher fiel es ihm sichtlich schwer, sich einige Worte abzuringen:

„Ja, das sind schöne Kühe."

„Wir beliefern die ganze Umgebung. Inzwischen ist es so, dass man bei uns zwei Monate vorher bestellen muss, so gefragt ist das gute Fleisch!"

„Obwohl wir auf dem Land sind? Verstehen die Leute das hier, wie schlimm Massentierhaltung ist?", Gregor erlangte langsam seine Kommunikationsfähigkeiten wieder.

„Gerade, weil wir da sind, wissen die Leute lokale Produkte zu schätzen, denn da brauchen sie sich keine Sorgen machen, was drin ist und können mir persönlich eine Schelle geben, wenn was schräg läuft! Meine Kunden sind alle aus der Gegend! Klar, billig ist das nicht und ich verstehe auch, dass manche sich das nicht leisten können. Sind sie ein Städter, weil Sie so komisch fragen?"

„Ja, gerade hergezogen."

„Na, dann willkommen! Wenn Sie mal was bestellen wollen, dann bitte daran denken: Zwei Monate im Voraus! Ich muss jetzt wieder zur Zensi, die kalbt heut' noch," sprach der fröhlichen Bauern und ging von dannen.

Zurück blieb ein positiv überraschter Gregor Asmas, der sich ein Lächeln, nein, ein breites, fast schon unverschämtes Grinsen nicht verkneifen konnte. Die Bilder seiner vielen Aktionen für das Tierwohl liefen erneut vor seinen geistigen Augen ab. Dieses Mal aber in einem wohltuenderen Kontext. Offensichtlich hatten sein damaliger Kampf und die damit verbundenen Erfolge, die einst im urbanen Milieu der Großstadt begannen, irgendwann auf die ländlichen Regionen übergeschwappt. Selbstredend war der Blonde aus dem Norden nur ein Teil der Bewegung gewesen, aber erbaute sich der Tempel nicht aus vielen Steinen und ist Identifikation denn, wenn es nicht gerade um Nationen ging, denn verwerflich? Es war, aus seiner Sicht daher sicher nicht übertrieben, wenn er annahm, dass der Bio-Bauernhof indirekt auch sein Produkt war. Genau so etwas wollte er doch erreichen! Dafür kämpfte Gregor einst, dafür siegte Asams offenbar noch immer! Kurz blickte er einer Kuh ins Auge und war sich sicher, dort tiefe Dankbarkeit zu erkennen. Beschwingt ging, nein schwebte er zurück.

Zufrieden öffnete er wenig später seine Haustür und just als es sich der Neuankömmling gerade bequem machen wollte, näherte sich ein merklich hochgewachsener Mann dem Gartenzaun. Ehe sich Asmas versah, sprach jener auch schon:

„Hallo Nachbar, ich bin der Benno Meier, kurz Benno!"

Der große Mann, der wohl ihm gleichen Alter wie Asmas war, lachte laut, aber keinesfalls aufdringlich. Außer seiner Größe fielen, neben dem muskulösen Körper, im Besonderen seine breite Nase, der flache Schädel und die kurzen braunen Haare, die farblich zu den Augen passten, auf. Während Gregor sich innerlich fragte, warum er Benno nach rassenbiologischen Kriterien musterte, fuhr dieser fort:

„Ich wohne schräg gegenüber und wollte einfach nur mal den Neuen begrüßen. Sagen wir „Du". Alles andere wäre doch Schmarrn, oder?"

Gregor stimmte dem zu und kam langsam mit dem Hünen ins Gespräch. Wie auch er, arbeitete Benno bei KAMA, wie wir wissen, der Marktführer für linksgedrehte Halbschauben, und schien ein sympathischer Kerl zu sein.

„Das ist Provinz, ohne, dass man das negativ sehen sollte. Bin selbst mit meiner Familie hergezogen und kein Einheimischer. Wegen des Jobs bei KAMA. Und jetzt? Meine Frau ist weg, die Kinder auch. Das Haus ist dafür groß und ich zahle Unterhalt. Scheidung, verstehst du? Seitdem bin ich vom Innendienst wieder auf Montage. Heute in Bangkok, am nächsten Tag in New York. Bin eigentlich selten hier und immer in der Welt unterwegs. Bekomme

deswegen wenig mit, was so vorgeht. Wenn ich hier bin, dann geh' ich angeln und wenn ein Fest ist, dann findest du mich da auch."

Gregor hörte Benno interessiert zu, schließlich war jede Information für seinen Neuanfang wichtig. Außerdem wollte er bei seinem Neustart auch seine direkte Umgebung in sein Leben einbinden. Früher, nach seinem Abschied aus der Szene, hatte er sich selbst eingeredet, dass er andere Menschen nicht brauchen würde, aber war das wirklich die Wahrheit? Oder fürchtete er sich nur vor ihnen? Warum wollte er dann ein neues Leben, wenn das alte doch seinem angeblichen Ideal der Isolation entsprach? Vielleicht weil alles irgendwann verstopfte und nicht mehr weiter ging? Der Lockenkopf könnte sich auch hier verkriechen und das Vergangene, in leicht geänderter Umgebung, fortsetzen, aber unter Umständen hatte er sich vielleicht geirrt? Warum nur waren alle Tage so gleich, wenn er zurückblickte, warum gab es kaum herausleuchtende Erlebnisse, die nach seiner wilderen Phase lagen? Die Zeit mit der dicken Brigitte! An wie viel konnte er sich erinnern. Selbst an die Diskussionen mit Vegan-Axel! Und erst die Demos. So viele Details; im Kopf gespeichert! Aber dann? Was war die letzten Jahre nur geschehen? Natürlich, seine Lehre, sein beruflicher Erfolg, die wenigen Beziehungen, aber waren das genug Leuchttürme für ein Leben im Nebel? So wenig lohnt die Erinnerung? Mussten dafür etwa schon Erlebnisse mit Versicherungs-Harry herhalten? Hatte die Sinnkrise vielleicht sogar ihren Ursprung darin, dass er selbst das geworden war, was er bei anderen beobachtet haben wollte? War er nicht selbst jahrelang ein Rädchen im kapitalistischen System gewesen? Warum diese Gedanken in genau jenem Moment kamen, wusste Asmas nicht. Ihm war auch nicht klar, ob diese Überlegungen einen wahren Kern hatten oder nur eine temporäre Wirklichkeit darstellten. Gleichzeitig jedoch fühlte der Neuankömmling, dass er nun kurz vor dem rettenden Ufer trieb und dem reißenden Fluss des Funktionierens vielleicht entrissen werden konnte. Es war mehr Gefühl als Verstand, mehr Instinkt als Plan. Egal! Unsereins gleichgültig! Weiter!

Benno bemerkte natürlich, dass Gregor sichtlich abgelenkt war, fuhr aber trotzdem fort:

„Also, Nachbar, wir sehen uns. Ich muss noch einkaufen, denn in zwei Wochen geht es wieder für einen Monat nach Asien. Wenn ich wiederkomm' können wir ja mal angeln gehen? Aber nur, wenn du mir die Fische nicht verschreckst, mit deinem blonden Kraut auf der Rübe!", sprach der große Mann, verabschiedete sich und

lief flott zu seinem Haus zurück. Zurück blieb ein zufriedener Gregor Asmas, der sich auf dem richtigen Weg wähnte.

„Mein Kurs ist der richtige und er wird weiter gesteuert", sprach Gregor und schämte sich nicht einmal ob dieses reaktionären Zitates. *„Läuft doch schon ganz gut, die Sache."*

Kapitel 19

Am Abend stand das Essen bei seinem künftigen Kollegen Herbert Müller auf dem Programm. Man erinnere sich, es wurde beim ersten Besuch in der Firmenzentrale vereinbart. Es gab feine Bratwürste mit Krautsalat. Klischee tut keinem weh. Im Gegensatz zum üppigen Mahl war Familie Müller weniger deftig. Dafür ausgesprochen langweilig. Während Herbert fast ausschließlich über die Arbeit sprach, war Frau Müller, eine kleine dickere Frau mit kurzen blondierten Haaren, ganz die Herrin über Haus und Herd, stetig mit irgendwelchen Kleinigkeiten rund um das Essen und die Küche beschäftigt. Für eine Konversation gänzlich ungeeignet. Überhaupt, warum sahen sich die Eheleute so ähnlich? Lag es an der jeweiligen Kurzhaarfrisur? An den gleichen Brillen? An der Neigung zu grauer Kleidung? Synchrones Schnarchen. *„Natürlich auch reaktionär: Die Frau am Herd, der Mann am Tisch! Typisch! Spießige Einrichtung"*, murmelte er in sich hinein.

Am Tisch saß auch Sohn Thorsten, der inzwischen sein Abitur bestanden und gerade begonnen hatte, im nahen Würzburg Medizin zu studieren. Dieser sprach jedoch kein Wort, sondern rutschte lediglich unruhig auf seinen Stuhl hin und her. Aus purem wissenschaftlichem Interesse musterte der Gast den jungen Müller:

„Was für ein biederes Jüngelchen! Ein 0815-Gesicht, so richtig nichtig. Wenn ich mir vorstelle, dass das der Prototyp der neuen Jugend ist, dann gute Nacht. Was ist nur passiert? Mit so einem hätten wir damals auf der Straße nichts erreicht. So schlaff, keine Haltung. Selbst Tilmann verströmt mehr Kraft. Ach, was sage ich! Bei den biederen Eltern! Es ist die Sozialisation! Die macht den Menschen! Der wird zur Arbeitsdrohne gezüchtet und funktioniert dann als fleißiges Bienchen. Ärztebienchen. Zumindest halbwegs nützlich! Aber, nur nichts hinterfragen, immer schön nach den Regeln leben. Man, schütteln möchte man euch, dass ihr unser Werk auf der Straße fortsetzt, aber ihr sitzt brav bei Mami, Papi und dem Arbeitskollegen! Vernichtend, einfach nur vernichtend!", dachte Gregor bei sich, während er auf den Nachtisch, es gab gebackenen Mandarinenkäse, eine örtliche Spezialität, wartete. Die jeweilige Jugend ist, aus Sicht derer, welche die selbige verloren haben, immer die schlechtere.

Kurz darauf klingelte es an der Tür und der beobachtete Sohn, unser liebenswerter Thorsten Müller, nahm die Chance wahr, sich zu verabschieden. Zurück blieben die KAMA-Männer und eine fleißige Hausfrau. Da saßen sie nun, die beiden Arbeitskollegen und fanden jenseits der Firma kein rechtes Gesprächsthema. War Gregor schon kein Meister der spontanen oder gar erquicklichen Unterhaltung, so war es der gute Herbert noch weniger. Trockene Langeweile! Dort hinten an der Wand hing ein Hirschgeweih. Nachdem sie es endlich geschafft hatten, die Firmengeschichte durchzugehen, gelang es Asmas, das Gespräch mit dem Hinweis auf einige Personen, die er bereits kennengelernt hatte, auf das allgemeine Dorfgeschehen zu lenken. Das schien den Korken zu öffnen, der bislang die Flasche verschloss, denn auf einmal begann Müller zu erzählen und ratterte zahlreiche Anekdoten herunter: In jungen Jahren war Herbert einmal Ersatzspieler bei der Reservemannschaft des örtlichen Fußballvereins. Sein einziges Tor schoss er am 08.05.1985 in einem Freundschaftsspiel. Eingewechselt, ein Ballkontakt, Treffer. Genauer gesagt, wurde er mehr oder weniger angeschossen, aber ist Tor nicht Tor? Nach dem Ende seiner aktiven Karriere Kassenwart bei seinem Verein, denn mit Zahlen konnte er besser umgehen als mit Bällen, und blieb es bis heute. Auch war er Mitglied des Gemeinderates, aber das mehr, weil sich kein anderer fand. Offenbar animierte diese Erzählung auch Frau Müller, die, wie Gregor nun erfuhr, auf den Namen Lydia hörte. Sie erzählte von ihren Tätigkeiten im Garten- und Verschönerungsverein. Die Blumen, die überall angepflanzt wurden, waren indirekt ihre Idee. Indirekt, weil sie von anderen Personen stammten, sie aber zustimmte. Auch das Schmücken der Kirche oder die Festaktivitäten im Rahmen der Maibaumaufstellung gingen auf ihren Verein zurück. Im Kirchenchor war sie jedoch nicht mehr, denn ihr gefiel die künstlerische Ausrichtung nicht. Einmal ins Reden gekommen, bemängelte Herbert, dass sein Sohn Thorsten sich überhaupt nicht für Fußball und den Verein interessierte, obwohl er ihn bereits in jungen Jahren dort angemeldet hatte. Stattdessen ging er zur Feuerwehr, was der Vater mit einem lachenden und einem weinenden Auge sah. Überhaupt waren die Eltern sehr stolz auf ihren Sohn, denn schließlich war er der erste mit Abitur und damit natürlich auch für die Premiere des Stückes „*Medizinstudium*" verantwortlich. Letzteres kam Gregor vertraut vor, allerdings weigerte er sich, Parallelen zu Thorsten zu ziehen, denn er selbst sah sich nicht als der Durchschnittsmensch, den er in dem jungen Mann erkannt haben wollte. Anschließend die Klassiker „*Dorfgeschehen*" und „*Klatsch.*" Angeblich war die Frau des Abgeordneten Walter Schulz schwerkrank. Zwar würde der Parteivertreter nicht direkt hier wohnen, hätte aber beste Kontakte zu den Bewohnern. Gregor erfuhr, dass einige Leute aus dem Dorf bei KAMA, durch die Firma wurde auch manches Fest finanziell unterstützt, arbeiteten. Ein Paul Rosch, ein Jürgen Gautama und viele andere, aber anfangen konnte er nur etwas mit dem Namen Benno Meier. Herbert bestätigte sogleich, dass es sich dabei tatsächlich um Asmas Nachbarn handelte und hatte sogleich einige Geschichten über dessen frühere Frau parat, deren Sohn nicht von ihm, sondern von einem herumreisenden Handelsvertreter gezeugt worden sein soll. Lydia öffnete eine Flasche Wein, unterbrach und verwies auf die Ehe des jungen Breitenbach, die offenbar kurz vor der Scheidung stand. Frau Koranus soll Hanf in ihrem Garten angebaut, diesen aber schnell vernichtet haben, nachdem ihr Kater Bergzorn daran knabberte. Genaueres weiß man nicht. Die Kinder der Leiters wären unmöglich und kein Vergleich zu Thorsten in diesem Alter; während die Tochter des Bürgermeisters von den Linden angeblich etwas mit dem besten Freund des Sohnes, einem gewissen Heinz-Ottmar hätte. Plötzlich war man beim „Du“. Der Geflügelhof der Frieses – jüngst abgebrannt und die Feuerwehr rund um den tapferen Kommandanten Mettwald konnte leider nichts mehr tun, weswegen kein Mitglied der Familie Friese mehr mit ihm sprach. Dann gab es da noch die Geschichte um Wilhelm Schuster auf dem Friedhof. Ein zeitloser Gruselklassiker aus dem Dorffundus. Die Müllers berichteten und berichteten. So ein Dorf bot viel Gesprächsstoff.

Stunde um Stunde verging, ohne, dass Gregor viel zum Gespräch beitragen konnte. Das musste er aber auch nicht, denn es faszinierte ihn, wie schnell sich Menschen doch öffnen konnten, wenn man das richtige Thema ansprach. Auch gefielen ihm die Erzählungen von dieser kleinen Dorfgemeinschaft, wobei er dieses Wort schon in Gedanken vermied, da es ihn an ein scheußliches sprachliches Konstrukt aus einer dunklen Zeit erinnerte. Offenbar war das Dorfleben etwas Wahres, etwas Lebendiges. In viele Erzählungen waren die Müllers nicht involviert, aber trotzdem doch irgendwie dabei. Ein kollektives Gedächtnis? Echtes Gemeinschaftsgefühl, wie es früher in den Kommunen gepredigt wurde? So etwas kannte Gregor aus seiner Heimat gar nicht. Vielleicht zu urban? Möglich! Gerade noch saßen ihm zwei in altertümlichen Rollenklischees gefangene Langeweiler gegenüber, die auf einmal förmlich aufblühten. Nun waren es Menschen, die Lebendigkeit ausstrahlten und eine gewisse Zufriedenheit.

Kapitel 20

Des Nachts lag Gregor im Bett und seine Gedanken wollten keine Ruhe finden. Halb wach, halb im Traum wälzte er sich hin und her. Da war sie wieder, die Krise. Wie sollte es weitergehen? Ewig in die Firma rennen und dann den Rest des Tages allein verbringen? Ja? Früher setzte er sich doch mit anderen für das Gute und Gerechte ein? Warum befriedigte ihn das irgendwann nicht mehr so? Zu einfach! Asmas selbst wollte sich doch ändern! Weg von der Verlogenheit der Szene! Niemand hatte ihn gezwungen; von den hygienischen Zuständen einmal abgesehen. Weil er hinter die Kulissen und Phrasen blickte? Und hatte sich der Lockenkopf in dieser Hinsicht überhaupt geändert? Reflektierte er nicht immer noch? Tat er nicht, was er konnte? Lebte Gregor nicht bewusst? Machte er sich nicht jene Gedanken, zu denen andere Menschen überhaupt nicht fähig waren? Doch das waren in vielen Fällen innere Prozesse. Zuletzt auf einer Demonstration? Lange her! Die Sache mit dem Bio-Bauernhof? Der Sieg mochte noch immer köstlich schmecken, der Kampf war jedoch vor vielen Jahren gewesen. Wie ein alter Recke, der sich über die Erfolge in der Jugend freute. War er das? Ein altes Relikt, das nichts mehr bewegen konnte? Und zeigte nicht gerade diese Geschichte, dass Veränderung möglich war? Wie konnte es passieren, dass er nicht weitergemacht hat? Nicht mit der Szene, sondern irgendwie anders? Sicher, er selbst meinte, vorbildlich zu leben. Auch wählte er richtig und spendete eifrig. Doch, war das nicht auch Alibi? Asmas war sich nicht sicher. Was hatte ihn nach außen so passiv gemacht? Stellte er die richtige Frage? Sollte diese nicht vielmehr lauten: An welcher Stelle hatte Gregor Michael Asmas das Glück verpasst?

Bei den Frauen? Hätte er die dicke Brigitte in seinem Sinne erziehen sollen? Oder die schlanke Leopoldine? Zu wenig angestrengt? Gaben Frauen nicht einen Sinn? Doch, was war mit der weiblichen Selbstbestimmung? Wollte er der Herr der Familie sein? Erziehung ist Manipulation! Müsste er nicht diese klassische Rollenverteilung ablehnen? Plötzlich tauchte Frau Müller in seinem geistigen Auge auf und er fühlte, dass ihn die kleine rundliche Frau mit der Kurzhaarfrisur erregte. Mehr und mehr. So, dass er es kaum aushielt. Danach spürte er, dass er nicht etwa die blondierte Lydia begehrte, er fand sie nicht einmal attraktiv, sondern es war der Hunger auf Leben an sich. Das Leben musste doch einen Sinn haben, irgendeinen Sinn. Jetzt lag er in einem neuen Bett, in einem neuen Haus, auf dem guten alten Blümchenlaken.

Die Betriebsverlagerung, McRunkel, der Wein! Waren die Zeichen nicht überdeutlich und hatten sie ihn nicht hierhergeführt? Bündelte sich nicht in Rodringbach die Sehnsucht nach Veränderung, nach Revolution? Das musste es sein oder nicht? Ein Irrtum war nicht möglich! Irgendwann musste man doch mal wieder etwas wagen, oder? Nicht mitschwimmen, sondern selbst der Antrieb sein! Gregor wollte leben, und dieses Leben jeden Tag spüren. Sich finden. Für etwas einsetzen. Für etwas leben. Die Krise überwinden.

„Sinn, Sinn, Sinn! Ich brauche einen Sinn!", grummelte er. Wie ein Fanal setzen? Er musste etwas tun. Irgendwas verändern, vorantreiben. Es musste sein! Nur, wie?

Plötzlich fuhr er aus dem Halbschlaf hoch. War es das wirklich, was er wollte? War diese kleine Dorfgemeinschaft nicht der Inbegriff reaktionärer und bürgerlicher Spießigkeit? Soweit er feststellen konnte, bestand die Bevölkerung aus einer homogenen, ethnischen Masse. Kein Farbtupfer, keine Bereicherung durch eine fremde Kultur und allein mit sich zufrieden. Vermutlich hatte der größte Teil der Bevölkerung auch Vorstellungen, wie sie einfach nicht mehr in die Zeit passten. Geschlechterstereotypen, vielleicht sogar widerwärtige Deutschtümelei, die ihren kranken Höhepunkt in „Opa Hartzorn" fand. Ganz bestimmt auch, wenn man von den Papiertonnen einmal absah, eine Umweltfeindlichkeit und eine gewisse Abschottung nach außen. War das nicht genau das, was ein aufrechter Linker und Internationaler ablehnen musste? Woher nur kam das Bedürfnis, sich in eine solche Gemeinschaft zu integrieren? Ja, ordentlich und sauber war es hier, aber war es das nicht auch in den schlimmsten Lagern? War das nicht gerade zu typisch deutsch? Faschismus! Volksgemeinschaft! Widerlich! Ekel! Wollte er das wirklich, oder war er nur an einem Punkt im Leben angekommen, in dem die Suche nach dem Sinn ihm jeden falschen Glanz als Hoffnungsschimmer verkaufte? Ein scheinbar günstiges Angebot, das sich hinterher als Ramschwarenkauf erweisen könnte?

Auf der anderen Seite war der Pfarrer erstaunlich liberal, die Gegend wirkte so, als hätten die Einwohner größtes Interesse am Erhalt der Kulturlandschaft und als rechtsextremes Problem hatte er bislang auch nur diesen alten Mann in seinem Schaukelstuhl erkannt. Der Rest der Leute wirkte freundlich und hilfsbereit. Wie viele Freunde konnte er in seiner alten Heimat sein Eigen nennen? Mit Benno Meier gab es nun schon einen halben. Wie oft war er bei Leuten, die nicht mit ihm verwandt waren, eingeladen? Dürftige Bilanz. Warum sollte er den Menschen aus Rodringbach keine Chance geben? Und dort, wo es Defizite gab? Dort konnte er helfen, oder nicht? Das machte doch Sinn! Asmas schämte sich zwar bei dem Gedanken, weil ihm sofort die Kolonialzeit in den Sinn kam: Wilde, ungebildete Einheimische, die im Grunde ihres Herzens gute Menschen waren, jedoch noch in die rechten Bahnen gelenkt werden mussten. Selbstverständlich verstand der Blonde aus dem Norden dieses nicht im imperialistischen Sinne, sondern aus dem Blickwinkel des Wohltäters, der den leidenden Menschen mit seiner Medizin und Anleitung half, das eigene Leben zu verbessern. Es sei erwähnt, dass unser Lockenkopf bei diesem Gedanken selbst lachen musste und irgendwas von *„Gregor, Missionar der zurückgebliebenen Franken"* murmelte.

Ist das die Botschaft des grünen Leguans? Unsicherheit kam auf. Innerliche Überzeugung? Musste noch reifen! Es gab noch keinen Kompromiss. Nur eine erste Ahnung. Sein Leben brauchte zwar Fülle, aber noch schwankte er, ob es diese sein sollte. Wie aber sollte er es herausfinden? Nach seiner wilden Zeit hatte er herzlich wenig experimentiert oder gewagt. Man konnte die Menschen hier doch testen, oder? Aber wie? Plötzlich kam ihm eine Idee. Hörte er nicht stets, wie sehr die Menschen Feste und Geselligkeit mochten? Harmonie, Gemeinschaft, Lachen, Freude, Sorglosigkeit, Kennenlernen. Was er tun würde? Asmas, der Neu-Dorfbewohner, würde ein Begrüßungsfest veranstalten!

Kapitel 21

Bereits als die Morgensonne ihre ersten Strahlen aussandte, machte sich Gregor daran, die Vorbereitungen für sein Fest zu treffen. Es war keine reine „Einschlafidee", die sich in der Dunkelheit der Nacht verflüchtigten und von denen ein jeder Mensch in seinem Leben so viele hat. Kein Hauch von Aktivität, der sich im Alltag verliert, sondern eine logische Konsequenz aus seinen Beobachtungen. Völlig realistisch und erstaunlich logisch. Alles passte, wenn man es nur so sehen wollte: Der Garten konnte bequem hunderte Personen fassen und Geld spielte sowieso eine untergeordnete Rolle. Er verdiente angemessen, genauer gesagt, unverschämt gut, und für alle anderen Dinge hatte Asmas sich, ganz der planende und vorausdenkende Mensch, eine Liste angefertigt:

Das Essen. Ursprünglich dachte der blonde Lockenkopf an eine deftige einheimische Mahlzeit samt Getränken. Würste, lokales Bier, regionaler Wein, Brötchen. Vielleicht Kraut- oder Kartoffelsalat? Schweinebraten? Klöße? Mit dem Fleisch von dem beeindruckenden Bio-Bauernhof. Da letzterer aber sowieso im Moment nicht liefern konnte, kam Gregor urplötzlich ein ganz anderer Gedanke:

„Vielleicht sollte ich etwas machen, was die Leute hier nicht immer bekommen. So hebe ich mich ab und mache alles ein wenig bunter. Ich gebe etwas, ja, ich würde ihnen etwas geben."

Daher wollte er nicht auf das langweilige Bewährte zurückgreifen, sondern etwas Neues, den berühmten Farbklecks im eintönigen Grau hinzufügen. Er überlegte, sinnierte und lachte, weil die Lösung am Ende so nah war. Schließlich beschloss er, einen Teil des Essens und Trinkens dort zu ordern, wo er selbst bei seiner ersten Heimfahrt so köstlich vegetarisch gegessen hatte: Bei den radikalen Tierschützern, die ihr Zentrum in der Nähe der Autobahnauffahrt gegründet hatten. Großartige Speisen. Biologisch ebenfalls einwandfrei. Getränke wurden ebenfalls angeboten. Leider aber nur vegetarisch. Auf Fleisch sollte aber natürlich nicht gänzlich verzichtet werden. Als Ergänzung doch einige Bratwürste? Nein, denn er befürchtete, dass die leckeren Darmfüllungen auch den Falschen munden würden. Um von Anfang an jede Art von rechten Extremisten, im Besonderen dachte er an den Mann, den man *„Opa Hartzorn"* nannte, abzuschrecken, orderte er neben dem vegetarischen Menü noch Döner Kebab für alle, das frisch von einem türkischen Ladenbesitzer zubereitet werden sollte. Ein geeigneter Kandidat war mit einem gewissen Hakan Gökan schnell dem Telefonverzeichnis der nahen Kleinstadt entnommen. Auf diese Weise, so nahm der Blonde aus dem Norden an, würde er zwei Fliegen mit einer Klappe schlagen: Das enorme Fleischbedürfnis der Einheimischen und seiner eigenen Person wurde gestillt, gleichzeitig gab es aber eine vegetarische einwandfreie Alternative. Zusätzlich würde so das Fest für Rassisten aller Art untragbar werden, denn welcher Faschist aß schon Döner?

„Ein Kompromiss, mit dem man leben kann, oder?“, freute sich der listige Gregor in sich hinein. Alles sinnvoll. Vieles bedacht. Planung und Voraussicht sind unbezahlbar.

Asmas sah sich, aber das sei nur am Rande erwähnt, auch kurz den Laden des Dönermannes an, war von der Sauberkeit höchst entzückt, bemerkte anerkennend, dass nur Bio-Fleisch sowie Soße verwendet wurden und dann geschah auch noch etwas, was ihn noch mehr bestätigte. Hakan überreichte einem Kunden sein Essen und sprach dabei:

„Hier hast du das Döner!“

Der Blonde aus dem Norden zuckte zusammen und Erinnerungen an die Duschszene in der Grundschule kamen hoch. *Das* Döner – *der* Duschgel! Damals hatte er den unverzeihlichen Fehler begangen, den armen Jungen mit Migrationshintergrund, ob seines sprachlichen Fehlers, zu belehren und damit ein allgemeines, zweifellos rassistische Gelächter ausgelöst. Dieses Mal würde er schweigen oder Gökan bestenfalls für sein gutes Deutsch loben. Oder letzteres doch nicht? Konnte das nicht auch missverstanden werden? Was, wenn er hier geboren war? Während Gregor noch sinnierte, antworte der Besteller des Mahls, offenbar ein indigener Deutscher mit sehr vielen Gesichtsrötungen auf der jugendlichen Haut:

„Danke für der Döner, Alter.“

Asmas zeigte sich erst erfreut und dann irritiert. Handelte es sich um einen sprachsensibilisierten Antirassisten oder eher um ein Produkt des heutigen Bildungssystems? Er beschloss darüber nachzudenken, ist aber bis heute zu keinem Ergebnis gekommen. Der anschließend georderte Döner schmeckte in jedem Fall vorzüglich.

Das Unterhaltungsprogramm. Ursprünglich hatte Gregor daran gedacht, die lokale Musik-gruppe *„Die Dorfblecher"* zu engagieren. Ein kurzes Telefonat mit dem ersten Musikanten, einem Hans Dimpfel, gab es bereits, aber es konnte den Neu-Dorfbewohner nicht tiefergehend über-zeugen. Einfältiges Programm, irgendwo zu vulgär, zu laut, reine Stimmungsmache.

„Musik soll unterstützen, nicht dominieren!", meinte er. *„Warum nicht Kunst statt Lärm?"*

Anstatt klassischer Bierzeltatmosphäre lud Asmas lieber seinen Neffen Tilmann Buxler ein, damit sein Verwandter eine Auswahl seiner Werke aus der *„Grashalme-und-Käfer-Periode"*, die noch immer anhielt, präsentierte. Untermalt sollte das Ganze von einem Alleinunterhalter werden, der jedoch, um die Wirkung von Tilmanns Kunst nicht zu stören, nicht sang, sondern lediglich unter-malende Melodien spielte. Obwohl er leichte Bedenken hatte, weil diese Art der Berieselung oft auch im Rahmen der Unterstützung des Konsumantriebes eingesetzt wurde, war Asmas am Ende davon überzeugt, eine gute Wahl getroffen zu haben, denn immerhin eröffnete er den fränkischen Dorfbewohnern so die große und weite Welt der Kunst und vielleicht dem eigenen Neffen den großen Durchbruch.

Das Dienstpersonal. Für sein kleines Fest benötigte Gregor auch Personen, die bereit waren, die Gäste zu bedienen. Hierfür fuhr Asmas in eine der Kleinstädte und versuchte auf dem örtli-chen Arbeitsamt im Rahmen der empfundenen sozialen Verantwortung einige Arbeitslose für sein Fest zu gewinnen. Obwohl er sich eine größere Resonanz versprochen hatte und immerhin 30 Euro pro Stunde zu zahlen bereit war, war die Auswahl kleiner als gedacht. Dennoch hatte er die benötigten Leute schnell zusammen und da manch einer bereits erste Erfahrungen in der Gastro-nomie machen durfte, war ein Gelingen des Festes, aus der Sicht des Blonden aus dem Norden, fast schon garantiert. Einen kurzen Moment überlegte er noch, ob er neben den Toiletten für Männlein und Weiblich noch eine Dritte für geschlechtlich unentschlossene anmieten sollte, ließ es aber dann, weil er fürchte, sonst jene zu diskriminieren, die sich zwar nicht zu den populären Geschlechtern zählten, aber auch nicht unentschlossen waren. Generell stand Asmas diesem Thema skeptisch gegenüber. Einerseits war er überzeugt davon, dass der Mensch durch seine Umwelt gemacht wurde. Dieses galt selbstverständlich auch für das Rollenverhalten von Mann und Frau. Andererseits identifizierte er sich selbst als Mann, was ihn immer wieder in peinliche

Seelennöte brachte. Ein schwieriges Thema, dass zu seiner Szenezeit gar nicht so populär war, aber die Progression ist nun einmal nicht aufzuhalten. Er musste sich unbedingt intensiver damit beschäftigen. Später. Am Ende fand er auch hier einen Kompromiss. Er akzeptiere die Schwäche, sich als maskulines Wesen zu sehen, fühlte sich schuldig, wollte aber gleichzeitig alle Forderung nach einer freien und unabhängigen Geschlechterwahl eines jeden Individuum unterstützen. Damit konnte Gregor gerade so leben. Doch zurück zur Festivität.

Die Dekoration und Bänke hatte er bereits in einem nahen Baumarkt gemietet und sie sollten zeitnah, wie auch das Zelt, geliefert und aufgebaut werden. Neffe Tilmann auf dem Weg, die Einladungen gedruckt und durch einen namenlosen Arbeitslosen in wirklich jeden Dorfbriefkasten verteilt – das Fest konnte kommen. Samstag, der Tag der Freude.

Oder doch nicht? Dunkelheit zog ein und in der Nacht von Freitag auf Samstag plagten Gregor schreckliche Albträume, in denen er vor einem leeren Garten stand. Kein Dorfbewohner war gekommen und sie alle straften ihn mit Missachtung und Ablehnung. Schreckliche Vorstellung, doch als er am frühen Morgen erwachte, waren all diese Gedanken verschwunden. Verdrängt, vergessen, in den schwarzen Stunden verloren gegangen.

Wenig später klingelte es an der Tür. Es war Tilmann Buxler, der mit einem Kleintransporter seine Werke gen Süden transportiert hatte sowie sich sogleich aufmachte und Garten und Zelt mit seiner Kunst verknüpfte. Zu Asmas Überraschung wurde sein Neffe von seinem Vater Harald begleitet, der Gregor als erstes mit einem unverschämt-schäbigen Grinsen die Rechnung für eine Transport- und Kunstwerkeversicherung präsentierte. Diese war erstaunlich hoch und der Blonde aus dem Norden bezweifelte, dass die „Gras-und-Käfer-Elemente" wirklich für 100 Millionen Euro versichert werden mussten, aber um des lieben Friedens Willens legte er auch diese Rechnung auf seinen Stapel. Gregor war schon damit zufrieden, dass er sich, aufgrund der eintreffenden Lieferungen und Bediensteten, nicht mit dem schmierigen Versicherungs-Harry unterhalten musste und den Vormittag mit der weiteren Organisation des Festes vertreiben konnte. Harald war irgendwann auch verschwunden und Asmas hoffte inständig, dass dieses auch so bleiben würde. Am frühen Nachmittag konnten die letzten Vorbereitungen abgeschlossen werden. Das Fest konnte beginnen. Ihr Dorfbewohner kommet!

Kapitel 22

Da wartete er nun und entgegen dem Traum blieb der Garten nicht leer, denn mit jeder Minute sammelten sich mehr und mehr Dorfbewohner am anderen Ende der Straße. Es war offensichtlich, dass sie es vorzogen, in Gruppen zu erscheinen und nicht einzeln, aber Asmas nahm ihnen dieses Verhalten nicht übel und war froh, nicht den Unterhaltungsminister für einzelne Personen, die er nicht kannte, spielen zu müssen, denn diese Art der belanglosen Konversation lag ihm persönlich überhaupt nicht. Es wurden immer mehr Menschen und irgendwann bewegte sich die Masse, angeführt von Bürgermeister von den Linden, Pfarrer Meiselbach und einem weiteren Mann, in Richtung seines Grundstückes. Der Gemeindevorsteher und der Geistliche begrüßten ihn sogleich und stellten die weitere Person als den zuständigen Abgeordneten Walter Schulz von der Arbeiterpartei vor. Gregor war sichtlich überrascht, dass in dieser Gegend eine solche Nähe zwischen der Macht und dem Volk bestand, aber auch erfreut. Später wollte er sich auch noch näher mit Schulz unterhalten. Im Moment allerdings musste er viele Hände schütteln, hörte jede Menge Namen, die er sogleich vergaß und lächelte viel, was er ansonsten eher selten tat. Unter seinen Gästen waren auch die Müllers, samt dem Neu-Medizinstudenten Thorsten, die gute Frau Koranus, die Familie Klüpfel oder der erste Kommandant der Feuerwehr Horst Mettwald. Einer stellte sich als Hinrich Goldmann vor. Gregor fragte ihn, ob er Jude wäre, denn der Name ließ es ihn vermuten und er wollte in dieser Hinsicht die Verantwortung übernehmen, deren Last er in diesem Moment spürte. In dem der Mann aber mit einem *„Nein, Bäcker"* antwortete, war dieses Thema auch schon vom Tisch und der Begrüßungsmarathon ging weiter. Irgendwann wurde ihm das Schütteln der Hände zu viel. Wie viele waren es? 100? 150? 200? Der Neu-Dorfbewohner zog sich zurück und wusch sich seine Hände intensiv mit Seife. Noch immer kamen Menschen auf das Grundstück. *„Das restliche Dorf muss leer sein. Wenn es genug sind, muss ich wohl kurz was sagen. Wie ich das hasse, aber es muss sein. Alles ist gut. Du hast es unter Kontrolle, Gregor!"*, dachte er. Aus dem ersten Stock seines Hauses beobachtete der Mann aus dem Norden, wie sich die Menschen neugierig Tilmanns Kunst näherten. Erste Personen schienen sogar das vegetarische Essen und den Dönerstand mit größtem Interesse zu betrachten. Gekonnt band Gregor seine Krawatte und sprach zu sich selbst:

„Nur ruhig. Es läuft alles wie am Schnürchen. Jetzt nur noch die richtigen Worte und die Zukunft wird eine glänzende sein. Zum Glück störte es auch niemanden, dass die Toiletten nicht gendergerecht waren"

Die richtigen Worte hatte er bereits vor einer knappen Woche geschrieben und inzwischen auswendig gelernt. Er hasste Reden. Auch kurze und war froh, dass er im Beruf nur ganz selten welche halten mussten. Nun war es an der Zeit. Langsam trat er hinaus, gab dem Alleinunterhalter ein Zeichen, der daraufhin eine kleine Fanfare spielte, bestieg das kleine Podest vor den Bänken und blickte auf seine Gäste, die sich relativ schnell und ohne, dass es notwendig war weitere Mittel aufzuwenden, in seine Richtung drehten. Gregor räusperte sich und begann zu sprechen:

„Liebe Dorfbewohner, wie Sie alle wissen, bin ich hierher in Ihr schönes Dörfchen gezogen und freue mich von ganzem Herzen, Sie hier auf meinem kleinen Begrüßungsfest willkommen zu heißen. Mein Name ist Gregor Asmas und im Moment bin ich für Sie alle noch ein Fremder. Ich will es aber nicht bleiben."

Die Sache mit der Rede verlief bislang gut, allerdings wusste Asmas nicht, wohin mit seinem Blick oder den Händen. Letzteres war einfach, denn er legte sie schlichtweg um seinen Bauch. Aber die Augen? In die Masse? In den Himmel? Er war kein geübter Redner und musste nun damit leben, dass seine Sehorgane sich nun einen Fluchtpunkt suchen mussten. Schweiß, alles so unangenehm. Die Blicke auf ihn! Schneller reden? Solche Situationen lassen sich im Kopf schwer vordenken. Dieses eine Mal! Es musste sein! Dann nie wieder! Ach, die Augen! Wohin nur? Plötzlich fiel sein Blick auf den Dönerstand. Dort stand Opa Hartzorn und aß genüsslich eine der türkischen Köstlichkeiten. Kälte, Wärme, Hitze, Hilflosigkeit. Gregor kam mehr und mehr aus dem Redefluss. Verhöhnte ihn dieser Rechtsradikale? War es eine Botschaft? Dass der alte Schurke und seinesgleichen die Ausländer und Andersdenkenden verschlingen würden. So wie einen Döner? Eine Metapher? Ein Sinnbild? Ja, das musste es sein, aber musste er sich nicht gegen diese subtile und unterschwellige Propaganda zur Wehr setzen? Stottern, aus dem Konzept gebracht. Irritation.

„Nun, wie Sie... vielleicht... äh... sicher schon bemerkt haben, ist für die kulinarischen Bedürfnisse gesorgt. Greifen Sie... äh... zu! Gleichzeitig beachten Sie bitte... die „Gras und..." äh... die Kunstsammlung, die... äh... in wertvollen Einzelstücken hier ausgestellt ist..."

Asmas Augen versuchten verzweifelt, sich von Opa Hartzorns Anblick zu lösen, doch es gelang nicht. Wie der alte Nazi sich aufreizend neben den türkischen Migranten stellte! Vermutlich schmatzte er auch und empfand es als Triumph, dass er hier stand, während seine Opfer längst vergessen waren! Bestimmt hat er keinen einzigen echten Zahn mehr! Gregor transpirierte intensiver, doch er wollte, nein er konnte nicht aufgeben und redete weiter, auch wenn er schon erste verwunderte Blicke der Zuhörer erntete:

„Die Kunstsammlung... äh... die Werke... es ist eine Weltpremiere... würdigen Sie daher auch die Anwesenheit des... äh... Neff... äh... Künstlers Tilmann Buxler."

Es lief nicht mehr gut und Asmas wusste, dass er die Macht des bösartigen Alten brechen musste. Er blickte nach links, dann nach rechts unten und was er sah, brach für den Schweiß alle Dämme: Ganz hinten, neben Horst Mettwald standen zwei alte Bekannte: Rita und Jörg, jene unmöglichen Deutschen, die er im Floridaurlaub kennenlernte. Wie er später erfuhr, trugen beide den Familiennamen Leiter und der männliche Part war doch tatsächlich der dritte Kommandant der örtlichen Feuerwehr. Zu viel! Aus! Gregor brachte gerade noch ein *„Viel Vergnügen"* heraus und verließ dann unter spärlichem, aber dennoch vorhandenem Klatschen das kleine Podest. Völlig nassgeschwitzt lief er ins Haus und sah nervös, sich hinter der Gardine versteckend, auf sein Fest. Das kleine Kino, das oft im Kopf entsteht, arbeitete und dort, wo eben noch neugierige Dorfbewohner standen, gab es nun eine Welt voll von Feinden.

So saß er eine Weile da und bemitleidete sich selbst, fand aber schnell sein inneres Gleichgewicht wieder. Was hieß da eine Welt? Waren es nicht nur einige wenige Personen, denen er Schlimmstes zutraute?

„Kämpfen, Gregor! Kämpfen! So, wie du es immer getan hast! Für das Gute! Für die Gerechtigkeit! Lass dich nicht von ihnen vernichten! Der Feind steht im eigenen Garten!"

Mit frischem Mut lief Gregor zum anderen Fenster, es war jenes, das direkt über den transportablen Toiletten lag.

„Luft! Frische Luft!", ächzte er leicht theatralisch. Langsam öffnete er es und was er vernahm, schaffte es, die kurz zuvor gewonnene Courage wieder zu verlieren. Er erkannte die Stimmen nicht, aber der Dialog sprach für sich.

„Des is'n warmer Bruder, Klaus?"

„Sagt' die Alte vom Leiter Jörg. Die haben' den im Urlaub getroffen und da hat er's mit einem Typen getrieben."

„Wie im Urlaub? Des is' ja ein Zufall. Bestimmt ne' Verwechslung, oder?"

„In Amerika! Was weiß' ich, aber alles hier is' schön schwul. Die Musik, das Essen, der Kunstdreck. Der hat auch ke' Frau?"

„Hast Recht, der Mettwald sagt auch, dass des ein ganz arroganter Pinsel ist. Nur die teursten Handwerker. Der Horst is' scho' heim. Wir geh'n dann auch, bevor der Idiot mit den Versicherungen mich noch einmal vollschmarrt."

„Der macht schon den ganzen Tag im Dorf rum. Verwandtschaft hat der Asmas!"

An dieser Stelle endete das Gespräch und Gregor spürte eine innerliche Entrüstung. Wer konnte ahnen, dass Florida überall ist? Inhaltlich war es auch die Unwahrheit, obwohl diese eine bestimmte Szene auf Key West auch ungünstig ausgelegt werden könnte. Was aber meinten diese Einheimischen mit der Verwandtschaft? Gregor sah ein wenig mehr aus dem Fenster und erkannte das Problem natürlich sofort: Offenbar war sein lieber Schwager Harald nicht einfach verschwunden, sondern bereits seit mehreren Stunden unterwegs, um neue Kundschaft für seine Versicherungsvertretung zu akquirieren. Dabei war es unübersehbar, mit welchem Elan er auf die Dorfbewohner zuging und wie schnell diese sich wiederum von Versicherungs-Harry entfernten. Nicht alle, aber viele. Oder doch wenige? Egal!

„Eine Katastrophe! Das ist eine einzige Katastrophe!", sagte er zu sich selbst, stürmte aus dem oberen Stock nach unten und suchte verzweifelt nach dem glitschigen Buxler. Auf dieser heiligen Mission hielt ihn kurz Pfarrer Meiselbach an, der nur bedauerte, dass Asmas das Essen offensichtlich bei einer christlichen Sekte bezogen hatte, die in der Gegend für ihren Fanatismus bekannt war und

einen stetigen Kampf gegen die Amtskirchen führte, doch Gregor verstand überhaupt nicht, was der gute Mann wollte und vertröstete ihn geschickt auf später. Da stand er! Harald Buxler! Leider direkt neben Adolf Hartzorn, der sich augenscheinlich glänzend mit dem Versicherungsmenschen unterhielt. Das alles war zu viel für Gregor. Es brennen die morschen Sicherungen. Zurückweichen? Nein, Attacke und bevor er selbst in die Defensive gedrängt wurde, brüllte er Opa Hartzorn an:

„Ja, die Kunst meines Neffen findet ihr vielleicht entartet und euch passt es wohl nicht, dass es hier kein dumm-deutsches Essen gibt, aber ich weiche nicht vor euch zurück."

Harald und der alte Mann sahen Gregor nur überrascht an. Buxler, der geschickte Verkäufer, erwiderte rasch, dass Asmas nur einen komischen Humor hätte und dem Kauf des *„Gras-Käfer-Bildes",* einschließlich Versicherung, nichts im Wege stehen würde, aber Hartzorn sah den Blonden aus dem Norden nur grimmig an, murmelte etwas von *„gleich verdächtig, weil schon beim ersten Mal nicht gegrüßt",* drehte sich weg und verließ, wie inzwischen gut die Hälfte der Personen, das Fest. Während Gregor hochrot, nicht etwa, weil er sein Benehmen absonderlich fand, sondern weil der Alt-Nazi ihn offenbar auf perfide Art und Weise ausgespielt hatte, anlief, schaute ihn sein Schwager nur verständnislos an, widmete sich aber schnell den verbliebenen Gästen.

Müde und resignierend ließ sich Asmas auf eine Bank fallen. Als er sich gerade dem Selbstmitleid hingeben wollte, tippte jemand auf seine Schulter. Es war Pfarrer Meiselbach, der ihn an einen Tisch in der Ecke lotste. Dort saßen bereits der Bürgermeister, der Abgeordnete Schulz, der Küster, Herr und Frau Müller sowie eine unbekannte weitere Frau.

„Ja, ja. So ein Fest ist Stress pur. Ich kenne das von den Wahlkampfveranstaltungen, mein lieber Asmas", sprach der Mann der Arbeiterpartei und der Bürgermeister von den Linden fügte sofort an: *„Und man kann es nie allen rechtmachen, was Walter?"*

Nun schaltete sich auch die Pfarrer ein: *„Davon, dass Sie das Essen bei dieser abtrünnigen Sekte geordert haben, bin ich immer noch nicht begeistert. Wissen Sie, wir haben hier noch immer feste christliche Strukturen. Gar nicht einmal vom Glauben her. Da bin ich nicht naiv, aber die Kirche gehört irgendwie einfach dazu.*

Ob nun als Hülle oder aus Überzeugung. Sie gehört aber dazu. Und dann diese Sektenspinner. Sie machen mir aber nicht den Eindruck, als würden sie denen angehören?"

Erst jetzt begriff Gregor so langsam, was es mit dem vegetarischen Zentrum an der Autobahnauffahrt auf sich hatte. Gerade er, der allem religiösen skeptisch gegenüberstand, hätte doch nie einen derartigen Fanatismus unterstützt. Opium fürs Volk! Religion ist das Kind der Unwissenheit! Zerknirscht berichtete er daher dem Pfarrer, dass er die ideologischen Inhalte jenseits des Umwelt- und Tierschutzes nicht erkannt hatte und den Leuten lediglich etwas Neues, Alternatives bieten wollte. Daraufhin erwiderte der Pfarrer:

„Wissen Sie, ich bin schon froh, dass Sie mit denen nichts zu tun haben und sind es nicht gerade die Irrtümer, die den Menschen liebenswert machen?"

„Leider halten mich die Menschen jetzt für einen Sektenanhänger, Herr Pfarrer."

„Ach, Herr Asmas, machen Sie sich keine Sorgen. Wenn ein besorgtes Schäflein mich auf die Sache ansprechen wird, dann werde ich das Richtigstellen. Machen Sie sich da nicht verrückt. Ich bin jetzt schon über 70 und was meinen Sie, was ich schon alles erlebt habe?"

„Dann wäre ich nur noch homosexuell. Bin ich nicht einmal!", seufzte der Neu-Dorfbewohner. Der Abgeordnete Walter Schulz unterbrach die kurze Unterhaltung mit einem Lachen:

„Asmas, Sie leben jetzt auf dem Land. Da brodelt eben die Gerüchteküche und die Klatschmäuler zerreißen sich das Maul. Gerade die Rita Leiter ist ein ganz übler Fall und Sie sind über 40 und haben keine Familie. Das ist ganz normale Tuschelei. Was wird denn über euch alle hier erzählt?"

Der Bürgermeister lächelte: *„Meine Frau und meine Tochter sollen ein Verhältnis mit dem gleichen Mann haben. Namen kennt keiner. Irgendein Phantom und ihr wurdet doch auch jedes Jahr geschieden, oder?"*

Von den Linden sah den Küster Klüpfel an. Die bislang unbekannte Frau neben ihm stellte sich als dessen Ehefrau heraus, die, wie er alsbald erfuhr, den Namen Heidrun trug. Dieses eheliche Verhältnis irritierte Asmas sichtlich, denn auf eine unangenehme Art und Weise fiel Gregor plötzlich auf, dass Frau Klüpfel eine äußerst attraktive Frau war, die zwar schon an die 40 sein mochte, aber eher wie 25 aussah und wirkte. Diese kurze Faszination wurde aber durch die Antwort des Ehemannes unterbrochen:

„Dorftratsch. Muss man mit leben."

„Ja, die Gerüchteküche brodelt. Aber solange es das noch gibt, scheinen sich die Leute noch für einen zu interessieren, oder?", sprach Heidrun Klüpfel, deren Stimme ebenso attraktiv war, wie ihr Äußeres. Danach ergriff der Bürgermeister das Wort:

„Um dieses Geschwätz würde ich mir keine Sorgen machen. Das gehört dazu. Schauen Sie mal, Sie scheinen auch gut zu verdienen, haben einen guten Posten bei KAMA. Da ist es doch nur verständlich, dass man Sie mit einer Mischung aus Neugier und Neid begutachtet. Das gibt sich schon. Bei ein paar Sachen sollten Sie aber vorsichtig sein, Herr Asmas."

Gregor verstand diese Andeutung nicht, aber von den Linden fuhr rasch fort:

„Schauen Sie, mir steht es fern, Sie zu kritisieren, aber der Umbau auf Ihrem Grundstück. Wir haben fähige Handwerker im Dorf."

„Wirklich sehr fähige. Das kann ich nur bestätigen. Den Mettwald kann ich nur empfehlen. Kann fast alles und macht gute Preise!", stimmte der Abgeordnete Schulz ein, während er sich ein vegetarisches Fischstäbchen in den Mund schob.

„Die hätten sich gerne etwas dazu verdient, aber Sie haben alles über eine Firma aus der Stadt geregelt. Damit haben Sie natürlich für etwas Verstimmung gesorgt. Zumindest bei dem einen oder anderen. Über die Kunst streite ich gar nicht erst, das ist Geschmackssache, aber wir hätten auch eine Musik gehabt, das Nachbardorf einen Metzger, der sein Fleisch direkt vom Bio-Bauernhof bezieht, und die nächste Kleinstadt eine Brauerei."

Gregor war, ob der Worte des Bürgermeisters, erschüttert, hörte aber weiter zu.

„Die Bedienung hätte sicher ein Verein übernommen, aber gut, es war so, wie es eben war. Und ganz ehrlich. Ich bin seit fast 20 Jahren im Amt und Sie werden immer einige Leute finden, die wegen irgendwelchen Dingen beleidigt sind. In so einer kleinen Gemeinschaft machen Sie es nie allen recht. Das ist einfach so. Daher ist alles nicht so schlimm, aber ich wollte die Kleinigkeiten einmal erwähnt haben, damit Sie manche Reaktionen der Leute verstehen und in Zukunft wissen, wie Sie die leichter für sich einnehmen können, wenn Sie das wollen."

Erleichtert atmete Asmas tief durch. Die Anwesenden reagierten mit größtem Verständnis, auch, wenn sie nicht jeden Beweggrund nachvollziehen konnten.

„Servus! Das Zeug von der Sekte ist grundsätzlich aus Bio-Sicht nicht verkehrt. Aber von der Ideologie her gehen die gar nicht! Aber essen kann man das und das mach ich jetzt auch mit Genuss!", ertönte aus dem Nichts.

Die Worte stammten von Bio-Bauer Derberle, der urplötzlich am Ende des Tisches saß. Woher dieser auf einmal kam, konnte sich Gregor nicht erklären. Wahrgenommen hatte er ihn vorher nicht. Gleich wie, für das Gespräch erwies sich das als förderlich und es wurde fröhlich fortgesetzt. Am Ende merkte Herr Müller, der baldige Arbeitskollege, jedoch noch eines an:

„Eines war aber richtig schlimm." Gregors Herz raste, denn er wusste nicht, was nun kommen sollte. *„Dieser Mensch mit den Versicherungen, der schon den ganzen Tag über im Dorf von Haus zu Haus gezogen ist."*

Es herrschte einen kurzen Moment Stille, dann aber lachten alle anwesenden Personen. Mehr und mehr entwickelte sich eine gemütliche Atmosphäre und weitere Gespräche flammten auf und verglühten, wie es eben bei der leichten Unterhaltung so üblich war. Einige weitere Tische waren noch, auch wenn die Masse bereits gegangen war, besetzt, der Alleinunterhalter spielte sanfte Melodien und diejenigen, die sich verabschiedeten, taten es auf eine freundliche Art und Weise mit einem persönlichen Handschlag. Der Abgeordnete Schulz lud Gregor sogar auf eine private Feier am Mittwoch ein, für die er nur zu gerne zusagte. Manch Flasche Wein wurde geöffnet und trotz der großen und kleinen Schwierigkeiten schien das Fest am Ende ein Erfolg zu gewesen zu sein. Angekommen! Nicht bei allen, nicht bei jedem, aber immerhin angekommen. Trotz der nicht-genderkonformen Toiletten.

Kapitel 23

Gregor schlief einen seligen Schlaf und kam nicht einmal mehr dazu, den vergangenen Tag zu reflektieren. Dieses holte er selbstredend gleich am nächsten Morgen nach: Trotz der Peinlichkeit mit der christlichen Sekte, für die er sich sehr schämte, hatte ihm der sympathische Pfarrer Meiselbach versichert, dass in dieser Hinsicht kein Schaden entstanden war; um Derartiges in Zukunft gekonnt zu vermeiden, abonnierte er eine lokale Tageszeitung und hoffte so, künftig auf Besonderheiten dieser Art vorbereitet zu werden. Trotzdem hatte er den Eindruck, dass das Essen grundsätzlich, was auch die türkischen Spezialitäten miteinschloss, angenommen wurde. Die „Gras-Käfer-Ausstellung" schien kein großartiger Erfolg gewesen zu sein. Geschadet hatte sie vermutlich aber nicht. Zudem war es zweifelhaft, wie viele der Gäste die einzelnen Werke überhaupt als eine Kunstform erkannt hatten. Die Musik? In Ordnung, oder? Eine lokale Dorfkapelle, bei der Lautstärke vermutlich über Qualität gegangen wäre, hätte in seinen Augen überhaupt nicht zum Ambiente gepasst. Die Arbeitslosen, die er für den Abend eigens angeworben hatte, funktionierten.

„Ob sie wohl alles aufgeräumt haben?", fragte er sich und wollte gerade das Haus verlassen, als sich just in dem Moment die Tür öffnete: Der Künstler und Versicherungs-Harry. Torkelnd und nach mittelmäßigem Alkohol riechend. Diese beiden hatte er zwar keinesfalls vermisst, sich allerdings doch ob ihrer Abwesenheit gewundert. Wie Harald mit einem Augenzwinkern berichtete, hatte er Sohn Tilmann und ohne, dass es explizit angesprochen wurde, wohl auch sich selbst, in der nahen Großstadt zum x-ten Mal, in die Welt der Männlichkeit eingeführt und präsentierte Gregor interessanterweise auch noch eine Rechnung über 720 Euro für das „Haus der Freuden", die der gute Asmas als Gastgeber nun zu entrichten hätte. Selbstverständlich durchschaute der Blonde aus dem Norden den windigen Versicherungs-Harry, fühlte jedoch auch die Verantwortung für Schwester Ida. Schweigend nahm er die Rechnung entgegen und war durchaus froh, als Tilmanns Kunst verladen war und sein Neffe samt Schwager Buxler, der offenbar einen ganzen Stapel von Versicherungsanträgen im Dorf akquiriert hatte, endlich abreiste.

Während er gelangweilt dem Transporter hinterher sah, dachte Gregor weiter über den gestrigen Abend nach. Er mochte den ein oder anderen Fehler gemacht haben, darüber konnte man sicher diskutieren, doch kristallisierte sich in seinen Augen mehr und mehr heraus, dass es sich bei den Dorfbewohnern keinesfalls um eine homogene Masse handelte: Auf der einen Seite gab es die reaktionären Kräfte um Adolf Hartzorn, der sich als geschickter und bösartiger Gegenspieler erwies. Asmas war sich sicher, dass der alte Nazi großen Einfluss in der Gemeinde hatte. Ihm zur Seite standen Männer und Frauen, die primär rückwärtsgewandten Organisationen angehörten oder ihnen nahestanden. Waren nicht gerade die Freiwilligen Feuerwehren ein Hort deutsch-nationalen Dünkels? Konnte es denn Zufall sein, dass ausgerechnet jene Mächte ihn ablehnten und gar Ungeheuerliches verbreiteten, die sowieso unter Generalverdacht standen? Witterte der Feind das Schwinden seiner Macht?

Auf der anderen Seite waren die Kräfte der Veränderung um den Abgeordneten Schulz und den braven Bürgermeister von den Linden, auch wenn es Gregor sichtlich irritierte, dass zu ihnen Pfarrer Meiselbach und die Küsterfamilie Klüpfel gezählt werden musste.

Und zwischendrin? Da war der einfache Bürger, der gerne Döner aß und auch vegetarische Gerichte, jedoch immer wieder von der Reaktion zum Gehorsam, zur Bratwurst, gerufen wurde.

Diese Intoleranz und Herrschaftsmechanismen galt es zu zerschmettern! Ging es daher um Integration oder doch eher um Erlösung? War dieser ganze Versuch, sich in eine Dorfgemeinschaft einzugliedern überhaupt mit seiner persönlichen Weltanschauung, die stets nach dem Guten und Gerechten strebte, vereinbar? Geht es um das Miteinander oder schlicht darum, eine gesellschaftliche Ordnung, wenn auch nur auf kleinster, dörflicher Stufe, in die Zukunft zu führen oder zumindest daran mitzuwirken? Sicher, das klang ambitioniert, aber war es nicht sehr viel weniger gewagt als sein früherer Glaube daran, die ganze Welt zu verändern? Den Gedanken, dass der Wunsch, „zugehörig" zu sein und das Leben neu auszurichten vielleicht nur das Produkt einer persönlichen Lebenskrise war, wies er weit von sich. Gregor war kein Narr, sondern ein reflektierender Mensch und natürlich kam ihm auch dieses, wenn auch nur kurz, in den Sinn. Je mehr er nachdachte, desto mehr verfestigte sich der Wunsch, den alten Kampf wiederaufzunehmen und für das Richtige zu streiten. Wenn schon nicht die ganze Welt, dann zumindest in einem Dorf:

Umwelt- und Tierschutz, Demokratie, Freiheit, Mitbestimmung, Gleichberechtigung aller Menschen und Geschlechter, Ausrottung reaktionärer und rechtsradikaler Triebe, ewiger Kampf gegen den Faschismus, die bessere Gesellschaft. Das waren seine Themen gewesen und viel zu lange hatte er sie eher passiv verfolgt. Was machte es da, wenn die persönliche Suche nach dem Sinn mit dem gesellschaftlichen Auftrag Hand in Hand ging? War es nicht eher ein Glücksfall, dass ihn die Vorsehung in dieses Dorf entsandt hatte, damit er seinen Beitrag leisten konnte? War Gemeinnutz nicht auch zufällig Eigennutz? Was hieß da Eigennutz? Er könnte sich auch einfach ins Privatleben zurückziehen. Aber tat er, Gregor Asmas, das? Nein, denn er verspürte die Last der Verantwortung und er würde ihr nicht ausweichen! Ja, die wilden Jahre lagen lange zurück, nun aber zog er wieder den Rock an, der ihm am heiligsten und teuersten war. Er war wieder der Soldat an der Front. Ein Bild, für das er sich, weil er genau wusste, von wem er es entlehnt hatte, ebenso wie für die Worte, gar schrecklich schämte.

Kapitel 24

Trotz des materialistischen Entschlusses verliefen die beiden folgenden Tage etwas ruhiger, denn anstatt den Menschen widmete sich Gregors der Natur. Von der gab es reichlich und daher wanderte Asmas ein wenig durch die nahe fränkische Landschaft:

Die Felder, die Wiesen, die Wälder und dazu das schöne Wetter. Manch' Getier kreuzte seinen Weg und er erfreute sich an dessen Anblick. Main-Spessart war ein wunderbarer Landkreis!

„In der ganzen Natur ist kein Lehrplatz, es existieren nur Meisterstücke", zitierte er innerlich. Die humanistische Ausbildung auf dem Gymnasium blitzte doch immer wieder hervor. Er fühlte sich vollkommen ausgeglichen und mit sich im Reinen. Im Grunde genommen war es auch merkwürdig. Gerade er, der sich stets für Tier- und Umweltschutz einsetzte, hatte sich Zeit seines Lebens kaum um die Schönheit der Natur gekümmert. Inneres Erleben? Nein, so gar nicht. All die Demonstrationen, Aktionen, Schriften, später, in ruhigeren Phasen dann die Spenden, waren Teil eines abstrakten Kampfes gewesen, der erst jetzt konkret war und endlich einen emotionalen Sinn bekam. Asmas war für diese Erkenntnis dankbar, doch von ihr durchaus auch verblüfft:

„Neues Leben, geöffnete Augen", kommentierte er sich selbst, während er das Landkreisgedicht, abgedruckt in einer Broschüre, las:

„Uralte unvergessene Landschaft,
geteilt durch die Schleifen des Mains.
Natur voll ursprünglicher Kraft,
an den Ursprüngen des Seins.
Lebendig und fruchtbar die Wälder,
mit regem, urigem Getier,
mal wärmer und mal ungleich kälter,
jede Zukunft wartet gerne hier.

Gutes, verwurzeltes Leben,
mit klaren Gedanken.

Vernünftig' und zufriedes Streben,
ohne jedes unbelebte Wanken.
Kein Brausen, kein Toben,
der Mensch so wunderbar ohne Schein,
dafür auch nicht zu oft loben,
nur ein Teil der Heimat sein."

Von der künstlerischen Qualität des Gedichts war Asmas nicht überzeugt, aber wie sollte im ländlichen Raum auch hochwertige Lyrik, von der sowieso nichts verstand, da er seit der Schule kaum mehr ein Werk gelesen hatte, geschaffen werden können? Lebte Goethe auf dem Dorf oder Schiller? Nein, das taten sie nicht, gab sich der Blonde aus dem Norden selbstversichernd als wahrer Kenner aus. Der zarte Hauch einer humanistischen Bildung und ihre wenigen oberflächlichen Schlagworte, die man im Regelfall ein Leben lang abrufen konnte, waren einfach unbezahlbar! *„Unter den Blinden ist der Einäugige aber König",* murmelte er und verstand das als Würdigung des Landkreisgedichtes.

„Der größte und wichtigste Künstler in Main-Spessart ist und bleibt die Natur," resümierte er zufrieden. Gregor dachte auch kurz über den Inhalt des Textes nach. Den Aussagen zur Natur konnte er vorbehaltlos zustimmen, bei der Charakterisierung des typischen Landkreis-Bewohners bedurfte es allerdings weiterer Nachforschungen; im Besonderen jene, die eine schreckliche Vergangenheit verbargen, sollten an dieser Stelle genauer auf den Prüfstand gestellt werden.

Doch diese Analyse hatte Zeit und so verbrachter er die folgenden Tage lieber mit dem Besuch einiger Städte im Landkreis und bewunderte deren Eigenheiten und Geschichte.

In der ersten Stadt, es handelte sich um Lohr am Main, würdigte er das örtliche Schloss samt dem sich darin befindlichen Museum und ließ sich davon faszinieren, dass dort das Märchen von Schneewittchen angeblich seinen realen Hintergrund hatte. Die sieben Berge sah er jedoch nicht, denn es waren lediglich sieben Hügel, dafür aber eine Statur eines verzerrten Schneewittchens, dass er erst grauenhaft fand, dann aber, weil er die eigene Intoleranz nicht dulden wollte, doch versuchte, Verständnis für diese moderne Form der Kunst aufzubringen. Ein historisch sehr interessanter Ort mit einem ansprechenden Museum, in dem er die Geschichte des Spessarts zur

Kenntnis nahm und dabei vor allem die bittere Armut, in der viele in bestimmten Gebieten in der Vergangenheit leben mussten. Er freute sich umso mehr, dass davon heute nichts mehr in diesem blühenden Landkreis zu erkennen war.

Die zweite Station war Marktheidenfeld, jenes Städtchen, dass seinem Dorf am nächsten war und sich daher für die Einkäufe des Alltags anbot. Hier sah er sich eine Kunstausstellung in einem restaurierten Haus aus vergangenen Zeiten an. Die Landschaftsbilder, die lokale Künstler über die Jahrhunderte geschaffen hatten, faszinierten Gregor und scheinbar sprach er dem ländlichen Raum nur die künstlerische Befähigung im Bereich Lyrik ab.

Da passte es gut, dass gerade eines dieser alten Bilder, das auch noch just die Schleife des Maines zeigte, an dessen Ufer er in seinen floridianischen Träumen wie Kolumbus, aber ohne Schiff, dafür allerdings mit einem grünen Leguan, gelandet war, angeboten wurde. Die Stadt brauchte Geld für eine künstliche Freilufteislaufbahn und so erwarb Asmas dieses signierte Kunstwerk, ohne größer darüber nachzudenken für einen angemessenen Preis in vierstelliger Höhe. Kurz versuchte er den Namen des Malers zu entziffern.

„Herrmann Gral, Gradl oder irgendwas. Das muss ich mal recherchieren, aber wer kennt die kleinen Dorfmaler schon? In jedem Fall gehört „Die Mainschleife bei Marktheidenfeld" nun mir. Denn für mich hat die Schleife eine Bedeutung. Da ist der Maler egal. Irgendwie passt das zusammen. Alles passt irgendwie zusammen", bemerkte er schmunzelnd, als er es verpacken ließ. „Nächste Station Wohnzimmer."

Über Karlstadt thronte eine alte Burgruine, die in den Bauernkriegen zerstört wurde. Zugleich war es die Heimatstadt eines berühmten Reformators. „1486 geboren. Das ist schon her", bemerkte er treffend. Während er die Religion tatsächlich für Opium für das Volk hielt, schätze er aber dennoch das soziale Engagement des Andreas Bodenstein. Thomas Müntzer war ihm aber natürlich lieber gewesen.

„Jetzt weiß ich wenigstens, warum der Mensch Dr. Karlstadt genannt wurde. Man lernt eben nie aus."

In Gemünden, der letzten Station, mochte er besonders die Altstadt und damit wiederum die Überreste der Vergangenheit. Asmas fragte sich, ob die Bauern es waren, welche die örtliche Scherenburg so ruiniert hatten, fand darauf aber in seinem Inneren keine Antwort.

Schließlich setzte er die Reise fort. Zu den restlichen Städten, von Dorf zu Dorf, Feld zu Feld und Flur zur Flur. Schöne, entspannende Tage. Die ländliche Gegend gefiel immer mehr und mehr und er war zufrieden. Wäre man Gregor übel gesinnt, so könnte man bemerken, dass er in wenigen Momenten schon mehr seines neuen Umfeldes wahrgenommen hatte als von seinem alten in 40 Jahren. Unsereins ist aber bekanntlich auf keine Art und Weise irgendwie gesinnt, sondern schlichter Beobachter der Ereignisse. Es sei ohne Belang!

Nachdem Asmas nun seine neuen Heimatlandkreis kannte, fuhr er in das nahe Würzburg, dem er ebenfalls einiges abgewinnen konnte. Manche Einheimischen bezeichneten den Ort sogar als Großstadt oder Metropole.

„Bei uns im Norden sind Großstädte große Städte. Hier ist die Großstadt Teil der Provinz. Eine Provinz-großstadt", dachte der Lockenkopf und fuhr sich durch sein blondes Haar. Provinzgroßstadt mit Geschichte. Historie, viele Kirchen, Einkaufsstraßen, Universitätsstadt, Sitz des Regierungsbezirkes, Statuen. Sonne, blauer Himmel, herrliche Gemütlichkeit. Interessiert lief Gregor am Bahnhof, den er abscheulich fand, vorbei, nahm die Plakate für das 1300jährige Stadtjubiläum in diesem Jahr zur Kenntnis, erreichte den Marktplatz und ließ sich dort erst ein delikates und deftiges Essen servieren. Frankenland ist Schlemmerland. Ursprünglich dachte er an Ente, am Ende wurde es ein Schweinebraten. *„So lässt es sich leben",* schmatzte er, während er das Fleisch verschlang.

Nach dem Mahl beschloss Asmas den Weg zur Festung Marienberg zu erklimmen, die über der Stadt thronte. Dort angekommen flanierte er über die Burgmauern, besuchte ein Museum, in dem ihn das Modell der zerstörten Stadt nach dem Zweiten Weltkrieg weitaus mehr faszinierte als die Münzen, Möbel, Bilder oder Rüstungen und aß im Café ein Eis. Vanille mit Kräutern. Das sei aber nur nebenbei erwähnt. Natürlich dachte er auch an die Öko-Bilanz seiner Ausflüge und den Klimawandel, verdrängte den Gedanken daran aber wieder.

Ja, seine neue Umgebung gefiel ihm und alles, was sie bot entsprach weitaus mehr seiner Natur als der raue Norden. Vielleicht hatte er in seiner einstigen Heimat auch nie darauf geachtet, was um ihn herum erblühte und wieder verging, aber zählte nicht nur, dass er nun keine geschlossenen Augen mehr hatte?

Während das schmelzende Eis auf seine Hose tropfte, schloss er die Augen und er fühlte, dass man den Baum an den richtigen Platz gepflanzt hatte. Selbst wenn manches Unkraut das Gesamtbild vielleicht im Moment auch noch verunstalten sollte, so konnte diese sicher mit Stumpf und Stiel ausgerottet werden. Für letzte Worte schämte er sich, denn, auch wenn sie treffend formuliert waren, so wirkten sie doch durch die Geschichte belastet.

Kapitel 25

Pünktlich um 20:00 Uhr stand Gregor vor dem Haus des Abgeordneten Walter Schulz im Nachbardorf. Mit mulmigem Gefühl, denn dem Grunde nach hatte er sich bislang stets in der Opposition zur Macht gesehen. Der Kämpfer für die Gerechtigkeit. Gegen die herrschende Klasse! Was würde ihn erwarten und vor allem wer? Selbstverständlich hatte er vorab versucht, sich vorzubereiten, doch dem Lokal- und Regionalteil der erst kürzlich abonnierten Zeitung, konnte er leider nichts entnehmen, was auf irgendeine Art und Weise nützlich erschien. Andere Informationsquellen spuckten lediglich rudimentäre Informationen aus und der Anschluss an das große Netz funktionierte noch nicht.

Ist es richtig, hier zu sein? Asmas sah sich die Fassaden des Hauses an. Keine gewöhnliche Bleibe, sondern eine prächtige Villa. Schwere Säulen, Marmor, Grünanlage, zarte Auffahrt. Protziges Gehabe und pure Demonstration. Am Ende beruhigte Gregor sich mit der Feststellung, dass Schulz die Arbeiterpartei, das Sprachrohr des kleinen Mannes repräsentierte und seine Wähler es sicher quittiert hätten, wenn er dieses nicht authentisch leben würde. Der Lockenkopf klingelte. Ein goldener Knopf mit einem Rubin in der Mitte. Passend, aber irgendwie dekadent. Ein Diener öffnete das Eingangstor aus Ebenholz und führte das Nordlicht, an zahlreichen weiteren Besuchern und zwei wundersamen Brunnen, einer gefüllt mit Wein, ein anderer mit flüssiger Schokolade, vorbei zu den Hausherren.

Schulz begrüßte Gregor freundlich und stellte ihm seine Frau Heidi vor. Asmas versuchte sich nichts anmerken zu lassen, der schlechte körperliche Zustand von Frau Schulz war jedoch nicht zu übersehen. Siechender Krebs. Perücke. Fahl, verfallen. Das wusste er schon vom Kollegen Müller. Zwar setzten sie noch alle Hoffnungen auf eine baldige Therapie, allerdings war der Verlauf bei einer derartigen Erkrankung immer ungewiss. Heidi drückte Gregor ein Glas in die Hand und animierte ihn zu trinken. Im Hintergrund spielte eine Gruppe leise Klaviermusik, die immer wieder durch bizarre Saxofon-Elemente jäh unterbrochen wurde. Die Ehefrau sprach vom Wetter, von Häusern und ihrem Kleid. Trotzdem fand er mit der Frau keinerlei zündenden Gesprächsstoff, aber der Smalltalk war des seinen nicht. Zu sehr drückte zudem ihr von der Krankheit gezeichnetes Äußeres auf sein Gemüt. *„Der Tod kennt keine Klassen"*, dachte er bei sich, während

Heidi immer wieder schrill lachte. Eine verzweifelte Regung, der Schrei nach den fünf Minuten mehr. Ein Ruf nach Leben.

Am Ende war Gregor froh, dass Schulz ihn anderen Gästen, es mochten sich vielleicht 30 Personen in der Villa aufhalten, vorstellen wollte und er nicht zu einem verlängerten Gespräch mit dessen besserer Hälfte gezwungen wurde. Die Furcht, irgendetwas Ungebührliches zu sagen, war in dieser Hinsicht schlichtweg zu stark. Zwar erfuhr er noch, dass der Bürgermeister seiner neuen Heimatgemeinde aus persönlichen Gründen abwesend war, aber Gregor ergriff die Möglichkeit zur Flucht.

Ein Blick in die Runde: Die bessere Gesellschaft. Kapitalisten, Unternehmer, Politiker. Zweifellos. Er fühlte sich unwohl. Er, der Kämpfer für mehr Gerechtigkeit und die Bonzen. Alle waren so fein gekleidet. Nur er fiel, selbst gegenüber der Bediensteten, etwas ab. Anzug ja, Smoking nein. Operierte Gesichter. Fratzen, Masken. *„Das Alter kennt auch keine Klassen"*, lachte er in sich hinein. Und dann die Zähne. Alle hätten sie makellose, perfekte weiße Zähne. Selbst jene, deren Verfallsdatum schon lange abgelaufen sein musste! Nicht, dass Asmas' Schneiderchen, wie er sie selbst nannte, schlecht gewesen wären, aber eben auch nicht so gut. So makellos. Wo war eigentlich der Abgeordnete? Schrilles Saxofon, grelles Licht.

So irrte er kurz umher und nur wenige Sekunden später stand Gregor, ohne so genau zu wissen, wie es geschehen war, in einer Gruppe von Männern, die sich gerade angeregt unterhielten. Ein Bediensteter füllte sein Glas auf und überreichte ihm ein weiteres mit der flüssigen Schokolade, in die ein Stück Schinken gegeben und anschließend durch einen Alkoholüberguss angezündet wurde. Fasziniert beobachtete Asmas diese Kunst und als er davon trank, bemerkte er, wie köstlich diese ihm mundete. Die Menschen um ihn herum lachten. All die blendend weißen Zähne lachten! Wo war er? Wer waren sie? Als er sich jedoch entfernen wollte, gesellte sich sein einziger Rettungsanker in der Fremde, der Abgeordnete Walter Schulz, hinzu. Dieser unterbrach sogleich die Unterhaltung:

„Meine Herren, kennen Sie schon den neuen Chef der Bilanzbuchhaltung bei Klastermann?"

Bevor Gregor etwas erwidern konnte, denn er fühlte sich nicht als oberster der Befehlskette, sondern hatte mit Herbert Müller durchaus noch einen Kollegen auf gleicher Ebene, wenn dieser auch ein anderes Aufgabengebiet bearbeitete, musterte ihn ein glatzköpfiger Mann in den besten Jahren:

„Dann müssen Sie Herr Asmas sein? ‚E' hat sich sehr positiv über Sie geäußert. Aber wo bleiben meine Manieren? Mein Name ist Huber, Burkhard Huber und ich bin der zuständige Oberstaatsanwalt. Der gute Mann neben mir ist Richter Kleinerlein und der mir gegenüber und heute in Zivil, der Oberkommandierende unserer guten Polizei, Ludwig Lampe. Der Kollege mit dem Schnauzer ist Hannes Riedel, unser beliebter Lobbyist. Das ist so ein richtiger Verbrecher, der die Leute mit der Knete hörig macht. Herrn Schulz, unseren Abgeordneten, kennen Sie ja bereits?"

Gregor war sichtlich überrascht auf so viel Prominenz zu treffen, nickte, nachdem er verstanden hatte, dass es sich bei „E" um Jürgen E. Klastermann handeln musste, und war froh, dass der Abgeordnete lachend das Wort ergriff: *„Herr Asmas ist ein echter Leistungsträger und deswegen habe ich ihn auch eingeladen. Nicht so wie du, Hannes."*

Der Mann mit dem Schnauzer lachte ebenfalls und konterte: *„Walter, wenn es uns Vermittler nicht gäbe, würden viele Dinge nicht so geräuschlos verlaufen. Meinst du nicht, deine Wähler wären dir schon längst auf dein schönes Villendach gestiegen, wenn sie wüssten, wie vieles läuft? Und die Gewerkschaften erst?"*

„Meinst du, es ist ein schönes Gefühl, nur Überbringer, aber nicht der Entscheider zu sein, Hannes?"

„Nicht der Überbringer, ein Verkäufer der Ereignisse, Walter."

Gregor nahm diesen Dialog beunruhigt wahr, denn im Grunde genommen bestätigten die beiden indirekt all jene Vorurteile, die gemeinhin unterstellt werden. Wirtschaft und Politik. Großer Klüngel und Interessen!

„Wissen Sie Herr Asmas, ich hoffe Sie haben keinen falschen Eindruck erhalten. Wir scherzen hier nur, wie es unter alten Freunden üblich ist und bedienen bewusst die Klischees, die in der Welt herumgeistern.

Es geht nicht immer nur um das Geschäft. Sogar relativ selten und so einfach dürfen Sie sich das nicht vorstellen. Ich gebe Ihnen ein einfaches Beispiel: Im schönen Staate Preußen war die Kartoffel im 18. Jahrhundert längst bekannt, aber unbeliebt. Haben die Menschen sie aber angebaut? Nein, sie hungerten. Erst ein Rundschreiben des Alten Fritz vom 24.03.1756 befahl in der Summe den Anbau und seitdem will ihn keiner mehr missen. Ist es nun verwerflich, wenn manch einer gutes Geld mit den Knollen verdient hat? Ist es tragisch, wenn Leute wie ich dem Ollen zur Seite standen und berieten? Warum?

Übertragen Sie das doch auf die Gurtpflicht oder die Mülltrennung. Selbstverständlich hat die Industrie, die ich mit Freuden und voller Leidenschaft vertrete, von der Produktion von Gurten profitiert und auch die Mülltrennung war durchaus wirtschaftsbelebend, aber stand das im Vordergrund? Nein, denn die Sicherheitsmaßnahmen im Auto und die Schonung der Umwelt sind doch Errungenschaften, die allen nutzen. Firmen verdienen daran. Die Leute aber doch letztendlich auch. Ist daran etwas schlecht?

Sehen Sie, unsere Politiker sind Menschen wie Sie und ich. Sie verstehen ihr Handwerk, aber es sind keine Spezialisten. Auf die Kartoffel kommt man aber nicht einfach so, sondern, man muss darauf gestoßen werden. Genau das machen wir und damit man uns hört, nutzen wir gelegentlich Mittel. Für manchen ungebildeten Zeitgenossen ist das Korruption, letztendlich ist es aber Fortschritt und der Lauf der Dinge.“

„*Im Moment haben wir ein ähnliches Problem wie mit den Kartoffeln*“, wandte der Abgeordnete ein.

„*Ja, lieber Herr Asmas, ich arbeite mit einem großen Unternehmen zusammen, das gerne in dieser Gegend einige Windkrafträder errichten würde. Saubere Energie, Ablösung der Atomkraft. Nice für den Klimawandel. Eine gute Sache. Allerdings wehren sich manche Gemeinden radikal dagegen. Können Sie sich das vorstellen? Saubere Energie, Abschaltung der Kernkraftwerke. Das ist alles möglich, aber es scheitert an einigen Menschen, denen die Umwelt offenbar nichts wert ist. Und das, obwohl jeder weiß, dass uns der klimatische Supergau droht. Es ist so eine Tragödie. Die Tragödie der Kartoffel bleibt eine ewige Wiederholung. Doch ich muss mich nun verabschieden, denn man erwartet mich am Donnerstag in Berlin. Herr Asmas, meine Herren*“, sprach der Mann mit dem Schnauzer und verabschiedete sich sogleich. Gregor hatte keine Zeit für die Reflektion des Gesagten, denn schon begann Schulz mit einem neuen Thema:

„*Hast du deinen Jungen inzwischen untergebracht, Ludwig?*“

„*Ach, der Lauswin fängt gerade an und in ein paar Jahren ist der dann durchbefördert. Ist alles schon abgesprochen.*“

„*Es lebe unsere Polizei! Und ist doch besser als das, was der alte Erpelein macht. Dessen Junior studiert seit ewigen Zeiten*", fügte der glatzköpfige Oberstaatsanwalt Huber an, während Richter Kleinerlein schweigsam an seinem alkoholischen Getränk, wohlgemerkt durch einen rosa Strohhalm, saugte.

„*Das stimmt, nur hat Sohnemann Robert später in der Firma genauso viel zu sagen wie Papi Manfred heute, denn Opa Heinrich Erpelein hat dafür gesorgt, dass die Familie der Stiftung kaum reinreden darf.*"

„*Klein Robert und Unfähig-Manfred sind eben nur Repräsentationsfressen. Wie bin ich froh, dass der Alte heute nicht hier ist. Unsereins muss dagegen schauen, dass man den Nachwuchs unterbringt. Was macht eigentlich dein Nachfolger in Spe, Walter?*"

„*Wird in Niedersachsen angelernt und arbeitet einem anderen Abgeordneten zu. Ein bis zwei Jahre, bevor ich aufhöre, siedelt die Partei ihn hier an. Er tritt anschließend öffentlich mit mir auf und übernimmt den Wahlkreis. Ist in der Partei schon länger geplant, damit es einen reibungslosen Übergang gibt.*"

„*Und wenn er das Direktmandat nicht gewinnt, gibt es noch die Liste.*"

„*Richtig, Ludwig. Kann ja nicht mein Charisma haben, der Seiteneinsteiger. Kennst' ja den Spruch; bist du auf der Liste oben, ist man auch im Reichstag droben!*"

„*Dein Mandats-Nachfolger ist aber mal ein Extremer gewesen.*"

„*Nicht das schon wieder. Jetzt ist er keiner mehr und wen interessieren die Jugendsünden?*", sprach der Abgeordnete und Lampe erwiderte: „*Ich meine ja nur, Walter. Sie waren auch mal tendenziell links, oder Herr Asmas? Steht in Ihren Akten. Aber, Sie haben sich ja von diesen Sozialisten gelöst, nachdem Sie den wahren Charakter dieser Menschen erkannt haben. Der Herr Asmas verdient meinen Respekt, weil er als junger Mensch abgesprungen ist. Heute ist er ein wichtiger Mann in einem großen Unternehmen! Dein potenzieller Nachfolger aber ist mir sehr verdächtig, Walter, denn der war viel länger in der Szene tätig. Wenn du weg bist, bekommen meine Stimmen die Konservativen oder die Freien!*"

Bislang war es Gregor nicht bekannt gewesen, dass es Akten über ihn gab. Es überraschte ihn aber nicht wirklich. Staat, Faschismus, Überwachung, der große Bruder – das waren für ihn mehr als nur Leerformeln. Gerne hätte er auch etwas gesagt, jedoch kam er einerseits nicht zu Wort und andererseits lähmte ihn die Dominanz der Macht derartig, dass er kaum zu einem klaren Gedanken fähig war. Bevor jedoch eine Stille eintreten konnte, ergriff der Oberstaatsanwalt lachend das Wort: „*Leute, im Moment ist außerdem noch der gute Walter unser Abgeordneter und den Rest wird man sehen, was meinst du, Kleinerlein?*"

Richter Kleinerlein unterbrach das Schlürfen am Strohhalm und erwiderte kühl: „*Mir ist es gleich, wen die Kasper ankreuzen dürfen. Einer wie der nächste. Aber ja, ich weiß, du liebst deine Wähler und hast für jeden ein offenes Ohr. Musst du ja auch. Die Leute mögen dich, das ist nicht schlecht. Du tust auch was, das muss man dir lassen und du setzt dich für die Heimat ein. Ich bin aber Richter und darf nicht lieben, sondern muss neutral sein. Zu mir kommt man mit schlechtem Gefühl und geht häufig mit noch schlechterem wieder raus. Berufsbezogene Distanz, die nimmt man mit ins Bett.*"

Gregor wollte aufgrund des ersten Satzes entrüstet protestieren, jedoch antwortete Schulz schneller und es begann ein Dialog, dem Asmas nur lauschen konnte:

„*Wo die Minderheit der Mehrheit gehorchen muss, da ist keine Freiheit. Wir leben aber in einem freiheitlichen Staat. Damit dürfte alles gesagt sein.*"

„*Freiheit ist aber doch nicht die Flucht vor dem anderen, sondern dessen Überwindung. Nur in Zeiten, wo die Wirklichkeit eine hohle geist- und haltungslose Existenz ist, mag es dem Individuum gestattet sein, aus der wirklichen in die innere Lebendigkeit zurückzufliehen*", antwortete der Mann des Rechts.

„*Wenn im Inneren jenes Glück zu finden ist, das in der Welt nicht erreichbar scheint, ist es legitim, die äußere Freiheit, sei es bewusst oder unbewusst, von fähigen Köpfen verwalten zu lassen. Das ist unsere Aufgabe, das ist unsere Last. Wem man ein Amt gibt, dem gibt man auch Verstand, denn, wer die Welt als vernünftig ansieht, der wird auch von ihr so gesehen*", parierte der Abgeordnete geschickt.

„*Ein freier Mensch ist aber auch nicht neidisch, sondern anerkennt das gern, was groß und erhaben ist, und freut sich, dass es ist, oder?*", erwiderte der Jurist Kleinerlein

„*In Deutschland ist die höchste Form der Anerkennung der Neid und wer von keinem beneidet wird, ist nichts wert. Ein Lob gehört zur deutschen Natur nicht, ansonsten gibt es eine stillschweigende Übereinkunft; die Bürger reden, was sie wollen, dafür tun wir, was wir wollen und alle vier Jahre bekräftigen wir diesen Pakt in einer großen Zeremonie. Ist das nicht mehr als je zuvor?*"

Ein gutes Argument von Schulz, auf das Gregor so schnell nicht gekommen wäre.

„Ja, das ist es und es erübrigt die Frage nach Wahrheiten, von denen es so viele gibt. Wer in der Demokratie die Wahrheit sagt, wird von der Masse getötet. Darum haben wir diesen Pakt. Im Herzen wissen die Menschen, dass die demokratischen Einrichtungen nur Quarantäne-Anstalten gegenüber der alten Pest tyrannenhafter Gelüste sind: als solche sehr nützlich und sehr langweilig. Doch war die Demokratie nie dazu gedacht, den Einzelnen das Leben mit Problemen zu behängen, für die er nicht fähig ist, Lösungen zu finden, die dem Gemeinwohl dienen."

Asmas fühlte sich, aufgrund der hohen Qualität der Argumente, die der Abgeordnete und der Richter austauschten, immer kleiner und konnte nur noch lauschen.

„Die Demokratie zerfällt, wenn sich Väter daran gewöhnen, ihre Kinder einfach machen und laufen zu lassen, wie sie wollen, und sich geradezu fürchten, vor ihren erwachsenen Kindern ein Wort zu reden. Das gleiche gilt, wenn Söhne schon sein wollen wie die Väter – also ihre Eltern weder scheuen, noch sich um ihre Worte kümmern, sich nichts mehr sagen lassen wollen, um ja recht erwachsen und selbständig zu erscheinen.
Auch die Lehrer zittern bei solchen Verhältnissen vor ihren Schülern und schmeicheln ihnen lieber, statt sie sicher und mit starker Hand auf einen geraden Weg zu führen, sodass die Schüler sich schließlich nichts mehr aus solchen Lehrern machen. Sie werden aufsässig und können es schließlich nicht mehr ertragen, wenn man von ihnen nur ein klein wenig Unterordnung verlangt.
Am Ende verachten sie auch die Gesetze, weil sie niemand und nichts als Herr über sich anerkennen wollen. Das ist der schöne, jugendfrohe Anfang der Tyrannei."

„Trinken wir darauf, dass unsere Bürger auf ewiglich Kinder bleiben! Manch einer mag unseren Wert nicht verstehen, denn für den radikalen Demokraten hat die Demokratie als solche einen eigenen Wert, ohne Rücksicht auf den Inhalt der Politik, die man mit Hilfe der Demokratie macht. Besteht aber Gefahr, dass die Demokratie benutzt wird, um die Demokratie zu beseitigen, so muss der radikale Demokrat sich entschließen, auch gegen die Mehrheit Demokrat zu bleiben oder aber sich selbst aufzugeben. Nicht die Sache an sich ist gut, sondern der Nutzen, der daraus gewonnen wird. Glücklich sind die Menschen dann, wenn sie haben, was gut für sie ist. Und gut für sie ist ein warmer schützender Mantel. Über diesen mögen sie fluchen, weil er so undurchsichtig ist und manchmal wärmer als gewollt. Hätten sie ihn jedoch nicht, würden sie in der Kälte erfrieren."

Während Gregor dem Gespräch lauschte und ihn die weißen Zähne faszinierten, wurde sein Glas wieder und wieder aufgefüllt. Wieso nur brachte er kein Wort heraus? Unterlegenheit? Fühlte er sich klein? Oder war es, weil seine Beißer leicht gelblich waren? Unsinn, doch, was sollte er sagen? Waren die Worte nicht zu geschliffen? Zu stark? Zu perfekt? Wo war er da nur hineingeraten? War das nicht genau jene Kaste, die er so verachtete? Bonzen! Ausbeuter! Gewinnler! Nun stand er ihnen gegenüber und brachte kein Wort heraus, denn ihnen Aug' in Aug' gegenüberzutreten, war nicht gleich dem Schreien von Parolen auf Straßen. Was wollten sie von ihm? Warum war er hier? Warum wurde er eingeladen? Sollte er einer von ihnen werden? Er, Gregor, der überzeugte Linke? Führte der Teufel ihn in Versuchung? Die Klänge des Klaviers und des Saxofons wurden immer schriller. Aus dem Augenwinkel meinte Gregor zu erkennen, dass sich ein weiblicher Gast im Schokoladenbrunnen wälzte. Überall dieses Lachen! Zähne! Zähne! Zähne! Übelkeit! Alles drehte sich! War das alles wirklich? Mit letzter Kraft schaffte Asmas es, sich, die Sitten wahrend, zu verabschieden. Schnell zum Ausgang? Stand da nicht Bio-Bauer Derberle? Den hatte er bislang gar nicht wahrgenommen! Egal, das war doch nicht seine Welt, oder? Es fühlte sich nicht richtig an, hier zu sein. Er wollte raus, nur noch raus. Wenige Minuten später brachte ihn ein Taxi nach Hause.

Die folgende Nacht war eine unruhige, denn es gelang Gregor nicht, die vorangegangenen Ereignisse zu reflektieren. Nicht, dass ihn die Einstellung dieser dekadenten Klasse überrascht hätte. Nein, dieses sicher nicht. Was ihn beunruhigte und worüber er sich schämte, war, wie wenig er dem entgegensetzen konnte. Hatte Asmas nicht, obwohl heute weitaus passiver als früher, eingreifen müssen? Wo war seine Stimme, als der kleine Mann verspottet wurde? Wieso schwieg er, wenn es offenkundig war, dass eine Kaste sich selbst mit einer verdrehenden Selbstverständlichkeit rechtfertigte? Höhle des Löwen. Er fauchte, brüllte, demonstrierte. Gemachte Eindrücke; zumindest für den Moment. Wurde er jemals darauf vorbereitet, dem Bösen persönlich gegenüberzustehen? Auswärtsspiel und unbekannte Spielregeln! In den Schriften stand wenig über Charisma und dem Geschick der Verführung. Noch weniger über eine derartige rhetorische Überlegenheit und diese geschliffenen Sätze, denen gegenüber Asmas Sprache, aus seiner Sicht, bäuerlich und bieder erscheinen musste. Obwohl er versuchte, dieses weit von sich zu weisen, fühlte er sich diesen Menschen unterlegen. Herrschten sie vielleicht sogar mit Recht? War es eine natürliche

Überlegenheit, der er sich einfach unterordnen musste? Erneut fragte Gregor sich, warum sie ihn in ihre Mitte geholt hatten. Wollten sie Gregor auf ihre Seite ziehen? Ihn zu einem der ihren machen? Völlig mit sich im Unreinen wälzte er sich im Bett hin und her, fiel in den Halbschlaf, erwachte wieder, doch auf einmal ward es still:

Überall Zähne! Schwebende Zähne! Sollte er seine machen lassen? Dann plötzlich! Völlig unerwartet erschien ein alter Bekannter im Zimmer und fraß die Scheiderchen auf: Es war McRunkel, der grüne Leguan, der sich inzwischen einen langen grauen Bart zugelegt hatte und er sprach mit seiner grundsympathischen Stimme:

„Die Philosophen haben die Welt nur verschieden interpretiert; es kommt aber darauf an, sie zu verändern.“

„Was willst du mir damit sagen, alter Freund?“

Gregor verstand nicht und noch bevor er seinen einstigen Gefährten berühren konnte, fuhr er aus dem Bette hoch. Offenbar war es nur ein Traum gewesen.

Kapitel 26

Der folgende Tag begann mit dem Besuch von Klaus Berger, seines Zeichens zweiter Kommandant der Freiwilligen Feuerwehr und gleichzeitig für das Ablesen der Wasseruhr zuständig. Obwohl Gregor befürchtete, dass dessen Kollegen, Mettwald und Leiter, seinen Ruf bereits nachhaltig geschädigt hatten, versuchte er vorsichtig eine Konversation zu beginnen. Da das Gespräch aber nicht über Floskeln und das erst kürzlich erworbene und von Berger bemerkte Mainschleifen-Bild, das nun seine Heimat im Wohnzimmer gefunden hat, hinausging, endete der Besuch relativ schnell. Wortkarg den Zählstand abgelesen und verabschiedet. Etwas frustriert und noch immer über die letzten Tage nachdenkend, beschloss Asmas, sich einige Brötchen zum Frühstück zu holen. Wozu hatte man denn sonst einen kleinen Laden am Ort? Wie hieß der Bäcker noch? Hinrich Goldmann? Auf dem Weg dorthin machte er einen großen Bogen um das Haus von Adolf Hartzorn, begegnete aber der älteren Frau Koranus, die ihn freundlich grüßte und ihm ihre Lebensgeschichte näherbrachte. Obwohl Gregor das nicht interessierte, nahm er doch mit großer Freude zur Kenntnis, dass ihr sein Fest vorzüglich gefallen hatte. Auch der Pfarrer, der Küster und der Bürgermeister wären voll des Lobes gewesen. Nach zwei Stunden schaffte es Asmas schließlich, sich zu verabschieden, stand aber kurz darauf vor den nicht geöffneten Türen des Dorfladens, da dieser inzwischen, aufgrund der täglichen Mittagspause, geschlossen hatte. Trotzdem war Gregor zufrieden, denn, auch wenn der Magen leer blieb, so gab ihm die Begegnung mit Frau Koranus doch deutlichen Auftrieb. Langsam lief er zu seinem Haus zurück. Dieses Mal sogar am Anwesen von Hartzorn vorbei, und riskierte einen Blick, aber der Mann war nicht in seinem Schaukelstuhl zu finden. Seine Aufmerksamkeit richtete sich stattdessen auf eine merkwürdige blaue Blume, die im Vorgarten des Alten wuchs.

Anschließend grübelte er über die letzte Nacht nach und blieb bei seinem Verhältnis zu den Eliten und der Politik hängen. Grundsätzlich verstand sich Gregor als Kritiker der besseren Gesellschaft, zu denen häufig die Profiteure des Kapitalismus gehörten, die er schlicht verachtete. Die Klasse der Ausbeuter, die sich die Gesellschaft untertan gemacht haben! Jene Schurken, denen er immer wieder gegenüberstand und die es zu überwinden galt!

Er selbst war allerdings auch gut, nein sehr, sehr gut betucht, was er jedoch stetig dadurch abmilderte, dass er seine monetären Mittel vielfältig für Spenden einsetzte und sich, zumindest seiner Meinung nach, nicht im Luxus sonnte. Zur Wahrheit gehörte auch, dass Asmas ein Leistungsträger des Systems war und sich sein Einkommen durch seine Fähigkeiten und sein buchhalterisches Können selbst generiert hatte. Ein brillanter Spezialist – ohne jeden Zweifel.

Irgendwo blieb er damit Stütze und Kritiker des Organismus zugleich. Ein lebender Kompromiss, der mit seinem Geld alle möglichen Wohltätigkeitsorganisationen förderte und mit seiner Arbeit für die Wettbewerbsfähigkeit und damit die Arbeitsplätze tausender Mitarbeiter sicherte. Nichts neues an der antikapitalistischen Front.

Sein Verhältnis zur Politik gestaltete sich dagegen komplexer. Alles, was der Blonde aus dem Norden tat, war aus seiner Sicht politisch und doch hatte er in seinem Leben erstaunlich wenig Berührungspunkte mit der politischen Kaste und dem demokratischen System gehabt. Die Lokalpolitik kümmerte ihn nie, sondern es waren immer die großen Fragen, die ihn interessierte: Atomkraft, Kapitalismus, Weltfrieden, Umwelt, Antifaschismus – die echten Themen offenbarten sich ihm als Bühne. Der Einzige in der Familie, der sich einmal für die unmittelbare Umgebung engagieren wollte, war sein Vater gewesen, der sich einst zum Schriftführer des Fachausschusses „Tierwohl" des Ortsvereins einer Kleinpartei aufstellen ließ. Gewählt wurde ein Betreiber eines Massenhaltungsbetriebes, dessen Tötungsfabrik Gregors Gruppe schon einen Besuch abgestattet hatte, um die dortigen Missstände öffentlich zu machen. Sagte das nicht alles aus? Auf der einen Seite ein engagiertes Mitglied des Kleintierzuchtvereins und auf der anderen Seite ein Tierquäler. Klüngel! Nein, in der Politik ging es um Interessen, nicht um Themen, deswegen hatte er sich auch nie in einer Partei engagiert. Zwischen den Ränkespielen und persönlichen Beziehungen wären seine seine Ideale, so nahm Asmas an, nur verkümmert.

Dabei war er, nach eigener Ansicht, Demokrat, wählte auch stetig, beäugte aber das politische System mit großem Misstrauen und vermutete überall Mauscheleien und Korruption. Grundsätzlich unterstütze er das freiheitliche System, fand allerdings, dass man die Bürger vor der Wahl intensiv aufklären sollte, damit sie auch richtig, das heißt im Rahmen seiner persönlichen Vorstellungen, abstimmten. Das geschah aus Asmas Sicht zu häufig nicht:

„Es ist eben mal wieder eine Frage der Sozialisation und der Konditionierung. Die Menschen sind von Natur nicht schlecht, sondern werden nur mit ungünstigen Einflüssen konfrontiert. Wenn man ihnen den richtigen Weg zeigt, werden sie ihn auch freiwillig mitgehen. "

Sein Kreuz in der Kabine machte er in der Regel bei grün, seltener bei den Roten. Inhaltlich fand er auch diese Richtungen nicht klar genug. Der Marsch durch die Institutionen hatte vieles verwässert, weichgekocht und abgeschliffen. Nun gut, man nimmt am Ende die kleinsten Übel. War das eine allgemeine Politikverachtung? Zumindest eine des Parteiensystems!

Da der Blonde aus dem Norden seine Vorurteile tief verinnerlicht hatte, vielleicht wirkten hier die Erlebnisse seines Vaters traumatisierend nach, hatte er sich an Parteidiskussionen nur insoweit beteiligt, wenn sie eine Schnittmenge mit seinen großen Themen bildeten. Dann auch nur pauschal und schwarz-weiß: Für die Atomkraft? Für Weltfrieden? Für soziale Themen? Für die Umwelt?

„Echte Politik ist einfach, da braucht es das ganze Gerede nicht!"

In seiner neuen Heimat dominierte schwarz, seit einem halben Jahr waren auch orangene Farben im bayerischen Parlament zu finden. Letztere konnte er nicht einschätzen, das musste man prüfen, aber der Einfluss der Konservative betrachtete er mit Sorge:

„Dass sich die Leute hier überwiegend für die konservative Rechte entscheiden und damit die Reaktion, sagt trotzdem schon viel aus! Es ist falsche Sozialisierung, die den Fortschritt behindert! Man muss sie konditionieren und beeinflussen! Progressive geformte Köpfe würden anschließend auch progressiv wählen und die betreffenden Parteien müssten ihr Programm an die Leute anpassen, um an den Fleischtöpfen zu bleiben!"

Trotzdem quälte es ihn noch immer, dass er derartig tiefgehende Gedanken am gestrigen Abend nicht hatte vorbringen können.

„Ärgerlich, denn so viel hätte man einwenden können. Nein, müssen!"

Auf einmal durchzuckte ihn die Macht der Erkenntnis und vor seinen geistigen Augen durchlebte er den Traum der letzten Nacht erneut: McRunkel, der Spruch mit den Philosophen.

„Natürlich", dachte Gregor, rannte los und stoppte erst, als er den Bücherschrank in seinem Wohnzimmer erreichte. Schrecklicher Verdacht! Betrug! Bösartiger Schein! Nach einer halben

Stunde wirren Blätterns lag Asmas lachend am Boden. *„Ich bin so blöd"*, jaulte er. Nach dem diese Phase beendet war, schämte er sich gar fürchterlich, weil er erst jetzt begriff, was an dem Abend, an dem er bei dem Abgeordneten Schulz eingeladen war, geschehen sein musste. Wut, Scham, Selbstkritik.

„Die Welt urteilt nach dem Scheine", sagte er zu sich selbst *„und ich bin der größte Hammel".*

Inzwischen sah der Lockenkopf die Sache völlig klar: Er wurde als Absonderlichkeit bei den Herrenmenschen vorgeführt, so wie man einen Wilden früher bei den Hottentotten-Schauen vorführte und anschließend durch ein Schauspiel verhöhnt, welches an diesem Abend sicher nicht seine Premiere fand. Ob dem so war, ist dabei ohne Belang, denn es genügte, dass der Blonde aus dem Norden es glaubte.

Gregor jedoch sinnierte weiter: Fast jeder Satz, den er an jenem Abend hörte, stellte sich entweder als das Ergebnis von dummdreister Dekadenz oder, sobald es halbwegs intelligent klang, als ein schlichtes Plagiat der Gedanken anderer dar.

„Ich habe mich blenden lassen. Blenden, von diesen weißen Zähnen!"

Selbstverständlich geißelte sich Gregor dafür, aber, wer konnte schon ahnen, dass eine harmlose Unterhaltung nur aus den Weisheiten längst verstorbener Dichter und Denker bestand?

„Schön auswendig gelernt, ihr Unterdrücker! Doch das ist nur Wirkung! Keine Substanz! Ich kann auch zwei Seiten vom Kapital auswendig lernen und es als mein eigenes Denken ausgeben! Dünnbrettbohrer!"

Hinter den Vorhang gesehen. Was versteckte sich dort? Jenseits des Schokoladenbrunnens, der schönen Kleidung, der tollen Villa und der gestohlenen Worte? Letztendlich das Selbstverständnis einer Klasse, Macht auszuüben, weil sie es, aufgrund der Umstände, konnten. Abgeordnete, Richter, Staatsanwälte, Polizei, Großkapitalisten – er stand dem geballten faschistischen Aufgebot gegenüber und all ihr dunkler Zauber und ihre Manipulationsversuche hatten die Wahrheit hinter den Masken nicht verbergen können.

„Bis auf die gute Sache mit den Windrädern, alles nur leere Phrasen. Ärgerlich. Sehr ärgerlich!"

Auf einmal fiel Gregor auf, wie rein dagegen, trotz mancher üblen Zeitgenossen, die Dorfge-meinschaft gegenüber der Klasse der Ausbeuter wirkte. Waren es nicht genau jene guten Leute, über die man in der Villa des Abgeordneten nur abschätzig sprach? Stimmvieh, verhöhnt durch Anti-Demokraten! War das nicht die gute Seite? Lange Zeit hatte Asmas gezweifelt, ob es erstre-benswert sein durfte, Teil einer Gemeinschaft zu werden, letztendlich auch, weil er keine richtige Begründung gefunden hatte, die ihn auch innerlich vollends überzeugte. Nun aber machte endlich alles Sinn. Er würde den Kampf wieder aufnehmen, denn das Gute, das Gerechte, ja, die Freiheit selbst, musste genau hierzu verteidigt werden! Auch wenn vielleicht mancher Dorfbewohner noch nichts davon wusste, so wollte Gregor an der Seite der Dorfklasse stehen und für das eintreten, was richtig war. Der Kreis des Sinns, soweit es einen solchen geben sollte, hatte sich geschlossen. Seelisch bestärkt blickte Gregor an die Zimmerdecke. Zurück im Spiel! Attacke! Und auch seine Zähne sollten so bleiben, wie sie waren. Lieber ehrliches Gelb als blendendes Weiß!

Kapitel 27

Gregors Kampfeslust war geweckt, jedoch gab es in der Folgezeit keine Schlachten zu schlagen. Daher beschloss er, die Wochen, die ihm vor der Wiederaufnahme der Arbeit bei Kama noch blieben, anderweitig zu nutzen. Erneut besuchte er Würzburg und traf dort, ganz in der Nähe des Marktplatzes, auf seinen früheren Klassenkameraden Zacharias, den es ebenfalls in den Süden verschlagen hatte. Wie Asmas erfuhr, hatte dieser nach seiner wilden Phase eine Ausbildung zum Pfleger begonnen und arbeitete nun in einer Nervenheilanstalt. Die Arbeit war wohl schwer und von Personalmangel geprägt, weswegen er sich heute auch krankgemeldet hatte, da er das Verhalten der Kollegen, der Arbeit wegen jeder Kleinigkeit fernzubleiben, als unsolidarisch ansah, denn er wäre heute die einzige examinierte Fachkraft auf der Station gewesen. Einer musste ein Zeichen setzten, erklärte Zacharias wütend und das tat er dann gerade auch. Gregor verstand grundsätzlich den Kampf gegen Missstände und freute sich, dass sich sein früherer Schulkamerad hier engagierte, musste aber einräumen, dass er einerseits die Zustände in der Pflege nicht beurteilen konnte und andererseits auch nicht die Zeit und die Muse hatte, Zacharias Verhalten tiefergehend zu hinterfragen. Ob es Asmas an dieser Stelle versäumte, Tipps und Ratschläge zu geben? Man weiß es nicht. Dann ging es noch ein wenig um früher und die alte Heimat. Alles belangloser Tratsch, wie ihn der blonde aus dem Norden gerade nicht mochte.

Viel mehr als einige oberflächlichen Informationen tauschten die beiden auch nicht aus. Zu sehr hatte man sich entfremdet, zu wenig sich zu sagen. Insgeheim freute es Gregor innerlich, dass sich das Schicksal für Zacharias zum Guten gewendet hatte.

Er wanderte weiter umher und meinte sogar, den Sohn seines baldigen Arbeitskollegen Herbert Müller aus der Ferne gesehen zu haben, war sich allerdings nicht sicher. Zu durchschnittlich das Gesicht und der ganze Junge. Trotzdem bemerkte er verblüfft und selbstreflektierend mit welcher Selbstverständlichkeit er sich in seiner neuen Umgebung schon zu Hause fühlte und wie wenig überrascht er war, bekannte Gesichter zu sehen. War das nicht ein gutes Zeichen?

Zugleich erhielt er gelegentlich Besuch. Etwas, was in seinem alten Leben so gut wie nie vorkam, wenn man einmal von den „Versicherungswochengesprächen" mit Schwager Buxler absah.

Beispielsweise von einem Vertreter einer Firma, der für die zeitnahe Aufstellung von Windkraftanlagen, er erinnerte sich in dieser Hinsicht an die Worte des Lobbyisten Hannes Riedel, warb. Für Gregor eine gute Sache und er unterschrieb sofort die Liste, um seinen Teil für die finale Abschaltung der Atomkraftwerke beizutragen und auch so etwas gegen die absehbare Klimakatastrophe zu tun. Beides Themen, für die er schon immer kämpfte, wenngleich die Erwähnung der Atomkraft natürlich mehr Erinnerungen in ihm hochkommen ließ. Das Konzept des Klimawandels war leider abstrakter und er zweifelte daran, ob man es jemals so populär machen konnte, wie die Radioaktivität oder das Baumsterben. Man konnte sich ja nicht an Straßen ketten. Aber, egal.

Gregor war inzwischen wieder zurück in Rodringbach, als es plötzlich an der Haustür klingelte. Er wanderte die knapp 40 Meter vom Wohnzimmer zur Eingangspforte und nahm wohlwollend zur Kenntnis, dass davor Nachbar Benno Meier stand. Was für eine schöne Überraschung! Allerdings gefiel ihm dessen Anliegen weniger, denn er wollte ihn dazu animieren, die „Laurenzi-Messe", ein örtliches Volksfest mit Bierzelt, Musik, Fuhrpark und Verkaufsständen, im nahen Marktheidenfeld zu besuchen.

„Komm schon, Gregor. Das wird saulustig. Wir machen einen drauf und tanken richtig."

Asmas schluckte kurz. Menschen, Lautstärke, fremde Umgebung, dazu die Hitze des Augusts, volkstümmelte Feierei, ländliche Primitivität widerliche Unsicherheit – er zögerte, allerdings ließ der penetrante Nachbar nicht locker.

„Was gibt es Schöneres als einen gemütlichen Abend bei guter Atmosphäre, Musik und Bier? Seitdem ich alleine im Haus hocke, geht ja nichts mehr und dann immer auf Montage. Von Land zu Land. Von Hotel zu Hotel. Das ist doch kein Leben. Und für was? Damit ich Alimente blechen kann? Ich brauche einfach mal nur Spaß. Und du auch! Du hockst auch nur hier! Dein Fest habe ich ja wegen der Arbeit verpasst! Glaub mir, wäre lieber hier gewesen als in New Orleans auf der Baustelle! Jetzt revanchiere ich mich!"

Gregor fühlte den sozialen Druck. Er spürte Empathie für den Nachbarn. Aber auch Missmut, denn dieser machte ihn für sein Seelenheil indirekt mitverantwortlich. War das nicht irgendwo Psychoterror, wenn er seine Probleme so offen kommunizierte und sie nicht, wie es der Blonde aus dem Norden immer machte, allein mit sich selbst reflektiere? Kann der äußere Schein über die innere Größe triumphieren? Dieses Konzept der Nähe gefiel ihm daher so ganz und gar nicht. Benno soll fortgehen! Einfach weg! Und ihn in Ruhe lassen!

Und doch; nein, er schaffte es einfach nicht, den vermutlichen Freund verbal zu brüskieren, versuchte aber noch Zeit zu gewinnen, ohne die künftigen sozialen Interaktionen zu gefährden.

„Ja, Benno. Das ist eine großartige Idee. Wir sollten das mittel- bis langfristig planen," sprang Asmas über seinen fülligen Schatten.

Das war keine Zu-, aber auch keine Absage und man konnte alles dann ja langsam vergessen haben. Ein kluger Kompromiss, wie der Blonde aus dem Norden fand. Zweifellos konnte man ihn, aus seiner Sicht, sowohl als Taktiker denn auch als Stratege bezeichnen. Leider schien Meier das aber missverstanden zu haben:

„Ja, super, Gregor, dann zieh dir besser jetzt eine Hose an! Der Bus fährt mittelfristig in 15 Minuten und langfristig fahren wir so gegen 2 Uhr wieder zurück! Schnell, ich warte hier!"

Mit so einer schlagfertigen Antwort hatte Asmas nicht gerechnet und ja, er hatte keine Hose an, aber das soll nun nicht vertieft werden. Der gute Benno gebar sich sehr spontan und bestimmend. Ja, einem Ästchen im reißenden Fluss gleich, wurde Asmas einfach mitgerissen. Schachmatt. Der berühmte saure Apfel; jetzt lag er vor ihm. Nein, er breitete sich bereits samt seinem unangenehmen Geschmack im Mund aus. Keine Wahl mehr, wenn er Benno nicht verärgern wollte. Diese Distanzlosigkeit nach so einer kurzen Zeit! Unmöglich! Diese Vereinnahmung war nur empörend! War das der Preis für sein neues Leben? Vielleicht ein zu hoher? Nur, Nähe und Ferne zugleich, wie es Gregor gerne praktiziert hätte, schien in dieser neuen Realität nicht zu funktionieren, das Idealkonzept der sozialen Beziehungen, das man wie mit einer Fernbedienung an- und abschalten konnte, würde wohl scheitern, obwohl es bei seiner kompletten Verwandtschaft immer gut funktioniert hatte. Ja, der saure Apfel, die saure Birne, die saure Banane – alles zugleich!

Kurze Zeit später saßen sie bereits im Bus und obwohl die Fahrt nur wenige Minuten dauern sollte, durchlitt Asmas die schlimmsten Quallen und tausende Gedanken schossen durch seinen Kopf:

„Hoffentlich sind da nicht zu viele Menschen. So viele Menschen mag ich nicht. Wie soll ich mich überhaupt verhalten? Was, wenn mich Leute erkennen, leutselig auf mich zu kommen und ich muss sie dann später, wenn meine Freistellung endet, im Betrieb wiedersehen? Das berufliche Umfeld ist kein Ort für Nähe! Hier arbeiten doch so viele bei der Firma! Ich bin doch auch kein dümmlicher Feierfreund, sondern mehr der Denker, der reflektiert. Die Oberfläche bei anderen ist mir ein Graus!

Und überhaupt, wie viele Stunden soll das dauern? Über was mit Benno reden? Was, wenn es wortlos peinlich wird? Schlimme Vorstellung?

Ist so ein Volksfest klimaneutral? Und überhaupt! Das ist so deutsch! Ein Ausgrenzungsmechanismus, um zwischen Bio-Einheimischen und Fremden zu unterscheiden? Ob ich mich absetzen kann? Nein, wir fahren ja mit dem Bus, wie kann ich da abhauen?"

Gregor fühlte sich sichtlich unwohl. Kurze Fahrt. Ausstieg am Festgelände. Leider noch mehr Menschen als befürchtet. Tausende? Links Messestände mit Produkten, rechts der Fuhrpark, in der Mitte ein kleines Weindorf und am Ende ein riesiges Zelt. Benno steuerte selbstbewusst mit einem fröhlichen Gesichtsausdruck und rasantem Schritt das letztere an. Fliehen? Wohin nur? Es war zu spät. Unwohlsein. So ein Trubel! Lachende Menschen! Wohin der Blick? Zu Boden? Was mit den Händen tun? In die Tasche! Einfach an den Nachbarn halten? Was sollte der Blonde aus dem Norden sonst tun?

Und schon hatten sie das Zelt betreten, setzten sich an einen Tisch und ehe sich Asmas versah, hatte Meier auch schon die ersten Runde bestellt. Alles ging dabei so schnell, dass Gregor keine Zeit zum Reflektieren blieb. Gerade stand die Bedienung noch vor der Bank und schon hatte sie geliefert. Bier in strammen großen Krügen. Im Hintergrund oder war es der Vordergrund donnernde Populärmusik! Singender, nein grölender Gesang der Festbesucher. Wärme! Unangenehme Temperaturen! Kaum auszuhaltende Hitze! Wir hatten August und das Zelt erwärmte sich entsprechend! Und jetzt die Maß, wie es wohl genannt wurde, voll des Gerstengetränkes! Was nur erwartete man von ihm? Sollte er das zu sich nehmen? Wäre eine Weigerung nicht beleidigend? Während er sich noch eine Strategie überlegen wollte, sprach, nein brüllte, sein Nachbar voller fordernder Überzeugung:

„Prost, Gregor! Dann legen wir mal los"

Benno stieß mit ihm an, die Krüge klirrten, brachen aber nicht und Asmas fühlte den unangenehmen Druck, nun auch zu trinken. Er tat das widerwillig, während die Musik weiter bekannte Schlager schmetterte. Menschen, Lautstärke, Gewirr wie in Vaters Hasenstall.

Fliehen? Zu spät! Er saß er nun im Folterzelt. Das Getränk füllte seine Kehle und wanderte in den Magen. Benno erzählte irgendwas, was er aufgrund des Lärmpegels nicht verstand, weswegen er nur verständnisvoll nickte. So sind sie halt, die Festzeltgespräche! Wahrhaftig, tiefgehend und unverständlich für beide Seiten.

Heimlich sah er sich um. Das Festzelt war prall gefüllt und die Besucher erfüllten seine schlimmsten Erwartungen: Sehr viele uniformiert mit Lederhosen und Dirndl, wobei letztere überwiegend die Frauen und Mädchen trugen und trotzdem gedankenlos feiernd. Merkten sie denn gar nicht, wie diese Homogenität, die so gar nicht die heutige Gesellschaft abbildete, an dunkelste Zeiten der deutschen Geschichte erinnerte? Wohin nur soll das führen? Das Grauen stieg in ihm auf!

Benno stieß wieder an, was Asmas zwang, erneut einen großen Schluck zu nehmen. Das nur zu simulieren, scheiterte schon daran, dass Maßkrüge in Franken offensichtlich durchsichtig waren, also musste er auch in der Folge für eine Abnahme des einen Pegelstandes sorgen, während sich der andere, nennen wir ihn, der „innere," erhöhte. Gregor schwitze.

„Wie heiß ist es eigentlich in diesem Zelt? 50 Grad?"

Der Blonde aus dem Norden sah sich um.

„Angeblich so individuell, aber doch in ein kollektives Muster gezwängt. Der Deutsche ordnet auch die Anarchie des Feierns!"

Benno redete irgendwas und Gregor nickte verständnisvoll, ohne auch nur im Ansatz ein Wort verstehen zu können. Aber, man kann es nur wiederholen, so sind sie halt, die Festzeltgespräche.

Die Zeit verging. Lied um Lied. Die erste Maß war Vergangenheit, die zweite und dritte folgte. Erst wippte Gregors Fuß nur ein wenig, dann immer mehr und auch das Publikum erschien ihm plötzlich viel heterogener als zuvor. Tatsächlich bemerkte er nun, was der Schleier der Voreingenommenheit im zuvor verschwieg; ja, viele Menschen neigten zur Tracht, aber in diese trugen eben nicht nur weiße Einheimische, sondern augenscheinlich Angehörige verschiedener Ethnien. Nicht zu viele, aber immerhin.

Ja, konnte so ein Fest vielleicht sogar integrierend sein? Oder war das grundfalsch, da Menschen an dieser Stelle gezwungen wurden, die eigene Identität zugunsten einer deutschen Feierkultur aufzugeben? Trugen sie die Kleidung freiwillig oder wirkte an dieser Stelle ein gesellschaftlicher Druck? Waren im Festzelt letztendlich nicht alle gleich – ein Ideal, das er schon immer vertrat. Keine Rasse, keine Klasse. Ungeachtet der Herkunft, frei vom Ballast der Sozialisierung. Zumindest für einige Stunden? Gregor wusste es nicht und tat sich sichtlich schwer damit, auf die übliche Art und Weise die Dinge abzuwägen.

Nach der fünften Maß, die zugleich fast alle seine Gedanken abtötete, schunkelte Asmas offensiv und anschließend lief der Mann zwei weitere Getränke später zur Höchstform auf, tanzte auf der Bank, mit Benno im Arm, zu irgendwas, aber sicher nicht zur Musik und war ganz beseelt. Zwischendurch unterhielt er sich wohl auch mit Bio-Bauer Derberle. Wo kam der den plötzlich her und wohin ist er verschwunden? Egal! Maß um Maß, Minute zu Minute – bis die Töne verklangen. Egal! Bis auf Benno nahm er niemanden mehr wahr. Es schien so, als wären sie alleine auf der Welt und hatten einfach nur Spaß. Reflektion? Der zuständige Teil des Gehirns litt gerade an einer massiven Bierüberschwemmung. Keine Musik mehr? Kann es das gewesen sein? Doch Gregor Michael Asmas wollte mehr und so fuhren die beiden kurze Zeit später mit dem Kinder-Kettenkarussell, wobei bis heute nicht geklärt werden konnte, wie es Gregor in den engen Sitz schaffte.

Anschließend und auch hier zeigte der schwankende Asmas Ehrgeiz, war er beseelt davon, den großen grünen Bären, der als Hauptgewinn an der Losbude präsentiert wurde, zu gewinnen. Obwohl Asmas alle Lose kaufte, genügte es nur für den zweiten Platz. Ein merkwürdiges Unterfangen, bei dem es dem gemeinen Beobachter dünken könnte, dass nicht alles mit rechten Dingen zuging, aber egal. Was der zweite Preis war? Ein gelbes Eichhörnchen, das Benno sogleich nach seiner Großtante zweiten Grades „Guggi" taufte.

Asmas war sichtlich erfreut darüber, wie schnell sein Freundeskreis wuchs, rannte mit dem Eichhörnchen in der Hand zur Achterbahn, löste vier Karten, denn Guggi war relativ groß, und schon rasten sie in voller Geschwindigkeit durch den Abendhimmel. Nacht, Sterne, warmes Wetter, Musik, Freude! Weit nach Mitternacht nahmen Benno, der Blonde aus dem Norden und das Eichhörnchen den Bus zurück nach Rodringbach, wobei es Asmas gelang, den Busfahrer zu betrügen, indem er nur für drei Personen bezahlte. Dort angekommen verspürte Gregor eine gewisse Übelkeit. Dieses Unwohlsein wurde kurz darauf ein Problem des Vorgartens von Frau Koranus, denn in diesen erbrach sich der arme Mann, der doch das Bier so gar nicht gewohnt war, und lallte:

„Das ist ein total altes Haus, das von der Koranus, oder? Total alt!"

Benno brachte das Gespräch auf ein neues Niveau:

„Ja, ist ein total altes Haus! Total alt! Hunderte Jahre! Hat bestimmt voll den Gewölbekeller! Du hast der Alten in den Garten gekotzt! Du bist ein Kotzi!"

„Toll! Voll den Gewölbekeller!"

Einen kurzen Moment dachte Asmas, dass sich hinter dem Vorhang, an einem Fenster des Hauses, etwas bewegt hätte, da er aber alles sehr verschwommen wahrnahm, interessierte ihn das wenig. Er glitt gerade zu Boden, brabbelte nur irgendwas vom Schlafen und dass man ihn zurücklassen solle. Benno, der ebenso angetrunken war, zog ihn jedoch nach oben, allerdings fiel Gregor wieder zurück auf den Boden. Dort lag eine Kastanie, an der er plötzlich wirr nuckelte. Plötzlich aber sprang der Lockenkopf auf und schüttelte Benno. Die Tränen liefen ihm über die Wangen und mit zitternder Stimme fragte er seinen Nachbarn: *„Wo ist der Guggi? Wo ist der Guggi?"*

„Der Guggi fährt Bus. Das lieben die Eichhörnchen doch, das Busfahren", erwiderte dieser und rülpste dabei kräftig.

„Ja, das ist schön. Der Guggi fährt Bus! Bus fährt der! So schön! Das lieben Eichhörnchen doch! Du bist mein Freund. Freund, mein Freund, Benno. Voll dumm, dass du am Montag wieder für Wochen weg bist. Du bist mein Freund. Totale Freundschaft. Totaler als alles, was es gibt", schwadronierte Gregor mit wirrem Lächeln selig und schwankte langsam in Richtung seines Hauses. Während Benno sich lallend

verabschiedete, sank Asmas, der mit letzter Kraft die Haustür öffnete, auf den Fußboden und blieb dort bis zum nächsten Morgen liegen.

Kapitel 28

An eben jenem nächsten Morgen hatte Gregor einen sehr schweren Kopf und fast keine Erinnerung mehr an den gestrigen Abend. Das Einzige, was blieb, war das Gefühl, Spaß gehabt zu haben. *„Ach ja, da war auch noch der Guggi und der Benno ist ein knorker Typ!"*

Vielleicht ein echter Freund? Warum auch nicht? Waren sie nicht ähnlich alt und beide mehr oder weniger allein? Zu schade, dass er ein Montagearbeiter war und zu oft auf der ganzen Welt eingesetzt wurde. Monate weg – nicht gut. Das Problem der Nähe – es blieb, gehörte wohl aber dazu. Hier musste Asmas noch eine Balance finden.

Auch reflektierte er sein zögerliches Verhalten. Warum nur dieses Unwohlsein am Anfang? Dieser innerliche Widerstand. Früher hatte er keine Ängste als es mit der Szene auf die Straße ging. Gut, da gab es auch ein konkretes Ziel, Freund und Feind waren klar zu identifizieren und alles war vorhersehbar. Wohl nicht vergleichbar.

Aber auch sein Fest meisterte Asmas gut. Na ja, bis er glaubte, die Kontrolle zu verlieren. Aber da fühlte er ähnlich. Auch ein Unterschied. Es schien das Unerwartete zu sein, dass er fürchtete, die Angst nicht zu wissen, wie man sich verhalten soll, oder? Gregor wusste es nicht, wollte aber weiter darüber nachdenken.

Brummender Schädel, schwankender Gang. Er holte die Zeitung herein und plötzlich las er etwas, was all seine Schmerzen schlagartig linderte:

Auch in der nahen Stadt! Eine Kundgebung von Nationalisten geplant! Die Linken hatten sich ebenso angekündigt und auch ein bürgerliches Aktionsbündnis sollte es geben!

Eine Demonstration gegen das rechte Gesindel? Musste er da nicht Gesicht zeigen? Jeder Anflug von alkoholischer Beeinträchtigung verschwand! Auf einmal fühlte er sich in seine Blütezeit zurückversetzt und erinnerte sich an die vielen Proteste in früheren Jahren.

„Das wird ja immer besser hier! Da fühlt man sich wohl!", frohlockte der Lockenkopf! Die imaginären Fanfaren ertönten ebenso imaginär. Kämpfen gegen rechts? Immer! Außerdem war er neugierig, wie sich die Szene weiterentwickelt hatte. Nun wusste Gregor Michael Asmas, was zu tun war,

suchte sich seine Unterhose, sowie die restlichen Klamotten und stieg, vermutlich noch mit etwas zu viel Restalkohol im Blut, ins Auto.

Hochgradig erregt fuhr Gregor in die Kleinstadt. Einen Parkplatz zu finden, erwies sich allerdings als alles andere als einfach, denn aufgrund des Marsches selbsternannter nationaler Kräfte, hatte der übliche Verkehrswurm mit massiven Einschränkungen und Absperrungen durch die Behörden zu kämpfen. Derartige Randerscheinungen störten Asmas jedoch nicht, denn er war in dieser Hinsicht, auch wenn einige Zeit vergangen war, weitaus schlimmere Vorgehensweisen von Seiten des, aus seiner Sicht kapitalistischen und faschistischen, Staates gewöhnt. Nach einem Fußweg von mehreren Kilometern erreichte er schließlich den Ort der Veranstaltung, der bezeichnenderweise früher den Namen eines ehemaligen Reichskanzlers trug und nun als Bushaltestelle benutzt wurde. Das Ganze konnte man sich optisch so vorstellen, dass auf dem Platz in der Mitte ein kleines Rednerpult und eine Anlage samt Lautsprechern aufgebaut waren, dort ein einzelner nationaler Aktivist redete oder zwischendurch sang und die gut 25 Neo-Nazis, teilweise frechgrinsend, versuchten, den Parolen zu lauschen, die durch ein Pfeifkonzert der ungefähr 80 bürgerlichen Aktivisten unterdrückt wurden, die rechts von der Veranstaltung standen und durch Banden, Sperren und Beamte von ihnen getrennt wurden. Einen kurzen Moment meinte Asmas, das ein oder andere bekannte Gesicht erkannt zu haben, was sich jedoch beim zweiten Blick nicht bewahrheitete und ihn letztendlich auch nicht interessierte. Eine dritte Gruppe von gut 40 linken Aktivisten wurde durch circa 100 Polizisten ein Stück abseits der beiden anderen Gruppen gehalten, um ein Zusammenstoßen zu vermeiden.

Gregor, der sich der Gruppe des bürgerlichen Bündnisses näherte, betrachtete die Fratzen des Neo-Nazismus näher. Ein Teil von ihnen war so, wie man es sich wünschte, mit Glatze und Springerstiefeln ausgestattet. Tätowierungen unterstützten das absonderliche Erscheinungsbild. Andere wiederum waren optisch kaum von den Normalbürgern zu unterscheiden und Gregor fragte sich, ob diese geschickte Tarnung nicht weitaus gefährlicher war als der stumpfe Neo-Nazi mit dem Klischee-Baseballschläger.

Auf einmal erschienen vor ihm die Bilder der Vergangenheit und er dachte bei sich: „Nie wieder!“, wobei er mehr an die Diskussion, die er einst mit seinem früheren, damals in das rechte

Spektrum abgedrifteten, Schulfreund Bernd Rappel dachte, denn an das Dritte Reich. Asmas nutzte den Umstand, dass die Polizisten sich mehr den Linken am Rande, als den Rechtsextremisten und dem Aktionsbündnis widmeten aus und tippte einem Rechtsextremisten, der sich an eine Absperrung lehnte, auf die Schulter. Dieser drehte sich verblüfft um und sah Gregor verwundert an, doch Asmas sprach nur: *„Warum vertrittst du diesen Wahnsinn aus Rassenhass, der uns in der Vergangenheit so viel Leid und Zerstörung gebracht hat?"*

Du oder Sie? Egal, Hauptsache Aktion! Der Rechtsextremist, mit üppigen Runentätowierung auf der linken Gesichtshälfte und einer glänzenden Glatze ausgestattet, sah ihn nur irritiert an und antwortete dann: *„Hä?"*

Doch Gregor gab nicht auf und versuchte es erneut: *„Was machst du hier und vertrittst diesen Rassenmüll? Was ist so großartig an der Diktatur?"*

Während Asmas sich innerlich schon manche Argumente gegen jede Erwiderung zurechtgelegt hatte, einen zweiten Fall Bernd sollte es nie mehr geben, kam eine junge, optisch normalaussehende Frau aus den Reihen der restlichen Nationalisten. Ihr folgte ein halbwegs zivilisiert wirkender junger Mann, bei dem lediglich das ordinäre Bärtchen und der gekonnte Seitenscheitel etwas merkwürdig erschienen.

„Geht hier nix? Wird Zeit, dass was passiert. Das ist so langweilig", sprach die Frau und der Mann erwiderte: *„Die Bullen haben die Linken unter Kontrolle. Da geht nichts mehr."*

Gregor ergriff die Gelegenheit, trat einen Schritt vor, sodass er fast schon die Absperrung überquert hatte und sprach die junge Frau an: *„Was ist mit dir los? Warum bist du bei denen? Du bist doch ein ordentliches Mädchen, oder?"*

Die Frau sah Asmas entrüstet an: *„Was willst du, du Scheißspießer? Bist du vom Verfassungsschutz? Verpiss dich!".* Doch Gregor blieb innerlich ruhig und lächelte nur: *„Mädchen, wohin hat uns diese NS-Scheiße denn gebracht?"*

Während der Freund des jungen Mädchens drohend die Arme erhob, antwortete sie: *„Der Führer hat die Arbeitslosigkeit beseitigt und viel für die Familie getan."*

„Dein Führer hat vielen Familien im Krieg die Väter und Kinder gekostet!"

„Der Krieg interessiert mich nicht. Den haben die uns aufgezwungen. Mich interessiert nur, was für die Familien damals getan wurde und was heute getan wird. "

Gregor versuchte in der Folge durch einige gezielte Provokationen in die Tiefe zu gehen, musste aber bald feststellen, dass das Wissen der jungen Frau um das Dritte Reich, von der Familienpolitik vielleicht einmal ausgenommen, nicht über simple Parolen hinausging und sagte resignierend:

„Und wie willst du das besser machen, wenn du dir hier irgendwelche Parolen anhörst?"

Trotzig und stolz erwiderte sie: *„Ich will, dass es so wird, wie es war. Eine deutsche Mutter war damals noch etwas wert und ich bin bald eine deutsche Mutter. Mein Kind soll in einem Deutschland für Deutsche aufwachsen!"*

Während sie dieses sagte, entgleisten ihrem Freund, den selbst die Parolen zu überfordern schienen und der gerade noch so bedrohlich wirken wollte, alle Gesichtszüge: *„Was bist du, Janine? Schwanger? Ich habe doch aufgepasst!"*

Janine sah ihren Freund unschuldig an: *„Kevin, es ist doch für Deutschland und wir gründen eine deutsche Familie!"*

„Janine, du alte Schlampe, einen Scheißdreck. Du hast nicht einmal einen Schulabschluss und willst mir das Kind nur anhängen!"

Sie schluchzte: *„Aber Kevin, wir lieben uns doch und wir brauchen doch Kinder in Deutschland. Nur so können wir der Ausländervermehrung etwas entgegensetzen!"*

„Scheiße, ich verdiene gerade mal 1500 Euro brutto. Wie soll ich mir so Erlebnistouren wie heute leisten, wenn da noch so ein Fresser ist? Im Herbst ist doch das Blitzkrieg-Konzert!"

„Aber es ist doch für Volk und Vaterland und vielleicht ist der Geburtstermin auch der 20. April? Deutsche Frauen, deutsche Treue?"

„Ne, das sind doch bloß neun Monate! Ich scheiß auf Volk- und Vaterland. Du hast mich reingelegt, du verdammte Hure!"

Entrüstet schlüpfte Kevin, scheinbar hatte er Tränen in den Augen, durch die Absperrung und wurde von keinem Polizisten aufgehalten. Janine lief ihm hinterher und Gregor verlor beide aus den Augen. Irgendwie hatte er von der Diskussion etwas anderes erwartet. Auf einmal sprach der tätowierte, gemeingefährlich aussehende Glatzkopf, der sich noch immer an die Absperrung lehnte, neben ihm:

„Hör zu, du Idiot, ich habe keine Ahnung, welche Dienststelle dich geschickt hat, aber versau' mir den Undercover-Einsatz nicht. Es ist ganz bestimmt nicht hilfreich, wenn du mit deiner beschissenen Psycho-Kacke diese Untermenschen zum Weinen und Weglaufen bringst. Kapiert? Verpiss' dich!"

Sichtlich irritiert torkelte Gregor hinter die Absperrung zurück, denn die ganze Situation verlief nichts so, wie er es erwartete. Weder wollte er mit einem V-Mann sprechen noch interessierten in die Beziehungsprobleme von Rechtsradikalen. Wo waren diejenigen, die über menschenverachtende Parolen wie „Kriminelle Ausländer abschieben" diskutieren wollten? In der Tiefe und nicht an der Oberfläche? Wo waren die Bernds? Nichts, gar nichts! Reine Oberflächlichkeit! Keine Tiefe!

Etwas frustriert löste er sich aus dem Pulk der Rechtsradikalen, der von dem bürgerlichen Aktionsbündnis eingekreist war. Plötzlich gab es einen Schrei, denn einer der abseits abgeschotteten Linksextremisten durchbrach die von den Behörden errichtete Blockade und rannte schreiend die Straße entlang, während ihm sogleich circa 50 Polizisten auf dem Fuße folgten. Durch die gerissenen Lücken war es nun möglich, an die Extremen der linken Seite heranzukommen, was Gregor mit erheblicher Neugier auch tat.

Vor einer Gruppe junger Menschen mit bunten Haaren, dunklen Sonnenbrillen und vielen Tätowierungen blieb er verdutzt stehen, denn der optische Unterschied zu den Rechtsradikalen war bei vielen marginal. Plötzlich fuhr ihn ein Aktivist an:

„Warst du verdammter Faschist nicht gerade noch bei den Rechten, du Nazi-Sau?"

Empört verwies Gregor auf sein anti-faschistisches Engagement in der Vergangenheit und Gegenwart, doch der Linksextreme mit den pinken Haaren fuhr Asmas nur weiter an:

„Du bist eine Nazi-Kapitalisten-Sau mit Markenklamotten, einem fetten Ranzen, der mit den Bullenfaschisten und den Glatzen bestens kann. Das bist du! Eine verschissene Nazi-Sau!"

Gregor sah dem jungen Mann, er mochte gerade Anfang 20 sein, in die Augen. Vermutlich hieß er Sven. Zumindest stand der Name auf der Plakette seines Nasenrings. Nein, er nahm diesem armen Geschöpf seine Worte nicht übel, denn er fühlte, dass hinter diesem Zorn auf die Gesellschaft die eigene Ohnmacht stand, die manchmal die Wut, die es für Veränderungen benötigte, in die falschen Bahnen lenkte. Mitfühlend fragte er daher:

„Ja, gegen die Faschisten muss man etwas tun und der Kapitalismus muss immer Hiebe bekommen. Es ist vieles ungerecht in diesem Land und ich bin froh, dass es Menschen wie dich gibt, die daran etwas ändern wollen. Das ist harte Knochenarbeit, aber so ist unser Los!"

Plötzlich sprang der junge Mann auf: *„Was labberst du da, Alter? Arbeit? Willst du Fascho mich in ein KZ stecken? Das wäre euch recht, ihr Faschisten! Ich scheiß' auf Arbeit und deine Kapitalismusscheiße. Und auf das Land kacke ich auch. Deutschland verrecke!"*

Gregor fühlte, dass der mutmaßliche Sven ihn offenbar falsch verstanden hatte: *„Junge, du kennst doch sicher die antifaschistischen, antikapitalistischen und sozialistischen Grundlagen? Wir sitzen doch in einem Boot und wollen eine bessere Gesellschaft aufbauen."*

„Alter, ich scheiß auf deine Gesellschaft. Ich will Nazis aufs Maul hauen und sonst nichts. Die Bullen lassen mich nicht, darum hau' ich dir auf's Maul."

„Mein Freund, wir sind doch aufrechte Linke und wir haben doch die besseren Argumente! Wenn wir unsere politischen Gegner die Stimme mit Gewalt rauben, dann sind wir selbst nicht besser als die Faschisten, die wir bekämpfen, denn wenn man in diesen Abgrund sieht, dann blickt dieser Abgrund irgendwann auch in dich hinein, Genosse. Verstehst du?"

Der junge, missverstandene Mann richtete sich auf und wollte gerade zu einem gekonnten Leberhaken ausholen, als ein Knüppel ihn in das Land der Träume schickte. Zwei Polizisten zogen

Asmas zurück und 30 andere hielten die protestierende Meute der Linksextremisten unter Kontrolle.

„Mit den Asozialen ist nicht zu spaßen. Der größte Teil sind Krawallbrüder. Arbeitslos, arbeitsscheu, zu nichts zu gebrauchen. Die Linken von früher sitzen heute fast alle in ihren großen Häusern und in den Parlamenten. Wissen Sie doch, oder Herr Asmas?"

Irritiert sah Gregor in das Gesicht des jungen Polizisten, den er allerdings, so sehr er sich auch bemühte, nicht erkannte.

„Ach ja, wir kennen uns ja nicht. Mein Vater hat mir Ihre Akte gegeben, weil Sie ja auf dem Empfang vom Schulz waren. Die beiden kennen Sie ja. Ludwig Lampe, der Polizeipräsident ist mein Vater und ich bin Lauswin Lampe. Habe gerade erst den Polizeidienst begonnen. Also machen Sie es gut, Herr Asmas, hier gibt es noch viel zu tun", sprach der Polizist, redete mit seinen Kollegen weiter auf die Linksextremen ein und verschwand irgendwann in der Masse.

Asmas hatte für den heutigen Tag genug. Hatte sich so viel geändert?

„Was für eine Enttäuschung", dachte er. Selbst die dicke Brigitte konnte damals zumindest einige Grundlagen der sozialistischen Lehre auswendig, wenn sie diese auch nicht verstand. War das die Jugend oder nur ein verzerrendes Abbild? Sichtlich frustriert verließ Gregor den Platz und fand als Krönung des Tages sein Auto auch noch völlig verbeult vor. Ob das die Rechtsradikalen waren oder die Linksextremisten? Spielte es eine Rolle? Die Zeiten hatten sich offenbar geändert oder aber er hatte sich geändert. Wer kann das schon sagen?

Kapitel 29

In den eigenen vier Wänden, gelang es der Enttäuschung, sich für einen Moment frei zu entfalten. Was nur war mit der Welt geschehen? Was nur mit der Jugend und den Aktivisten? War früher nicht alles besser? Nicht, dass er sich intellektuelle und geschickte Rechtsradikale wünschte, aber die radikale Linke der Straße machte ihm wenig Mut. Welche Hoffnung sollte man da noch haben? Ist diese Jugend nicht unerträglich, unverantwortlich und entsetzlich anzusehen? Wohl war im bewusst, dass er indirekt einen Ausspruch des Aristoteles zitierte, allerdings war es doch noch nie so schlimm wie im Moment? Oder irrte er sich?

„Wo sind die Idealisten hin?"

Ja, es mochte sie geben, doch Asmas fühlte, dass es nicht mehr seine Mission war, sie zu suchen. Das war alles viel zu weit weg, zu weit entfernt. Doch nicht mehr an dieser Front. Einfluss auf das allgemeine Bewusstsein? Natürlich gerne! Doch nicht mehr so. Nur, wie? Gregor musste darüber nachdenken.

Derweil studierte er noch einmal die heutige Zeitung und überflog die Schlagzeilen. Eine Meldung entlockte ihm ein zynisches Lächeln. Auf den dazugehörenden Bildern erkannte er den Abgeordneten Walter Schulz, den Polizeipräsidenten Ludwig Lampe und den Oberstaatsanwalt Burkhart Huber.

„Tja, lieber auf irgendeine Wahlkampfveranstaltung, als sein Gesicht gegen den Faschismus zeigen. Die herrschende Klasse, wie sie immer war."

Dann jedoch betrachtete er den Artikel näher. Kein Wahlkampf, sondern die Übergabe von Spendengeldern an ein Waisenhaus. Durch einen Unglücksfall öffnete sich der Koffer und der Wind blies die bunten Scheine über Würzburgs Marktplatz.

„Irgendwo auch ein Zeichen gegen das System und den Kapitalismus und ein schönes Bild, wenn der selbsternannten Elite das Geld aus den Händen in die Arme des wartenden Volks geblasen wird." Leider, was Gregor jedoch nicht bedachte, weniger schön für die Waisenkinder. Vielleicht wäre Asmas aber auch selbst noch darauf gekommen, wenn seine Aufmerksamkeit nicht kurz darauf auf den nächsten

Absatz gelenkt worden wäre: Dort stand, dass der Abgeordnete Walter Schulz auf offener Bühne zusammengebrochen war. Schlimme Blutungen. Krankenhaus. Trotz seiner Vorbehalte gegen diese Art von Volksvertreter wünschte er einen solchen Vorfall keinem Menschen und dachte dabei auch an die schwer krebskranke Frau, die im Moment wohl jede Unterstützung benötigte.

Er blätterte auf die nächste Seite. Immer noch der Lokalteil. Leserbrief. Einer stach hervor, denn er stammte von Jörg Leiter, seinem alten Freund aus Florida. Ein Anti-Windrad-Brief. Akustische und optische Beeinträchtigung. Sinkende Lebensqualität.

„Ein einziges Gejammer! Wie reaktionär und kleinkariert kann man sein? Weiter auf Atomkraft setzen? Der radioaktive Müll? Alternativ Kohlekraftwerke? Und das CO2? Der Klimawandel? Will er, dass seine eigenen Kinder irgendwann von der Sonne verbrannt werden? Was für ein widerlicher Mensch! Ein homophober Egoist, der nur an sich denkt und nicht an das Gemeinwohl!"

Die zärtlichen Gedanken an Oswaldo Sanchez verdrängte der Lockenkopf sofort. Erneuerbare Energien! Genau! Die Windkraft aus fadenscheinigen Gründen abzulehnen war für Asmas grotesk und er konnte nur den Kopf so intensiv schütteln, dass ihm ganz übel wurde.

Sein Blick sprang weiter nach unten auf die lokalen Notizen und er nahm zur Kenntnis, dass zeitnah das örtliche Feuerwehrfest, natürlich mit der musikalischen Untermalung durch die Dorfblecher, stattfinden sollte. Merkwürdigerweise hatte er die Plakate im Dorf gar nicht wahrgenommen, aber spielte es eine Rolle, woher die Informationen stammten? Auch wenn es nun so erscheinen mochte, bestand das Leben im Frankenlande natürlich nicht aus einer stetigen Aneinanderreihung von Weinfesten, Messen und sonstigen Veranstaltungen. Dieses galt in der Regel nur für den Sommer. Das Fest besuchen? Einerseits wäre es vermutlich ein erfrischendes Erlebnis. Andererseits aber war sein neuer bester Freund Benno wieder auf Montage und ob er diejenigen, denen er Sympathie entgegenbrachte auch antraf? Er wollte es sich überlegen, denn noch war ja Zeit.

Trotzdem entschloss er sich zu einem kleinen Spaziergang, um zu erkunden, wo genau das Festzelt gerade aufgebaut wurde, schließlich war dieses für das spätere taktische Verhalten wichtig. Nachdem er jenes zu seiner Befriedigung getan hatte, lief er seelenruhig auf der Straße zurück.

Kein Mensch zu sehen, was aber für so ein Dörfchen auch nicht selten war, denn man hatte ja nur wenige Einwohner. Als er am Haus von Frau Koranus vorbeikam, hatte er den Eindruck, dass der Vorhang zugezogen wurde, aber sicher irrte er sich. Er ging an der Kirche vorbei. Dort erweckte etwas sein Interesse, was er bisher gar nicht bemerkt hatte: Ein Kriegerdenkmal, das für verschiedene Kriege die Namen der Gefallenen auflistete. Asmas war, wen sollte es überraschen, grundsätzlich gegen den Krieg und betrachtete sowohl den Kampf gegen Frankreich 1870/71 als auch den Ersten Weltkrieg und den Zweiten Weltkrieg als aggressiven Akt. Dieser Logik folgend waren die genannten Männer auch keine Helden, sondern Mörder. Im Grunde genommen müssten, aus Gregors Sicht, die Namen daher entfernt und vergessen werden oder zumindest ein sehr großer Hinweis auf das Leid und den Tod, den diese Menschen verursacht hatten, erfolgen. Andererseits waren es auch arme Teufel gewesen, die von den jeweiligen Imperialisten und Kapitalisten in das Elend getrieben wurden. Ja, vielleicht war gar keiner persönlich schuldig und außerdem käme eine Forderung nach Abänderung im Dorf vermutlich überhaupt nicht gut an und wäre für manchen ein gefundenes Fressen. Während er intensiv versuchte, einen Kompromiss zwischen seiner eigentlichen Einstellung und der Dorfrealität zu finden, las er die einzelnen Namen und auf einmal schlug das Pendel in eine einzige Richtung aus:

„*Gefallen 1870/71: Heinich Hartzorn; Feldwebel, Gefallen 1915: Josef Hartzorn; Obergefreiter, Gefallen 1944: Herrmann Hartzorn; Leutnant*"

Sofort erfasste Gregor, dass offenbar alle Mitglieder der Familie Hartzorn Militaristen waren und vermutlich auch in jedem Krieg die entscheidenden Elemente, um die unschuldigen Jungen des Dorfes für das Morden zu begeistern. Ja, er konnte es vor seinem geistigen Auge sehen: Hetzer! Kriegsprofiteure!

Während viele gefallen waren, saß der Schlimmste nur ein paar hundert Meter entfernt in seinem Schaukelstuhl. Gregor tobte innerlich vor Wut und spürte einmal mehr, dass es an der Zeit war, jenen Kräften den Kampf anzusagen, die immer und immer wieder negativ auf das Dorfleben gewirkt hatten.

Noch immer innerlich aufgewühlt, erreichte er sein Haus und kam noch gerade rechtzeitig, um den Hörer des klingelnden Telefons abzuheben. Kurz darauf wünschte er sich, dass er dieses nicht getan hätte, denn am anderen Ende sprach seine Mutter und sichtlich genervt musste Asmas sich nun anhören, dass der Vater zwei Stunden beim Ausschank des Kleintierzuchtverein-Jahres-Treffen mitgeholfen und dass Zwerghase Birno Schnupfen hatte. Besonders nervte es ihn auch, dass seine Mutter ihm immer alle ihre Termine aus dem Kalender vorlas, die hauptsächlich aus Arztbesuchen bestanden. Das wurde mehr und mehr zum nervigen Ritual. Ob sie ihm zeigen wollte, dass sie auch ohne ihn gut zurechtkam? Dabei wusste Gregor nur zu genau, dass seine Eltern praktisch nie länger als zwei Stunden das Haus verließen und ihr Leben im Wohnzimmer und Garten verbrachten. Vor dem Elternhaus wäre übrigens ein neues Schlagloch entstanden. Der Dramatik-Faktor hielt sich jedoch noch in Grenzen. Voller Entsetzen musste er dagegen zur Kenntnis nehmen, dass sein Schwager Versicherungs-Harry während seines Festes so gute Geschäfte gemacht hatte, dass er nun plante, in Gregors Haus ein Zweit-Versicherungsbüro zu eröffnen. Obwohl diese Nachricht an sich grauenhaft war, war es doch eine nützliche Information und der Blonde aus dem Norden hoffte inständig, dass dieser Kelch an ihm vorübergehen möge. Weitaus unangenehmer war dagegen, dass seine Mutter sich erneut als Liebesengel versuchte und sie seine ehemalige Freundin Leopoldine Rauscher, die nach dem Studium in die nahe Provinzgroßstadt Würzburg gezogen war und inzwischen für die örtliche Staatsanwaltschaft arbeitete, davon überzeugt hatte, sich mit ihm zu verabreden. Er wurde nicht gefragt und ihn interessierte es nicht wirklich, wie seine Mutter die Adresse herausbekommen hatte. Letztendlich würde Asmas daher in baldiger Zukunft ein Date haben; und jetzt wusste er auch etwas davon. Mit dem Verweis auf aggressive Regenwürmer im Garten schaffte es Gregor schließlich, das Gespräch zu beenden. Obwohl es noch nicht so spät war, legte er sich mit starken Kopfschmerzen ins Bett. Heute keine Reflexion mehr!

Kapitel 30

Die Kopfschmerzen waren am folgenden Tag verflogen. Der Blonde aus dem Norden studierte die Zeitung und nahm entsetzt zur Kenntnis, dass die zahlreichen Kriege, nach Gregors Meinung durch die Imperialisten und Kapitalisten angezettelt, zu großen Flüchtlingsbewegungen geführt hatten und Tausende Schutzsuchende in Europa und Deutschland erwartet wurden. Eine gigantische Welle der Massenimmigration stünde in den nächsten Jahren bevor. Das war nichts Neues und aufrechte Menschen wie er, hatte immer vor den Folgen des Raubtier-Kapitalismus oder des Klimawandels gewarnt. Brisanz erlangte der Artikel aber dadurch, dass diese fliehenden Menschen plötzlich keine Abstraktion mehr waren, sondern seit vergangenem Wochenende, an dem er sich primitiv seiner Vergnügungssucht hingab, am Hauptbahnhof der Landeshauptstadt München in großer Zahl ankamen und Schutz suchten. Asmas fühlte ein Unwohlsein und schämte sich, weil er sich zu wenig mit den Fragen von Fluch und Asyl beschäftigt hatte, wenngleich er auch für entsprechende Hilfsorganisationen große Summen spendete,

Grundsätzlich war Gregor in der Frage der offenen Grenzen gespalten. Einerseits befürwortete er sie und vertrat die Meinung, dass kein Mensch je illegal sein konnte. Wie war es möglich, dass alleine der Ort der Geburt über die Chancen im Leben entscheiden konnte? Mit Gerechtigkeit hatte das zweifellos wenig zu tun. Abschieben? Abschieben war für ihn ein Unwort. Etwas, das man niemals tun sollte; außer vielleicht bei nachgewiesenen Kriminellen. Bei Letzteren war er sich noch unschlüssig. Auf der anderen Seite war Asmas allerdings auch ein Zahlenmensch, der nur zu genau wusste, dass die Aufnahmekapazitäten begrenzt und irgendwann die einheimische Wirtschaft überfordern würden. So sehr er es wollte, konnte er nicht ausblenden, wie viele Menschen beispielsweise in Afrika lebten. Auf der anderen Seite waren dann da wieder der Kapitalismus, die Ausbeutung und der Klimawandel, der durch die westliche Welt forciert wurde. Schwieriges Thema.

Es war das übliche Dilemma, das ihm schon so oft im Leben begegnet war: Auf der einen Seite die Reinheit und Unschuld des Ideals. Auf der anderen die schmutzige und fast widerwärtige Realität. Selbstverständlich fand er aber auch hier einen Kompromiss: Er spendete noch mehr Geld für Flüchtlingseinrichtungen und soziale Berichte.

Normalerweise wäre es auch dabeigeblieben, allerdings machte ihn die Erfahrungen rund um die Nazi-Demo immer noch zu schaffen. War sein Engagement ausreichend? Ist nicht mehr möglich? Wieso waren die Linken heute so anders? Was nur war aus ihm geworden? Alles falsch? Asmas fühlte, dass er irgendeine Orientierung brauchte. Schnell und unkompliziert. Doch, wie?

Mehrfach kam in Gregor die Idee auf, in die Landeshauptstadt zu fahren und dort die Geflüchteten, die stetig am Bahnhof ankamen, zu begrüßen. Er verwarf diesen Gedanken jedoch alsbald, weil er allzu menschliche Szenen nicht mochte, sie sogar beinahe fürchtete und mit Emotionen nicht recht umzugehen wusste. Die Distanz durchbrechen. Das wollte er schlicht nicht. Schon früher waren die meisten Aktivisten und Mitstreiter für ihn gesichtslose Masse. Wem er näher kam, wollte er selbst bestimmen und sich nicht aufzwingen lassen. Zudem war keinem Flüchtling geholfen, wenn er das Begrüßungskomitee spielte.

Um sein Gewissen trotzdem zu beruhigen, beschloss er, nach zähem innerlichem Ringen, eine Flüchtlingsunterkunft aufzusuchen, die nicht weit von seinem neuen Heimatdorf eingerichtet wurde.

„Immerhin lebten dort fast 100 Menschen, die ihrem Alltag nachgingen und auf Verbrüderungsszenen bestimmt verzichteten. Vielleicht brauchen die etwas? Eine neue Küche? Kleidung? Könnte ich alles besorgen."

Gesagt und schon saß er in seinem Auto, fuhr an der Zentrale der christlichen Sekte vorbei, von der er das Essen für sein Fest bezogen hatte und erreichte nach einer knappen Stunde das Flüchtlingsheim.

Asmas parkte etwas abseits, um keinen Neid durch sein teures, inzwischen auch wieder von den Beulen befreites, Auto zu erregen und lief einige Meter bis zur Unterkunft, die in einem ehemaligen Kasernengebäude eingerichtet war. Dort angekommen kamen ihm alsbald Kinder entgegen, die ihn, trotz der schwierigen Lage, mit freudigen Augen begrüßten und ihn zum Spielen animieren wollte. Völlig unvorbereitet wusste der Blonde aus dem Norden gar nicht, wie er reagieren sollte und war sichtlich erleichtert, als ihn ein mutmaßlicher Araber von den Bälgern wegholte.

Erstaunlicherweise sprach der Flüchtling hervorragendes Deutsch und eine interessante Konversation begann, aus der hervorging, dass der gute Mann innerhalb weniger Monate die deutsche Sprache erlernen konnte und nun, nach seiner Anerkennung, als Doktor in einer Klinik anfangen würde. Da das Gespräch nicht menschelte und auf der Sachebene blieb, konnte er die Unterhaltung genießen.

„Solche Leute brauchen wir", dachte Asmas, als das Gespräch beendet war und sah sich weiter im Lager um. Wo nur ging es zur Einrichtungsleitung?

Nur wenige Meter weiter lächelte ihn eine junge Frau mit Kopftuch an und deutete ihm, sich zu setzten und gemeinsam mit ihrer Familie ein Mahl einzunehmen. Gregor geriet leicht in Panik, da er überhaupt nicht wusste, wie er sich nun verhalten sollte und fürchtete, dass er sich nicht schnell genug an die Sitten der Gastgeber anpassen könnte.

Zu seinem Glück kam alsbald ein Mann herbei, tadelte die Frau auf Arabisch und wandte sich an Asmas:

„Bitte entschuldigen Sie meine Frau. Sie ist so dankbar, dass uns ihr Land aufgenommen hat, dass sie sich nicht angemessen verhält."

Überrascht vom akzentfreien Deutsch des offensichtlichen Asylanten, brachte er nur einen abhakten Satz heraus:

„Das ist nicht schlimm. Gar nicht schlimm."

„Doch, das ist schlimm. Meine Frau hat vergessen, wie sie sich zu verhalten hat und ich werde sie später belehren. Ich wünsche Ihnen noch einen schönen Tag", ergänzte der Schutzsuchende und ließ Gregor zurück.

Dieser war erneut überrascht. Offensichtlich schien es gar nicht schwierig zu werden, die neuen Bürger zu integrieren. Er schämte sich sehr, dass er hier eine innerliche Skepsis hatte und suchte, nun gutgelaunt, weiter nach dem Büro der Einrichtung.

Nur wenige Meter weiter sprach ihn erneute ein Mann an.

„Ich Ahmet. Ich bomben aus in Heimat. Ich verlieren alle Ehefrauen und Kinder. Fast ich verlieren Bein, aber weil ich nicht verlieren, ich noch haben. Ich dringend brauche Geld zu schicken nach Hause. Frauen und Kinder noch in Krieg. Lebensgefahr. Brauchen Geld! Schnell! Geben! Du haben Herz? Oder du schlechter Mensch wo lassen sterben Familie, wo ich zurückgelassen?"

Binnen Sekunden erreichte die rührende Geschichte Asmas Herz und er wollte schon den Geldbeutel zücken, schließlich waren die Leistungen für Geflüchtete lächerlich niedrig, da sah er sich den Mann genauer an. Er war älter geworden und doch erkannte er ihn. Asmas war sich sicher, dass der Mensch vor ihm weder aus Arabien stammte noch Ahmet hieß. Es handelte sich vielmehr um den dünnen Tico, jene Gestalt, welche ihm damals die dicke Brigitte ausgespannt hatte und sie anschließend sitzenließ. Ja, das war zweifelsfrei Tico. Offensichtlich gab er sich nun als Asylbewerber aus und erschlich sich so Transferleistungen. Der Sozialschmarotzer und für diese Worte schämte er sich dieses Mal nicht, schien Asmas allerdings nicht mehr wiederzuerkennen. Gregor wusste nicht so recht, was er nun tun sollte. Tico trotzdem das Geld geben? Ihn tadeln? Trotz des Betruges gehörte doch immer noch eine Minderheit an, die im 3. Reich verfolgt wurde. Die Entscheidung wurde ihm aber schnell abgenommen, denn eine ihm seit kurzem bekannte Stimme erklang.

„Hey, du rechte Nazi-Sau! Willst du einen armen Flüchtling alle machen? Ich hau' dir auf die Fresse. Gut, dass wir hier Kontrolle laufen und die Flüchtlinge mit unserer Flüchtlingswehr beschützen!"

Asmas sah sich um und erkannte geistesgegenwärtig Sven, jenen nasenbehängten Linksradikalen, mit dem er bereits auf der Nazi-Demo aneinandergeraten war. Der Extremist holte zum Schlag aus, führte ihn auch durch, traf aber, aufgrund eines gewitzten Ausweichens seitens Gregors, nur den armen Tico. Das aber sehr heftig und so, dass er zu Boten ging. Das blieb natürlich nicht unbemerkt, denn offenbar war der kleine Mann unter seinen arabischen Flüchtlingskollegen sehr beliebt und diese stürzten sich umgehend auf den armen Sven. Während Tico seine ausgeschlagenen Zähne zählte. Es waren um die vier, davon 3 aus Gold, rissen die erregten Männer, dem armen Sven den Nasenring heraus und die Plakette mit seinem Namen landete neben den Goldzähnen. Geistesgegenwärtig steckte der gute Tico auch die Plakette ein und machte sich von

Dannen. Gregor allerdings nutzte den Tumult, um zu entkommen und verzichtete auf ein weiteres Suchen des Büros. Er hatte genug.

Zurück zu Hause rekapitulierte er das Erlebte. Nein, den direkten Umgang mit Menschen mochte er einfach nicht. Dafür waren diese Wesen zu unberechenbar. Damit begrub er auch endgültig alle Gedankenspiele, in seinem Garten Unterkünfte für Flüchtlinge aufstellen zu lassen. Er schämte sich zwar dafür, nicht solidarisch genug zu sein, hoffte dieses aber mit seinen Spenden wettmachen zu können.

Vielleicht ließ sich später, nach der großen Unterziehung, eine Unterkunft im Dorf zu erreichten? Man würde es sehen.

Grundsätzlich sah er das Thema Flüchtlinge noch immer kontrovers, war aber beruhigt, dass sein Besuch in der Einrichtung bewies, dass viele der neuen Mitbürger tolle Ansätze zeigten, zu wertvollen Mitgliedern der Gesellschaft zu werden.

„Auf die Sozialisierung kommt es an. Nicht auf den Geburtsort", wiederholte er. *„Etwaige kulturelle Gegensätze werden wir spätestens in der zweiten oder dritten Generation unter Kontrolle bekommen"*, und er schwor alles dafür zu tun, um möglichst vielen dieser Menschen einen guten Start in Deutschland zu ermöglichen. Mit „alles" meinte er, wie mehrfach betont, natürlich erneut die monetäre Lösung. Keine Hilfe vor Ort.

Selbstverständlich gab es aber noch eine Kleinigkeit, für die er sich schämte. Innerlich fand er es hochbefriedigend, dass der Sozialbetrüger Tico gezüchtigt wurde und auch Sven einige blaue Flecken, ein Nasenloch und gebrochene Knochen davontragen würde. Und dass, obwohl er Gewalt strikt ablehnte. In diesem Fall glichen sich Scham und innere Genugtuung allerdings in etwa aus und Gregor Asmas schlief zufrieden ein.

Kapitel 31

Der nächste Tag verlief erst einmal ereignislos. Nach dem täglichen Studium der Zeitung, der er noch einmal eine Detailbeschreibung der Vorgänge rund um den Abgeordneten Walter Schulz auf dem Marktplatz entnahm, erfuhr Asmas, dass diejenigen Bürger, die das davonfliegende Geld einsammeln wollten, inzwischen alle in Untersuchungshaft saßen. *„Diese gottverdammten Faschisten!"*, dachte Gregor nur und stopfte sich ein Brötchen in den Mund, das er eben noch aufgebacken hatte. Die Strecke zum Bäcker Goldmann? Heute nicht sein Ding!

Im Laufe des Tages erhielt Asmas erneut Besuch von einem Vertreter der Firma, welche auf dem Gebiet der Gemeinde gerne mehrere Windräder errichten wollte. Der gute Mann mit dem interessanten Namen Reinhold Reiner begriff den Besuch offensichtlich als Schulungsveranstaltung, denn er indoktrinierte Asmas mit allen bekannten Vorteilen der Windenergie und entkräftete alle Gegenargumente oder versuchte es zumindest. Dabei war es nicht nötig, den Blonden aus dem Norden dafür zu sensibilisieren, denn Gregor war, schon allein mit Blick auf die Atomkraftwerke und den Klimawandel, immer ein großer Anhänger alternativer Energieformen gewesen. Er musste nicht überzeugt werden. Am Ende berichtete Reiner ihm von der morgigen öffentlichen Veranstaltung und der bald anstehenden Gemeinderatssitzung, in welcher der Themenkomplex Windräder diskutiert werden sollte und erbat von Gregor Unterstützung, da viele Einwohner des Dorfes die Notwendigkeit neuer Wege offenbar nicht verstanden. Asmas, der sich von Bezeichnungen wie *„ökologischer Ritter"*, *„nachhaltiger Retter vor der Atomkraft"*, *„Visionär"* oder *„Wind-Apostel der Franken"* geschmeichelt fühlte, versprach diese natürlich umgehend, denn schließlich war er in der Hinsicht ein Überzeugungstäter. Zudem war dieses Thema tauglich, den weniger erfreulichen Gedanken an die Flüchtlinge, zumindest für den Moment, aus seinem Kopf zu verdrängen.

Mit gutem Gefühl verabschiedete er Reiner und bereitete sich ein köstliches Mahl aus einem Vorderschinken, Schweinesülze, Kartoffelschnitze und zwei Blättern Salat zu. Da er ein gemütlicher Esser war, gelang es ihm, und dieses ist eine Kunst, die nur die Wenigsten beherrschen, das Ganze über mehrere Stunden zu gestalten und schließlich war es nunmehr auch schon Abend.

Aus der Ferne ertönten schon die zarten Klänge der virtuosen „*Dorfblecher*", die das abendliche Programm des Feuerwehrfestes einleiteten.

Gregor zögerte noch. Besuchen? Oder nicht? Er befürchtete, wie ein Paria zu wirken, gerade weil sein neuer Freund Benno ihn nicht begleiten konnte. Er wog erneut ab, denn auf der einen Seite waren dort sicher durchaus angenehme Menschen wie zum Beispiel der sympathische Pfarrer Meiselbach, sein künftiger Arbeitskollege Müller, Frau Koranus oder der gute Bürgermeister von den Linden zu finden, allerdings, und mit viel Unglück, saß direkt am Eingang dieser Hartzorn oder gar die Leiters. Bei diesem Gedanken sammelten sich Schweißtropfen auf seiner Stirn, denn wäre es nicht eine unmögliche Situation, wenn die widerwärtigen Exemplare ihn zuerst sehen würden? Warteten sie vielleicht sogar darauf? Das Kopfkino drehte sich immer schneller und die vorgestellten Situationen wurden stetig demütigender. Aber, durfte Gregor es zulassen, dass sie gewannen? Ihnen das Feld überlassen? Er dachte nach und wiederholte das Ganze. Das Problem war schlichtweg der Mangel an Kontrolle, den er empfand, denn während es bei seinem eigenen Fest durchaus Rückzugsmöglichkeiten und Steuermechanismen gab, verhielt es sich hier gerade nicht so. Alles war anarchisch, viel Zufall. So zumindest empfand es Asmas. Doch war er nicht der Mann, der furchtlos auf der Straße für seine Rechte demonstriert hatte? Waren nicht viele Aktionen gefährlich? Wie war das noch in Miami oder jüngst auf der Aktion der Rechtsradikalen? Sogar im Flüchtlingsheim hatte er sich die Situation vor Ort angesehen! Musste er sich daher vor ein paar Dorfklatschmäulern fürchten?

Mehr und mehr fand Gregor einen Kompromiss: Er würde sich dem Festzelt vorsichtig nähern, die Gegebenheiten hatte er ja bereits ausgekundschaftet, die Lage erspähen und bei Feindsicht den Einsatz abbrechen oder alternativ warten, bis ein vertrauenswürdiger Mensch das Zelt betrat oder die Toilette aufsuchte, um sich so, an den feindlichen Stellungen vorbei, einführen zu lassen. Ja, so sollte es sein!

Kapitel 32

Wenige Minuten später näherte Gregor sich, eingehüllt in das Dunkel des Abends, dem Festzelt. Von Weitem hörte er bereits die Musik. Es waren, wie angekündigt, die „Dorfblechern"; die örtliche Musikgruppe unter Leitung von Hans Dimpfel, deren Stil sich zwischen Blasmusik und Schlager bewegte. Langsam pirschte sich Asmas in der fremden Umgebung voran. Vorsichtig. Nicht zu schnell! Dort! Der Eingang zum Festzelt! Schnell hinter das Gestrüpp neben dem Baum und erst einmal beobachten! Ausspähen, was vor sich ging! Der Blick durch den Eingang gerichtet! Gut, dass das schwarze Mäntelchen, das er 1989 für die Beerdigung eines entfernten Verwandten gekauft hatte, noch im Kleiderschrank hing. Zwar vollkommen ungeeignet für die sommerlichen Temperaturen und den gewachsenen Bauchumfang, aber ein gutes Hilfsmittel, wenn man im Schatten bleiben wollte. Einen Schritt nach links, damit er etwas mehr sehen konnte. Das Eichhörnchen, dem er auf den Schwanz trat, schrie kurz auf, aber er ignorierte es. Nicht ablenken lassen! Das Zelt war nur mäßig gefüllt. Die vorderen Bänke besetzten Menschen in Trainingsanzügen. Die örtlichen Fußballer? Weiter hinten saßen offenbar die Frauen und Männer vom Ortsverschönerungsverein. Das stand zumindest auf einem Schild. Direkt ihnen gegenüber fanden sich die Schützen. „Waffenfanatiker", dachte er. Mit denen wollte er nichts zu tun haben und dann erst diese Uniformen! „Widerliche Vorstufe des Faschismus", murmelte er in sich hinein. Warum nur besaß er kein Fernglas? Dann hätte er sehen können, wer genau anwesend war und wer nicht. Dort! Saßen da nicht die Feuerwehrleute? Der widerliche Jörg Leiter? Mettwald, der Schwarzarbeiter? Schwierig zu erkennen!

Vorne, in der Nähe der Bühne! Das musste Bürgermeister von den Linden, die gute Frau Koranus, die schöne Hiltrud Klüpfel, die er außerordentlich attraktiv fand, und der Bäcker Hinrich Goldmann sein, oder? Und daneben! Adolf Hartzorn, der offenbar lachend seine faschistischen Parolen zum Besten gab. Den Pfarrer oder Herrn Klüpfel sah er jedoch nicht.

Gregor überlegte fieberhaft, ob er das Festzelt betreten sollte, aber wohin konnte er gehen? Viele Menschen kannte er nicht und am Tisch des sympathischen Bürgermeisters saß leider auch Opa Hartzorn.

Was, wenn er am Ende ganz allein dastand? Warum war nur Benno nicht da, dann wäre es genauso einfach, wie jüngst auf der Laurenzi-Messe. Aber auch da ging es ihm im Vorfeld nicht gut. Außerdem spielte sich das in der Stadt ab. Hier kannte jeder jeden und er dann allein? Wäre das nicht demütigend? Würden seine Feinde ihn nicht verlachen und verhöhnen? Wollte er so ein Schauspiel bieten?

„Nein, ganz bestimmt nicht", murmelte Asmas in sich hinein und trippelte nervös hin und her. Auf einmal spürte er einen stechenden Schmerz, denn das Eichhörnchen hatte sich mit seinen kleinen Zähnen an seinem Knöchel gerächt. Der Lockenkopf sprang erschrocken aus dem Gebüsch und landete direkt vor dem Eingang des Festzeltes. Ein beachtlicher Satz für den unsportlichen Gregor Michael Asmas. Da stand er nun im Lichte und wusste nicht, was er tun sollte. Weglaufen? Hineingehen? Schweißtropfen! Kontrollverlust! Was würde geschehen, wenn er schlicht eintrat? Ja, was? Tausend Blitze im Kopf. Gelähmter Lockenkopf!

Während Asmas weiter fieberhaft nachdachte, schwankte ein junger Mann in Feuerwehruniform an ihm vorbei, der mit einem *„I muss bruns, bruns muss I!"*, seine nächste Tätigkeit ankündigte und sich langsam Richtung der aufgestellten Toiletten bewegte, die sich außerhalb des Zeltes befanden. Nach wenigen Minuten kam dieser zurück und Gregor stand noch immer da und wusste nicht, was er tun sollte. Rein? Sich anstarren lassen? Diese Musik! Sie verhinderte jeden klaren Gedanken! Warum nur erschien die freundliche Frau Koranus nicht und bat ihn herein? Vorbei an allen Feinden, schützender Mantel! Mussten Frauen nicht immer wieder auf die Toilette? Dort! Ein bekanntes Gesicht! Es bewegte sich auf den Blonden aus dem Norden zu! Thorsten Müller, der Sohn seines künftigen Arbeitskollegen! Doch was geschah? Ohne ein Wort zu sagen, ging er an ihm vorbei in Richtung Pfarrhaus und war merkwürdig schnell in der Dunkelheit der Nacht verschwunden. Wo blieb nur Bio-Bauer Derberle, der sonst immer aus dem Nichts erschien?

Entmutigt sprang Asmas zurück in das Gebüsch und versteckte sich wieder. Er schämte sich fürchterlich ob seiner unwürdigen Reaktion. Er, der große Held der Demonstrationen. Was sollte er tun? Während er die Bequemlichkeiten der fränkischen Sträucher genoss, kamen und gingen die Gäste. Die Frau des Bürgermeisters war dabei, deren Tochter, die Leiters und auch der junge Mann mit dem Dialekt. Viele, nur leider niemand, den er in ein Gespräch verwickeln konnte, um so Einlass zu erhalten. Auf einmal hörte er aus der Ferne Musik, die vom Pfarrhaus herrührte. Religiöses Pathos! Durch alle Fenster scheinende Helligkeit! Festbeleuchtung! Was genau tat der Pfarrer nur? Letzteres interessierte Gregor nicht wirklich, dafür umso mehr, dass das Licht, das aus dem Gebäude drang, sein Tarngebüsch und den danebenstehenden Baum anleuchtete. Die Stellung war nicht mehr zu halten! In diesem Moment gab Gregor auf und er machte sich, nach dem er sich versichert hatte, dass ihn niemand mehr sah, auf den Weg nach Hause. Zuviel. Einfach zu viel für seine Nerven. Der Sturm auf das Festzelt war abgesagt. Nur das Eichhörnchen, das den Abzug des Besatzers freudig zur Kenntnis nahm, jubilierte.

Sichtlich froh, sich zu entfernen, bog Gregor flott laufend in seine Straße ein. Da hörte er plötzlich merkwürdige Geräusche von einer nahen Wiese. Neugierig wollte er wissen, welches Tier Derartiges von sich gab. Man lernte bekanntlich niemals aus. Wenige Sekunden war er froh, dass ihn die tätigen Wesen nicht bemerkt hatten, denn offensichtlich war der junge Mann mit dem Dialekt, der das Zelt verlassen hatte, gerade mit der Frau und der Tochter des Bürgermeisters, er kannte sie von einem Bild in der Zeitung, zugleich beschäftigt. Das hatte Gregor nicht erwartet, aber es erschütterte ihn, der in seiner Szenenvergangenheit viele Formen der freien Liebe erlebt hatte, in keiner Weise. Verwundert nahm er allerdings zur Kenntnis, dass die Dorfgemeinschaft viel mehr Ähnlichkeit mit einer Kommune aufwies, als er erwartet hätte. *„Jetzt aber nach Hause. Für heute langt es!"*

Kapitel 33

Die Morgensonne küsste das Blau des Himmels, oder wie auch immer die Menschen das zu sagen pflegen. Egal! Noch im Bett liegend reflektierte Gregor den gestrigen Abend. Erst dramatisch, in dem er sich fragte, welche verdrängten Kindheitserlebnisse dazu geführt hatten, dass er sich nicht in das Zelt wagte. Dann aber, nachdem er sich erst überlegt hatte, eine Therapie zu machen, um unter Hypnose dem Trauma auf die Spur zu kommen, drängte sich der Realismus zurück in die eigenen Gedanken.

War es nicht so, dass sich in dem Zelt alle kannten, er aber kaum jemanden? Hemmungen? Doch völlig normal! Menschlich! Was war denn geschehen? Asmas hat die Situation beobachtet und es gab eben keine sinnvolle Möglichkeit der Kontaktaufnahme. Ja, wenn Benno dabei gewesen wäre! War er aber nicht! Besondere Feigheit? Nein! Einfach nur eine unglückliche Situation! Kein Drama, kein Trauma! Gendergerechte Toiletten? Natürlich nicht! Und dann diese Uniformen. Und die Musik. Takte wie auf einer Versammlung der Faschisten. Begann Hitler nicht auch im Bierzelt? Die Texte der Lieder? Merkten die Leute nicht, dass es nicht mehr politische korrekt war, „*Und der Südseeneger sprach*"zu singen, weil man damit Menschen diskriminierte? Warum wurde so ein Relikt aus der Vergangenheit gesungen? Und Gregor war wahrlich kein großer Freund der politisch-korrekten Sprache, die er zwar in der Theorie notwendig, in der Praxis aber auf lächerliche Weise, im Besonderen, was die Geschlechter betraf, umgesetzt, fand! Was aber zu viel war, war zu viel! Wo waren die farbigen Menschen? Die Moslems? Wo Multi-Kulti? Die Messe in der Stadt konnte hier noch punkten, die Veranstaltung hier definitiv nicht!

Das Feuerwehrfest – eine rassistische Veranstaltung einer homogenen, weißen Gruppe? Nein, seine Nichtteilnahme war keine Feigheit gewesen oder soziale Phobie, sondern aktiver Widerstand! Ja, so musste es gewesen sein!

„Die Leute hier haben noch so viel zu lernen und ich werde ihnen helfen", dachte er bei sich und

Kurze Zeit später stand er unter der Dusche und während das Wasser, aufgrund eines ökologischen Sparaufsatzes langsam, genauer gesagt sehr tröpfelnd, über seinen Körper lief, reflektierte er noch einmal die jüngsten Ereignisse. Immer wieder und wieder. Eine nervige Dauergrübelei, die dieser Kreatur so eigen ist, wie das Atmen! Um es auf den Punkt zu bringen und die ewige Wiederholung zu vermeiden: Am Ende bemerkte er, dass er viele Erlebnisse auf einmal in einer derartigen Intensität wahrnahm, die er Jahre lang vorher nie verspürt hatte. Das führte selbstverständlich zu einem erneuten Rückblick. Was genau hatte er eigentlich die letzten Jahrzehnte getan? Warum gab es so wenige Leuchttürme, deren Lichter die Nebel der Erinnerung durchbrachen? Gregor dachte an seine Zeit als Aktivist zurück. Hätte er den linken Traum auf der Straße weiterleben sollen? Nein, welche Zukunft hätte er gehabt? Und überhaupt, was genau daran war originär? Schwamm er nicht nur mit, plagiierte bis zur Unkenntlichkeit das Verhalten anderer und wandte sich, als er die Lächerlichkeit darin, im Besonderen in der Person von Vegan-Axel und seiner Dicken, erkannte, davon ab? Sein Ziel war es stets gewesen, dem Guten und Gerechten zum Siege zu verhelfen und dafür taugten nachgeäffte Formen irgendwann nicht mehr, weil Asmas ihnen entwachsen war. Es war merkwürdig, wie klar Gregor das nun, unter der Dusche stehend, wurde. Zusammenhang, Kausalität! Er hatte die Szene aus einem Gefühl heraus verlassen und wie es so oft im Leben ist, folgt der Verstand dem Gefühl offenbar erst später. Anschließend wollte er solide sein und das Engagement kanalisierte sich auf andere Art und Weise: Spenden, Wahlen, Unterschriftslisten. Das waren keine einzelnen Glanzpunkte, an die man sich im Detail erinnert, aber ein kontinuierlicher und stützender Prozess. War beides nicht wertvoll und diente der Sache? Alles zu seiner Zeit? Inzwischen hatte sich die Situation jedoch erneut geändert. Ob es Schicksal war? Das Leben begann in gewissem Sinne noch einmal neu. Warum keine Symbiose der beiden Abschnitte finden? Auf der einen Seite langfristigen Einfluss auf das Verhalten der Menschen zu üben und andererseits kurzfristig aufzurütteln? War es nicht sogar seine Pflicht, etwas zu tun? Seine ureigene Verantwortung. Ja, um eine Wirkung zu entfalten, musste er Teil des Ganzen sein, denn ansonsten beschränkte sich die Sache auf kleine Glanzlichter, wie beispielsweise sein eigenes Gartenfest. War das nicht der Weg, den er einschlagen wollte?

Gregor bereitete sich im Bad auf den Tag vor und holte anschließend Post und Zeitung herein. Erstere enthielt unter anderem ein Schreiben seines Arbeitgebers, der ihm das genaue Datum und die Urzeit für den ersten Tag mitteilte. Doch bis dahin war noch ein wenig hin. Interessanter

erschien ihm der Lokalteil der Zeitung, der erneut zahlreiche Anti-Windkraft-Anlagen-Briefe ab-
druckte. Asmas überflog sie nur, denn waren es nicht letztendlich nur die ewig gleichen reaktionären Argumente?

„Warum lässt die Redaktion der Reaktion einen solchen Raum?", ärgerte er sich, bevor ihm ein anderer
Gedanke in das Bewusstsein drang: Am heutigen Abend stand das durch seine Mutter engagierte
Treffen mit seiner ehemaligen Freundin Leopoldine Rauscher auf dem Programm.

„Auch das noch!", stöhnte der Lockenkopf wenig lustvoll. Was ihn wohl erwartete? Leo dürfte
immer noch Leo sein. Auf der anderen Seite; vielleicht hatten sich beide inzwischen so verändert,
dass es nun längerfristig passte?

Ein wenig Hoffnung kam auf und als er sich gerade die Beine rasierte, vielleicht auch ein wenig
mehr, stieg der Optimismus auf einen hohen Baum. Merkwürdige Redensart, aber durchaus eines
treffende. Ja, unter Umständen mussten vielleicht erst ein paar Jahre vergehen, bis man füreinan-
der gereift war? Konnte das nicht möglich werden?

Schließlich war es an der Zeit, nach Würzburg aufzubrechen, um sich all diese Fragen beantworten zu lassen. Ihr Treffpunkt sollte eine kleine Kneipe sein, die Asmas, nachdem er seinen
Wagen geschickt in der Garage unter dem Marktplatz geparkt hatte, auch sofort fand. Die Kneipe
war gut gefüllt und weil Leopoldine noch nicht da war, lehnte er sich an die Theke, bestellte einen
veganen Fruchtsaft und sah sich um.

„Lauter junge Leute, vermutlich Studenten. Ist ja eine Universitätsstadt und so jung war ich auch mal",
murmelte er in sich hinein und nahm den ersten Schluck. Plötzlich drängte sich ein junger Mann
neben ihn und bestellte ein alkoholisches Getränk. Der Besteller drehte sich zu Gregor um: *„Ho,
wartest du auch auf die holde Weiblichkeit? Ich bin übrigens der Robert. Ist quasi meine Stammkneipe. Wirtschaftswissenschaften, du verstehst?"*

Asmas stand der Sinn nicht nach einer leichten Unterhaltung. Konzentration war gefragt. Er
murmelte seinen Namen und war froh, dass Leopoldine gerade im Türrahmen erschien. Also sagte
er nur: *„Die holde Weiblichkeit ist da. Mach es gut, Robert"*, zahlte und setzte sich mit seiner Verabre-
dung an den hintersten und einzigen freien Tisch, der weit ab von der Theke war.

Nun saß er seiner einstigen Freundin gegenüber und nach wenigen Minuten schüchternen Abtastens war es auch wieder wie früher:

Leopoldine erzählte davon, wie sie sich selbst verwirklichen wollte und wie sie es bereits getan hatte. Gregor hörte einfach zu und erfuhr, dass sie nun Staatsanwältin in dieser schönen Stadt war, aber sehr unter ihrem Vorgesetzten, dem Oberstaatsanwalt Burkhart Huber litt, der ihr nur schlechte Fälle geben würde. Als Beispiel dafür nannte sie die Vorkommnisse des heutigen Tages, von denen Gregor noch nichts wusste: Einerseits hatte es eine technische Fehlfunktion bei einer Straßenbahn gegeben und diese war wie von Geisterhand an einem anderen Ort erschienen. Dann gab es noch eine gigantische Sachbeschädigung und einen Raub in der Festung. Leo hatte den Fall *„Geisterstraßenbahn"* erhalten, erregte sich gar prächtig darüber und Asmas musste sich einen zweistündigen Monolog über die Benachteiligung der Frauen im öffentlichen Dienst sowie über die Netzwerke der mächtigen Männer und ihren beruflichen Ehrgeiz anhören. Leider kam Gregor nicht zu Wort, denn sonst hätte er erwähnen können, dass er ihren Vorgesetzten sogar kannte, aber vielleicht war es auch besser, dass er zum Schweigen verdammt war. Der Wasserfall rauschte. Langeweile pur. Leopoldine pur. Noch ein veganer Fruchtsaft und noch einer. *„Immer noch ein dürrer Hungerhacken. Da sieht die Haut besonders alt aus. Erste graue Strähnen im schwarzen Dickicht auf dem Kopf"*, dachte er völlig uncharmant, schämte sich aber sogleich, weil er die Staatsanwältin zu sehr nach dem Äußeren bewertete und ihre Vorträge zur Gendergleichheit, die er vorbehaltlos unterstütze, obwohl er wusste, dass es Rauscher nicht um Gerechtigkeit, sondern nur um sich ging. Er sah zur Decke, dann zur Tür, wirkte kurz irritiert, da er meinte gerade den Bio-Bauern Derberle gesehen zu haben, konzentrierte sich dann aber wieder auf die Dame gegenüber.

Zu Gregors Glück hatte auch Leo irgendwann genug und nahm ihn an der Hand. Ein paar hundert Meter weiter. In Fräulein Rauschers Wohnung und zehn Minuten später begann das Liebesspiel. Obwohl er es auch nicht für wahrscheinlich gehalten hatte, versagte Asmas selbst bei der fünfmaligen Durchführung nicht, fühlte sich aber von Akt zu Akt schmutziger, denn mehr und mehr bemitleidete er sich selbst als bloßes Objekt, als reines Mittel zur Triebbefriedigung. Klarer Missbrauch. Ohne Zweifel. Er diente ihr nur zum einen Zwecke. Während Staatsanwältin Rauscher auf ihm stöhnend tätig war, dachte er darüber nach, ob sich nicht an diesem Abend eine vollkommene Emanzipation erfüllte, denn nun waren die Männer das Ding. Totaler Nihilismus!

Hatte Gregor ein Recht darauf, diesen Prozess zu stören? Oder sabotierte er damit einen langen ausdauernden Kampf? Letztendlich konnte er auch ein sechstes Mal überzeugen und kurz vor der Durchführung des siebten Streiches fiel Leopoldine grunzend in den Schlaf. Das war es nun. Sie war da, aber er fühlte sich allein. Benutzt als Sextier. Ob er duschen sollte? Alles abwaschen? Nein! Asmas stand auf, kratze sich überall, zog sich an und blickte noch einmal auf die schlafende, völlig verschwitzte und nackte Ex-Freundin zurück: Nein, sie passten einfach nicht zusammen und er wusste, dass sie das genauso sah. Selbstbestimmung der Frau gut und schön, aber ohne ihn, denn er war ja auch emanzipiert, oder? Das Treffen? Kein Fehler, körperlich sogar angenehm, aber seelisch doch ein Nullsummenspiel. Er verließ das Zimmer und die Wohnung. Einen direkten Kontakt zu Leo würde er nicht mehr suchen und auch dafür sorgen, dass es seine Mutter ebenso hielt.

„Es mag Glück geben. Hier ist es nicht zu finden", murmelte er und ging der Morgensonne entgegen.

Kapitel 34

Der nächste Morgen, die nächste Zeitung. Amüsiert nahm Gregor zur Kenntnis, dass er bereits wusste, was er gerade las. In Würzburg fuhr eine *„Geisterstraßenbahn"*, die, ohne, dass jemand es gesehen hatte an einer Station losfuhr und im nächsten Moment an einer anderen wieder auftauchte. Ein wahrer Teufelsspuk! Der Schaffner, der Kronzeuge des Ganzen, wurde inzwischen in die Nervenheilanstalt eingeliefert und die Fahrgäste schienen von der Sache kaum etwas mitbekommen zu haben. *„Der ignorante Zeitgeist! Wen wundert es! Alles ist mit sich beschäftigt und mit so kleinen Geräten!"*, stöhnte der Lockenkopf besserwisserisch, wohlwissend, dass gerade er auch nicht als Kommunikationsweltmeister gerühmt wurde.

Ausnahme war ein älterer Herr, der von einem geheimnisvollen Energiesprung und merkwürdigen Geisterwesen berichtete, die er gesehen haben wollte. Asmas hielt von solchen Aussagen gar nichts. *„Das Übersinnliche ist Opium für das Volk"*, zitierte er inkorrekt, aber seiner Ansicht nach passend, denn für ihn gab es ausschließlich das Diesseits und seine Gedanken bewegten sich stets im Rahmen der möglichen Wahrnehmung. Obwohl auch die Zeitung am Ende über einen technischen Defekt spekulierte, ärgerte es ihn, dass man Raum für irgendwelchen Hokuspokus einräumte, denn für den Blonden aus dem Norden war der Fall klar: Seit der Privatisierung des öffentlichen Nahverkehrs, hatte man an Wartungs-Kosten gespart und so kam es schlichtweg zu Fehlern. Die Überlastung und Ausbeutung des Schaffners, die zu dessen Filmriss führte, standen auf einem anderen Blatt. Der Lockenkopf fragte sich kurz, ob es nicht besser gewesen wäre, wenn Menschen verletzt oder gar getötet worden wären, damit so Aufmerksamkeit auf die negativen Konsequenzen des Kapitalismus und der Privatisierungen gelenkt werden würden, schämte sich aber dann doch für den Gedanken und widmete sich wieder der Zeitung.

Interessanterweise handelte der nächste Artikel auf der Titelseite von der Festung Marienberg, die er auch schon selbst besucht hatte. Großartiges Ambiente, schöne Aussicht. Angeblich wurden, man höre, am helllichten Tage und vor den Augen aller Anwesenden, Kunstschätze und Inventar in Höhe von fast 1,2 Millionen Euro zerstört. Manches numismatische Stück ward sogar gestohlen. Das Großaufgebot der Polizei hatte zwar alles gesperrt und untersucht, konnte bislang allerdings keine Ergebnisse vorlegen. Im Moment untersuchte eine Expertengruppe den Tatort.

Man zog die Möglichkeit, dass bewusstseinsverändernde Gase oder sonstige chemische Stoffe zwecks Verwirrung der Touristen und des Personals eingesetzt wurden, so nutzlos waren die Zeugenaussagen, in Betracht. Auf einem Foto, das die zerstörten Holzbänke zeigte, sah man, völlig sinnbefreit, eine Ente. Tiere gehen immer. Diesen Fall hatte die arme Leopoldine nicht bekommen. Grausamer Frust! Wen wunderte da ihr sexuelles Verlangen?

An die Wand auf sein neues Mainschleifen-Bild blickend, schüttelte Gregor sich und wusste nicht, ob ihm diese Ereignisse gefielen oder nicht. Auf der einen Seite wurden Kunstwerke zerstört, die einen hohen Erinnerungswert hatten – und sollte man die Wurzeln nicht hochhalten? Auf der anderen Seite jedoch waren viele der Objekte in der Festung Zeichen der Ausbeutung gewesen. Zeigten die Porträts und Münzen nicht Menschen, die sich über die Allgemeinheit erhoben? Waren die Rüstungen und Waffen nicht ein Relikt einer feudalen Unterdrückung? Stürmt die Paläste? Asmas war sich unsicher. Er betrachte noch einmal das erworbene Kunstwerk:

„Ich sollte irgendwann doch einmal recherchieren, wer der Maler Gradl so war. Irgendwann, wenn ich Zeit habe. Vielleicht sollte ich mir eines dieser neuen Smartphones kaufen? Die haben doch auch Internet? Nein, ein Gregor Michael Asmas macht sich nicht zum Sklaven eines Telefons und das Internet wird sowieso überschätzt. Außerdem kann heute keiner sagen, wie die Strahlen auf den menschlichen Organismus wirken.“

Zudem hatte er gehört, dass die Fruchtbarkeit darunter leiden soll, wenn man es in der Hosentasche führte. Nicht, dass er Kinder wirklich wollte, aber musste man sich die Option nehmen lassen?

„Normalerweise hätte ich ja Internet. War alles doch geplant. Leider lässt sich der Telekommunikationsanbieter sehr viel Zeit, um den Anschluss für das Haus freizuschalten. Eigentlich war das schon für letzte Woche versprochen und jetzt soll es noch einmal einen Monat dauern. Biber hätten die Leitungen beschädigt – wie glaubwürdig! Also doch ein Smartphone? Nein! Wenn ich etwas nachschauen will, dann, wenn ich wieder arbeite. Da habe ich Netz genug. Bis dahin muss auch mein Maler warten.“

Anschließend beschloss er, sich dem Lokalteil zuzuwenden; bevor er diesen jedoch aufschlagen konnte, klingelte es an der Tür. Sein Herz fing an zu klopfen und er betete inständig zu Karl Marx, dass es nicht Leo war, denn von der hatte er für die nächsten Jahre genug. Als er die Tür öffnete, stellte er erleichtert fest, dass nicht das Fräulein Rauscher klingelte, sondern nur die nächste Person auf der Liste, die er definitiv nicht sehen wollte: Schwager Versicherungs-Harry. Bevor Gregor irgendeinen Laut von sich geben konnte, war Buxler auch schon eingetreten und fing zu reden an:

„Na, Gregor, alte Kanone. Ich versichere dir, du brauchst eine Versicherung, verstehst? Deine Mutter hat doch erzählt, dass ich vorbeikomme? Steinstark von dir, mein Freund! Wozu hat man einen Schwager und Familie, verstehst?"

Asmas erinnerte sich nicht, dass seine Mutter in dieser Richtung etwas angedeutet hätte, doch wer hörte schon Müttern zu? Besonders dann, wenn sie gemeinsame Telefonzeit mit dem Vorlesen ihres Terminkalenders schindete?

„Ja, Greogor. Du bist ein richtig schlauer Hund! Hund, so mit wauwau und wuffwuff, verstehst? Du hast dich in das Versicherungsparadies abgesetzt. Was ich hier für Geschäfte gemacht habe, bei deinem großartigen kleinen Fest neulich. Geili, geili, geil und da habe ich mir gedacht; Mensch, der Gregor ist ganz da unten im Süden und total allein. Warum ihn nicht besuchen und bei ihm ein kleines Versicherungsbüro einrichten? Dann ist da Leben in deiner Totenbude, verstehst?"

Ehe er sich versah, hatte Harry seine Koffer in den Hausflur gestellt, eine Tasche geöffnet, und aus ihr einige Flaschen billigen Wein herausgeholt, bei denen er das Etikett, durch das einer teuren Marke vorher ersetzt hatte.

„Ich mache hier ein paar Hausbesuche, verstehst? Versicherungen und Werbung für das neue Büro. Schönen Gruß von Ida und Tilmann. Falls dann etwas zu essen da ist, bin ich nicht böse. Verstehst?"

Während Harald sichtlich erfreut und mit mehreren Flaschen unter dem Arm in Richtung Kirche sprintete, blieb Gregor vollkommen perplex zurück. Nach einigen Minuten fing er sich jedoch wieder und lief los. Warum, wusste er nicht. Ihm war nur klar, dass er diesen Mann nicht in seine Nähe haben wollte, und das würde er ihm auch sagen. Aufhalten musste er ihn, sonst würde bald die komplette alte Heimat in seine neue importiert sein!

„Dieses Mal aber wirklich! Nicht nur so vielleicht! Und ich werde keine Versicherung abschließen!", machte er sich selbst Mut.

Asmas stürmte die Straße entlang und war völlig verblüfft, dass er am Platz vor der Kirche plötzlich in einer ganzen Gruppe von Menschen stand. Schlagartig drang ihm in das Bewusstsein, dass der Vertreter für die Windkraftanlagen ihm, wenn auch beiläufig, mitgeteilt hatte, dass heute eine öffentliche Kundgebung behufs dieses Themas stattfand. Verärgert maßregelte sich der Lockenkopf selbst. Wie konnte er etwas derartig Wichtiges vergessen? Sein Blick schweifte umher. Schnell vergaß er darüber auch seine Suche nach Versicherungs-Harry. Mitten auf dem Platz war ein kleines Podium aufgebaut. Dort standen Hannes Riedel, der ihm bekannte Lobbyist, Reinhold Reiner, der besagte Vertreter und Bürgermeister von den Linden. Scheinbar begann die Veranstaltung gerade, denn der Bürgermeister machte erst einmal bekannt, dass der Abgeordnete Schulz aufgrund seines Krankenhausaufenthalts nicht zugegen sein konnte und wünschte ihm auf diesem Wege gute Besserung.

Anschließend bemerkte er kritisch, dass auch er sich als Bürgermeister keine Windräder wünschte, es aber Gesetzesvorgaben gäbe, die einzuhalten wären. Aus diesem Grund waren die Firmenvertreter angereist und würden nun zu den wartenden Menschen, es waren vielleicht vierzig oder fünfzig, sprechen. Von den Linden übergab das Mikrophon an Riedel, doch noch bevor er zu sprechen begann, fing die Menge an zu buhen. Gregor sah sich entsetzt um und erkannte einige bekannte Gesichter, darunter die Herren Leiter, Hartzorn und Mettwald, die besonders laut ihren Unmut kundtaten. Nach einigen Minuten kapitulierte Riedel und übergab das Mikrophon an Reiner. Dieser besaß ein weitaus mächtigeres Organ und versuchte die Menge mit den gleichen Argumenten zu überzeugen, die er auch schon Asmas gegenüber gebraucht hatte, doch auch er konnte sich nicht gegen die Unmutsbekundungen der Masse durchsetzen. Gregor war über so viel Engstirnigkeit entsetzt und vor seinem geistigen Auge tauchten plötzlich die Bilder von Tschernobyl auf und dann auch die aus Hiroshima und Nagasaki. War diesen Menschen nicht klar, dass ein „Nein" zu den Windkrafträdern ein „Ja" zur Atomkraft meinte?

Asmas wurde furchtbar wütend. Hitzewallungen! Unverständnis! Die Strahlentoten! Die Tiere! Die armen, armen Pilze! Nichts gelernt? Gar nichts? Es stieg in ihm auf! Alternativ auf Kohle setzten und noch mehr CO_2 produzieren? Damit es noch wärmer auf der Erde wird? Die Felder unfruchtbar wurden und Millionen verhungerten? Sie werden ihre verbrannte Heimat verlassen müssen und wohin werden sie gehen? Kannten diese Krawall-Brüder und Schwestern keine Scham? Keinen Anstand? Keine Verantwortung?

Denken diese Menschen auch an ihre Kinder? Den Planeten? Die Lagerung! Und überhaupt! Das Erlebnis mit den Rechten! Mit den Linken! Der Ärger auf Buxler! Die Vergangenheit! McRunkel! Die Verantwortung! Jetzt etwas tun! Viel zu lange geschwiegen! Jetzt!

„Es ist nicht zu fassen! Da werde ich zum Vulkan!"

Ob er einfach die kleine Bühne stürmen sollte? Das war doch nicht seine Art? Sowas musste genau bedacht und abgewogen werden! Auf der anderen Seite hatte er in seiner wilden Zeit Leib und Gesundheit dafür eingesetzt, dass sich eben genau solche Dinge änderten! Schluss damit! Denken lähmt nur! Das Ziel war klar! Durfte er jetzt, in der Stunde der Bewährung, kneifen? Ein Feigling sein und seine Überzeugungen verraten? Vermutlich war er nicht einmal allein und es waren nur einige Rädelsführer, welche der Menge ihre Meinungen aufzwangen. Weg mit der Denke! Nur ohne Gedanken ist man frei! Feuer frei für die spontane Aktion! Schluss mit der Reflexion! Verdrängen! Verdrängen! War es nicht sogar ein Kampf auf zwei Ebenen? Einmal um der Sache Willen, aber auch ein Kampf, die Tyrannei, die im Dorf herrschte, zu beenden und den Menschen die eigene Freiheit zurückzugeben? Viele der Personen, die er in diesem Dorf kennengelernt hatte, waren doch vernünftig und die Vernunft, rechnete sich der Blonde aus dem Norden aus, konnte nur in seiner Meinung münden. Ja, das Feuer muss brennen! Es war sein großes Thema! Die Botschaft seines Lebens! Die Bedenken wichen und die Wut verdrängte die Zweifel.

Beseelt schritt Asmas langsam durch die Reihen zum Podium und nahm, wirr lächelnd, dem überraschten Reiner das Mikrophon ab. Die Menge war sichtlich überrascht und schlagartig still. Unerwartete Wendung! Gregor sah in die Gesichter der Menschen. Was hatte er nur getan? Was wollte er hier? Zögern? Vor seinem geistigen Auge erschien ein grüner Leguan und da überkam es ihn einfach. Wie von Dämonen besessen, begann er, der doch das freie und ungeplante Sprechen so wenig mochte, zu reden:

„Seit vielen Jahren ist es mein und das vieler Menschen heißes Bemühen gewesen, unsere Natur zu erhalten und den mannigfaltigen Gefahren für unsere Umwelt und damit auch für uns mutig und mit aller Entschlossenheit

entgegenzutreten sowie jede Entwicklung, die diesem Bestreben Rechnung trägt, kraftvoll zu fördern. Aber die Gegner, ich denke in dieser Hinsicht nur an die Lobbyisten der Atomindustrie, deren Untaten bereits für große Katastrophen gesorgt haben, neiden uns den Erfolg unserer Arbeit, denn er vermindert ihre Gewinne.

Alle offenkundige und heimliche Feindschaft dieser Personen und Organisationen haben wir ertragen und das im Bewusstsein unserer Verantwortung für Umwelt und Natur. Nun aber will man uns demütigen. Man will uns verhöhnen, denn man beleidigt unseren Verstand und pflanzt die Saat der Zwietracht. Vor uns stehen zwei Repräsentanten für eine saubere Energie, für eine Zukunft ohne Angst vor dem nächsten Gau und aufgrund falscher Informationen werden diese nun angefeindet, weil man euch nicht die Wahrheit sagt. Was aber geschieht wirklich? Man verlangt, dass wir mit verschränkten Armen zusehen, wie der Feind sich zu tückischem Überfalle rüstet und auf Jahre eine Lösung der Energiefrage verhindern will. Man will nicht dulden, dass wir uns vor der Angst vor der Atomkraft befreien und vor der Macht der großen Konzerne. Eine Alternative zu den Windrädern gibt es nicht, denn alles andere würde den CO2-Ausstoss in die Atmosphäre erhöhen und so eine Klimakatastrophe bedingen, die die Menschheit vernichten würde. Daher sollten wir entschlossen sein, das Joch abzulegen und durch eigene Macht und Ehre eine Wende einzuleiten, die auf Dauer für Natur und Umwelt, die einzig richtige ist.

So muss denn euer Wille entscheiden. Mitten in unserem schönen Dörfchen erwartet uns der Feind. Darum auf, jedes Schwanken, jedes Zaudern wäre ein Verrat an die Zukunft eurer Kinder. Um Sein oder Nichtsein handelt es sich und dieses wird hier entschieden.

Lasst uns der schmutzigen Atomindustrie etwas entgegenrufen: Wir werden uns wehren bis zum letzten Hauch von Mensch und Windradflügel! Und wir werden diese Windräder auch dann errichten, wenn sie ihre Hetze noch weiter steigern.

Man kann uns nicht überwinden, wenn wir uns einig sind und wenn wir das Gute und Richtige wollen! Vorwärts in die atomfreie Zukunft! Vorwärts und brecht die Macht derer, die Ängste schüren, damit ihr euch der Zukunft verweigert!"

Gregor war buchstäblich fertig. Warum? Weil er über sich hinausgewachsen war und endlich einmal handelte und nicht nur reflektierte. Sehr selbstzufrieden sah er in die kleine Menge. Es herrschte noch immer ein peinliches Schweigen, bis plötzlich eine Stimme die Stille durchbrach. Es war die von Harald Buxler:

„Weißt du, Asmas ich bin ja nicht von hier, aber das ist eine schöne Gegend und wenn ich mir überall die Dinger hier vorstelle, dann sieht das bestimmt so richtig scheiße aus, verstehst? Und erst der Schattenwurf und die Lautstärke? So viel Wind gibt es hier auch nicht, aber bestimmt viele Subventionen für die Anbieter. Und was ist mit den Vögeln, die durch die Rotoren abkratzen? Ne, verstehst?"

Buxlers Worte waren wie eine Initialzündung, denn auf einmal brachen wieder die Buhrufe los. Am Rande sah er auch Bio-Bauer Derberle, den er vorher gar nicht wahrgenommen hatte. Bürgermeister von den Linden versuchte zwar für Ruhe zu sorgen, schaffte es jedoch nicht. Letztendlich sahen sich der Vertreter Reiner und der Lobbyist Riedel schulterzuckend an und brachen die Veranstaltung ab. Die Menge löste sich schnell auf und zurück blieb ein frustrierter Gregor Michael Asmas.

Kapitel 35

Müde und frustriert betrat Gregor sein Haus und legte sich, ohne die Tür zu schließen, auf sein ökologisch-nachhaltiges Sofa. Was nur hatte er getan? War es ein Fehler gewesen, zu den Leuten zu sprechen? Er, der Feind der Spontanität und der Freund des Totsinnierens? Was hatte ihn nur geritten? Asmas hasste so etwas doch. Eigentlich. Hatte sich nicht aber so vieles verändert? Ein völlig neues Leben wurde ihm geschenkt. Alles machte doch jetzt Sinn, oder? War er nicht dafür geboren, diesen Menschen die Augen öffnen? Oder hatte er peinlich überzogen? Ein un- rühmlicher Auftritt?

Ach, was! Notwendigkeit! Es war pure Notwendigkeit, dass einer kam und der Teufelei die Stirn bot! War die Menge nicht auch sichtlich beeindruckt von seiner Rede? Zumindest bis Buxler eingegriffen und alles zunichtegemacht hatte. Überhaupt dieser Harald Buxler! Was erlaubte er sich? Betrog seine Schwester, war ein windiger Versicherungsverkäufer und wagte es auch noch hier aufzukreuzen!

Erregt näherte sich Gregor dem Gepäck, das Buxler bei ihm deponiert hatte, nahm eine der Weinflaschen heraus, trank einen großen Schluck und spuckte ihn gleich wieder heraus. Natürlich wusste Asmas, dass Versicherungs-Harry falsche Etiketten aufklebte, aber er hatte keine Ahnung davon, dass es sich um einen derartig billigen Fusel handelte. Trotz des dürftigen Geschmackes trank er erneut, denn emotionale Enttäuschung lässt den Menschen gelegentlich die entsprechen- den Nervenbahnen ignorieren, und lag kurz darauf wieder auf seinem Sofa. Nachdem er die Hälfte der Flasche mit dem widerlichen Getränk geleert hatte, stand plötzlich sein Schwager in der Tür und grinste:

„Schmeckt grässlich, was?"

„Billig, wie du, Harry!"

Der Versicherungsvertreter lachte, nahm aus einem anderen Koffer eine weitere Flasche, öff- nete sie und trank von dieser.

„Siehst du die Flasche in meiner Hand, Gregor? Das ist der Zwei-Euro-Billigwein! Hier in der Hand! Du säufst gerade meinen Billig-Wein-Reste-Mix für die ganz schlechten Kunden, verstehst?"

„Mir egal, du bist ein Arschloch, Harry!", sprach Gregor und sein Mund fühlte sich erneut mit dem Weinmischgetränk.

„Ich weiß, aber du bist ein guter Kunde und deswegen bekommst du den Zwei-Euro-Billigwein mit dem 80-Euro-Etikett und nicht den Mix aus verschiedenen Zwei-Euro-Billigweinen. Ehre, wem Ehre gebührt."

Geschickt warf Buxler seinem Schwager eine weitere Flasche mit dem begehrten Zwei-Euro-Wein zu.

„Versicherungsheini, du hast schon so viel Mist gebaut, aber das vorhin war die Krönung."

„Was denn?"

„Du bist mir in den Rücken gefallen!"

„Als du vorhin einen auf Willi gemacht hast? Das war geschäftlich, nicht persönlich. Alles potenzielle Kunden und ich habe nur gesagt, was sie hören wollten und mich für sie eingesetzt. Mensch, ich bin Versicherungsvertreter, da macht man keinen auf Opposition. Man kriecht in den Arsch und versucht zu bescheißen, bevor man beschissen wird. Was für ein Bild. Komisch, verstehst?"

Gregor hatte nun die andere Flasche geöffnet und bediente sich fleißig daraus:

„Du bescheißt deine Kunden! Du bescheißt meine Schwester! Wen bescheißt du eigentlich nicht?"

Versicherungs-Harry ging ein paar Schritte und sank dann neben Asmas auf das Sofa.

„Ich helfe meinen Kunden! Und deine Schwester? Was weißt du schon von mir? Weißt du was? Ich habe deine Schwester einmal gebumst und schon war sie schwanger. Da kannte ich sie gerade erst. Habe ich sie verlassen? Nein, habe ich nicht! Ich habe sie geheiratet und wir sind immer noch nicht geschieden, verstehst?"

„Großartige Leistung, Harry! Dafür betrügst du sie nach Strich und Faden."

„Sie weiß es ja. Was meinst du seit wie vielen Jahren die Nymphomanin Affären hat? Ich habe sie schon so oft erwischt. Gut, einmal, da habe ich dann auch mitgemacht, aber irgendwann bist du da als Mann gebrochen und wenn du selbst nicht die Achtung vor dir verlieren willst, dann betrügst du eben auch, verstehst?"

Gregor war nun sichtlich überrascht, versuchte sich aber nichts anmerken zu lassen:

„Du redest Schwachsinn, du Rhett-Butler-für-Arme."

„Rhett Butler für meine Kundinnen. Ehrlich, wusstest du das nicht? Deine Eltern haben es immer gewusst, deswegen haben sie das mannstolle Weib doch nie rausgelassen. Die waren sogar beim Psycho-Doc mit der. Die hat mich bei der Zeugung quasi vergewaltigt, aber dann war der kleine Tilmann da und was konnte der dafür, verstehst?"

„Ja, du armes Opfer, Harry!"

„Du dummer Michel! Im Gegensatz zu dir, habe ich drei Mäuler zu stopfen. Meines, eines, das seit 20 Jahren nicht mehr gearbeitet hat und noch eines, das von seiner Kunst nicht leben kann. Der blöde Schwachkopf! Deine Schwester ist entweder mit Pillen voll, um den Trieb zu unterdrücken oder aber sie geht jeden Baum an. Meinst du das ist ein Leben? Meinst du, es ist einfach mit einem Sohnemann, der glaubt, dass sein Dreck Kunst ist? Hattest du nicht einmal so eine Dicke am Hacken? War zwar vor meiner Zeit, aber ich habe Bilder gesehen oder später diese Hugodine? Was wäre gewesen, wenn du eine geschwängert hättest? Wärst du auch standhaft geblieben? Wärst du?"

„Sie heißt Leopoldine, nicht Hugodine und ich habe sie erst vor ein paar Tagen gehabt."

„Hat die immer noch so einen ekelhaft dürren Arsch? Knochengestell! Ist das jetzt deine Alte?"

„Nein, war nur Sex und die will ich gar nicht haben, die Emanze."

Buxler lachte dreckig und inzwischen hatte wohl jeder zwei Flaschen geleert.

„Und das aus deinem linksradikalen Mund? Du lebst hier sowieso im Sündenpfuhl."

„Wieso? Kann doch überall mal passieren, dass Mutti und Töchterlein vom selben Mann auf einer Wiese genommen werden", lallte Asmas.

„Wieso Mutti und Töchterlein? Eher Vati und Sohnemann?"

„Was?"

„Der Pfarrer hier, der alte Sack, hat etwas mit seinem Küster. Die sind gerade erst durchgebrannt. Haben sie doch alle erzählt und reden die Leute nicht mit dir? Ach ja, du polarisierst hier ja so extrem. Jetzt kannst dich endlich mal außerhalb ausleben mit deiner Ideologie-Scheiße, was Michel?"

„Was mache ich?"

„Du polarisierst und deswegen mache ich in deinem Haus auch keine Versicherungszweigstelle auf, sondern vorne in der Sakristei der Kirche. Du regst viele Leute auf und das ist schlecht für das Geschäft. Wenn du Versicherungen verkaufen willst, dann sei anschmiegsam, aber bloß nicht zu auffällig. Der Versicherungsverkäufer ist ein Freund, der deine Wünsche erfüllt, nicht der, der dir erzählt, was du zu machen hast! Du hast doch bestimmt nichts dagegen, dass niemand erfährt, dass ich dein Schwager bin?"

„Du bist ein Schwein, Harry. Ein Betrüger, ein Säufer und ein verdammter Glücksspieler!"

„Nur noch Betrüger und Säufer, du verfluchter Gutmensch! Das Glücksspiel habe ich aufgegeben. War in der Therapie. Weiß nur keiner. Egal! Morgen fahre ich zurück nach Hause und bereite alles vor, um hier eine Zweigstelle einzurichten. Wird dann die Dritte. Die im Osten läuft auch ganz gut. Du wirst verstehen, dass ich dich hier nicht als Zweigstellenleiter einsetzen kann?"

„Leck mich, Harry!"

„Richtig, du bist ja was Besseres, weil du mal ganz tolle linke Parolen gebrüllt hast und über alles so tief nachdenkst. Goldener Löffel im Arsch, aber so ein ganz Schlauer, der anderen vorschreiben will, wie sie zu leben haben, weil es dir selbst zu gut geht, du Linksfaschist."

„Ich setze mich für das Richtige ein, Harry! Alles, was du machst, ist von Grund auf schon schlecht und egoistisch. Total egoistisch!"

So langsam, aber sicher sank Asmas in das viel gerühmte und alkoholbedingte Wachkoma, während Buxler, der etwas trinkfester war, noch erwiderte:

„Ich handle, weil ich es muss, um zu überleben. Du drückst anderen dein Weltbild auf, damit es dir selbst bessergeht. Das hat mit Überleben nichts zu tun, sondern nur mit Selbstrechtfertigung. Weil du ein so verschrobener Wicht bist, dass du deine Existenz vor dir selbst rechtfertigen musst, und das machst du, indem du dir einredest, dass du der Gute bist! In Wahrheit bist du nicht besser als ich: Du bist ein knallharter Egoist, der alles macht, *damit er das bekommt, was ihm fehlt. Das ist die Formel! Bei mir ist es das Fressen, Huren und Leben und bei dir ist es der Scheißwunsch nach Rechtfertigung, nach Sinn, nach einem Existenzgrund. Der Unterschied ist die Verpackung. Ich bin der böse Versicherungs-Harry, da sieht man den Egoismus schon aus der Ferne. Du aber verpackst dich in grünen und roten Parolen. Dahinter steckt nichts, außer deinem Wunsch, anderen das Leben zu vermiesen, weil du selbst so verkracht bist! Jawohl, du bist ein verhinderter Diktator! Ein Grün-Roter-Faschist! Jawohl!"*

Der Schwager pustete tief durch, denn es kostete ihn inzwischen erhebliche Mühe, noch einen klaren Gedanken zu fassen und auch der Boden drehte sich mittlerweile. Gregor dagegen hatte zwar ein paar Fetzen mitbekommen, wollte noch irgendwas erwidern, doch inzwischen drehte sich alles und der billige Wein-Mix hatte seine volle Wirkung entfacht. Er war nun schon eine Stufe weiter als Buxler:

„Mein Guggi ist auch weg", lallte er und man konnte sich nicht sicher sein, wer genau der Adressat dieser Information war.

„Was? Was ist ein Guggi?", stammelte der Versicherungsmensch mit einem widerwärtigen Lachen. *„Dein Schwanz? Ist das dein Guggi? Bist du auch so wie die Ida? Hast du auch die Rammelitis?"*

„Guggi ist mein gelbes Stoffeichhörnchen, das ich auf der Messe gewonnen habe. Gelb war es!"

„Das ist weg? Scheiße, das arme Hörnchen. Wie sah es denn aus?"

„Gelb!"

„Gelb? Kann es sein, dass es die Dinger hier überall gibt, sogar in den Baumärkten? Hab' ich gesehen, verstehst?"

„Weiß ich nicht!"

„Das ist doch Massenware! Soll ich dir eines besorgen? Stell' ich natürlich in Rechnung, verstehst?"

„Nein, nein, nein! Bezahlen ist nicht gewinnen. Das ist nicht das Gleiche! Außerdem gibt es nur einen Guggi! Meinen Guggi!"

„Ist doch egal, ganz egal. Völlig egal. Ich werde langsam müde, dummer Michel!"

Von Buxlers Gerede verstand er insgesamt nur die Hälfte und die einzigen Informationen, die er noch wirklich aufgenommen hatte, waren die mit dem Pfarrer, seiner Schwester, dem Büro und dass sein Schwager abreisen würde. Der Schlaf übermannte alsbald nicht nur ihn, sondern auch Harald. So schliefen sie beide friedlich nebeneinander auf dem Sofa ein und glitten in das Reich der Träume. Ein wahrhaft schöner Anblick.

Kapitel 36

Am nächsten Morgen erwachte Gregor auf seinem wundervoll-geschmackvollen Sofa und nahm befriedigend zur Kenntnis, dass sein Schwager bereits abgereist war. An den gestrigen Abend konnte er sich kaum erinnern und es blieben nur einzelne Fetzen, die er erst jetzt verifizieren konnte:

Seine Schwester eine Person mit gestörtem Sexualverhalten? Sicherlich eine Lüge von Harry, um das eigene Verhalten zu rechtfertigen! Schließlich kannte er doch seine kleine Ida, oder etwa nicht? Der Pfarrer ein Homosexueller, der mit dem Küster Klüpfel durchbrannte? Was war denn das für eine abstruse Geschichte?

Asmas schüttelte den Kopf und holte, wie so oft, die Zeitung herein. Neue Umgebung, neue Rituale, neue Routine, alter Langweiler. Noch immer beschäftigte der große Raub, der wohl mehr eine gigantische Zerstörungsorgie war, die Titelseiten. Im weiteren Teil nahm er jedoch eine bedauerliche Nachricht oder besser gesagt eine Todesanzeige zur Kenntnis, denn leider war die Gattin des Abgeordneten Schulz ihrer Krebserkrankung erlegen. Er bedauerte die Frau sehr und sinnierte darüber, wie wenig Macht, Reichtum und Einfluss doch halfen, wenn die knochigen Finger des Gevatters nach den Menschen griffen. *„Der Tod ist der wahre Sozialismus und macht alle gleich"*, dachte er und versuchte den Gedanken daran umgehend zu verdrängen. Zurück zum Lokalteil. Bevor er jedoch dazu kam, klingelte es an der Haustür. Mit einem kurzen Stoßgebet zu Marx und Engels und in der Hoffnung, dass es nicht Versicherungs-Harry war, öffnete er die Tür.

Dort stand nur Nachbar Benno Meier mit zwei Angeln in der Hand und ehe sich der überraschte Gregor effizient wehren konnte, fuhren beiden schon an den nahen Main. Während Benno die kurze Fahrt hindurch von seinen Erlebnissen in der Ferne berichtete und erzählte, dass die Montage durch mehrere Streiks unterbrochen und er deswegen für ein paar Tage nach Hause geschickt wurde, tobte in Asmas ein extremer Konflikt. Konnte er es wirklich verantworten, Fische mit Hilfe eines Tötungsinstrumentes aufzuschlitzen? War das nicht grausamer Mord? So gut es ging verdrängte der Lockenkopf die Gedanken.

„*Ich zeige dir, wie es geht*", sprach der Nachbar, der einem Profi gleich in Windeseile seine Ausrüstung aufgebaut, brutal eine unschuldigen einen arglosen Wurm ermordet und diesen Samt Leine in das Wasser geworfen hatte.

„*Schau, ganz einfach!*", lachte der großgeratene Meier.

„*Ich schaue erst einmal zu*", antwortete Gregor und verkniff sich dabei irgendwelche Anmerkungen zu den Qualen der Fische. Nein, seinen neuen Freund wollte er nicht verprellen. „*Einfach mal die Klappe halten, Gregor!*", sagte er zu sich selbst und es fiel im merklich schwer.

„*Ist klar, du willst eine eigene Angel. Wollen alle. Die andere ist auch nur eine Kinderangel. Die gehört meinem Benjamin.*"

Interessiert setzte sich Asmas auf den zweiten Hocker und legte das Nachwuchs-Mordinstrument ganz weit weg. „*Dein Sohn?*"

„*Ja, mein Sohn. 8 Jahre ist er inzwischen und ich vermisse ihn. Sehe ihn so selten, denn er wohnt nun da oben, wo du herkommst und ich bin immer in der ganzen Welt unterwegs.*"

„*Hat deine Ex-Frau das Sorgerecht?*"

„*Ja und nein. Geteilt. Er wohnt bei ihr und sie ist weggezogen.*"

„*Verhindert sie, dass ihr euch seht?*"

„*Nein, das ist nicht so eine Geschichte mit einem Rosenkrieg. Ich sage immer, ich wurde verlassen und so fühle ich mich auch, aber so richtig wahr ist das nicht. Wir zogen hierher wegen der Arbeit und waren schon vorher verheiratet. Insgesamt zwölf Jahre. Da war nichts, kein fremder Mann, keine andere Frau. Ich war oft auf Montage und wir haben uns auseinandergelebt und uns einfach nichts mehr zu sagen. Klingt banal, oder? Manchmal hat man sich einfach nichts mehr zu sagen. Die Scheidung war die Folge und da oben hat sie eine gute Stelle bekommen. Bei mir hätte der Kleine nicht bleiben können, bin ja immer unterwegs, aber in den Ferien habe ich Urlaub, dann kommt er und ich zeige ihn dir. Ein toller Junge. Der tollste überhaupt. Benno und Benni. Aber ich will nicht jammern. Was hast du so gemacht? Da, da beißt einer!*"

Benno zog die Angelrute aus dem Wasser. Am Haken fand sich ein Fisch, den Meier sogleich in seinen speziellen Behälter gab. Gregor jedoch sah weder hin, noch half er, denn er wollte nicht zum Mittäter werden.

„Also, Asmas, wie ist es bei dir so gelaufen?"

Gregor berichtete von seinen Erlebnissen. Dieses in geschönter Form und so wurde aus der Nacht mit Leopoldine ein neuer Weltrekord in der Anzahl der Durchführungen des sexuellen Aktes und auch Harrys Mitwirkung bei der Geschichte mit den Windrädern dramatisierte er als hinterhältigen Dolchstoß. Der Nachbar hörte interessiert zu und lachte:

„Ja, in so einem Dorf ist immer was los. Dein Schwager ist anscheinend ein merkwürdiger Heini und bei den Windrädern lass' es gut sein. Die Leute hier mögen keine abrupten Veränderungen und sie hassen sie sogar, wenn sie plötzlich mitten in der Landschaft stehen. Verkehrt sind die aber nicht. Man muss ihnen nur Zeit geben, die haben aber die Subventionsabzocker nicht. "

Benno zog Fisch um Fisch aus dem Wasser und Gregor sah stetig weg. Sie besprachen noch so manches Thema, gelegentlich bedurfte es aber auch keiner Worte. Nach einigen Stunden verließen sie den Main mit einem Behälter voller Schwimmtiere. Es war inzwischen Nachmittag geworden und der Nachbar lud den Blonden aus dem Norden zum Abendessen ein. Es sollte Fisch geben. Versteht sich. Diese Einladung musste Asmas natürlich annehmen, denn er hatte den armen Fischchen persönlich kein Leid zugefügt und konnte vielmehr garantieren, dass diese bis zu ihrem Fang ein fröhliches und glückliches Leben im nahen Main führten. Keine Käfighaltung. War das nicht ein Maximum an Ehrerbietung gegenüber den toten Lebewesen? Gregor fühlte sich mit diesem Kompromiss bestens und hatte auch gar kein Interesse daran, ihn tiefergehend zu reflektieren. Dogmatik könnte in sozialen Beziehungen hinderlich sein.

Kapitel 37

Am frühen Abend klingelte Gregor an des Nachbarn Tür und nahm erfreut zur Kenntnis, dass der Fisch, der vor wenigen Stunden sein Leben lassen musste, nun bereits duftend auf dem Grill lag und wenige Minuten später serviert werden konnte. Dazu gab es reichlich Bier und einen Salat.

Während des Essens, das beiden Männern gar köstlich mundete, kam Asmas auf die Vorkommnisse im Dorf zurück und thematisierte vor allem die Windräder, sein jahrelanges Engagement für die Umwelt und sein Unverständnis über das Verhalten der Einheimischen, wie er sie nannte, obwohl er diesen Begriff, aufgrund des, wie er fand, rassistischen Untertones als durchaus bedenklich empfand. Benno jedoch erwiderte mehr auf eine grundsätzliche Art und Weise, die zu verstehen gab, dass er derartige Themen wenig aufregend fand:

„Weißt du, Gregor. Ich finde das knorke, wie du dich engagierst, aber ich bin kein politischer Mensch. Früher habe ich konservativ gewählt, weil ich das klassische Familienbild gut finde. Als ich hierhergezogen bin, war da der Schulz der Arbeiterpartei. Der erschien mir sympathisch und endlich war mal einer von den Brüdern greifbar. Der nahm sich Zeit und wirkt nicht so abgehoben.

Also ging die Erststimme an ihn und nur noch die Zweitstimme an die Konservativen. Richtig verändert hat sich wenig. Mit dem Wählen ist es wie mit Alkohol. Erst ist man begeistert und schüttet alles so in sich hinein und dann kommt der nächste Morgen. Klar, Sachzwänge, finanzielle Mittel, aber es geht doch alles bergab. Da ist das Dörfchen noch eine echte Oase, aber auch hier platzt der Lack ab. Alle verändert sich und keiner will das steuern, man lässt alles laufen.

Der Schulz tut mir zwar jetzt leid, weil seine Frau gestorben ist, während er selbst im Krankenhaus lag, aber nur als Mensch, nicht als Politiker. Der hat viel versprochen für die Gegend, aber ist auch nur ein Rädchen.

Und die Windräder? Ich glaube, viele Menschen haben solche Gedanken wie du gar nicht und sehen nur, dass die Windräder laut sind, Schatten werfen und so gar nicht in die ländliche Natur passen. Und dann sind die Dinger auch noch häufig Vogelmixer und nicht selten muss erst ein Stück Wald oder Streuobstwiese weg. Naturvernichtung für Naturschutz. Schräg, oder?

Gregor vernahm die Argumentation und sie war ihm nicht neu. Was den Menschen optisch gefiel oder wie sie sich gegen Veränderungen stemmten, stellte für ihn keine Argumentationsgrundlage dar. Die Themen Flächenversiegelung und die natürlich gewachsenen Strukturen, die vielleicht für die Windräder weichen mussten, hatten ihn dagegen durchaus beschäftigt und mal wieder zu einem innerlichen Ringen geführt. Hier rang er auch lange mit sich selbst, kam aber am Ende zu dem Ergebnis, dass für den Sieg im großen Krieg, manchmal auch schmerzliche Schlachten geschlagen werden mussten. Ohne erneuerbare Energien waren Umweltkatastrophen vorprogrammiert und den Rest erledigte der Klimawandel. Nur ein paar Grad mehr und die natürlichen Lebensräume würden sowieso vernichtet werden. Im Grunde genommen, hatte man gar keine andere Wahl. Welche brauchbare Energiequelle sollte man sonst im Sunshine-State Deutschland flächendeckend ausbauen? Außerdem konnte man beispielsweise seltene Tierarten umsiedeln und die Flächen sehr genau auswählen. Konnte das kein Kompromiss sein?

„Nun ja," fuhr Benno fort, *„mir kann es egal sein, ich bin selten da, aber wenn du einem plötzlich so ein Ding in die Landschaft stellst, ohne ihn so richtig zu fragen, dann kann man die Aufregung schon verstehen. Gerade, weil sich alles sowieso schon verändert und man nichts tun kann. Hier aber wird es konkret, da kann man das Maul aufmachen. Und Wind gibt es hier auch nicht gerade viel, nur heiße Luft von den Politikern und den Lobbyisten. Apropos Veränderung, weißt du das schon mit dem Pfarrer?"*

Obwohl Asmas sich von Benno angestachelt fühlte, seine Meinung zu den Windrädern ausführlich darzulegen, verzichtete er schweren Herzens und entgegen seinen sonstigen Gepflogenheiten darauf, dieses Thema weiter zu diskutieren, da er fürchtete, sonst den Abend in die falsche Richtung zu lenken.

Im gewissen Sinne fand er seine grundsätzliche Beurteilung der Lage aber bestätigt: Der normale Bürger störte sich lediglich daran, dass ihm die Notwendigkeit nicht erklärt wurde und daher klammert er sich, halb beleidigt, halb unwissend, an Gegenargumente, die einfach keine waren. Eine Art Platzhalterprotest. Benno machte es offensichtlich ähnlich, denn er kannte nur eine Seite der Medaille. Dass diese Aufklärung nicht erfolgte, dafür sorgten einzelne Rädelsführer, die Asmas bereits identifiziert wähnte. So gerne er dieses nun auch ausgeführt hätte; er verzichtete darauf. Dafür ging er aber die letzte Bemerkung ein:

„Ich selbst halte es nicht mit der Religion, aber der Pfarrer schien mir ein aufgeschlossener Typ zu sein."

„Ja, aufgeschlossen war er wohl", lachte Benno, *„der lebt jetzt mit dem Küster Klüpfel in der Stadt, die warmen Brüder! Homos!"*

Gregor wollte Benno erst maßregeln, denn der letzte Satz erschien ihm politisch inkorrekt, wenn nicht sogar homophob, dann jedoch ging er um des lieben Friedens willen auf diese laxe Bemerkung ein:

„Jeder, wie er mag. Wie lange das wohl so ging?"

„Das habe ich mir auch gedacht, denn die Klüpfel ist so ein richtig heißes Gerät. Wenn es der feine Küster mit dem Pfarrer getrieben hat, dann ging bei seiner Frau bestimmt nichts mehr. Die ist so heiß. Meinst du echt, die war jahrelang ohne Besteigung? Hier hast du noch ein Bier."

Asmas nahm das Bier, öffnete es und bald darauf ergoss es sich in seine Kehle. Natürlich hätte er auch jetzt protestieren müssen, da sein Nachbar die gute Heidrun ganz auf ihren Sexualtrieb reduzierte, allerdings begriff er langsam, dass diese sexualisierte Ausdrucksweise nicht unbedingt auf einen Hass gegen Minderheiten oder Frauen hindeutete, sondern nur eine Art und Weise der Kommunikation war, die Gregor, der immer sehr genau darauf achtete, dass seine Sprache niemanden diskriminierte oder verletzte, so nicht kannte. Außerdem war Frau Klüpfel wirklich attraktiv und der Gedanke an sie förderte auch ihn Asmas' zweitem Hirn so manche Fantasie zu Tage, die er lieber nicht kundtat. *„Vielleicht praktizierten sie schon immer eine Spielart der freien Liebe?"*

„Und warum dann nicht mit mir?", fragte der Nachbar scheinheilig, während er Gregor das nächste Bier reichte.

„Weißt du was, Gregor? Nachdem wir mit dem Essen fertig sind, habe ich hier etwas für echte Männer!"

Sichtlich erfreut lief Meier in sein Wohnzimmer, holte eine Kiste und hielt sie triumphierend hoch.

„Alle, ich habe sie alle!"

„Was?"

„Ich habe alle Kometmann-Filme! Und die schauen wir jetzt, wie echte Männer, bei Bier und Knabbereien!"

Ehe sich Asmas versah, saßen die beiden bereits auf Bennos quietschbuntem Sofa, tranken Bier und naschten an den knusprigen Eichhörnchen-Spießchen. Einen kurzen Moment zögerte Gregor, in eine der Leckereien zu beißen, denn er dachte an *„Guggi"*, das gelbe Stofftierchen, dessen Verlust ihn noch immer schmerzte, dann jedoch ließ er sich die Spezialitäten schmecken.

Mit dem Programm war Asmas allerdings weniger zufrieden, denn er mochte die Kometmann-Filme nicht, und das, obwohl sein Onkel Michael, man erinnere sich an seinen zweiten Namen, eine Statistenrolle innehatte. Wie konnte man auch, dachte er sich, eine Reihe mögen, in der ein Mann mit kräftigem Bauchansatz in mittleren Jahren und mit einer Glatze bedacht im Park von einem Kometen getroffen wurde und dadurch Superkräfte entwickelte? Wo war da der Anspruch? Das war jedoch nicht einmal das Schlimmste, denn der üble Mensch wurde bereits vorher als Sexist von mittelmäßiger Intelligenz beschrieben, für den Selbstreflexion ein Fremdwort war. Sexismus, Arroganz, völlig überdrehtes Selbstbewusstsein und er erlaubte sich sogar die eigene Lächerlichkeit und die Reaktionen des Umfeldes schlicht zu ignorieren. Kurz gesagt wurde der Zielgruppe ein Ideal und Männlichkeitsidol präsentiert, das so rückwärtsgewandt war, dass Asmas' Kopf bereits beim Gedanken daran brummte. Als völlig falsches Zeichen empfand er weiterhin, dass die Hauptfigur bei den schwachen, oft kurvenreichen Frauenstereotypen im Film fast immer erfolgreich ankerte, während er meist absolut ignorierte, dass jene weiblichen Wesen, die mit Intelligenz und inneren Werten punkten konnten, ihn ablehnten. Das war für Gregor unverständlich und er dachte den ganzen ersten Teil darüber nach, was er denn mit derartigen Fähigkeiten alles tun könnte. Selbstsüchtig den eigenen Neigungen nachgehen wie der Kometmann und mehr oder weniger als eine Art Söldner in die Abenteuer geraten? Nein, er würde sich von Anfang an für das Gute und das Richtige einsetzen, weil er von sich aus Ideale hatte und vor allem würde er seine Taten reflektieren. Ständig! Der Kometmann war ein Anti-Gregor! Klarer Fall!

Nach dem ersten Film folgte der nächste und weil Asmas wusste, dass es gut ankommen würde, gab er von sich aus preis, an welcher Stelle sein Onkel Michael auftauchen würde. Gemeinsam warteten sie sehnsüchtig auf die drei Sekunden und der Nachbar klatschte sogar vor Begeisterung. Was der Onkel wohl im Moment machte?

Film um Film wurde abgespielt und langsam kamen die beiden zu den Teilen, die Gregor noch nie gesehen hatte. Sehr zäh, aber sicher wandelte sich die Figur des Kometmann, denn in dem Moment, in dem ihm etwas wichtig wurde, begann er mehr und mehr seine Handlungen zu reflektieren und andere widerwärtige Eigenschaften zurückzufahren, aber diesen positiven Eindruck machte das Ende zunichte, das Asmas zu sehr an ein germanisches Helden-Epos erinnerte. Tod, Opfer, Heldenverehrung! Nein, danke! Brauchte man eine solche Propaganda heute noch? Überhaupt war die ganze Reihe extrem deutsch, fast schon nationalistisch angehaucht und Gregor konnte nur sein blondes Haupthaar schütteln.

In den frühen Morgenstunden war die Vorführung schließlich vorbei und der Lockenkopf verabschiedete sich, natürlich nicht mehr ganz nüchtern, von Benno, der schon am Mittag des nächsten Tages die Montagereise wieder aufnahm. In der Summe ein gelungener Abend.

Kapitel 38

Es klingelte und sichtlich müde bat Gregor die beiden Männer vor der Tür, es handelte sich um den Lobbyisten Hannes Riedel und den Vertreter Reinhold Reiner, herein. Ihr Anliegen kurz zusammengefasst: Sie erhofften sich von Asmas Unterstützung für ihren Plan, innerhalb der Gemeindemarkung Windräder zu errichten und brachten ihn auf den neusten Stand.

„Sehen Sie, Herr Asmas“, fuhr der Lobbyist fort, *„wie Sie unseren Plänen entnehmen können, würden wir gerne auf mehreren Äckern, die direkt an die Wohngebiete grenzen, und auf einigen Erhöhungen unsere Anlagen errichten.“*

„Leider haben wir dabei ein Problem“, unterbrach ihn Reiner, *„denn dafür müssten wir erst einmal den privaten Grund erwerben oder pachten. Im Moment herrscht allerdings noch eine kollektive Abneigung gegen uns, die wir gar nicht erklären können, denn es geht ja nicht um eine Müllverbrennungsanlage oder ein Atomkraftwerk, sondern nachhaltige saubere Energie.“*

„Normalerweise hätten wir in dieser Hinsicht auch keinen längerfristigen Widerstand erwartet, denn in anderen Dörfern wurde dieser spätestens dann gebrochen, wenn der Abgeordnete des Landkreises öffentlich für unser Vorhaben plädiert hatte. Man schimpft zwar gerne im Frankenland, aber vertraut am Ende doch den gewohnten Autoritäten. Sie kennen Herrn Schulz doch, oder?“

Gregor bestätigte es, allerdings war ihm noch nicht klar, in welche Richtung das Gespräch nun gehen würde.

„Ja, Herr Asmas, leider ist unser guter Abgeordneter im Moment unpässlich. Ich war selbst dabei, als er zusammengebrochen ist und kurz darauf starb auch noch seine Frau. Damit fällt uns ein wichtiger Baustein unserer Strategie aus und Herr Kochowski, der langfristig den Wahlkreis übernehmen soll, steht leider noch nicht zur Verfügung und scheut sich auch davor, in so einer Situation seinen neuen Wählern vorgestellt zu werden.“

„Man muss dazu noch sagen, dass uns eigentlich auch der örtliche Pfarrer unterstützen wollte. Das ist ein sehr honoriger Mann und trotz seines Alters aufgeschlossen für alternative Wege. Wir waren uns sogar schon einig, welche Bibelstellen er in seiner Predigt nutzen würde. Natürlich nur, um die Schäfchen auf den rechten Pfad zu führen! Welche waren das noch, Hannes?“

„Irgendwo bei Hesekiel. So spricht der Herr: Wind komm herzu aus den vier Winden und blase diese Getöteten an, dass sie wieder lebendig werden! Keine Ahnung, ich bin nicht gläubig, ist aber schon ärgerlich, denn der Architekt für die Planung des Umbaus und die Modernisierung des Pfarrheims muss auch bezahlt werden. Was passiert ist, wissen Sie ja. Die Homogeschichte! Der neue Pfarrer ist so ein konservativer Stecken, mit dem ist kein Staat zu machen!"

„Außer Spesen nichts gewesen, Reinhold, und leider neigt auch der gute Bürgermeister mehr zum Populismus als zur ökologischen Vernunft. Kommunalwahlen! Bleibt kein Schwein mehr, um es mal ganz offen auszudrücken!"

„Wie richtig, Hannes, aber was kümmert uns die Vergangenheit? Kommen wir zu Ihnen, Herr Asmas! Ich muss sagen, Sie haben mich beindruckt!"

„Ich?", fragte Gregor nach.

„Nun, Sie scheinen mir ein Mensch zu sein, der Überzeugungen hat und der zu diesen auch dann steht, wenn es schwierig wird. Wie Sie dieser Menge getrotzt haben! Dafür haben Sie meinen absoluten Respekt!"

„Meinen natürlich auch! Sie scheinen die Gefahren der Atomkraft und den Weg der erneuerbaren Energien bereits verinnerlicht zu haben! Die Leute kapieren aber nicht einmal das. Mit dem Klimawandel bracht man gar nicht kommen. Da sagen die noch, es wäre schön, wenn es hier wärmer wäre. Und dann wäre da natürlich noch das Problem der Energiesicherheit. Wer weiß, wie viel Energie wir morgen benötigen und welche kriegerischen Auseinandersetzungen den Fluss in unser Land unterbrechen könnten? Wir sind doch viel zu abhängig von Öl und Gas aus dem Ausland! Wären nur alle Menschen so weit, wie sie es schon sind, doch für viele steht das Ideal weit fern."

„Ja, Herr Asmas und das ist der Grund, aus dem wir uns an Sie gewandt haben. Der einfache Franke fürchtet sich vor dem Neuen und beschnüffelt es erst einmal misstrauisch, so gut und wichtig es auch sein mag. Man benötigt immer eine Art Aufklärer, einen Propheten, der ihnen die Dinge erklärt und im Gegensatz zum Sprichwort zählt der Prophet im eigenen Land hier sehr viel und der könnten Sie sein!"

„Allerdings bin ich doch auch erst zugezogen."

„Das macht gar nichts, Herr Asmas, denn wir haben die Reaktion der Menschen auf Ihre kurze und so gewaltige Rede genau beobachtet. Sie haben eine Wirkung, das lässt sich nicht verleugnen."

„Ja, Sie sind ein wahres Naturtalent. Ein Cicero der fränkischen Provinz! Haben Sie Rhetorik studiert?"

Gregor wurde sichtlich verlegen, antwortete dann aber:

„Nein, habe ich nicht, aber ich habe mich schon immer für das Richtige eingesetzt."

„Und genau das tun wir auch. Wir setzten uns für das Richtige ein. Da wir an einer Front stehen – ich bin der Hannes."

„Ich der Reinhold."

Asmas zögerte kurz, nannte aber dann seinen Vornamen.

„Siehst du, mein lieber Gregor, Männer wie dich braucht die ökologische Revolution. Auch wenn du noch nicht lange hier lebst, kannst du derjenige sein, der den Widerstand durch unerschütterliches Engagement und das eigene Vorleben bricht. Du kennst die Leute doch gut, oder? Hast du nicht sogar ein Fest für die Pfeifen hier veranstaltet? Komm schon, der Walter hat das erzählt. Wenn so viele kommen, dann haben die sturen Franken sich schon für dich entschieden! So sind sie hier!"

„Ja, das mit dem Fest habe ich..."

„Sehr gut! Du bist also angekommen und dann sollten wir das auch nutzen! Du bist der Keil, der bereits drin ist, um die Holzwand der Ablehnung zu spalten. Wenn einer fällt, fallen noch mehr!"

„Haben Hannes und du auch Probleme mit diesem Hartzorn oder Leiters. Das sind doch sicher Rädelsführer?"

„Wer?"

Riedel und Reiner sahen sich fragend an, dann aber ergriff Riedel geistesgegenwärtig das Wort:

„Ja genau, dieser Hartdorn und seine Leiter, sind uns auch ein Dorn im Auge. Ganz schlimm! Weißt du, es läuft folgendermaßen. Die Sitzung des Gemeinderates wurde, nach der Pleite jüngst, um etwas weniger als zwei Wochen verschoben. Bis dahin muss sich der Wind sinnbildlich gedreht haben, denn wenn wir nicht zumindest einige Zusagen für den Erwerb von Pacht- oder Bebauungsflächen haben, wird unser Antrag für eine generelle

Baugenehmigung abgelehnt und Rodringbach ist für die nachhaltige Zukunft auf Jahre verloren. Zumindest einer der Bewohner muss ausbrechen, uns Land zur Verfügung stellen. Natürlich werden wir diesen ökologischen Mut und Einsatz für die Gesellschaft auch entsprechend entlohnen. Wenn wir hier den falschen anbaggern, dann kann das in die Hose gehen und alle machen zu. Dorfgemeinschaftsmist! Gruppendruck! Aber bei dir? Du bist drin, aber noch nicht zu lange, und du kannst uns helfen, einige Verstopfungen zu lösen!"

Gregor hörte die Worte und mit jedem Satz leuchteten seine Augen mehr. Erfüllte sich gerade sein Schicksal? War das der Moment, auf den er so lange gewartet hatte? Eine bessere Welt schaffen! Zumindest im Kleinen! Das war die große Formel! Ja! Keine Gedanken! Keine Reflexion! Die Straße! Die Spende! Die Wende! McRunkel! Der Lockenkopf wusste es. Er wusste es einfach. Da platzte es aus ihm heraus:

„Liebe Freunde, ich unterstütze euch, damit bis zur Sitzung in dieser Hinsicht etwas passiert. Ich sehe schon alles vor meinem geistigen Auge. Es wird eine Kampagne sein, die sich vom Umfang her und von der Wirkung selbst von den Anti-Atom-Kraft-Aktionen nicht verstecken muss. Dafür werde ich sorgen. Ich werde mit den Leuten sprechen, Plakate, Prospekte drucken und jene Elemente, welche ehrlichen Menschen den Weg in die bessere Zukunft verweigern, isolieren und bestrafen."

Erneut sahen sich der Lobbyist und der Vertreter sichtlich irritiert an. So viel Enthusiasmus hatten sie nicht erwartet. Im Gegenteil war die Ansprache Gregors sogar eine Art letzter Versuch, nachdem beide bereits zuvor an diversen Haustüren scheiterten. Immer die gleiche Geschichte, doch keiner ließ sich begeistern oder kaufen.

Haus für Haus abgeklappert. Auf der Jagd nach Unterschriften und dem Versuch entsprechende Landflächen zu erwerben. Keine Chance. Verdammte Dorfgemeinschaft!

Gregors Haus war das letzte am Dorfrand, Asmas ein Außenseiter und im Grunde genommen wurde bei ihm nur geklingelt, um sich keine Vorwürfe machen zu müssen, nicht alles versucht zu haben. Und jetzt das! Eine letzte Chance? Hatten sie den einen Enthusiasten gefunden? Ein Influencer, Eisbrecher und Multiplikator? Endlich ein erster Erfolg? Was hatten die beiden noch zu verlieren? Geschah nichts, konnten sie die Idee zu Grabe tragen. Kein Geschäft, kein Rubel — aber auch keine saubere Energiegewinnung. In Asmas fanden sie den ersten, der Begeisterung zeigte. Und sie hatten den finanziellen Anreiz für den Einsatz nicht einmal erwähnt. Illusionen, dass der Neuling aus dem Norden einen großen Einfluss besaß, hatten beide nicht. Zwar war Asmas ein wichtiges Tier bei KAMA, dem Hauptarbeitgeber der Umgebung, aber es war alles zu kurzfristig, um das noch gewinnbringend ausspielen zu können. Wie auch immer. Gregor war der letzte auf der Liste gewesen und jede Hoffnung fast dahin. Oder gab es da noch einen winzigen Funken? Es ging um Millionen. Aufträge, Folgeaufträge, Provisionen, Wartung und das Verlustrisiko blieben staatlich. Sollte man nicht den Strohhalm namens Gregor Michael Asmas zumindest versuchen zu ziehen?

Riedel überlegte genau, was er nun sagen sollte, und glaubte kurz darauf, die richtigen Worte gefunden zu haben:

„Jawohl, Gregor, mein Freund! So machen wird das! Wir sind keine so großartigen Aktivisten wie du es einer bist, darum versuchen wir es mit dem schnöden Mammon und appellieren an den Verstand und du, du holst sie dir mit dem Gefühl, etwas Richtiges zu tun. "

Kurz darauf verabschiedeten sich beide und in Gregor brannte es. Das Feuer der Aktion! Die Irritation der beiden Männer bekam er gar nicht mehr richtig mit, aber war das relevant? Natürlich trug Asmas keine Narrenkappe, denn tief im Inneren war ihm durchaus bewusst, dass die beiden nicht nur der guten Sache wegen handelten. Er musste vorsichtig sein, dass daraus nicht ein Teufelspakt mit dem Kapitalismus wurde. Oder doch nicht? Ist es dem von Gier getriebenen Kapitalismus nicht gleich, wie er sein Unheil treiben kann? Er profitiert stets vom Guten und vom Bösen. Ausnahmsweise an dieser Stelle, wenn es denn geschehen sollte, vom Ersten. Kalter, emotionsloser Kalkulator. In Sachen Windkraft aber auf der hellen Seite.

Zählte daher nicht nur, dass es das Richtige war? War es nicht genau jene Gelegenheit, auf die er immer gewartet hatte? In Ermangelung des Glaubens an einen Gott verzichtete er auf ein Stoßgebet und bedankte sich nur erneut bei McRunkel, dem grünen Leguan, der ihn einst hierhergeführt hatte.

Kapitel 39

Noch immer euphorisiert holte Gregor die heutige Zeitung, ja, die kam wirklich jeden Tag, aus dem Postkasten. Vor lauter Erregung überflog er die zahlreichen Artikel jedoch nur. Irgendwo stand etwas davon, dass die 1300-Jahrfeier in der nahen Provinzgroßstadt bald stattfand. Unwichtig! Die Sache mit der Festung? Egal! Im Lokalteil gab es ein Foto, das den neuen Pfarrer abbildete. Auf den ersten Blick erinnerte Asmas das Gesicht an das seines alten Jugendfreundes Bernd Rappel, jenem Menschen, der später radikal nach rechts abbog. Irgendwann gab es die bereits erzählte Diskussion, viele extreme Parolen und daran dachte der Lockenkopf nur ungern zurück. Insgeheim war er allerdings gar nicht so unglücklich über diese merkwürdige Verknüpfung zwischen dem Bild und Rappel, denn sie erinnerte ihn daran, dass er auch im nahen Kampf für die Windkraft wachsam sein musste und sich nicht durch scheinbare Vernunft, sowie gefühlte Sicherheit, überwältigen lassen durfte. Dem guten Bernd wäre dies einst fast gelungen.

„Niemals mehr sich des Sieges zu sicher sein. Das ist die Lektion!", wiederholte er für sich selbst. Gregor überblätterte den Lokalteil rasch, blieb allerdings dann doch an zwei großen Katzenaugen hängen, die für Futter- und Geldspenden für ein nahes Tierheim warben. Nachdem er sich wieder von diesen großen Mitleidserregern gelöst hatte, nahm er noch kurz einen Anruf von seinem baldigen Arbeitskollegen Herbert Müller entgegen, der ihn bat, wegen der Büroeinrichtung in den kommenden Tagen kurz in der Firma vorbeizusehen. Anschließend stürzte er in sein Auto und fuhr los. Wie aus dem nichts wusste er nun, was er zu tun hatte und es irritierte ihn auch nicht, dass Bio-Bauer Derberle plötzlich am Straßenrand stand und ihm freundlich zuwinkte.

Ja, seine Zeit war endlich gekommen. Wie weggeblasen die Zweifel! Das Schicksal des Menschensohnes Gregor sollte sich erfüllen. Beseelt! Entrückt! Verzückt! Alles so klar! Alles machte Sinn! Die Betriebsverlagerung! McRunkel! Der Umzug! Sein bisheriges Leben! Er würde ihnen das Licht bringen! Sinn! Sinn! Endlich Sinn! Voller Euphorie und Adrenalin! Tatendrang, so stark wie ein reißender Fluss!

Während der Fahrt dachte er über seine Kampagne nach. Groß sollte es werden! Für ein lohnendes Ziel! Windkraft! Saubere Energie! Tod dem CO_2! Sein Anteil an einer besseren Zukunft! Sein Erbe? Noch war ein wenig Zeit.

Flugzettel und Plakate wollte er drucken lassen. Am besten bei der gleichen Druckerei, die vor kurzem die Einladungen zu seinem Fest produziert hatte. Eine gute Idee! Dann brauchte er mindestens vier Stände, die vor der Kirche, am Sportplatz, neben dem Spielplatz und vor dem Feuerwehrhaus aufgebaut werden mussten. Dauerfeier über Tage! Gleich das nächste Volksfest!

„Klotzen, nicht kleckern!", betonte er innerlich noch einmal. So wie es aussah, würde der Blonde aus dem Norden auch Personal einstellen müssen, allerdings wollte er dieses Mal keine Arbeitslosen, sondern schlichtweg Studenten einstellen. Die Dorfbewohner konnte man in dieser Hinsicht wohl vergessen. Warum Studenten? Eigene Erfahrung, denn in welchem Zeitraum war er denn am aktivsten gewesen? Es musste doch Gleichgesinnte geben! Auf Musik würde er verzichten.

Nur beim Thema Essen hatte er so seine Probleme. Sollte er in dieser Hinsicht auf dörfliche Waren setzen? Auf der einen Seite hatte man die Nichtbeachtung der bestehenden Strukturen bei seinem Fest beanstandet. Auf der anderen Seite jedoch, brachte man vielleicht den Bäcker Goldmann in eine unmögliche Lage, denn Gregor wusste nicht, wie genau dessen Meinung zu den Windrädern aussah. Nach reiflicher Überlegung beschloss er, erneut Hakan Gökan zu kontaktieren, machte ihm allerdings zur Auflage, neben türkischen Gerichten auch Döner-Bratwurst und das Bier einer einheimischen Marke, die Gregor inzwischen dank Benno nur zu gut kannte, anzubieten. Ein guter Kompromiss.

Innerhalb weniger Stunden war alles erledigt: Die Auslagen im Druck und der türkische Spezialitätenservice angeheuert. Die Genehmigung? Kein Problem!

Um geeignete Helfer zu engagieren, besuchter er erneut die Kneipe, die er vor kurzer Zeit zusammen mit Leopoldine aufgesucht hatte und die damals von Studenten nur so wimmelte. War doch ein beliebter Treffpunkt, oder? Insgeheim erhoffte sich Gregor zudem, dass er dort vielleicht eher wirkliche Überzeugungstäter finden konnte. als auf dem Arbeitsamt. Ja, alles sprach für den Ort als geeignete Anlaufstelle! Soweit die Theorie. In der Praxis waren nur einige wenige Studenten anwesend, die Asmas auch sofort ansprach und am Ende hatte er einen zypriotischen Teilnehmer eines Austauschprogrammes namens Kyriakos Zvalas, einen sympathischen Sozialpädagogik-Studenten im 28. Semester, der Fred Meiser genannt wurde und eine junge Frau mit dem Namen Marine Herd, die ihn von den Zügen her verdächtig an die dicke Brigitte erinnerte, engagiert, die ab Mittwoch bis zur Gemeinderatssitzung mehrere Stunden am Tag einen der Stände besetzen sollte, die er im Fachhandel gemietet hatte. Selbst deren Platzierung hatte er genau durchdacht: Taktisch gesehen sollte einer der Stände auf dem Platz vor der Kirche, einer am Spielplatz und der dritte schließlich neben den Lädchen um den Dorfbrunnen aufgebaut werden. Der vierte, es war jener auf dem Sportplatz, war nur am Sonntag zu den Heimspielen des Fußballvereins interessant.

„*Alles vorbereitet! Perfekt!*", freute sich der Lockenkopf sichtlich in sich hinein.

Auf dem Rückweg nach Hause hielt Asmas noch bei einem Geschäft und füllte sein ganzes Auto mit den Einkäufen. Diese waren allerdings nicht für ihn gedacht, sondern für das nahe Tierheim, das von ihm nicht nur Unmengen von Futter, sondern auch einen anonymen Barscheck über 1000 Euro erhielt. Den Scheck warf er in den Postkasten und das Futter sicherte er vor der Tür mit einer Plane gegen möglichen Regen. Nein, er wollte nicht klingeln, denn er wollte einerseits kein Lob, denn der Einsatz für notleidende Tiere war für ihn eine Selbstverständlichkeit. Auf der anderen Seite hatte er aber auch die Befürchtung, dass man ihn ohne die Adoption eines Tieres nicht gehen lassen würde und so sehr er diese Wesen auch liebte, so wenig konnte er, den grünen Leguan einmal ausgenommen, mit ihnen anfangen. Nein, das passte nicht.

Wenig später fuhr Gregor sichtlich zufrieden nach Hause, denn die „*Aktion Aeolos*", benannt nach dem griechischen Gott des Windes, das germanische Pendant erschien ihm zu national, konnte in wenigen Tagen anlaufen.

Kapitel 40

Der folgende Tag bringt uns an den Anfang unserer Geschichte zurück. Man erinnert sich? Sonnig, ruhig, den Angelhaken an der Schnur und der gute alte Main. Das Jagdinstrument hatte er sich einen Tag zuvor aus dem gleichen Laden besorgt, bei dem er das Tierfutter für das Heim massenhaft zusammenkaufte. Der „Fischmatscher 2412" beeindruckte durch sein Design und das massenhafte Zubehör, beinhaltete alles, was eines wahren Anglers Herz begehrte. Der beachtliche Preis von 3250 Euro erschien Asmas dagegen angemessen. Wer hat, der hat. Wer nicht hat, will haben und wer haben will, der hat noch nicht. Oder so ähnlich. Belanglos!

Hier stand er nun, am Rande des Flusses. Die Angel in der Hand, die Gummistiefel fest angezogen, den Klappstuhl, man sagte er stamme aus biologischem Anbau, geöffnet.

Ob dieses ein guter Zeitpunkt für unsereiner wäre, um ein Resümee zu ziehen? Über den Charakter? Über die Situation? Über die Kreatur und ihre Umgebung selbst? Zeit für eine Änderung der Spielregeln?

Nein, nichts davon! Wer Asmas bis jetzt nicht verstanden hat, dem hilft auch eine Zusammenfassung nicht. Er ist, wie er ist. Ein wenig an den Rahmenbedingungen spielen? Wozu? Gelegentlich trägt die Beobachtung die Früchte allein! Mehr soll es nicht sein, mehr gebiert der Moment nicht! Zurück! Zurück an den Main!

„*Nun stehe ich hier und weiß auch nicht*", sprach der Neu-Angler zu sich selbst und versuchte seine Gedanken auf das Ding an sich zu lenken. Stockte der Vorgang vielleicht, weil er selbst daran zweifelte? Konnte das sein? Hatte Benno ihn vom Angeln überzeugt oder ihn nur gedrängt, vielleicht sogar im geistigen Sinne dazu verführt oder gar vergewaltigt? Im übertragenen Sinne, nicht im wörtlichen. Versteht sich. In seinen Augen machte sich die Unsicherheit sichtbar und erste Schweißtropfen liefen über seine Stirn, überquerten die breite fleischige Nase, erreichten schließlich den Mund und tropften über das Doppelkinn ab. Salziger Genuss und in gewissem Sinne auch eine Form des Kannibalismus.

Einen kurzen Moment dachte der Lockenkopf an sein bisheriges Leben, dann wiederum daran, dass er vermutlich nur hier war, weil er es bedauerte, dass sein Nachbar so lange abwesend sein würde. Ohne ihn aber hatte das Angeln nichts Entspannendes mehr, sondern wurde schlichtweg wieder zur Barbarei.

„Man macht exakt die gleiche Sache und doch ist das Gefühl ein völlig anderes! Es kommt wohl nicht auf die Tätigkeit an, sondern nur darauf, wie man sie von innen her betrachtet", grummelte Asmas enttäuscht, packte seine Sachen zusammen und fuhr nach Hause.

Wie es alle Kräfte des Universums so wollten, erreichte er die eigene Tür just in dem Moment, in dem das Telefon klingelte. Am anderen Ende der Leitung wartete seine Mutter, die ihr eigentliches Interesse, das sich primär auf den Abend mit Leopoldine reduzieren ließ, durch allerlei Belanglosigkeiten und natürlich dem Vorlesen ihres Terminkalenders kaschierte. Sichtlich genervt erklärte Gregor, dass die junge Staatsanwältin für ihn als Partnerin nicht in Frage käme und verwies auf sein Engagement in Sachen Windräder. Die angeblichen sexuellen Eskapaden und Perversionen seiner Schwester waren, das sei nebenbei erwähnt, kein Thema. Über so etwas sprach man nicht! Zumindest in der Familie Asmas. Was waren die kleinen Probleme von Ida auch gegen die Idee der sauberen Energie? Was war die Sorgen einer Person gegen die Folgen des Klimawandels für Milliarden? Zumindest schnell vergessen! Nach gut und gerne zwei Stunden schaffte es Asmas, seine Mutter erfolgreich abzuwimmeln. Müde, ausgelaugt. Sichtlich erschöpft ließ er sich auf sein Sofa fallen und gab sich ganz seinen Gedankenbildern hin, in denen er mutig für seine Sache stritt. Er sah sich als Koordinator an den Ständen, Verteiler von Plakaten in Gesprächen mit den Einwohnern und am Ende als grandioser Redner auf der Sitzung des Gemeinderates. Sinnstiftende Endstation! Apropos reden! Das war bislang nicht sein Metier gewesen und er hatte es auch nie angestrebt. Selbst in seiner wilden Zeit überließ er Derartiges anderen, aber in welchem Stein stand gemeißelt, dass das für ewige Zeiten so bleiben musste? Und war es nicht seine Grundüberzeugung, dass das Beste stets im Menschen ruhte und es nur eines Erweckens bedurfte, um das Potential zur vollen Blüte zu bringen? Lernen? Aneignen? Sozialisieren? Zeigte nicht sein jüngster Auftritt eine gewisse Begabung? Wer sollte es sonst machen? Wer sollte sonst auf der Sitzung sprechen? Einer der angeworbenen Studenten? Nein, die hatten nicht das Feuer! Die Lobbyisten? Wurden sie nicht bereits ausgebuht und kamen weitaus weniger an als er? Die Ehre verblieb ihm und selbstverständlich wollte er in dieser Hinsicht nichts dem Zufall überlassen. Aus diesem Grund hatte sich der Blonde aus dem Norden bereits zahlreiche Literatur bestellt, die

Gregor helfen sollte, seinen Auftritt zu optimieren. Einen kurzen Moment horchte er in sich hinein. War es allein die Sache oder vielleicht auch ein wenig Eitelkeit? Doch Asmas verfolgte diesen Gedanken nicht weiter, denn während er sinnierte, fiel er langsam, aber sicher immer mehr in den Schlaf. Große Pläne schaffen oft große Müdigkeit und da es bereits am morgigen Mittag beginnen sollte, konnte ein wenig Erholung nicht schaden.

Kapitel 41

Früher Morgen. 7:00 Uhr. Weiterer Schlaf undenkbar. Der Aufbau der Stände, die Verteilung der Flugblätter und das Ankleben der Plakate war zwar erst für zehn Uhr angesetzt, dem für die Herren und Damen Studenten frühesten akzeptablen Zeitpunkt, allerdings nahm Gregors Schlaf darauf keinerlei Rücksicht und wich dem Erwachen bereits zu früherer Stunde. Bald würde es beginnen; das tagelange Trommelfeuer. Umerziehung im Eiltempo! Regenbogen in die Zukunft! Evolution des Bewusstseins! Vielleicht die größte politische Aktion, die Rodringbach je erlebt hatte! Bevor es allerdings so weit war, lenkte sich Asmas mit der Zeitung ab, wobei das Vergnügen alsbald dem Entsetzen wich, als er las, dass in Würzburg kürzlich eine grauenvolle Mordserie aufgedeckt wurde. Ein wirrer Kult! Tote Menschen! Krankhafte Perversion! Offenbar gab es in dieser so friedlichen fränkischen Idylle eine Sekte, die systematisch Menschen opferte! Von einem „*fränkischen Jahrhundertverbrechen*" und einer „*Blutopfersekte*" war die Rede und es wunderte ihn wenig, dass diese Taten ehemaligen Angehörigen der deutschen Wehrmacht angelastet wurden. Genaueres wusste man aber im Moment noch nicht.

„Typisch Nazis! Ich kann nur hoffen, dass die Gesellschaft daraus lernt, dass man sie immer und überall bekämpfen muss! Drei von denen sind anscheinend schon um die 90 und noch immer keine Reue! Wie heißt der? Karl Eisen – was für ein Nazi-Name!"

Er betrachtete die Fotos. Lauter alte Bekannte: Der leitende Staatsanwalt natürlich Burkhart Huber und der leitende Ermittler? Ein gewisser Lauswin Lampe.

„Das wird Leo aber gar nicht gefallen, wenn sie den Fall nicht bekommt und war der Lampe nicht gerade noch ein kleiner Beamter? Das war doch der auf der Rechten-Demo? Vetternwirtschaft?", fragte sich Asmas überflüssigerweise selbst, denn er kannte die Antwort nur zu gut und widmete sich lieber den restlichen Abbildungen. Dort waren auch zwei Opfer zu sehen und trotz der schwarzen Balken, die Augen und Ohren abdeckten, deutlich zu erkennen. Der Lockenkopf fuhr zurück! Konnte das sein? Die Opfer! Das eine, ein junger Mann namens Robert Erpeling, hatte er in der Studentenkneipe angetroffen.

„*Ja, kurz bevor Leopoldine kam. Die Welt ist klein!*", konsternierte er überrascht. Die Verwunderung wich aber sogleich der Verärgerung, denn auch die zweite ermordete Person war im wohlbekannt: Es handelte sich um eine der Arbeitskräfte, die gleich vor der Tür stehen sollten: Marine Herd.

„*Warum lässt die sich auch umbringen? Weiß die nicht, was auf dem Spiel steht! Hoffentlich kommt der Rest zumindest!*", dachte er nur und da klingelte es auch schon an der Tür. Dort stand, auf die Minute genau pünktlich, Hakan Gökan, der mit seinem Lieferservice für die kulinarische Verpflegung zuständig war. Gregor wies ihn ein und der Türke machte sich an die Arbeit. Wenig später klingelte es erneut. Es war der sympathische Kyriakos Zvalas mit dem goldigen Lächeln und den mangelhaften Sprachkenntnissen, der Asmas mit Händen und Füßen vermittelte, dass sein Freund Fred Meiser, der ebenfalls durch Gregor angeworben wurde, aufgrund akuter Müdigkeit nun doch kein Interesse mehr an dieser Tätigkeit hatte. Etwas frustriert schickte der Blonde aus dem Norden Zvalas zu Gökan, damit diese gemeinsam die Stände aufbauen konnten und bereitete selbst die Plakate auf.

„*Das geht ja schon gut los! Kein Verlass mehr auf die heutige Jugend! Da sind wieder nur die Ausländer. Da sieht man mal wieder, wie dumm die Rechten sind!*"

Auf einmal schellte das Telefon und Gregor hoffte inständig, dass es keine weiteren Komplikationen mehr gab.

„*Ich versichere dir, du brauchst eine Versicherung, Michel. Ich bin es Harry.*"

Den brauchte Asmas im Moment nicht und sichtlich genervt versuchte er seinen Schwager abzuwimmeln. Dieser fuhr jedoch ungerührt fort:

„*Ich weiß, dass du im Stress bist und das verstehe ich. Deine Mutter hat mir das alles erzählt mit deiner Aktion und ich finde das großartig. Ich habe noch einmal nachgedacht und ich habe ein schlechtes Gewissen, weil ich deine Rede damals sabotiert habe und überhaupt hat mir unser Gespräch innerlich so viel gebracht, dass ich unsere Beziehung auf eine neue Basis heben möchte, verstehst? Außerdem werde ich sowieso bei dir eine Zweigstelle eröffnen. Die Wind-Dinger werden ja leider sowieso alle von der Konkurrenz versichert. Rahmenabkommen! Kann*

nur gewinnen! Wie wäre es, wenn ich und meine zwei Azubis zu dir fahren und dir bei deiner Windrädergeschichte
helfen? Für die Unterbringung und die Verpflegung müsstest du natürlich aufkommen. Versteht sich, oder?"

Noch bevor Gregor ablehnen konnte, hörte er draußen ein wüstes Geschrei. Er bat Buxler einen Moment zu warten und trat kurz darauf ins Freie. Dort duellierten sich gerade Gökan und Zvalas mit einem Dönerspieß und einem Besen. Lange Rede, kurzer Sinn: Nach wenigen Augenblicken war klar, dass die beiden sich über die Zypernfrage zerstritten hatten. Asmas versuchte, ob dieses dümmlichen Nationalismus zu vermitteln und am Ende fuhren beide beleidigt nach Hause. Zurück blieb ein verzweifelter Gregor, der nun ohne Mitarbeiter dastand. Es folgte ein zynisches Lachen, denn offensichtlich wollte die Vorsehung ein klein wenig mehr als er. Hatte Buxler ihm nicht gerade angeboten, bei seiner Aktion mitzuhelfen? Und überhaupt, waren sich er und Versicherungs-Harry nicht jüngst bei einem schlechten Glas Wein nähergekommen? Der Schwager war doch gar kein so übler Kerl und hatte nicht jeder das Recht auf Läuterung?

Gregor ergriff den Hörer und tat, was das Schicksal offenbar von ihm verlangte. Das konnte doch kein Zufall sein, oder? Sofort bot Buxler an, zahlreiche Werbeartikel zu liefern, um die Stände etwas interessanter zu machen. Er dachte dabei an Kugelschreiber, Plüschtiere, Schokolade, kleine Figuren, Schirme, ein kleines Trampolin, Lose für interessante Gewinne und so weiter und so weiter. Selbstredend würde Harry alles mitbringen, bezahlen musste es aber ebenso selbstredend Gregor. Der Freundschaftspreis des Schwagers betrug zarte 4.000 Euro und obwohl Asmas bewusst war, dass der Mann seiner Schwester ihn unübersehbar, selbst im Rahmen einer guten Tat, erneut übervorteilte, sagte er zu, denn er musste sich innerlich doch eingestehen, dass die Durchführung der Aktion ansonsten sehr schwierig werden würde. Vom Zeitplan gar nicht erst zu sprechen. Welche Wahl hatte er? Wahlweise einen ganzen Tag vergeuden, um erneut unfähige Arbeitskräfte anzuwerben und einzulernen? Die Stände mussten besetzt, das Bewusstsein der Menschen verändert werden! Jetzt! Durchdringend! Wie geplant!

Am Ende nahm er Buxler das für ihn typische Gebaren nicht einmal krumm, denn aus Gregors Sicht, schien dieser wirklich ein schlechtes Gewissen zu haben. Nur aus seiner Versicherungshaut konnte er offenbar nicht. Imagegründe? Ein Gefängnis der Erwartungen? Egal! Aber war nicht die Tatsache, dass er sich überhaupt anbot, ein Anfang? Vielleicht sogar der Schritt zu einem besseren Familienleben?

„Ja, das wäre ein interessanter Nebeneffekt", dachte Asmas. Dann aber gingen seine Gedanken zu seiner Aktion zurück. Der Versicherungsmensch würde erst morgen früh samt seinen beiden Azubis anreisen. Dieses verzögerte die Stände und die Plakate zwar um einen Tag, die Handzettel wollte er aber schon heute austragen und warf sie mit großer Begeisterung in die Postkästen. Sicherheitshalber im Schutze der Dunkelheit; das sei aber nur am Rande angemerkt.

Kapitel 42

Der nächste Morgen in frühester Stunde. Vor der Tür wartete Harald Buxler samt zweier junger Männer; ach was, Knaben. Bevor Gregor irgendeine Zuckung vornehmen konnte, begann der
Schwager auch schon zu reden:

„Guten Morgen, mein Lieber Gregor. Wie versprochen und für die gute Sache melde ich mich zum Dienst,
verstehst? Das sind meine zwei Auszubildenden: Der junge Mann wurde von seinen Eltern Jason und der hier
Calvin getauft. Sind die beiden nicht niedlich? Meine kleinen Zitzen!“

Asmas musterte die drei vor ihm stehenden Menschen. Alle trugen sie Anzüge, alle hatten sie
schwarze Haare und ein grenzdebiles Grinsen auf den Lippen. Nur den Schnauzer besaß Harry
noch exklusiv. Scheinbar zog das Versicherungswesen ganz bestimmte Typen an, dachte sich Gregor, aber dann fiel ihm auf, dass dieser Gedanke mit Stereotypen spielte. Das erschien ihm unan-
gemessen.

„Also, Michel. Wie ich gesehen habe, müssen deine Stände noch aufgebaut werden. Du musst mir nur sagen
wo. Den ganzen Krempel für die Leute habe ich auf dem Anhänger, die Plakate kleben wir. Wir werden das Kind
schon kräftig säugen, verstehst? So an der prallen, nuckligen Harry-Brust!“

Asmas war sichtlich überrascht über so viel Tatenkraft, überhörte die sexistischen Sprüche
und antwortete etwas gedankenlahm:

„Ich kann euch doch nicht alles allein...“

„Doch, Michel, das kannst du. Wir sind Versicherungsmenschen und haben ständig irgendwo Stände. Wir
sind Profis und was bist du?“

„Aber Harald, wenn ihr dann fertig seid, dann sollt ihr doch die Leute ansprechen und kennst du dich über-
haupt mit Windrädern aus?“

Der Schwager fing an zu lachen und seine beiden Auszubildenden, die schweigend links und
rechts neben ihrem Herrn und Meister standen, grinsten auf eine ähnlich dämliche Art und Weise
wie es auch Harry stets zu tun pflegte.

„Lieber Schwager, wir leben von dem Verkauf von Versicherungen und meinst du wirklich, wir wissen immer so genau, was wir da verkaufen? Wir nehmen einfach dein Plakat und deine Postkarten und lernen die Hauptargumente auswendig, verstehst? Kapiert, ihr Bimbos? Los, abladen, Plakate aufhängen, Stände aufbauen, Argumente auswendig lernen!“

„Kapiert, Chef!“, antworteten Jason und Calvin wie aus der berühmten Pistole geschossen und machten sich auf einen Wink Haralds hin daran, den Anhänger zu entladen und die Stände aufzubauen.

„Siehst du, Michel, kein Problem. Überlasse alles den Profis. Apropos Profis, du weißt ja, dass ich immer für die gute Sache zu haben bin, aber die ganzen Werbeartikel. Die gehen ganz schön an die Kohlen.“

Zähneknirschend übergab Gregor dem Schwager das Geld. Versicherungs-Harry blieb eben Versicherungs-Harry.

„Ich komme dann und werde euch helfen, Harry.“

„Hör mal, Michel. Ich halte das für keine so gute Idee.“

„Warum denn nicht?“

„Verstehst du, ich bin Profi. Ich weiß, wie ich Menschen nehmen muss, damit ich ihnen etwas verkaufe. Schau mal mit wie vielen Anträgen ich hier abgezogen bin! Nach einem einzigen Tag! Bitte reg‘ dich nicht auf, aber ob Versicherungen oder eine gute Sache ist erst einmal so egal, wie ob man ein Meerschweinchen grillt oder einen Rosenkohl. Das muss man aber können, sonst schmeckt es nicht, verstehst?“

„Worauf willst du hinaus?“

„Wie soll ich es sagen? Du bist ein feiner Kerl, aber ich war ja schon hier und habe mich unter die Leute gemischt. Das sind super-knorke Menschen, aber irgendwie kommt deine Art bislang nicht so an.“

„Was soll das heißen? Ich gehe davon aus, dass es ein paar Einzelne sind, die das Stimmungsbild gegen mich anheizen.“

„Siehst du, du kämpfst nicht für Windräder, sondern gegen Windmühlen. Die Leute sind bei den Dingern oft nicht neutral, sondern schon negativ beeinflusst! Die Landschaft, der Schatten, der Lärm und das ganze Blablabla.

Dann gab es so ein paar Sachen bei deinem Fest und manche mögen dich offenbar gar nicht. Das ist total unfair, weil du ein Superkerl bist, aber im Verkauf ist es nie fair, verstehst? Sobald du an den Ständen auftauchst, müssen erst einmal Vorbehalte gegen dich abgebaut werden, die böse Einzelne gegen dich aufgebaut haben. Das braucht Vertrauen und Zeit. Sowas ist tödlich für den Vertrieb, denn die Leute kommen vielleicht gar nicht erst, wenn du in der Nähe bist. Willst du das riskieren?"

„Ich danke dir und ich glaube, du hast nicht Unrecht", antwortete Gregor, denn er wusste auch nur zu gut, warum er die Handzettel im Schutze der Dunkelheit und nicht am hellen Tag eingeworfen hatte.

„Schau, du bist einfach nur ein klasse Typ, aber ich habe hier schon Versicherungen verkauft und eröffne auch ein Büro an diesem Ort. Mir vertrauen die Leute zum Teil schon. Das hat nichts mit dir zu tun, aber ich bin eben ein professioneller Menschenfreund. Außerdem, wenn du wirklich noch eine große Rede halten willst, dann nutzt dich das doch viel zu sehr ab, wenn du den gleichen Murks jeden Tag bis dahin an den Ständen erzählst. Da hätte die beste Rede keinen Effekt mehr, verstehst? Nutzt dich nur nicht ab! Was macht dich schärfer? Wenn die Brüste ständig vor deinem Rüssel hängen, oder, wenn man sie erst langsam mit seinen zarten Fingerchen entdeckt? Dosieren, Michel! Dosieren! Das ist mein Rat, verstehst?

„Was schlägst du also vor?"

„Bei uns ist so viel schiefgelaufen und ich glaube, ich habe ein paar Kleinigkeiten gutzumachen. Ich und die Azubis Neiger und Krumpp übernehmen die Stände und Plakate komplett. Wir haben mehrere Tage und wir kochen diese Leute weich, verstehst du? Aus der harten Brust werden zarte Brüste! Am Telefon haben wir doch davon gesprochen, dass diese Sitzung für dich wichtig ist. Haste auch deiner Mutter gesagt! Du bereitest dich darauf vor und wir haben sie dann so weich, dass du den Erfolg nur noch einsacken musst. Was sagst du dazu? Wer Harry zum Freund hat, der kann alle anderen Menschen auf der Restmülldeponie aussetzen!"

Asmas überlegte kurz. Bei allen unsinnigen Sprüchen war die Argumentation von Buxler nicht von der Hand zu weisen, denn es konnte tatsächlich schwierig werden, wenn bereits Vorbehalte gegen ihn bestanden. Die Erlebnisse auf seinem Fest, die Furcht vor dem Betreten des Zeltes. Die offen gezeigte Abneigung mancher Dorfbewohner. Natürlich wunderte ihn das Engagement des

Schwagers. Ein guter Kern? Oder nur ein Schauspiel, weil er doch jeden Dienst und jedes Werbemittel teuer bezahlte? Vielleicht gab es gerade wieder eine Flaute im Versicherungsgeschäft und Harry hatte es nötig? Das wird es auch sein, aber wann hatte er es nicht nötig? Gregor beschloss, sich darauf einzulassen, denn er brauchte tatsächlich Zeit, um sich vorzubereiten. Einen im Dorf wollte er jedoch noch persönlich überzeugen und das war sein künftiger Arbeitskollege Müller. Doch das hatte bis zum Nachmittag Zeit. Der Blonde aus dem Norden stimmte dem wartenden Versicherungsmenschen zu. Jener verabschiedete sich und begann seinen beiden Auszubildenden dadurch zu helfen, dass er ihnen genaue Anweisungen gab und sie auch überwachte, während er sich billige Zeitschriften ansah.

Asmas dagegen nahm die Zeitung und zwei Pakete, welche die Post inzwischen geliefert hatte, und zog sich in sein Haus zurück. Erstere überflog er nur kurz. Sie war noch immer voll mit den Berichten über das schreckliche Verbrechen, welches zum Tod der armen Studenten geführt hatte. *„Blutopfersekte? Einfach nur bizarr!"*, bemerkte er. Am Rande wurde erneut auf die nahe 1300-Jahrfeier der Großstadt verwiesen, doch dafür hatte Gregor im Moment keine Zeit. Lieber widmete sich der Lockenkopf den Paketen, deren Inhalt für sein großes Projekt weitaus wichtiger war.

Kapitel 43

Geschwind waren die Pakete geöffnet und auf Vollständigkeit überprüft: Schopenhauers „*Die Kunst, Recht zu behalten*" war ebenso dabei, wie Ciceros Reden. Geschickte Rhetorik konnte er auch aus den Worten Lenins, Maos und denen eines Mannes, der ganz andere Positionen vertrat, erlernen. Wenn eine Sache so im Lichte der Gerechtigkeit strahlt, hat der Schatten keine Möglichkeit, seine dunkle Wirkung zu entfalten! Für die Massenpsychologie bot sich Gustave Le Bon an. Und, und, und! Ach, der ganze Karton war voll mit Büchern, die dafür sorgen sollten, dass er bei der nahen Versammlung glänzen konnte. Große Reden! Tipps für die Körperhaltung und den richtigen Einsatz von Sprache, Pausen und Gesten! Nichts dem Zufall überlassen. Perfekt vorbereitet! Wie konnte das besser gelingen als mit den Meistern der Vergangenheit? Du seliger Geist der humanistischen Gymnasialbildung! Zur rechten Zeit dringst du in das Bewusstsein!

Allerdings musste Asmas alle diese Bücher erst noch lesen und daher gab es mehr als genug zu tun. Es fühlte sich wie damals an, als dem Lockenkopf die linken Schlagworte nicht mehr genügten und er mehr wissen wollte. Tiefe! Die Wahrheit hinter Floskeln! Oder war es nun wie einst, als er den Ehrgeiz hatte, im Beruf etwas zu erreichen und er sich Tag und Nacht fortbildete? Völlig gleich! Das Feuer brannte und die Flammen loderten.

Bevor er sich jedoch dem selbstauferlegten Studium hingeben wollte, trat er noch einmal nach draußen. Diese frische Luft! Die Ruhe! Die Menschen! Die Landschaft! Es würde sich lohnen, alles das in eine bessere Zukunft zu führen! Vorne an der Straße sah er seine Plakate. Nicht genau, aber gut genug, denn sie ließen sich auch aus der Ferne an dem großen grünen Windrad, das fast die Hälfte des Ganzen ausmachte, exzellent erkennen. So schnell hätte er das, als handwerklich wenig geschickter Mensch, nicht hinbekommen. Hammer und Nagel waren seine natürlichen Feinde. In dieser Hinsicht musste Gregor die Professionalität des Schwagers zähneknirschend anerkennen.

„*Auf zack ist er ja, der Harry*", stellte er fest, „*leider sonst nur beim Unterschreiben der Anträge und beim Eigennutz. Was war das?*"

Etwa wieder Bio-Bauer Derberle? Plötzlich fuhr er herum, denn er hörte ein merkwürdiges Geräusch aus der Hecke vor seinem Grundstück, doch ehe er sich nähern konnte, sprang ein Junge mit irgendetwas in der Hand heraus und lief die Straße hinunter.

„Den kenne ich doch und war das nicht ein Funkgerät?“

Schlagartig wurde ihm klar, dass es sich bei dem Buben um Marvin Leiter, jener unwürdigen Kreatur, die ihm schon in Florida negativ aufgefallen war, handelte. Irritation! Verwirrung! Vorsichtig kehrte Asmas in sein Haus zurück! Was machte das widerwärtige Balg von Rita und Jörg Leiter dort? Instinktiv lief der Lockenkopf die Treppe hoch und sah vorsichtig durch das geschlossene Fenster. Was er auf der Straße sah, ließ ihm den Atem stocken, denn dort stand Reintrud Leiter, die Tochter des Widerlings. Ebenfalls ein Funkgerät in der Hand. Den Blick starr auf sein Haus gerichtet. Alles so surreal. Zufall? Irrtum? Nein, so gerne er die Wahrheit verleugnet hätte, so klar und deutlich stand sie, in Gestalt eines kleinen Mädchens, auf der Straße. Erst Nervosität! Schwitzen! Tropfen für Tropfen! Dann Entschlossenheit!

„Ist es schon wieder soweit?“, stammelte Gregor fassungslos. Asmas sah genauer hin. Warum fielen ihm diese bösartigen Augen erst jetzt auf? Wer steckte dahinter? Die Leiters selbst?

„Nein, viel zu dumm und zu spießig! Hartzorn muss sie aufgewiegelt haben! Der Altnazi! Wer sonst?“

Natürlich wusste er stets, wer seine Feinde waren, doch, dass sie sich ihm so dreist offenbarten und ihn direkt vor seinem Haus überwachen ließen, erstaunte den Blonden aus dem Norden doch sehr. Falls es noch geringe Zweifel an der existenziellen Wichtigkeit seiner Aktion gab, so wurden diese, ganz ohne Windrad, nun weggeblasen.

„Und zwischendurch hätte ich mir fast eingeredet, dass ich übertreibe. Doch was für ein Zufall! Die Plakate hängen und die Dunkelmänner reagieren sofort! Kein Irrtum möglich! Da sind sie, da sind sie, die Kinder mit den bösen Augen! Sie fordern mich heraus! Oder spinne ich doch?“

Mit Blick auf diese Entwicklung war Gregor nun doppelt froh, dass er seinen Schwager und dessen Azubis als Unterstützer hatte, denn so lief die Sache auch dann, wenn er nicht bei den Ständen war. Damit hatte das Böse wohl nicht gerechnet!

„Es ist ein Krieg. Ein Krieg um die Seelen der Leute hier. Nichts weniger!", murmelte Asmas, während er auf und abging. Am Ende blieb er vor dem erworbenen Bild stehen. Jenes, das die Mainschleife zeigte und dessen Maler er immer noch nicht recherchiert hat. Er wünschte sich kurz, die Kindlein dort zu ertränken, nahm es aber sofort zurück. *„Wenn wenigstens du hier wärst, McRunkel! Oder wenigstens Benno!"*, klagte er, besann sich aber anschließend darauf, dass es lediglich harmlose, wenn auch aufgehetzte, Kinder waren. Wussten Sie nicht, dass es Ihre Zukunft ist, für die er gegen die Reaktion, die Kapitalisten, die Faschisten und die Klimaleugner kämpfte? Er beschloss daher nachsichtig zu sein und erst einmal nichts zu unternehmen. Stattdessen widmete er sich mit größter Entschlossenheit den neuen Büchern, denn schließlich sollte sein geplantes Plädoyer für die Windkraft nicht nur inhaltlich, sondern auch stilistisch und rhetorisch brillant werden.

Nach wenigen Minuten fiel ihm allerdings ein, dass er gerade heute in die Firma fahren wollte, um dort mit seinem künftigen Arbeitskollegen Müller die Büroeinrichtung zu besprechen. Schließlich waren es nur noch wenige Tage, bis er seine Tätigkeit wiederaufnehmen sollte. Er schnappte sich seinen Autoschlüssel und hielt kurz inne. Nun gab es doch eine Konfrontation! Wie sollte er auf die Leiter-Bälger reagieren? Ihnen den Kampf ansagen? Sie gar verscheuchen? So tun, als ob er sie nicht sah? Sie sehen, eiskalt ignorieren und so Überlegenheit demonstrieren? Asmas entschloss sich am Ende für Letzteres, ging gemächlich hinaus, nahm zur Kenntnis, dass beide Kinder völlig ungeniert vor seinem Grundstück herumlungerten und in dem Moment, in dem er das Haus verließ, in ihre Funkgeräte sprachen. Langsam, aber mit einer imponierenden Haltung, setzte er sich in sein Auto und fuhr, förmlich in Zeitlupe, an den beiden vorbei. Schritttempo! Ganz bewusst! Schließlich gewann er an innerlicher Stärke, drehte seinen Kopf nach links und sah beiden abwechselnd in die Augen. Diesem Blick konnten die Kinder nicht standhalten und sie liefen schreiend davon. Sieg! Große Zufriedenheit! Diese Schlacht hatte Gregor Michael Asmas gewonnen.

Wenig später in der Firmenzentrale von KAMA. Die Frage nach der künftigen Büroeinrichtung konnte schnell geklärt werden: Olivfarbene Wände mit einem Schuss Zitronengelb. Viel wichtiger war es Gregor, Herbert Müller in ein Gespräch über *„Aktion Aeolos"* zu verwickeln und das gelang ihm, den ersten Ratschlägen aus seinen neuen Büchern folgend, relativ schnell. Da die Müllers am Rande des Orts wohnten und dort aufgrund der Bewaldung keine Windräder gebaut werden konnten, waren diese nicht wirklich in die Streitfragen involviert oder gar persönlich betroffen. Mit viel Mühe gelang es Asmas, Müllers Zustimmung zu erringen. Zur Sitzung des Gemeinderates würden er und seine Gattin erscheinen. Ein brillanter Sie für eine bessere Zukunft!

Bislang ein Tag voller Siege! Innerliche Befriedigung! Das Gute und Gerechte wird immer siegen! Zufrieden fuhr er anschließend nach Hause, musste jedoch völlig irritiert zur Kenntnis nehmen, dass Marvin Leiter bereits am Ortseingang auf ihn wartete und seine Ankunft augenscheinlich mit seinem Funkgerät weiterleitete. Die Gesten waren mehr als eindeutig und um dieses festzustellen bedurfte es keiner großen Kombinationsgabe. Eigentlich hatte Gregor vorgehabt, die Stände zu inspizieren, aber so fuhr er nur rasch vorbei und erlangte lediglich einen ersten Eindruck. Während der Stand neben der Kirche mäßig besucht war und Calvin Krumpp sich sichtlich langweilte, schienen die Hüpfburg und Werbegeschenke des Standes neben dem Spielplatz eine ganz andere Wirkung auf Kinder und Eltern zu haben. Es schien eine positive Resonanz zu geben. Ein gutes Gefühl. Die Zufriedenheit wich jedoch sofort wieder, als der Lockenkopf, just als er die Einfahrt hochfuhr, bemerken musste, dass sich Reintrud Leitner bereits wieder auf der anderen Straßenseite positioniert hatte. Ein klammes, unheimliches Gefühl überkam ihn. War das alles noch real? Spätestens jetzt sollte allerdings jede Verwechslung und jeglicher Zufall ausgeschlossen werden können!

Schnell ins Haus und die Kinder einfach ignorieren! Die Schotten dicht! Da! Ein Klingeln an der Türglocke! *„Wie weit gehen diese Bestien?"*, fragte er sich nervös, griff nach seinem Designer-Besen und öffnete zögerlich die Tür. Gregor sah ein Gesicht, das er überhaupt nicht erwartet hätte: Das von Onkel Michael.

Kapitel 44

Der Schauspieler! Erstaunt bat der Neffe den Onkel herein und musste konsternieren, dass dieser einen furchtbar mitgenommenen Eindruck machte, weswegen er sich gleich nach dessen Wohlbefinden erkundigte. Michael, das Gesicht fahl und operiert, abgemagert der gebräunte Körper, die blondierten Haar wild stehend, ließ sich auf das Sofa fallen, sah verzweifelt in die Luft, verdrehte die grünen Augen, wie es wohl nur ein großer Schauspieler konnte und antwortete dann schwermütig:

„Sieht man mir das so an? Oh, alles Leben ist Leiden und meines die Krönung des Leids!"

„Ja, und ich bin auch ein wenig überrascht, dass du mich hier besuchst. Von wem hast du denn die Adresse?", hackte Gregor ganz nüchtern, die Theatralik des Verwandten ignorierend, nach.

„Von deiner Mutter und ich brauche deine Hilfe, Gregor. Doch nicht des Elends wegen! Denke nicht falsch von deinem geliebten Oheim! Lass' mich dir kurz das Drama meines Lebens schildern! Tragödie! Götterdämmerung!"

„Gerne, möchtest du etwas trinken?"

„Champagner wäre schön. Ja, zartschlürfender Champagner! Im Untergang mit einem Glas Champagner! Wie wundervoll? Was sind das eigentlich für merkwürdige Kinder vor deinem Haus? Die mit den bunten Funkgeräten?"

„Das ist eine lange Geschichte, Onkel."

„Großartig, lass uns lieber über etwas anderes reden! Ich muss dir gestehen, dass ich mich in einer schwierigen Lage befinde. Vielleicht die schwierigste meines Lebens. Unglückliche Umstände haben mich von der Sonnenseite des Lebens in den Schatten geworfen und nun sind da nur noch Trümmer. Alles düster, alles dunkel! Finsterste Nacht! Ich weiß, du bewunderst mich und die Filme, doch jenseits des Glanzes gibt es das Elend! Mein Elend!"

Gregor nickte, ohne größere Betroffenheit zu verspüren, öffnete eine Flasche Champagner, einige Kisten davon hatte er immer im Keller und füllte ein Glas für den Onkel.

„Siehst du, Neffe. Talent wird heute selten so honoriert, wie es sein sollte. Man klatscht, staunt, bewundert! Hebt uns auf den Olymp! Betet! Ja, betet! Aber nimmt alles selbstverständlich! Daher sind die Zeiten für manche Künstler nicht gerade rosig. Selbst für die besten! Wie behandelt ihr nur eure Götter, ihr Menschengeschöpfe? Ich habe mit meinen Rollen einiges verdient. Im wahrsten Sinne des Wortes! Die Kometmann-Filme! Geniale Kunst! Die Fernsehserie! Perfekte Unterhaltung! Was ich den Menschen gegeben habe! Ach, was für herrliche Zeiten! Wo nur bist du hin, Platz an der Sonne? Leider sind die Millionen nun weg. Geschmolzen wie ein Schneemann, der zu nahe am Feuer stand! Ja, ich weiß! Es ist unglaublich, aber der Ruhm zwingt zu einem angemessenen Lebensstil! Repräsentation! Image! Schrecklich! Vermutlich bewunderst du mich sehr und hast bestimmt oft vor deinen Freunden mit mir angegeben und ich hoffe ich falle nicht zu tief von dem Thron, auf dem du mich gesetzt hast. Himmelssturz! Götterfall!"

Asmas schenkte das inzwischen leere Champagnerglas nach, wischte das triefende Selbstmitleid des Onkels unauffällig mit einem Lappen weg und hörte weiter gespannt zu.

„Lange Rede, kurzer Sinn. Mein Leben ist inzwischen eine Tragödie, verweigert man mir doch trotz meines Talentes weitere Rollen. Große Wendung im gigantischen Theaterstück, das man Leben nennt! Sie haben mich auf meine größten schauspielerischen Leistungen festgelegt."

„Auf eine fast textfreie Leiche in den Kometmann-Filmen?", wollte Gregor fragen, doch sprach er es nicht aus, um die Gefühle des Onkels zu schonen.

„Ich bin aber nicht hier, um Mitleid zu erhaschen! Kunst hat kein Mitleid nötig, sondern zwingt zur Bewunderung! Nein, ich komme, um dir zu berichten, dass man mir eine Rolle im neuen Kometmann-Film angeboten hat. Wenn ich die gespielt habe, dann geht die Sonne wieder auf und ich strahle in ihrem Glanze!"

„Das ist doch großartig. Allerdings, ist die Reihe mit dem Tod der Hauptfigur nicht abgeschlossen?", merkte Asmas kritisch an, denn er hatte sie gerade erst zusammen mit Benno gesehen.

„Du bist wohl ein sehr großer Fan? Dann will ich dir etwas verraten, aber du darfst es niemandem erzählen: Die Geschichte ist noch nicht auserzählt. Ich kenne das Drehbuch nur aus der Zusammenfassung, aber das wird wohl der größte Film aller Zeiten und man hat mir mehrere Zeilen Text und mindestens viele Sekunden Leinwandzeit angeboten."

„Und dann wirst du wieder umgebracht, oder?", bemerkte Gregor leicht ironisch, geradeso, dass es der Onkel nicht bemerkte, als er dessen Glas erneut auffüllte.

„Natürlich, das ist doch mein Ding, meine Rolle. Nichts ist dramatischer als der Tod. Genialität des Sterbens. Kunstform des Genies! Die Kunst ist die Vermittlung des Unbeschreiblichen! Für diesen Dienst gilt es, die Künstler mit allem zu überschütten, was Menschen geben können!"

„Natürlich! Verzeih' mir, Onkel Michael!"

„Verziehen, mein Lieber. Du Buchhaltermensch kannst so etwas leider nicht beurteilen. Bis auf Tilmann ist in der ganzen Familie so gar nichts, was mit Kunst zu tun hat. Es ist ein Wunder, dass die Schicksalsgöttin mich so geküsst hat! Nun, wo war ich? Ach ja, leider habe ich ein Problem, ich muss auf eigene Kosten an den Drehort anreisen. Umbuchen! Irritationen! Streit mit einer Flugbegleiterin, die mich dreist aus dem Flugzeug hat werfen lassen! Lange Geschichte, die ich aus zeitlichen Gründen nicht erklären kann! Sobald ich dort bin, werden alle Kosten übernommen. Um einen Vorschuss werde ich nicht betteln! Das macht ein großer Schauspieler einfach nicht!"

„Soll ich dir etwas Geld leihen?"

Entrüstet und etwas theatralisch sprang Onkel Michael vom Sofa auf, griff sich an die Stirn, stöhnte ausufernd, nahm die Champagnerflasche und leerte sie in einem Zug.

„Nein, nein, natürlich nicht! Die Kunst bettelt nicht, sie sucht sich aber ihre Mäzene! Ich möchte mir mein Geld verdienen und genau deswegen bin ich hier. Tragödie! Götterdämmerung!"

„Ich verstehe nicht ganz?"

„Du bist doch ein wichtiges Tier in dieser Firma. Ich brauche ungefähr 700 Euro. Kannst du mich da nicht eine Woche als Hilfsarbeiter im Büro oder meinetwegen im Werk beschäftigen? Dann spiele ich dir einen Werktätigen, wie du ihn noch nie gesehen hast."

„Das müsste sich machen lassen. Kostet mich nur einen Anruf und du kannst ab morgen anfangen!"

„Wunderbar! Wenn ich ungefähr eine Woche wie so ein richtiger Primitivmensch arbeite, dann haben die Dreharbeiten zwar schon begonnen, aber ich komme vielleicht noch rechtzeitig. Hoffentlich nicht zu spät, sonst wäre die Karriere hinüber! Oh, was wäre das für ein Drama! Was für ein schreckliches Drama! Götterdämmerung!

Tragödie! Aber ich will nicht über Almosen klagen! Hab Dank, liebster Neffe. Danke! Aus vollem Herzen bedanke ich mich! Ich hoffe nur, dass ich die Zeit finde, um meine Rolle ausgiebig zu üben. Die Arbeit in der Fabrik soll so hart sein. Doch ich werde alles geben! Nicht, dass ich am Ende übermüdet bin und die Kunst dadurch beeinträchtigt werden würde! Hoffentlich wird mein Körper nicht zerschunden, denn er ist ja mein Kapital. Und meine Hände, meine zarten Hände. Sind sie nicht ein Teil meines großen Spiels? Ach, welch' Tragödie! Ich danke dir, lieber Neffe. Ich wohne in einer nahen Kleinstadt, das ist alles schon bezahlt und das Geld für den Flug werde ich mir hart verdienen. So hart wie noch nie! Bis die Knochen zerschunden sind, das Kreuz krumm und mein wunderbares Gesicht faltig von der schlechten Fabrikluft und der Last der Verantwortung."

Michael stand auf und wollte gerade durch die Haustür gehen, oder besser gesagt, er wollte so tun, als Gregor ihn zurückhielt. Natürlich hatte der Lockenkopf verstanden, aber ganz so einfach wollte er es dem Verwandten nicht machen. Auf der anderen Seite schien auch hier erneut die Vorsehung zu wirken: Er selbst konnte mit dem künstlerischen Schaffen seines Onkels wenig anfangen, aber wenn er an die Begeisterung dachte, die diese allein bei seinem Nachbarn Benno auslösen konnte, kam ihm eine Idee.

„Hör mal, Onkel Michael. Ist die Fabrikarbeit wirklich etwas für dich? Vielleicht habe ich da eine bessere Idee."

„Nein, ich leide doch gerne! Was gibt es für eine größere Erfahrung für einen Schauspieler als das Leid der gewöhnlichen Menschen? Was denn?"

„Buxler und ich haben in diesem Ort eine Sache laufen und wenn du dich als berühmter Schauspieler für, sagen wir zwei Tage am kommenden Wochenende, zur Verfügung stellen würdest, dann würden die Leute einmal mehr auf uns aufmerksam, und das Ganze ist für einen guten Zweck. Lächeln, Autogramme, mehr nicht."

„Versicherungs-Harry ist auch hier? Harald Buxler und guter Zweck? Dieser schreckliche Schurke! Wenn ich nur an meine ganzen Versicherungsregale denke! Aber er weiß, wie man der wahren Kunst huldigt und ihr schmeichelt! Trotzdem nur ein dilettantischer Schauspieler! Laiendarsteller!"

„Er zieht natürlich auch wieder seinen Vorteil daraus und zockt mich mit gefälschten Rechnungen ab."

„Ja, sonst wäre es nicht Versicherungs-Harry. Ich mache das natürlich gerne für dich. Für meine Familie! Gut, wenn das so ist, dann bringe ich dieses Opfer! Vorbei die Zeit des Schattens! Der Unglückswurm ist wieder ein lachendes Insekt! Hier auf dem Zettel steht meine Kontonummer! Ich muss den Flug elektronisch buchen! Wo ist unser Rhett-Butler-für-Arme eigentlich?"

„An einem Stand gegenüber der Kirche. Straße vor, dann hoch. Nicht zu verfehlen!"

„Dann begrüße ich den alten Gauner und lass' mir von ihm alles erklären. Am Wochenende bin ich dann hier und helfe euch mit eurer Sache. Ach, wie bin ich froh, dass ich dir helfen kann. Komödie! Aufstieg zum Olymp!"

Asmas überlegte kurz, ob er den Onkel nicht bitten sollte, ihm ein paar schauspielerische Tricks für seinen großen Auftritt beizubringen, ließ es aber dann, da er selbst keine Leiche spielen würde. Stattdessen nahm er die Bankverbindung, die Michael merkwürdigerweise bereits auf einen kleinen Zettel gekritzelt hatte, entgegen. Onkel und Neffe verabschiedeten sich herzlich und Gregor widmete sich wieder seinen Büchern. Alles schien für ihn zu laufen. Das Schicksal wollte es offenbar so.

Kapitel 45

Eine Stunde später klingelte es erneut an der Tür und dieses Mal durfte Gregor seinen Schwager begrüßen.

„Hallo Michel, schau', was ich hier habe?", sprach Buxler und hielt Asmas ein grünes Irgendwas unter die empfindliche Nase.

„Was genau willst du mir damit sagen?"

„Na, was wohl? Am Samstag spielt die Fußballjugend und am Sonntag die Herrenmannschaft und wir spendieren allen Teams neue Trikots. Schau, wie grün' die sind und hinten ist die Nummer in der Form eines Windrades aufgestickt. Wahnsinn, oder? Das ist pure Harry-Manie, verstehst?"

Asmas musterte die Trikots von vorne bis hinten und von oben bis unten.

„Dass Harald Buxler Versicherungsbüro' auf der Vorderseite, wolltest du aber noch erwähnen, oder?"

„Ach, komm' schon. Ist doch für den guten Zweck und was spricht dagegen, wenn mein kleines bescheidenes Geschäft auch in diesem Zusammenhang auftaucht? Aus jedem Euter kommt die gleiche Milch! Und tut mir leid, wenn ich es so hart ausdrücke, aber wem vertrauen die Menschen bisher mehr? Versicherungs-Harry? Oder Gregor Asmas?"

„Nun, gut."

„Soll ich dir die Rechnung für die Trikot-Sätze gleich geben?"

„Wie viel?

„500 Euro – ein Freundschaftspreis. Ach was, ein Verwandtenpreis! Nein, viel besser, ein Harry-Preis!"

„Aber nur für die gute Sache."

„Für die beste Sache. Apropos, unser Familienschauspieler war gerade bei mir. Habe den vor zwei Tagen am Telefon abblitzen lassen. Wer was von mir mag, der macht auch einen Neuvertrag! Meine Devise! Danach ist er wohl zu dir, verstehst? Trotzdem gute Idee! Samstag und Sonntag macht er den Clown an den Ständen. Tragödie! Götterdämmerung! Der alte, eingebildete Sack! Ist der an den Ohren geliftet?"

Gregor schluckte nervös, denn er befürchtete, dass Versicherungs-Harry gleich auch eine Art Entlohnung fordern würde. Dieser sprach aber nur:

„Die Filme sind hier sehr beliebt und unsere Leiche auch! Ich würde vorschlagen, wir informieren die lokale Presse über seine Anwesenheit. Das gibt bestimmt Zulauf. Was meinst du? Dann bräuchten wir aber wieder mehr Werbeartikel und auch einen Grill und Würste. Volksfest, verstehst?"

„Wie viel?"

„1500 Euro, schätze ich. Ist ja für eine gute Sache, verstehst!"

„Na gut, lass' alles auf Rechnung setzen."

„Keine Sorge, was man nicht macht, macht Versicherungs-Harry! Dann ist da noch eine Kleinigkeit."

„Meinst du die widerwärtigen Bälger mit den Funkgeräten?"

„Welche Bälger? Haste ein paar uneheliche und mir verschwiegen? Gregor, du geiler Dackel! Nein, ich sollte es dir eigentlich nicht sagen, aber deine Mutter. Herzinfarkt. Du sollest vielleicht hinfahren."

„Was?"

Als Gregor diese Worte vernommen hatte, lief er sofort zum Telefon, um seine Eltern anzurufen, jedoch nahm am anderen Ende niemand ab.

„Vielleicht sind sie beim Arzt?"

„Was genau ist passiert?"

„Ich weiß auch nichts Genaues, aber so ein Herzinfarkt ist immer schlimm. Da kaspert es in der Brust und kurz darauf kommt der Leichenmann!"

Asmas taumelte zurück. Erst vor kurzem hatte er mit seiner Mutter telefoniert und versucht, sie abzuwimmeln! Schäbiger Schock! Wie lästig ihm diese Gespräche doch stets waren und wie gerne er sie vermied!

„Falls du ein paar Tage nach Hause fahren möchtest; wir haben alles im Griff. Du weißt ja, dass meine Eltern schon tot sind und wir im Streit lagen. Jahrelang hatte ich sie nicht mehr gesehen, aber doch immer auf

Aussöhnung gehofft. Tief in mir; glaube ich. Nur war ich stolz und dachte, dass das doch noch genug Zeit haben würde. Sollen die doch bei Harry im Vorgarten kriechen! Verschoben! Immer wieder! Dann waren sie tot und Tilmann hatte nie eine zweite Oma und einen zweiten Opa gehabt. Viele Geschenke sind uns da entgangen! Ich habe damals wirklich lange gebraucht, bis ich das überstanden habe. Zerrissen war ich. Tieftraurig! Du hast keinen Streit, aber bist weit weg. Jetzt hörst du, dass da einem geliebten Wesen etwas Schreckliches widerfahren ist! Geh! Ich nehm' es dir nicht übel, wenn du uns zurücklässt! Es ist gut so!"

Gregor sah seinen Schwager erstaunt an, denn offensichtlich schien er menschlich tatsächlich berührt zu sein, was ihm gar fürchterlich stand. Erneut wählte Asmas die Telefonnummer. Nichts! Eine Stunde verging. Nichts! Noch eine! Nichts! Und weiter im Takte der Uhr. Nun schon 5 Stunden! Unmöglich verbrachte seine Mutter doch das Leben im Wohnzimmer!

„Außerdem liest sie doch immer ihren Kalender vor. Sie müsste zu Hause sein."

Der Blonde aus dem Norden sinnierte kurz. Warum nur hatte sie keines dieser neumodischen Smartphones? Gut, er war ebenfalls im gewissen Sinne ein Technikverächter, aber er konnte dafür gute Gründe aufführen, wie die Strahlung oder das CO_2, was bei der Herstellung sowie beim Gebrauch produziert wurde. Und die giftigen Batterien erst und der Sondermüll. Zudem hatten sich die Kapitalisten hier eine neue Spielart des Kapitalismus erschaffen, mit dem die Leute bis in die Intimsphäre begleiten und kontrollieren konnten: Verhaltenskapitalismus! Er war doch kein Homo stimulus! Sollte er sich einen Spion ins Haus holen? Sich durch Konzerne überwachen lassen? Außerdem waren die Dinger kompliziert zu bedienen! Es gab daher für ihn gute und ideologisch nachvollziehbare Gründe, kein Smartphone zu haben. Aber für seine Mutter, die wenig reflektierte? Nein, sie hatte keine Ausrede! Egal!

Und überhaupt! Im Grunde genommen war er hier unabkömmlich. Irgendwie zumindest, auch, wenn er die ganzen Aufgaben delegiert hatte. Sicher hatte man dafür Verständnis, wenn er die große Sache dem kleinen persönlichen Elend der Eltern vorzog. Oder doch nicht? Gregor grübelte. Immer Grunde genommen, hatte er sich in seinem ganzen Leben wenig für die Familie interessiert. Sie war halt immer da gewesen. Die große Weltpolitik war wichtiger, als die Befindlichkeiten des Mutters und des Vaters und die Probleme der kleinen Schwester kannte er bis vor kurzem nicht einmal. *„Bin ich ein schlechter Mensch?"*, dachte er bei sich, verwarf den Gedanken aber mit dem Hinweis auf seine Spendenaktivitäten sofort wieder.

„Was würde der Leguan tun?", fragte er sich selbst und auf einmal erkannte er den großen Zusammenhang.

„Es geht nicht nur darum, dass ich hier mein Schicksal erfülle, auf das ich ein Leben lang hingearbeitet habe. Nein, vielleicht schenkt mir die Vorsehung zusätzlich die Möglichkeit, auch alles zu regeln, was ich im Privaten versäumt habe. Nur vielleicht nicht gerade jetzt, wo ich so eingespannt bin!"

Warum das Verhältnis mit der Familie nicht auf eine neue Ebene heben, denn war er als der Erstgeborene Sohn nicht das natürliche Oberhaupt der Familie? Für seinen patriarchischen Ansatz schämte er sich kurz und wählte erneut die bekannte Nummer.

„Wieder nichts.", murmelte er und wusste nicht so genau, was er nun tun sollte. War er nicht unverzichtbar und musste persönliches zurückstellen? Inzwischen stand auch Harry wieder im Raum oder hatte er einige Stunden schlafend auf dem Sofa verbracht?

„Schon komisch. Die Schwiegereltern hocken doch sonst den ganzen Tag daheim, verstehst? Dir liest die liebe Mutti doch bestimmt auch immer ihren Kalender vor. Da stand doch für diese Zeit gar nichts drin! Das erinnert mich so sehr daran, dass ich gar nicht mehr mit meinen Eltern sprechen konnte, weil sie der Tod dahingerafft hat", bemerkte der Schwager und begann gar bitterlich zu weinen.

Diese menschliche Reaktion konnte Gregor kaum ertragen. Er überlegte es sich zwar kurz, Versicherungs-Harry in den Arm zu nehmen, allerdings verweigerte sein Körper den Dienst. Was für eine unangenehme Situation! Er wollte Harald Buxler nicht weinend sehen. Nicht als Menschen mit Gefühlen, sondern nur als aalglatten Gauner. Wie sich Asmas in diesem Moment schämte, dass er den Schwager quasi entmenschlicht hatte! Und hatte er nicht Recht? Was war, wenn der Herzinfarkt die liebe Mutter oder den herzensguten Vater dahingerafft hatte? Hier würde er siegen, aber würde es ihn nicht brechen? Wollte er so ein tragischer Held sein? Oder gab das Schicksal ihm einen Wink, nun alles ins Licht zu führen?

Buxler, dessen Tränen inzwischen getrocknet waren, sah ihn noch immer wartend an. Er überlegte kurz und antworte dann ebenso prägnant wie stilbildend:

„Das da keiner abhebt ist nicht normal! Sind jetzt schon 8 Stunden und Mama liest mir wirklich immer ihren ganzen Terminkalender für die Woche vor. So genau höre ich da nicht immer genau zu. Macht sie doch nur, damit ich ein schlechtes Gewissen bekomme. Du sagst, da war nichts geplant? Die sind doch sowieso immer daheim! Es stimmt etwas nicht! Hast du wirklich alles im Griff?"

„Kein Problem, Michel. Es sind nur noch ein paar Tage und am Wochenende gibt es Fußball und den Schauspieler. Die Leute rennen uns dann die Bude ein und dein Traum wird wahr. Die Familie ist wichtiger. Das habe ich inzwischen auch gelernt. Ich habe zu viele Fehler gemacht, verstehst? Das Bammelchen war zu lange schlapp! Aber ich mache alles wieder gut! Hart und harry-ig!"

Wiederum wählte Asmas die Nummer und als das Ergebnis das gleiche war, stand sein Entschluss fest und er sprach:

„Harry, ich verlasse mich auf dich! Familie muss zusammenhalten! Ich werde in den nächsten Tagen mein Schicksal erfüllen! Erst daheim bei den lieben Eltern und dann hier! Alles auf einmal. Alles wird gut. Das weiß ich jetzt."

„Klar. Michel. Ich halte hier die Stellung, verstehst? Fahr' los und Grüße Schwiegermutti und Schwiegerpapi. Diese guten Leutchen!"

In rasanter Geschwindigkeit verabschiedete er Buxler, packte rasend schnell seinen Koffer, in den er auch seine Lektüre und seine begonnene Rede warf, stieg in das Auto und wollte gerade losfahren, als er die Leiter-Kinder auf der gegenüberliegenden Straßenseite sah.

„Wie die mich anstarren! Gruselig!", dachte er. Dann erstarrte er! Was er sah, erinnerte an einen grausamen Horrorfilm, nur waren das stets Produkte der Fiktion. Was der Blonde aus dem Norden allerdings nun wahrnehmen musste, war realer Wahnsinn und er mochte seinen Augen kaum trauen:

Marvin Leiter zog aus einer billigen, großen Plastiktüte nicht nur ein Messer, sondern auch ein großes gelbes Stofftier. *„Guggi!"*, durchfuhr es Asmas, aber es war bereits zu spät, denn Reintrud Leiter hatte dem Stofftier bereits den Kopf abgetrennt und der Schaumstoff trat nach draußen. Sprudelte förmlich, obwohl er nicht flüssig war. Dabei lachten die beiden auf ihre kindlich-diabolische Art und traten demonstrativ auf Kopf und Körper des armen gelben Wesens.

„Diese Bestien müssen mich auf der Messe gesehen und den armen Guggi im Bus gefunden haben! Diese Mörder!"

Die ganze Szene war so surreal. Bedrohten die Kinder ihn? Natürlich! Deutlicher ging es nicht!

„Nein, es geht nicht um die Windräder!", stockte er und konnte den Blick nicht von dem gemarterten Kunst-Eichhörnchen lösen.

"Es ist ein Milieu-, nein es ist ein Kulturkampf!"

Wozu einfache Dorfbewohner fähig waren! Aber sollte man nicht über den Tellerrand blicken? Wurde in der nahen Provinzgroßstadt nicht gerade eine Bande aufgedeckt, die offenbar Jahrzehnte Blutopfer für irgendeinen Irrsinn brachte. Was, wenn der Wahnsinn auch hier zugange war? Wie alt war Adolf Hartzorn? Wie alt die Täter, die in der Zeitung genannt wurden? Eben? Er einer von denen? Skrupellos! Böse! Was also sollte er tun? Konnte er jetzt wegfahren und damit das Feld räumen?

Doch dann drang plötzlich erneut die Sorge um seine Eltern in das Bewusstsein. War das nicht wichtiger? Ja! Nein! Guggi! Der arme Guggi! Die Windräder! Der Herzinfarkt! Das Schaffen einer neuen, besseren Gesellschaft! Der Klimawandel! Irgendwas machen! Nur nicht verharren und auf die Innereien des armen gelben Stoffeichhörnchens starren! Mörder! Feige Monster! Da vorne ein Plakat mit einem Windrad drauf! Plötzlich überkam ihn eine unerwartete Ruhe:

„Vor euch laufe ich nicht davon! Nein, ganz bestimmt nicht! Ich muss ein paar Tage weg, aber alles geht weiter! Ihr erreicht gar nichts!"

Die Aktion lief! Buxler hatte alles im Griff! Die Bestien werden ihn nicht stoppen können! Fliehen vor dem Feind? Er floh doch nicht! Nein, ganz bestimmt nicht, sondern klapperte nur den nächsten Punkt auf der Prioritätenliste ab! Das Gute und Gerechte würde siegen! Nichts würde es stoppen! Ob er nun hier war oder nicht! Völlig egal, weil alles geregelt! Gregor Michael Asmas kommt bald wieder! Er trat auf das Gaspedal.

Kapitel 46

Die Fahrt in die alte Heimat dauerte nur wenige Stunden. Eine Reise mit brennenden Sorgen. Immer wieder hielt Gregor unterwegs an und versuchte seine Eltern von stationären Telefonen aus zu erreichen. Es wollte jedoch nicht gelingen. Niemand hob ab! Was geschah dort im Norden nur? Und warum zu Hölle gab es kaum mehr Telefonzellen?

Schließlich erreichte er das Elternhaus, in dem er so große Teile seines Lebens verbracht hatte, stürmte die Einfahrt und klingelte mit herrischem Daumen. Schwitzen! Und wie passend: Herzklopfen! Noch einmal! Noch einmal! Sturm! Die Glocke schellte. Kurz darauf öffnete seine Mutter die Tür und Asmas sah sie verblüfft an.

„Mein lieber Junge, was für eine Freude!"

„Mutter, du lebst ja noch! Der Herzinfarkt?"

Auf einmal verfinsterte sich ihr Blick und sie antwortete ernsthaft:

„Das war schon ein richtiger Schock für ihn."

„Ihn? Also ging es nicht um dich? Wie geht es ihm?"

„Die ersten Tage hat er kaum gefressen und ich dachte schon, er hätte den Löffel abgegeben. Nun aber rammelt er wieder wie ein großer."

Gregor sah seine Mutter verständnislos an und langsam, aber sicher stieg ein gewisses Misstrauen in ihm auf.

„Du redest aber nicht von meinem Vater, oder?"

„Nein, der rammelt schon seit zehn Jahren nicht mehr. Entschuldige. Ich glaube ich telefoniere zu viel mit Harry. Ich rede von Birno, unserem guten Zwerghasen. Erinnerst du dich nicht? Ich habe dir doch erzählt, dass er einen Schnupfen hatte und irgendwie führte das dann später zu dem Infarkt. Inzwischen geht es ihm aber wieder gut. Jetzt hol' deine Sachen und komm' erst einmal rein."

Wenig später saß Gregor wieder auf dem guten alten Sofa im guten alten Wohnzimmer. Seine Mutter daneben und der Vater auf einem Sessel gegenüber.

„So, jetzt erzähl', wie ist es so im Süden, Jung'?", fragte Josef Asmas, doch bevor der Sohn antwortete, sprach der Lockenkopf aus, was ihn gerade etwas mehr beschäftigte:

„Warum hat Harry mich hierhergelockt? Da stimmt doch irgendwas nicht!"

Da ergriff seine Mutter das Wort:

„Der liebe Harald kann gar nichts dafür, denn er hat nur das getan, worum ich ihn gebeten hatte."

„Wie gebeten?"

„Du wohnst doch jetzt da unten und hast schon so lange Urlaub, oder? Wie oft warst du bei uns? Harald hat uns alles erzählt, wie es in deiner neuen Heimat zugeht und dass du bald wieder arbeitest. Das ist doch die letzte Chance, dass du uns besuchst, oder?"

„Dann war die ganze Sache doch abgesprochen? Dieser verfluchte Versicherungsvertreter!"

„Nein, nicht richtig. Ich habe meinem Schwiegersohn nur erzählt, dass ich dich gerne wieder einmal ein paar Tage hier hätte und er sagte, dass er das hinbekommen würde. Ich dürfte nur nicht ans Telefon, wenn deine Nummer erscheint. Das habe ich gemacht und du bist hier."

„Und meine Handy-Nummer hast du ja nicht", lachte der Vater.

„Du hast ein Smartphone?"

„Ja. Damit bin ich in das Internetz und habe eine Seite gemacht mit den besten Hasenbildern. Mein letztes Pic hat 2,5 Millionen Likes bekommen und das Video ist viral der Hit. 15,4 Millionen Klicks. Im Moment sitze ich aber auf Kohlen, weil ich nicht checken kann, was gerade läuft. Leider ist das Ding kaputt. Der Zwerghase hat draufgemacht, als ich Fotos von unten machen wollte. Habe mir ein neues bestellt im Katalog. In zwei Wochen ist es da."

Irritiert nahm Gregor das neue Hobby seines Vaters zur Kenntnis und verkniff es sich, darauf hinzuweisen, dass der gute Josef Asmas von den Verhaltenskapitalisten nur benutzt wird, um aus seinem Verhalten Geld zu machen.

„Ich habe mir Sorgen gemacht. Dachte, du hättest einen Herzinfarkt."

„Das wollte ich nicht. Das musst du mir glauben. Es ist mir auch schwergefallen, nicht ans Telefon zu gehen. Das weißt du doch. Ich bin für jede Minute mit dir dankbar"

„Harald ist ein Mann mit merkwürdigen Methoden, aber er hat ein gutes Herz", fügte der Vater an.

„Herz? Warum sehen ihn ihm alle nur so einen guten Kerl? Als er bei mir war, hat er sogar behauptet, dass meine Schwester eine Nymphomanin wäre."

Die Eltern sahen sich kurz an und ein Schweigen folgte, das letztendlich durch den Vater unterbrochen wurde.

„Jung', wir hätten es dir nie gesagt."

„Was hättet ihr mir nie gesagt?"

„Deine Schwester; sie hatte schon immer diese Probleme. Wir sind mit ihr von Arzt zu Arzt, doch der Trieb war immer stark in ihr. Ganz schlimm! Schlimmer als meine Hasen und alle anderen Hasen, die wir im Verein haben! Ohne Haralds Kraft und Elan hätten wir das nie durchgehalten."

„Ja, er war uns eine große Stütze und das, obwohl Tilmann nicht einmal von ihm ist."

„Was?"

„Es ist so beschämend, aber du bist alt genug für die Wahrheit. Als unser lieber Enkel gezeugt wurde, war Ida das ganze Wochenende auf einer Orgie."

„Getrieben hat sie es, mit allen, die dort waren. Gangbang oder wie das heute heißt!"

„Sag sowas nicht, Josef."

„Das habe ich aus dem Internetz. Ist doch wahr, Alma! Ohne den Harald hätten wir die nicht mehr auf die Spur bekommen. Das war schon super von ihm, dass er sie geheiratet und den Tilmann adoptiert hat. Der Kerl hat mich bei 100 Versicherungsverträgen betrogen, aber das, was er für unsere Tochter und unseren Enkel gemacht hat, wiegt das alles auf."

„Aber, warum habe ich nie etwas mitbekommen?"

„Du warst doch immer unterwegs und hast teilweise nicht einmal mehr richtig hier gewohnt. Wir haben dich vernachlässigt, weil wir uns so sehr um Ida kümmern mussten. Wir hätten mehr für dich da sein müssen. Kannst du uns das verzeihen?"

Asmas, der eben noch ganz friedlich auf dem Sofa saß, brach innerlich, nicht viel, aber doch ein wenig, zusammen. Äußerlich verkrampften sich seine Finger in einem der gelben Kissen. Das ganze Gespräch hatte bislang nur wenige Minuten gedauert und doch mussten offenbar Teile seiner Geschichte umgeschrieben werden. Welt in Scherben. Die Fassade bröckelt und gibt den Blick auf den Schimmel frei. Gerissen ist er, der rote Faden. Der Rhett-Butler-für-Arme war plötzlich eine Art Held, wenn auch einer mit mieser Sozialisation, seine Schwester eine psychisch kranke Person und er hatte sich damals nicht etwa seine Freiheit erkämpft, sondern die Eltern konnten sich schlichtweg nicht um ihn kümmern. Das war doch viel für die erste halbe Stunde!

„Jung', wir wollten dich nicht damit belasten, das musst du verstehen. Verzeihst du uns?"

Ein Moment verging und in Gregor kam eine neue Klarheit auf: Scherbenhaufen? Nein, je mehr er darüber nachdachte, desto mehr fühlte er, wie gleichgültig ihm diese Geschichten waren. Was geschehen war, war geschehen. Nicht schädlich für seine Entwicklung. Es kratzte nur ein wenig an seiner Eitelkeit. Die Vorsehung befreite ihn, meinte er. Nicht so, wie es sich der Blonde aus dem Norden vorgestellt hatte, aber es geschah. All das hätte ihn doch auch nicht wirklich interessiert, oder? Auch jetzt; was für ein kleingeistiger Mist – verglichen mit einer großen Sache wie der Aktion Aeolos! Verzeihen ist am leichtesten, wenn die Verletzung unbedeutend ist und nur groß erscheint. Gregor Michael Asmas stand auf und bedeutete auch seinen Eltern, sich zu erheben. Er führte beide mit einer Handbewegung zusammen und umarmte sie: *„Ja, ich verzeihe euch!"*

Kapitel 47

Nun also zurück; für einige Nächte. Die alte Wohnung. Das urige Bett. Du vertraute Tapete! Ansonsten gähnende Leere. Keine Möbel, kein sonstiger Hausrat. Wozu auch, denn inzwischen diente die Einliegerwohnung als großer Stall für den Zwerghasen Birno. Stroh, Futterstelle, hier und da Fäkalien. Ja, das war artgerechte Haltung! Birno gefiel Gregors Anwesenheit zwar nicht, allerdings verhinderte die körperliche Schwäche einen größeren Protest. Klein, knuffig, hatte gerade einen Herzinfarkt. Da wehrt man sich nicht, auch wenn man große Zähne hat und so gab es in dieser Hinsicht keine Probleme.

Im Bett liegend erneut eine Reflexion. Asmas dachte noch einmal über den vergangenen Abend nach. Natürlich bestand dieser in großen Teilen aus dem Aufwärmen von Erinnerungen, doch gab es auch einige Aspekte, die ihm Grund zum Nachdenken gaben:

Die Sache mit seiner Schwester Ida; warum hatte er eigentlich nie bemerkt, dass sie Probleme hatte? Überhaupt! Welche Erlebnisse waren für ihr Leben eigentlich prägend gewesen? So sehr Gregor auch darüber nachdachte, so wenig fiel ihm tatsächlich ein und am Ende musste er sich eingestehen, dass er die gute Ida im Grunde genommen nicht einmal wirklich kannte. Lieblingsfarbe? Welche Musik mochte sie? Worüber hat sie gelacht? Wie sah ihr Lächeln eigentlich aus? Eher weiße oder eher gelbe Zähne? Das alles und noch so vieles mehr konnte er nicht beantworten. Doch je mehr Gregor nachdachte, desto schlechter kam seine Schwester in der Summe weg. Warum dachte er über Ida nach? War sie ihm nicht jahrelang schlicht egal gewesen? War es vielleicht auch seine Schuld, dass sie so war, wie sie es ist?

Diesen letzten Gedanken wies er jedoch sofort weit von sich, denn war nicht er, Gregor Michael Asmas, für seine soziale Ader und sein großes Engagement bekannt? Strahlte er das nicht auch immer aus? Hatte er nicht sogar auf der Straße für sexuelle Selbstbestimmung gekämpft? Für Frauenrechte? Für eine bessere Welt? Hätte Ida daher nicht zu ihm kommen müssen? Ihre Schuld, nicht seine! Definitiv! Der Lockenkopf versuchte Mitleid zu spüren, wenigstens zu heucheln. Sein Kopf probierte es zu erzwingen, doch da war keine Regung. Keine Träne für Ida. Nicht einmal eine feuchte Nase. Tief im Inneren fühlte er eine gewisse Kälte oder besser Gleichgültigkeit. Wen interessierte das Weib schon? Das Einzige, was Asmas störte, war, dass Buxler nun fast als eine Art Märtyrer dastand, der sich für seine Familie aufopferte. Umdenken? Neujustieren?

„Wer weiß, vielleicht ist die selbstgefällige und schleimige Art bei Versicherungs-Harry auch nur Fassade und Selbstschutz? Vielleicht glaubt er auch bei Ida versagt zu haben? Bricht diese Maske langsam, oder habe ihn falsch gesehen? Wieso jetzt nach so vielen Jahren? Keine Kraft mehr? Alles aufgebraucht?"

Gregor fuhr hoch. Was genau hatte er da nur für Gedanken? Der Rhett-Butler-für-Arme als selbstloser Held? Das war nun etwas, was sich zu verdrängen lohnte! Überhaupt die Familie! Die interessierte ihn doch gar nicht! So ein vermeintlicher Herzinfarkt rüttelt kurz wach, aber der Schlaf holte sich schnell seinen gerechten Anteil zurück!

„Das ist alles so klein! Und überhaupt! Aus der Verwandtschaft kann man Wohlwollen entfernen, nicht aus der Freundschaft", sagte Gregor zu sich selbst und dachte beim Wort *„Freundschaft"* natürlich sofort an Benno, den er, obwohl er ihn noch gar nicht so lange kannte, weitaus mehr vermisste als Ida. Die Gedanken an den Nachbarn brachten ihn zu einem Thema, das ihn so richtig entrüstete und das aufgrund der dramatischen Ereignisse in den Hintergrund getreten war: Den feigen Mord an Guggi.

„Ich kann es noch immer nicht fassen! So feige! So widerlich! Wie war das noch?"

Zwar konnte Gregor sich nicht mehr an alles erinnern, was an jenem Messe-Abend geschah, aber ganz dunkel, recht weit hinten in seinem Hinterkopf, existierten Bilder. Blitzende Fetzen! Kurz und zuckend! Warme Sommernacht! Gutes Bier! Spaß mit Benno! Mit einem Bus fuhren sie nach Hause. Alleine? Nein, bestimmt gab es noch andere Fahrgäste und das gelbe Stoffeichhörn-chen war kaum zu übersehen. Das wunderbare Wesen. So knuffig und zart. Das Lächeln und das gelbe Kunstfell. Wie Asmas es herzte. Das liebe Stofftier mit dem gütigen Gesichtsausdruck. Dann Müdigkeit. Das Bier. Der Schlaf. Endstation. Alle aussteigen! Auch er und Benno. Ohne Guggi. Die Insassen des Busses. Warum machten sie ihn nicht darauf aufmerksam, dass der liebe Kame-rad noch immer auf dem Sitz saß? Ja, warum denn nicht? Halt! Dafür gab es doch nur eine einzige logische Erklärung, oder? Die Leiters oder gar der alte Hartzorn. Natürlich. Einer von denen war ebenfalls im Bus und hatte ihn und Benno beobachtet.

„*Ja, so muss es gewesen sein! Und nun ist er tot, tot. Was konnte er denn dafür, dass reaktionäre Irre sich so gegen mich, gegen Fortschritt stellen?*", schluchzte Gregor und er schämte sich der Tränen, die über seine Wangen liefen, nicht. „*Doch ich verspreche dir, du bist nicht umsonst gestorben!*" Dafür, dass ihn das Schicksal eines Stoffhörnchens näherging, als das seiner Schwester, schämte er sich nicht, denn aus seiner Sicht hatte Ida alle Möglichkeiten gehabt. Guggi keine. Ida hatte sich entschieden. Guggi wurde jäh aus dem Leben gerissen. Außerdem ging es primär um die Symbolik. Der Feind wollte ihn treffen. Ihn, Gregor Michael Asmas. Er empfand es als Angriff auf sein Innerstes und was interessierte ihn da seine Schwester? Die gehörte da sicher nicht hinein. Das Stoffeichhörnchen und dessen Ritualmord war vor allem eines: Eine Kriegserklärung. Sie wollten den totalen Krieg. Sie sollten ihn bekommen.

„*Sie werden ihn bekommen, und zwar totaler und rücksichtsloser, als sie es sich heute vorstellen können!*"

Nach diesen Worten war Gregor so emotional aufgewühlt, dass er das Licht löschte, auf das weitere Studium seiner Bücher verzichtete und sich der Müdigkeit geschlagen gab.

Kapitel 48

Am nächsten Morgen telefonierte Gregor mit Harald Buxler und beschwerte sich, wen konnte es wundern, massiv über dessen wunderbare Ausschmückung des Herzinfarktes. Der Schwager tat erst etwas verwundert, aber, alsbald er bemerkte, dass sich Mutter Asmas bereits offenbart hatte, räumte er das abgekartete Spiel zu Gunsten der Eltern ein, entschuldigte sich wortreich auf seine für ihn typische, viel zu überschwängliche Art und verwies auf den Herzenswunsch und das Drängen der Mutter, dem er schlicht nachgegeben hätte. So weit, so gut. Dann kamen sie auf die *„Aktion Aeolos"* zu sprechen:

„Mein lieber Michel, es läuft alles hervorragend. Ich habe neue Werbemittel besorgt, die Anzeigen in der Zeitung für den Schauspieler sind ebenso geschaltet, wie die Werbung im Lokalradio. Kulinarisch ist alles tollknorke und wundervoll. Bänke und ein kleines Zelt habe ich auch bestellt, die Leute hier stehen auf den Volksfestcharakter! Die Schweinchen grunzen und wandern am liebsten zum vollen Trog, verstehst?"

„Wie teuer war denn alles?"

„Bei der guten Sache da schaue ich nicht auf das Geld, schließlich geht es um die Zukunft und die ist wichtiger als so eine kleine Krötenwanderung. Die Rechnungen habe ich dir aber natürlich in den Briefkasten geworfen. Alles transparent, wie man es von Harry kennt, verstehst?"

Asmas war bewusst, dass Buxler nicht auf das Monetäre achtete, denn es war ja nicht seines. Überhaupt hatte ihn diese Aktion nun bald 10.000 Euro gekostet, was immerhin einem halben Netto-Monats-Lohn entsprach, aber innerlich wusste er nur zu genau, dass das Gute und Richtige jeden Preis wert sein musste. Umerziehung. Bessere Zukunft. Sein persönliches Gesellschaftsexperiment! Wer bekam schon solch eine Chance?

„Nun ja, ich bleibe noch einen Tag, dann bin ich wieder da."

„Ich weiß nicht, ob das so eine gute Idee ist, Michel."

„Wieso?"

„Du hast mir doch vorhin von diesen Kindern, dem Stoffviech und so erzählt und diesen Leuten, die deine gute Sache sabotieren wollen. Böse, böse Menschen!"

„*Die Leiters und dieser Hartzorn?*“

„*Ja, das kann sein. Ich habe gesehen, wie sie mit den Kindern zusammen Passanten abgepasst haben, die zu unseren Ständen wollten. Finsterer Blick! Fanatiker!*“

„*Was?*“, rief Gregor entrüstet und sah sich verzweifelt um, ob irgendwo Josef Asmas' Beruhigungstropfen standen, die dieser, um seinen Hühneraugen entgegenzuwirken, seit nunmehr 40 Jahren einnahm. Doch die bewährte Medizin war nicht in Sicht.

„*Ja, ja! Die schlagen zurück! Total fanatisch! Ich würde mich sehr freuen, wenn du wieder da wärst! Bin ja inzwischen ein richtiger Familienkerl, aber irgendwie habe ich das Gefühl, du hast mir das ja mehrmals bestätigt, dass die gezielt gegen dich als Person vorgehen.*“

„*Das ist keine neue Nachricht!*“

„*Ja, aber ein Problem. Wir sind gerade dabei, die Leute zu drehen und wenn du plötzlich auftauchen würdest, haben es die Gegner der Windkraft leicht, dich mit den Dingern zu verknüpfen. Verstehst, das ist Marketing! Das ist Psychologie! Man muss den Leuten Bilder geben. Wenn ich eine Feuerversicherung verkaufen will, mache ich das nicht sachlich, sondern beschreibe wie die Oma und das kleine, süße Kätzchen verbrennen, verstehst? Feuer, Oma, Kätzchen! Die Leute schließen dann ab, weil niemand das kleine süße Kätzchen verbrennen lassen möchte!*“

„*Worauf willst du hinaus?*“

„*Schonungslos? Knallharte Harry-Mania?*“

„*Ja, schonungslos!*“

„*Viele Leute hier finden dich aus verschiedenen Gründen scheiße und wenn du hier zu früh auftauchst, bevor wir das Thema an sich verkauft haben, dann werden die Windräder mit deiner Person verknüpft und alles war für den sprichwörtlichen Popo! Die Zitze hätte keine Milch mehr! Du bist aber kein süßes Kätzchen, sondern nur die Oma, die man beerben möchte, verstehst?*“

„*Willst du damit sagen, dass ich meine eigenen Bemühungen durch meine Anwesenheit kaputt machen könnte?*“

„So direkt wollte ich das nicht sagen, aber das ist etwas, was sich nicht mehr kontrollieren lassen würde. Nicht einmal Michaels Auftritt würde etwas ändern. Die Windräder sind bei den Leuten im Minus und du auch. Nicht bei allen, aber bei wichtigen Meinungsmachern! Meinungsmacher machen Meinung! Hast du selbst gesagt! Zusammen seid ihr so tief in den roten Zahlen, dass man euch nicht herausholen kann. Zumindest nicht so schnell. Eine Sache geht, beide nicht. Eine alte Schachtel hat sogar behauptet, dass du in ihren Garten gekotzt hättest. Sicher eine freche Lüge, aber jede Lüge findet einen Menschen, der sie zu glauben bereit ist."

„Das war nun nicht direkt eine Lüge", stöhnte der Lockenkopf.

„Oh, dann umso schlimmer. Verstehst du, hier geht es knallhart ums Verkaufen. Sei nicht sauer, aber um die Windräder zu bauen, müssen diese Leute davon überzeugt werden, dass sie sie wollen. Man muss den Bedarf zeigen und das genügt noch lange nicht, denn sie müssen ihr Land an die Firma freigeben.

Da darf man nicht den Kopf ansprechen, sondern nur das Gefühl. Wenn ich Atomkraft sage, beschreibe ich ihnen, wie der Krebs sie Stück für Stück zerfrisst. Oder wie die Sonne sie verbrennt, wenn sie das Haus verlassen. Wegen des Klimawandels. Verstehst? Du musst Bilder mache und Ängste schüren. Das dann gnadenlos ausnutzen. Da bin ich Spezialist drin, verstehst?

Bisher haben wir es geschafft, dass die Menschen die Sache selbst nicht mehr negativ sehen, aber bis sie Flurstücke innerhalb der Gemeinde verkaufen, damit die Viecher errichtet werden können, bis dahin ist es noch ein langer Weg. Da darf nichts, aber gar nichts passieren. Ich sage dir das nicht als liebendes Familienmitglied, das seine Fingerchen nach deiner Anwesenheit leckt. Ich sage dir das als Top-Mann im Vertrieb, der schon so manchen Wettbewerb gewonnen hat, verstehst?"

„Du bist der Top-Verkäufer. Was schlägst du vor?"

„Deine Person darf die große Sache nicht beschädigen. Das ist der Punkt. Du könntest nach Hause kommen, aber dann wärst du ein Gefangener im eigenen Haus. Die Kinder; ich habe sie gesehen! Wahnsinn, was du alles aushalten musst, Schwager. Da war wohl die Muttermilch schlecht. Am besten bleibst bei den Schwiegereltern. Die freuen sich doch sowieso und wollten dich unbedingt sehen. Deswegen ja auch der kleine Trick: Wenn die Kampagne durch ist, dann sind die Leute umgedreht, die Sache steht für sich alleine und dein Auftritt bei der Sitzung ist dann keine Belastung mehr, sondern der letzte Höhepunkt. Was wollen die dann noch machen? Die wissen doch gar nicht, dass du redest, und können nichts vorab sabotieren! Getrennt reiten, vereint zuschlagen, verstehst?"

„Meinst du?"

„Ja, hier bist du mitten im Stress, da oben hast du Ruhe und kannst alle deine Bücher durchgehen und eine wirklich große Rede halten, verstehst? Außerdem sind deine Eltern absolut toll-knorke Menschen und haben es einfach verdient, dass ihr Sohn bei ihnen ist. Willst du sie enttäuschen? Wann werden sie dich wiedersehen? Wann? Das sind nicht nur zwei, sondern viele Fliegen, die du mit einer Klappe schlägst! Es sind noch mehrerer Tage bis zu dieser Sitzung und ich will nicht Harald Buxler heißen, wenn das Feld dann nicht bestellt sein wird. Wir werden den Hasen schon melken! Wir geben alles! Der Schauspieler wird sicher großartig sein! Tragödie! Götterdämmerung! Die dämliche Leiche!"

Plötzlich kam Gregor ein Gedanke und aufgrund der neuen Offenheit zwischen ihm und Buxler sprach er diesen auch gleich aus:

„Harry, mal ehrlich, so kenne ich dich gar nicht. Kann es sein, dass dein Engagement auch mit etwas anderem zu tun hat?"

„Was? Ich will doch nur etwas Gutes tun, lieber Michel."

„Ich meine Ida. Ich habe mit meinen Eltern gesprochen. Du hast es nicht gerade einfach gehabt."

„Ja, deine Schwester, aber darüber möchte ich nicht reden, verstehst? Die Harry-Mania muss immer stark sein! Immer souverän! Immer freundlich! Immer lächeln!"

Asmas vernahm ein Schluchzen durch das Telefon und spontan kam ihm ein Gedanke:

„Harry, Ida war schon immer komisch. Du hast da sicher nichts falsch gemacht. Alleine, dass du Tilmann wie deinen eigenen Sohn behandelt hast! Ganz stark!", führte Gregor zögerlich aus und wusste auch nicht wirklich, warum er das jetzt thematisierte. Ein kurzer Moment der Schwäche, wie er es empfand? Eine aufkeimende Sehnsucht nach zwischenmenschlicher Wärme und Interaktion? Oder nur eine Ablenkung von den Strapazen rund um seine große Mission, eine Dorfgemeinschaft in eine bessere Zukunft zu führen? Durfte man da nicht wenigstens einmal einen Augenblick menscheln?

„Äh? Ja, natürlich ist es das auch. Als wir gesprochen haben. Ich war so gerührt. Wir, der billige Wein. Göttlich! Das hat den Familiensinn im mir geweckt, verstehst? Den werde ich nicht mehr los. Ich habe gegeben und

mich dabei großartig gefühlt, verstehst? Ich will wieder der Familienretter von damals sein, wie bei meiner Ollen und bei dir fange ich an, mein lieber Schwager."

Harald stockte und schluchzte erneut, dann aber schien er sich wieder zu fangen und redete, offenbar, um von der familiären Brisanz abzulenken, von der *„Aktion Aeolos".* Der Schwager sprach noch eine Weile dahin und obwohl sich in Gregor innerlich immer noch das jahrelang aufgebaute Misstrauen regte, für das er sich selbstverständlich umgehend schämte, beschloss er am Ende noch einige Tage bei seinen Eltern zu verweilen und die Ruhe für eine perfekte Vorbereitung zu nutzen. So würde er zwar auch die 1300-Jahrfeier in der fränkischen Provinzgroßstadt verpassen, was ihn durchaus ärgerte, aber für die gute Sache musste man eben auch verzichten können, denn wenn Harry das konnte, dann konnte er das noch besser.

Kapitel 49

Am nächsten Tag musste Gregor feststellen, dass alle Themen, die zwischen ihm und seinen Eltern hätten ausdiskutiert werden können, offenbar bereits ausdiskutiert waren, denn es herrschte wieder die gute alte Sprachlosigkeit, die lediglich von wenigen, immer gleichen Sätzen, die Asmas nur zu gut kannte, unterbrochen wurden. Dieses war dem Sohn jedoch nicht unrecht, denn so hatte er weitaus mehr Zeit, sich dem Studium seiner Bücher und dem Ausarbeiten und Einüben seiner Rede zu widmen.

Ob er vielleicht die arme Schwester besuchen sollte? Letztendlich entschied er sich dagegen, denn bei ihr wäre die inhaltliche Leere noch stärker zu Tage getreten. Außerdem befürchtete er, dass Ida, wenn sie sich denn doch äußern würde, ihm seine durchaus gute Laune rauben könnte. Zum Mittagessen kochte die Mutter ihren mittelmäßigen Gurken-Erdbeer-Eintopf. Birno fühlte sich dafür noch zu schwach, blieb im Bett und bekam später eine leckere Suppe eingeflößt. Die Gespräche drehten sich, wie so oft, um Gregors Arbeits- und Liebesleben. Wie immer beantwortete er die Fragen der Eltern mit den üblichen Phrasen, denen wiederum Phrasen entgegengehalten wurden, denen wiederum das ewig gleiche gedroschene Stroh folgte. Für einen Dritten mochte es sich sogar nach einer lebendigen Konversation anhören. In Wahrheit? Nur das Schauspiel, das alle Familien aufführten. Langweiliges Ritual.

Nach dem Essen beschloss Gregor einen kleinen Spaziergang zu machen. Während er so durch die Straßen lief, fiel ihm auf, dass er seine nähere Umgebung eigentlich nie, die ganz jungen Jahre einmal ausgenommen, bewusst wahrgenommen hatte.

„Merkwürdig", dachte er *„da lebt man Jahre an einem Ort und wie oft ist man durch die Straße gegangen? Wie oft über die Feldwege?"*

In Asmas Fall sind diese Fragen leicht zu beantworten. In der wilden Phase seines Lebens interessierte er sich mehr für die großen Probleme der Welt und diese waren hier nicht gegenwärtig. Zu provinziell, miefig und unter seiner Würde. Später spielte sich das Dasein entweder in der Firma oder aber in seiner Einliegerwohnung im Elternhaus ab. Das war es. Mehr brauchte er aber jahrelang auch nicht.

Gregor blickte hinter die Häuser und was er sah, verschaffte ihm eine große Befriedigung, denn hier im Norden waren Windräder bereits ein Teil des Landschaftsbildes, und wie er fand ein wunderschöner. In dieser Hinsicht verspürte er sogar ein wenig stolz auf die Anwohner und hoffte dieses auch bald von den Menschen in seiner neuen Heimat sagen zu können.

„Monumente der sauberen Energie, so schön und so elegant. Geliebt so sehr wie nie, bald auch im Franken-land", dichtete er vor sich her und war sichtlich stolz auf seine Kreativität.

Asmas lief noch einige Straßen weiter, bemerkte erst jetzt, nach so vielen Jahren, den Baustil vieler älterer Häuser, indem er ihn mit den Fach- und Sandsteinhäusern in Franken verglich und war trotz der *„Aktion Aeolos"* durchaus entspannt.

Plötzlich jedoch hörte Gregor Schreie und Rufe. Diese kamen ganz aus der Nähe und tatsächlich sah er nach der nächsten Kurve eine aufgebrachte Menge von vielleicht 30 Personen, die sich vor einem Haus zusammengerottet hatte. Das Szenario erinnerte ihn frappierend an die widerwärtigen Proteste gegen die Veranstaltung für die Windräder der Leute aus Rodringbach. Langsam näherte sich Gregor dem aufgebrachten Mob. Ein etwas älterer Mann, den er allerdings nicht erkannte, sprach ihn sofort an:

„Du bist doch der Sohn von Josef Asmas, oder? Lange nicht mehr gesehen."

Gregor, der sich nie für die Menschen in seiner Nähe interessiert hatte, erwiderte nur trocken:

„Ich bin weggezogen."

„Ja, ja. Seitdem die Firma zu ist, haben viele keine Arbeit mehr und sind weg."

„Was ist denn hier los?"

„In das Haus da ist ein Kinderschänder eingezogen."

„Ein was?"

„So ein krankes, perverses Schwein. Frisch aus dem Knast. Den wollen wir hier nicht! Wir machen ihm das Leben zur Hölle, damit er sich verpisst!"

Asmas sah sich um und bemerkte eine geifernde Menge mit eindeutigen Plakaten. Viele der Menschen hatte er schon einmal gesehen. Manche, im Besonderen die mit Glatzen, schienen extra angereist zu sein, um gegen den neuen Bewohner des Hauses zu demonstrieren. Er vermutete bei einigen sogar einen rechtsradikalen Hintergrund, was ihn natürlich ganz besonders irritierte. Etwas weiter hinten meinte er Kevin zu erkennen, jenen Extremisten, mit dem er bereits in der Kreisstadt zu tun hatte. Entweder waren die Radikalen außerordentlich mobil, oder aber er hatte seine schwangere Freundin schlicht sitzen gelassen. Seine Anwesenheit verriet Asmas aber, dass es um mehr ging als um einen Mob, der sich über einen Perversen aufregte. Nein, es war auch der ewige Kampf gegen die Rechten. Gegen das Böse. Für die Gerechtigkeit und das Gute. Eine Mission? Seine Mission!

Innerlich war Gregor zunächst aber uneins mit sich selbst. Natürlich kannte er die Gefahr, die von einem Sexual-Straftäter ausgehen konnte. Rückfälle gab es, das war nicht zu bestreiten. Aber, hatte der Mann, der nun vermutlich zitternd im Haus saß, seine Strafe nicht verbüßt? Vermutlich wurde er erst vor kurzem entlassen. Hatte er damit nicht das Recht auf eine zweite Chance? Durfte man ihm diese verweigern? Vielleicht gab es auch schreckliche Erlebnisse in der Kindheit, die ihn auf diesen Irrweg brachten? Würde man ihn nicht zurück in die Perversion treiben, wenn man ihn derartig offen mit Hass begrüßte? Sollte man ihn als reuigen Sünder nicht vielmehr willkommen heißen? Überall hasserfüllte Gesichter! Schreie! Lynchjustiz!

Etwas bedrückt bemerkte Gregor, dass es in diesem Fall gar nicht so einfach war, das Gute und Richtige zu tun. Ob er einfach weitergehen sollte? Was ging ihn das auch noch an? Er hatte allerdings hohen Ansprüche an sich selbst. Konnte er noch in den Spiegel sehen, wenn er nicht zu seinen Überzeugungen stand? Schutzschild der Schwachen! War es nicht auch eine glänzende Übung, seine neuerworbenen Kenntnisse und Fähigkeiten umzusetzen? Alle werden gegen ihn sein. Eine bessere Generalprobe konnte es gar nicht geben. Aufgeregt ergriff Gregor Michael Asmas das Wort. Selbstverständlich hasste er das Reden vor Publikum noch immer, akzeptierte es aber inzwischen als Notwendigkeit seiner großen Mission und fühlte sich, dank der Bücher und des Einübens vor dem Spiegel, dafür auch ausreichend, wenn auch nicht perfekt, vorbereitet.

„Ruhe, Leute! Ruhe!"

Verblüfft sahen sich die Leute nach ihm um und es wurde zumindest so leise, dass man ihn verstehen konnte:

„Gute Leute, lasst mich zu euch sprechen. Ihr seid heute hier und das hat einen Grund. Es ist die Furcht, die euch hierhertreibt, nicht irgendein Mann hinter festen Mauern.

Der Mensch, der hinter den Mauern dieses Hauses lebt, hat gefehlt. Ja, das hat er. Schreckliches hat er zu verantworten und seine Taten werden ihn bis zum Lebensende quälen. Das innere Leid, das er ob seiner Handlungen fühlt, wird nie mehr vergehen.

Die Gesellschaft hat ihn bestraft, ihn ausgestoßen. Nun kehrt er nach Jahren der Verbannung zurück.

Was nur sollen wir mit ihm tun? Ihn vertreiben? Dazu seid ihr im Moment entschlossen! Doch wohin? Am Ende doch nur in eine andere Straße mit anderen wütenden Menschen. Ihn zum Selbstmord animieren oder gar zur Selbstjustiz greifen? Wären wir dann besser? Würde dann nicht Blut an unseren Händen kleben?

Ja, dieser Mensch hat schreckliche Dinge getan, aber in den Augen der Gesellschaft hat er dafür bezahlt. Wir kennen ihn nicht, wir wollen ihn nicht kennen. Vielleicht verschwindet er, wenn wir laut genug sind, aber ist es nicht viel wahrscheinlicher, dass er wie ein Tier in die Enge getrieben erst richtig gefährlich für euch und eure Kinder wird? Was, wenn ihr gerade das Monster wieder aus ihm herauslockt, das längst besiegt war? Was dann?“

„Du Idiot!“, brüllte einer der wenigen anwesenden Rechtsextremisten. *„Unsere Partei unterstützt die Bürger hier und du willst den Kinderschänder entschuldigen? Du bist ein Schwein!“*

Gregor bemerkte noch den zustimmend nickenden Kevin, ja, er war es wirklich, neben dem Glatzkopf und antwortete dann mit einem Lächeln:

„Seht ihr? Sie sind nicht hier, um euch als Menschen zu unterstützen, sondern sie kommen als Ratten- und Stimmenfänger. Eure Ängste sind nur ein Mittel zum Zweck. Sie leben davon, euch gegen den Täter, und ja er ist ein Täter, dort in diesem Haus aufzuhetzen und gleichzeitig das Böse in dem Mann zu wecken. Wollt ihr euch wirklich instrumentalisieren lassen? Von den Radikalen? Seid ihr die Handlanger jener Kräfte? Warum macht ihr euch gemein mit Rassisten und Nazis? Ich kenne euch doch. Ihr seid gute Leute! Keine Nazis. Wollt ihr als solche gebrandmarkt sein?“

Langsam, aber sicher begann sich in der Menge ein Murren auszubreiten. Erste Bürger distanzierten sich räumlich von der kleinen rechten Gruppierung und anschließend immer mehr. Viele gingen und nach wenigen Minuten blieben nur die Extremisten zurück. Diese wirkten zwar bedrohlich, schienen aber kein Interesse an einer handfesten Auseinandersetzung zu haben und zogen stattdessen friedlich ab.

Zurück blieb Gregor. Der sichtliche Stolz auf seine spontane Rede war ihm ins Gesicht geschrieben. Der Lockenkopf war offenbar mehr als überzeugend und es machte ihm mittlerweile überhaupt nichts mehr aus, vor vielen Leuten zu reden. Brillante Generalprobe! Nebenbei hatte er auch noch aktiv den Rechtsextremismus bekämpft und eine arme, wenn auch schuldige Seele vor dem Mob gerettet. Asmas sah noch einmal auf das Haus. Hatte sich da etwas hinter dem Vorhang bewegt? Vielleicht doch nicht? Belanglos! Anschließend blickte er auf eines der zurückgelassenen Plakate und las den Text: *„Jens Richter ist ein perverser und verurteilter Kinderschänder.“*

Gregor musste lachen, denn offenbar wohnte in diesem Haus ein alter Bekannter aus der linksextremistischen Szene: Jens Richter, genannt *„Pädo-Hund“*. Er, Gregor Michael Asmas, hatte damals dessen erste Verurteilung wegen Kindesmissbrauchs bewirkt und das war richtig gewesen, um die Jungen und Mädchen vor ihm zu schützen. Heute jedoch stand er hier und verteidigte Richters Menschenrechte gegen den Mob. Aus Gregors Sicht war beides zum jeweiligen Moment schlicht zwingend. Er tat das Gute und Richtige und war zufrieden damit.

Kapitel 50

Die folgende Nacht gestaltete sich unruhig, denn der inzwischen genesene Zwerghase machte, indem er seine Kot-Krümel auf der Bettdecke verstreute, mehr als deutlich, dass er die Einliegerwohnung für sich allein beanspruchte. Sichtlich erstaunt über diesen aggressiven Akt wollte Asmas Birno zur Rede stellen, doch dieser sah ihn nur mit seinen großen Hasenaugen an. Das rührte Gregor wiederum so sehr, dass er nach dem Tier greifen und es streichelnd beruhigen wollte, was dieses schamlos mit einem Biss in seine Hand quittierte. Während er die Blutung stillte, fragte er sich, warum er, der Anwalt der Tiere, der sich immer für die Rechte dieser Wesen eingesetzt, in seiner Jugend zahlreiche Vergehen gegen den Tierschutz angeprangert und erst jüngst große Mengen Futter an ein Tierheim gespendet hatte, immer wieder das Opfer von Bissen wurde. Er konnte sich die selbstgestellte Frage aber auch nicht beantworten. Zumindest verging die Nacht auf diese Art und Weise erstaunlich schnell.

Am folgenden Tag studierte Gregor intensiv die lokale Zeitung und hoffte insgeheim zumindest eine kleine Notiz über den Auftritt von Onkel Michael am vergangenen Wochenende zu lesen. Wunschträume, denn natürlich interessierte niemanden im Norden irgendein lokales Ereignis aus dem Süden. Zu seiner Überraschung fand er aber eine andere Nachricht aus seiner neuen Heimat. Diese betraf aber lediglich die „*Blutopfermorde*". Überhaupt schien das fränkische Jahrhundertverbrechen die Medien zu faszinieren und den ermittelnden Beamten Lauswin Lampe sowie den Oberstaatsanwalt Huber zu bekannten Persönlichkeiten zu machen. Entgegen seiner sonstigen Art, immerhin umwehte das Verbrechen der Hauch des Rechtsradikalismus, hatte er die Tat nur oberflächlich verfolgt, da er seine gesamte Zeit der „*Aktion Aeolos*" widmete. „*Die Toten sind tot! Ich wirke für die Lebenden! Die Veredelung meines Lebens und das vieler geht vor*", dachte er nur. In der Zeitung stand also nichts über Onkel Michael. Obwohl Asmas privat selbst kein großer Freund von Computern war und das Papier einer Zeitung und eines Buches stets einer digitalen Variante vorzog, hätte er sich im Moment durchaus eine solche Möglichkeit gewünscht, um in der Ferne in Erfahrung zu bringen, was lokal vor sich ging. Soweit das möglich war; so genau kannte er sich nicht aus. Alles noch in den Kinderschuhen, oder? Da sich seine Eltern aber nie dazu durchringen konnten, sich ein stationäres Gerät anzuschaffen und auch das Smartphone des Vaters – buchstäblich – unter den Hasen geriet, war er auf die Telefonate mit Schwager Buxler angewiesen.

Mit diesem sprach er wenig später und wenn man dessen Worten denn vertrauen wollte, dann war der Auftritt des Onkels fast schon ein regionales Ereignis, denn es zog viele Menschen von nah und fern an. Harry vergaß natürlich nicht, zu erwähnen, dass der „*Volksfestcharakter*" zu neuen Kosten geführt hätte. Die Rechnungen wären im Briefkasten zu finden. Gregor wusste nicht so recht, ob ihm diese Entwicklung gefiel. Bei der „*Aktion Aeolos*" ging es eigentlich darum, die Dorfbewohner davon zu überzeugen, dass es sinnvoll und richtig war, auf erneuerbare Energien zu setzen und dass sie durch den Verkauf ihrer Grundstücke einen großen Beitrag für eine nachhaltige Zukunft leisteten. Zum Wohle der Umwelt, der Gesellschaft und der Zukunft. Neues Bewusstsein, der bessere Mensch! Nun aber waren unübersehbar bereits weitaus mehr Menschen involviert und die Dimension eine völlig andere. Vielleicht zumindest für spätere Aktionen nützlich? Man musste auch an die Zukunft denken und mit diesem Gedanken im Hinterkopf widmete sich der Lockenkopf wieder dem Spiegel, vor dem er seine Rede einübte. Anschließend träufelte er Vater Asmas Beruhigungstropfen in das Wasser des Zwerghasen. „*Die große Sache braucht Ruhe in der Nacht! Manchmal hat man keine Wahl. Ein kleines Opfer für eine große Sache und es schadet ja nicht*", bemerkte er knapp.

Kapitel 51

Mit den Tagen verfeinerte sich der Stil und die Rhetorik hatte in Gregor einen neuen Meister gefunden. Sichtlich zufrieden mit sich fieberte er bereits seinem großen Auftritt entgegen und konnte es kaum erwarten, am morgigen Abend in der Sitzung zu sprechen. Jedes Detail, jede Geste genau einstudiert. Nichts sollte dem Zufall überlassen werden. Den Aufbruch plante er für Nachmittag, nach dem Kuchen, damit er gegen Abend entspannt in der neuen Heimat ankommen würde. Plötzlich klingelte das Telefon der Eltern und kurz darauf sprach am anderen Ende eine bekannte Stimme:

„Michel, wir sind hier fertig. Die Stände bauen wir im Laufe des Tages ab und die Plakate sind auch bald verschwunden."

„Wieso, ist etwas passiert? Ist etwas schiefgegangen?"

„Nicht direkt, Michel, aber die Jungs und ich wollten nicht pietätlos sein, verstehst?"

„Wie meinst du das?"

„Ein Junge aus dem Dorf ist über den Jordan gehoppelt! Gestorben!"

„Wie gestorben? Etwa dieses Leiter-Balg?"

Gregor schämte sich darüber, wie sehr ihn der Gedanken an den Tod eines kleinen Kindes erfreute, nahm aber für sich mildernde Umstände in Anspruch. Außerdem hätte er auch nicht auf einen qualvollen Tod bestanden. Doch Harry antwortete nur:

„Nein, nein. Der Sohn deines Kollegen Müller. Thomas oder Thorsten. Muss ein ziemliches Kuriosum gewesen sein. Spontane Selbstentzündung. Nicht viel über. Kann jetzt nicht mal die Maden zählen, verstehst? Während der 1300-Jahrfeier in der Stadt. Weiß auch nichts Genaueres, weiß nur, was die Leute erzählen."

„Das ist ja schrecklich!"

„Ja, da gehen einige Verträge in Storno. Mal schauen, ob ich die Alten dazu bekomme, dass man sie umschreiben kann."

„Das meinte ich nicht!"

Sichtlich irritiert versuchte Asmas sich in Gedanken ein Bild von dem jungen Mann zu machen, der ihm doch das ein oder andere Mal begegnet war. Es gelang ihm jedoch nicht. Buxlers Versicherungskälte ignorierte er dezent.

„Wie auch immer. Deine Sitzung ist morgen Abend und heute Nachmittag werden die Reste beigesetzt. Die sind hier katholisch und nach der Messe laufen sie von der Kirche zum Friedhof und dann wäre es nicht geschickt, wenn da die Stände stünden, verstehst? Negative Verknüpfungen. Wenn die Männer Särge tragen, nur leise nach Verträgen fragen!"

Auch diese Aussagen Buxlers irritierten Gregor. Früher hätte dieser sich bei so einem Anlass auf den Friedhof gestellt und dort Sterbeversicherungen verkauft. So geschehen beim Tod diverser Nachbarn, Verwandten und Bekannten, aber der neue Versicherungs-Harry schien zumindest in dieser Hinsicht dazugelernt zu haben.

„Anständig", dachte Gregor, allerdings war das Wort *„Anstand"* auch für ihn ein relevantes, denn eigentlich müsste er auf der Beerdigung anwesend sein. Einerseits natürlich, weil er die Eltern kannte und Herbert Müller sein Kollege war, andererseits weil es für die Sache nur förderlich sein konnte, wenn er sich als selbstverständliches Mitglied der Dorfgemeinschaft präsentierte. Seine wahnwitzigen Feinde konnten wohl kaum eine Beerdigung zu ihren Zwecken instrumentalisieren, oder?

„Du, Harry, da fahre ich dann gleich los, dann schaffe ich es noch zur Beerdigung. Ist der Sohn eines Kollegen."

„Verstehe ich, Michel. Bis dahin ist alles hier erledigt. Die Sache ist ein großer Schock im Dorf. War wohl ein netter Junge und auch in der Feuerwehr. Das abgebrannte Fackelmännchen war in der Feuerwehr. Fackelmännchen! Feuerwehr! Verstehst? Am besten du bist da ganz sensibel und vorsichtig mit der Windradsache. Das Futter ist aufgepickt, bloß nicht mehr gackern, verstehst?"

„Harald, ich weiß schon, wann was angebracht ist. Ich habe ja Benimm."

„Ich meine es ja nur gut, Michel. Gute Beratung, damit verdiene ich doch mein Geld. Außerdem bin ich selbst inzwischen Feuerwehrmitglied. Da muss ich sensibel sein, soll ja was bringen, verstehst?"

„Was bist du?", hackte Gregor ungläubig nach und es dämmerte ihm langsam, aber sicher, warum Buxler plötzlich so viel Rücksicht auf eine Beerdigung nahm. Letztendlich interessierten ihn die Beweggründe aber nicht, denn in der Beurteilung der Wirkung hatte der Schwager durchaus recht: Leichenzug und Windkraftwerbung passten nicht zusammen!

„Egal, aber die Sache ist gewonnen, oder Harry?"

„Die Sache ist gewonnen und wie die gewonnen ist!"

„Onkel Michael?"

„Abgereist. Irgendein Film, keine Ahnung. Tragödie, Götterdämmerung, Leichenschändung. Du siehst mich entweder auf der Beerdigung oder aber in meinem neuen Büro. Ist ja dicht an der Kirche. Michel, du, ich muss jetzt aber den Jungs Anleitung für den Abbau und den Abhang geben. Sind ja nicht die hellsten Buben unter der Sonne, verstehst?"

„Wir sehen uns in einigen Stunden."

Das Gespräch war beendet. Gregor zog sich hastig an, packte in einem unglaublichen Tempo seine Habseligkeiten zusammen, verabschiedete sich, während der Zwerghase noch immer selig von den Beruhigungstropfen schlief, von seinen Eltern und brach seine Heimreise an. Die Rückfahrt verlief ohne weitere Komplikationen und so erreichte Asmas das Dorf gerade noch rechtzeitig, um an der Beisetzung teilzunehmen. Der Gottesdienst war vorüber und die Menschen zogen in Richtung des Friedhofes. Gregor schloss sich dem Ende der Menschenmenge an, die ihn schließlich auf die letzte Ruhestätte führte. Er blieb in der Nähe des Tores stehen und sah sich um. Neben der Kreuzigungsgruppe stand eine Abordnung der Feuerwehr. Weiter hinten die Musikkapelle. Vorne lagen all die Kränze. Dort der Sarg, umrundet von der Familie. Herbert und Lydia Müller voll tiefer Trauer, gezeichnet und offenbar auch körperlich gebrochen. Der einzige Sohn. Tot. Nun regnete es auch noch und alle öffneten ihre Schirme. Der Pfarrer erschien, doch es war von der Statur her nicht Meiselbach, der vielleicht für eine Beerdigung hätte zurückkehren können, sondern ein anderer. Man sah es nicht genau. Schirme. Schwarze Kleidung! Überall nur Schirme! Viele Menschen, noch mehr Regen und Schirme und sehr wenige Gesichter. Ob Versicherungs-Harry auch hier war? Man erkannte niemanden. Vielleicht war es auch besser so. Eigentlich hatte er sich fest vorgenommen, dem Arbeitskollegen persönlich sein Beileid auszusprechen und sich bei der Gelegenheit auch seiner Rückendeckung für die Versammlung zu versichern, aber die Situation gab das nun augenscheinlich nicht her. Ein Freund des Menschelns war er übrigens immer noch nicht und daher nicht unglücklich darüber, dass ihn etwaige peinliche Momente erspart blieben. Die Schirme trugen den Sarg langsam zum Grab. Dort stand ein Gemälde, das eine gelbe Raute auf weißem Grund mit einer schwarzen Faust darauf zeigte. Gregor betrachtete das Gemälde, bis es verdeckt wurde, verstand jedoch dessen Sinn nicht. War es der Ausdruck von Thorstens Kreativität und einer zarten Künstlerseele oder gab es eine Botschaft, die sich ihm einfach nicht erschloss? Vielleicht eine besondere Sache, die nur ein Einheimischer verstand? Gregor fühlte sich in dieser Hinsicht plötzlich ein wenig als Fremder und ausgeschlossen, doch das verging schnell. Letztendlich wurde das Bild achtlos in das Grab geworfen. Viele Worte, die Schirme schütteln sich am Grab die Hände. Sollte er sich doch bis zu den Müllers durchkämpfen? Was aber, wenn da die falschen Personen standen? Asmas wog innerlich ab, entschloss sich aber dann dafür, dass er diesen Plan endgültig aufgeben würde.

Eine Ente flog über den Gottesacker und quakte vor sich hin. Vergnügt? Man weiß es nicht. Gregor, noch immer am Eingangstor des Friedhofs lehnend, verzichtete darauf, dem Sarg etwas Erde mit der Schaufel hinterherzuwerfen oder sich ein Sterbebildchen zu holen und ging. Als er sich in sein Auto setzte und den kurzen Weg nach Hause fuhr, blickte die Sonne wieder hinter den Wolken hervor. Noch wenige Stunden Licht, dann würde sie wieder untergehen und den nächsten Tag einläuten.

Zu Hause angekommen stöhnte Gregor über die Unmengen an Papier, Zeitungen, Werbung, Rechnungen und Briefe, die sich in der kurzen Zeit in seiner kleinen Tonne angesammelt hatten. Des Weiteren überraschte ihn ein großes Paket, denn er hatte in jüngster Zeit nichts bestellt. Während er darüber noch sinnierte, klingelte das Telefon. Am anderen Ende hörte er die Stimme seiner Mutter, die sich nach seinem Befinden erkundigte, ihn über ihren Terminkalender der folgenden Wochen informierte, über den schläfrigen Zustand des Zwerghasen Birno dozierte und ihn ernsthaft fragte, ob er, der gerade erst angekommen war, sich das neue Versicherungsbüro des Schwagers Buxler schon angesehen hätte. Mit dem Versprechen, Harry in den nächsten Tagen dort aufzusuchen und ihn herzlich zu grüßen, wimmelte er sie ab und verspürte eine große Müdigkeit. Asmas warf den gesamten Papierkram auf sein Sofa. Erschöpfung. Kurz hinlegen. Kraft tanken. Am Ende schlief er bis zum nächsten Morgen durch.

Kapitel 52

„Nun ist der Tag gekommen, an dem sich alles entscheiden soll", sprach Gregor zu sich selbst, als er die Augen nach einem ruhigen Schlaf, über dessen Tiefe er sich selbst wunderte, wieder öffnete. Auf dem Sofa liegend reflektierte er all die Geschehnisse noch einmal und versuchte sie in den großen Kontext seines Lebens zu setzen. Dank seiner jüngsten Schulung des eigenen Geistes gelang dem Lockenkopf dieses mit blendender Präzision. Mehr noch war es ihm möglich, einen roten Faden, einen wahren Sinn zu erkennen. Bewundernswerte Klarheit! Erkenne dich selbst, Mensch! Sein bisheriges Dasein unterteilte er daher in drei Phasen:

Die erste Phase war seine Szenezeit, die er als *„Periode der Idealisierung"* bezeichnete. In diesen Momenten der Weltgeschichte lernte er die Sehnsucht kennen. Welche? Die Sehnsucht nach dem Guten und Gerechten. Streben. Etwas tun, damit die Welt eine bessere wird! Tier- und Umweltschutz! Kampf gegen Rechtsextremismus und Reaktion! Soziale Gerechtigkeit! Gegen die Atomkraft! Für die Rechte von Minderheiten. Wehende rote Fahne! Freie Liebe! Erste Liebe! Die dicke Brigitte! Vegan-Axel! Gegen Unterdrückung, Krieg und für den Weltfrieden. Internationalismus! Demonstrationen! Radikale Aktionen! Gegen die besitzende Klasse! Karl Marx! Einbruch in Tierfabriken! Filmt die Qualen der armen Wesen! Prangert sie an! Dokumentationen! Rettet den Wald! Saubere Flüsse! Helft den Ozeanen! Gegen die Armut und Ausbeutung! Kampf dem Staatsfaschismus und den alten Nazis! Teil der Masse des Lichts, schwimmend im Fluss des Ideals! Unkontrollierbare Flamme! Reines Handeln. Edler Ritter des Guten. Schild der Schwachen. Alle Menschen sind gleich, nur unterschiedlich sozialisiert. Chancengleichheit. Die großen Fragen stets wichtiger als Einzelschicksale. Neugier auf die Substanz dahinter. Teilweise Enttäuschung. Ernüchterung über die Motive mancher Kampfgenossen. Dreckige Toilette! Fragwürdige Menschen! Alles zu ungezielt? Gießkanne? Blindheit? Was machte noch Sinn? Das Stellen der Frage, ob man nicht das Beste in eine andere Lebensform mitnehmen konnte.

Die zweite Phase war sein Leben danach. Jene bis zur großen Veränderung vor einigen Monaten. *„Die Periode des Willens."* Ausdauer! Kontinuität! Beruflicher Aufstieg, ohne auch nur ein Ideal preiszugeben! Lernen! Lernen! Lernen! Der Beste in der Lehre sein! Einmal links, immer links! Spenden statt Straße! Dem Tierheim! Den Opfern rechter Gewalt! Für den Swimmingpool im Asylantenheim! Lichterketten! Richtig wählen! Weiterbildung! Aufsteigen! Nur ökologisch und ökonomisch einwandfreie Produkte kaufen! Unterschriftenlisten! Gegen das Böse Stellung nehmen! Ein anderer Blick auf die Welt! Auf das Herz kommt es an und auf die Taten, dann spielt es keine Rolle, ob man in einer Einliegerwohnung lebt oder in einer Kommune, oder? Welten im Zusammenstoß? Widerspruch? Nein, Lebenssphären, die nur ein Meister wie unser Gregor Michael Asmas vereinen konnte! Was sonst? Zähigkeit und Sicherheitsdenken! Langeweile mit Leopoldine! Versicherungen von Harry! Einsamkeit in ewig gleichen Tagen. Sackgasse? Der bürgerliche Linke!

Die dritte Phase wurde durch die Firmenverlegung eingeläutet. Eine „*Periode der Vollendung*". Florida. Deutscher Wein in Amerika. McRunkel, der ihn an den Main führte. Süden. Dorfgemeinschaft. Falsche Meinungsmacher. Reaktion. Faschismus! Aktion Aeolos. Die Zukunft einleiten. Jeden Menschen besser machen. Ideal und den Willen vereinen. Schicksal. Vorsehung. Es ging nicht nur um die Windräder. Nicht einmal allein um die Seelen der Menschen, sondern vielmehr um Vollendung. Vielleicht sogar Erlösung? In jedem Fall um Sinn! Der Idealist, der sich nicht mehr treiben lassen wollte und seine kleine Welt nach seinem Willen umgestaltet hatte, konnte nun das Leben einer ganzen Gemeinschaft in die richtige Richtung führen. War das nicht der rote Faden im Leben von Gregor Michael Asmas? Manchmal bedurfte es eben einer gewissen Zeit, bis man eine Kausalität erkennen konnte! Einen kurzen Moment überlegte sich der Lockenkopf, ob er nicht eine Überdosis Schopenhauer oder Platon genossen hatte, dann jedoch schüttelte er sich, denn warum zerreden, was offensichtlich war? Warum daran zweifeln, dass die Erlebnisse seines Lebens ihn an diesen Punkt gebracht hatten und er nun das zum Wohle der Menschheit vereinen würde?

„*Wenn Ideal und Wille Hand in Hand gehen, dann erstarrt selbst das Erdenrund*", dachte er bei sich, als er ins Bad ging und freute sich mehr denn je auf den heutigen Tag. Es würde seiner werden, das stand außer Frage.

Nachdem Gregor seine morgendliche Vorbereitung im Badezimmer abgeschlossen hatte, widmete er sich zuerst dem großen Paket und las das Schreiben, das außen in einem Kuvert angebracht war:

„Prost Nachbar, schau' mal in das Paket. Aus Jux habe ich bei dem Busunternehmen angerufen und dort haben sie ihn im Bus gefunden und dann in die Kantine gesetzt. Leider konnte ich ihn vorher nicht abholen, sondern habe ihn zum Flughafen mitnehmen müssen. Dann gab es Stress mit dem Material, aber das ist eine andere Geschichte. Postfiliale gibt es nie eine, wenn man eine braucht. Verschicken konnte ich das Ding erst bei meiner zweiten Station in Shanghai. Hoffe, das Paket hat nicht wieder Wochen gebraucht. Wenn ich wieder da bin, trinken wir zu dritt einen. Du, das Guggi-Viech und ich. Gruß Benno"

Mit einem Lächeln holte Asmas ein eingewickeltes Element aus dem Karton, beseitigte das Papier und hatte plötzlich ein gelbes Stoff-Eichhörnchen in seinen Händen. Zwar vermutete Gregor, dass es sich nicht um den Original-Guggi handelte, denn dieser fiel leider einem feigen Mordanschlag zum Opfer, was der gute Benno jedoch nicht wissen konnte. Er folgerte daher, dass auch die Geschichte rund um das Busunternehmen nicht so ganz stimmte. Die Rührung über die liebe Geste trieben ihm sogleich Freudentränen in die Augen und er gab dem gelben Eichhörnchen sofort einen Ehrenplatz hinter dem Kleiderschrank im Schlafzimmer.

„Wann je hatte ein Mensch so etwas für mich getan?", fragte er ganz gerührt.

Anschließend widmete er sich wieder dem sonstigen Papierwerk, das seinen Briefkasten während seiner Abwesenheit bevölkerte. Werbeprospekte, merkwürdigerweise zwar die Zeitung von heute, aber nicht die der letzten Tage und jede Menge Briefe, die Rechnungen beinhalteten. Anschließend nutzte Asmas seine buchhalterischen Fähigkeiten und überprüfte die Zahlungsaufforderungen in einer Rekordgeschwindigkeit. Was er las, verärgerte ihn sichtlich:

„2.000 Euro für eine Hüpfburg? 4.520 Euro für ein Karussell? 8.000 Grillwürste?"

Es wurde Mittag und das Häufchen war inzwischen ein Berg. Irgendwann verzichtete Gregor auf die Überprüfung der einzelnen Posten und ermittelte nur noch den Gesamtbetrag. Er sah auf das Bild im Wohnzimmer. Langsam schien dieses eine Art beruhigendes Ritual zu werden, dass ihn immer wieder an die Größe der Aufgabe erinnerte.

Die Mainschleife – heute würde er gerne Buxler dort ertränken, denn offenbar hatte er 47.533,20 Euro für die *„Aktion Aeolus"* ausgegeben. *„Ich werde erst einmal etwas essen und dann besuche ich den Herrn Schwager in seinem schönen neuen Büro. Der Betrag ist doch wohl ein wenig übertrieben. Hätte man* *die gute Sache nicht billiger hinbekommen können?"*, dachte er und war in Gedanken bereits auf der Speisekarte einer Gastwirtschaft in einer nahen Kleinstadt. Was er wollte, wusste er schon, denn die Beerdigung erweckte in ihm, aus welchen Gründen auch immer, ein großes Bedürfnis nach Ente.

Kapitel 53

Den Magen gefüllt und mit den Rechnungen in der Hand machte sich Gregor zu seinem Schwager auf, ignorierte das zarte „Servus" des urplötzlich auf der Straße auftauchenden Biobauers Derberle, und wunderte sich, vor dem Büro stehend, doch sehr darüber, dass das kleine Büro offenbar bereits komplett eingerichtet war und seine Präsenz auch nach außen, durch große Werbeschriften, aufstrahlte. Er betrat Buxlers Versicherungsaußenstelle und nahm sofort Harald an seinem Schreibtisch sitzend wahr. Dieser reagierte mit seinem üblichen Lächeln:

„Da ist er ja, der Michel. Bist du wieder da?"

„Dein Büro ist schon fertig?"

„Ja, das ist ja auch keine große Kunst und man will ja schließlich für die Kundschaft da sein. Der Versicherungsmann vor Ort hält die Verträge dort, verstehst?"

„Siehst du, was ich hier habe?"

Gregor deutete auf die Rechnungen, was jedoch Haralds Lächeln, durch den Oberlippenbart noch hervorgehoben, nur intensivierte, denn er griff in ein Fach und überreichte Asmas vier weitere Rechnungen.

„Die gute Sache ist nun einmal nicht billig gewesen, mein lieber Schwager. Klotzen, nicht kleckern!"

„Das waren bis jetzt fast 50.000 Euro."

„Was ist schon Geld, wenn man etwas so Großartiges erreichen möchte? Wenn ich an die Menschen denke und ihre glücklichen Augen. Sollte es uns das nicht wert sein? Außerdem! Das ist doch nicht einmal die Hälfte der kleinsten deiner 17 Lebensversicherungen, die in den nächsten 20 Jahren sowieso fällig werden. Da tropfen deine Zitzen nicht einmal, verstehst?"

Gregor nahm die neuen Rechnungen aus Buxlers Hand entgegen und überflog die einzelnen Positionen. Plötzlich sprang ihm eine davon förmlich ins Auge.

„Kannst du mir erklären, warum du ein gelbes Stoffeichhörnchen für 150 Euro gekauft hast?"

„Ja, mein lieber. Man muss sich nicht erwehren, Harry kann alles erklären! Diese Stoffeichhörnchen sind hier außergewöhnlich beliebt. Hast du mir ja selbst erzählt, und für den Stand mit den Losen benötigten wir attraktive Preise. Der Stand war der Hit und wir hatten auch kleine Windräder für den Vorgarten. Nur, billig war die Sache nicht, aber wer fragt da schon nach Geld? Wer profitieren will, muss investieren, verstehst?"

„Lass mich raten, gewonnen haben diese kleinen bösartigen Biester? Die Leiterbälger?"

„Möglich, wer das Vieh gewonnen hat, weiß ich nicht, denn für die Bude hatte ich den Alten da angestellt, der wollte seine Rente etwas aufbessern und hat das auch super gemacht."

„Welchen Alten?"

„Na, den Adi!"

„Adi? Wie Adolf Hartzorn?"

„Klar, ein wunderbarer Mensch. Die Kinder lieben ihn."

„Das ist doch einer der schlimmsten Nazis, die hier wohnen. Wie konntest du nur? Hinter meinem Rücken!"

„Siehst du und das ist genau der Trick. Willst du Harrys Plan verstehen, musst du in die Tiefe gehen! Ich habe ihn in die Sache integriert und damit geschickt eliminiert. Was soll er nun gegen dich noch tun? Der alte Sack war auf deiner Lohnliste! Gekauft habe ich denn! Du solltest mir dankbar sein. Das ist eine hohe Kunst, die nur wenige beherrschen."

„Du bist aber nicht darauf gekommen, mir das mit dem Stofftier zu sagen?"

„Hör mal, ich konnte doch nicht wissen, dass die Kinder einen solchen Schabernack damit treiben. Was hätte es gebracht, wenn ich es dir gesagt hätte, mein lieber Michel? Hättest du dich da wirklich auf deine Sache konzentrieren können? Nein, nein, ich war der Regenschirm, der dich vor allem bewahrt hat. Das ist wie mit den Versicherungen. Verlass dich auf Harald Buxler und du hast einen Freund in der Not, bis du bist tot, verstehst?"

Gregor wollte noch etwas erwidern und sich auch gegen die stetige Reimerei wehren, aber just in diesem Moment betrat Frau Koranus das Versicherungsbüro und Buxler sprang mehr oder weniger direkt auf sie zu.

„Liebste Cornelia, wie geht es dir? Du siehst wie immer fantastisch aus."

„Du bist ein Schmeichler, Harry.“

„Nein, eher unbeholfen, mich dir würdig auszudrücken. Hast du dir die traurige Sache mit der Sterbeversicherung überlegt, über die wir auf dem Friedhof während der Beerdigung gesprochen hatten?“

„Ein Vorfahre von mir war Professor und lebte mitten im Wald in der Nähe. Der hat auch mal nach dem ewigen Leben gesucht. Gefunden hat er nichts. Also eine Versicherung!“

„Nein, das gibt es nicht, liebste Cornelia! Bitte erzähle mir mehr von deiner hochinteressanten Familiengeschichte! Das interessiert mich.“

„Doch und dann eines Tages war das Haus bis auf die Grundmauern niedergebrannt. Einfach so. Da sieht man, wie schnell es gehen kann.“

„Ja, das ist schrecklich. Ich hoffe er hatte eine Feuerversicherung? Und erst die Lebensversicherung für die, die noch am Leben sind? Und eine Haftpflicht? Soll ich dir die Vertragsdetails erläutern?“

„Sehr gerne, mein lieber Harry!“

Versicherungs-Harry ignorierte Gregor, während er Frau Koranus zu seinem Schreibtisch führte, dann jedoch bemerkte er:

„Kennst du eigentlich meinen Schwager Gregor Asmas?“

Cornelia Koranus blickte diesen kurz an und drehte den Kopf dann demonstrativ weg.

„Die Verwandtschaft kann man sich nicht aussuchen. Dieser Mensch hier hat sich jüngst in meinen Vorgarten erbrochen. Widerlich.“

„Er ist ja nur angeheiratet, nicht blutsverwandt und wollte sowieso gerade gehen. Mach' es gut, Gregor.“

Mir einer geschickten Drehung öffnete Buxler die Tür und drängte Asmas in zügigem Tempo und mit seinem typisch-gewinnbringenden Lächeln hinaus. Kurz darauf stand der Lockenkopf auf der Straße und bedauerte es innerlich sehr, dass Frau Koranus in offenbar bei seiner damaligen Missetat beobachtet hatte. Doch nun konnte er es auch nicht mehr ändern und solange sie die Sache unterstützte, sollten derartige Persönlichkeiten keine Rolle spielen. Wie immer war der Lockenkopf, ob des geschickten Umgangs des Rhett-Butlers-für-Arme mit Menschen verblüfft und daher froh, dass das wenigstens einmal einer guten Sache diente. Mit dem nun größeren Rechnungsstapel in der Hand trat er den Weg zurück zu seinem Haus an.

Kapitel 54

Bis zur Sitzung waren es noch einige Stunden und so lief Gregor gezielt langsam durch die Straßen seiner neuen Heimatgemeinde. Vorbei an der Kirche, die in unmittelbarer Nähe zu Buxlers Büro stand, über manchen Feldweg, am Sportplatz vorbei und auch am Spielplatz. Abschließend am nahen und dichten Wald entlang. Interessanterweise hing nirgendwo mehr ein Plakat. Auch in dieser Hinsicht hatte Harry eigenmächtig ganze Arbeit geleistet. Natürlich wäre es Asmas lieber gewesen, wenn sie bis heute hängen geblieben wären, allerdings wäre das wohl die falsche Dekoration für die Beerdigung gewesen.

„Hoffentlich hat er sie nachhaltig und umweltgerecht entsorgt. Wenn ich die Dinger gleich im Wald finde, dann wäre das ja peinlich für mich.“

Doch diese Befürchtung bewahrheitete sich nicht und seine Gedanken wanderten zurück zu den jüngsten Geschehnissen im Versicherungsbüro. Gregor versuchte diese Gedanken aber zu unterdrücken. Trotz des Ärgers aufgrund der Rechnungen und der Irritation, die sein Erbrochenes bei der guten Frau Koranus ausgelöst hatte, galt es nun, sich noch einmal innerlich zu sammeln und alle Kräfte zu bündeln. Durchschnaufen! Keine störenden Gedanken! Konzentration! Alle Ablenkung verdrängen! An nichts anderes denken. Nicht an Buxler, der vielleicht nicht ganz so falsch sozialisiert wurde, wie er es immer annahm. Nicht einmal daran, dass bereits am Montag die Buchhaltung wieder auf ihn wartete. Alles ohne Bedeutung. Die Frische der Luft, das Blau am Himmel, die Ameise, die ihn gerade zwickte; war das alles nicht schützend und erhaltenswert? Am Waldesrand drehte Asmas sich um und genoss den wundervollen Blick, der kilometerweit in das Frankenland dringen konnte.

„Wie wundervoll es wohl erst aussehen wird, wenn diese Wunderwerke der sauberen Energie das Landschaftsbild veredeln? Sind jene erhaltenen Elemente nicht das Zeichen des Menschen an die Unendlichkeit, dass wir die Harmonie und den Einklang mit der Natur wählen und uns von der Zerstörung und damit der eigenen unabänderlichen Vertilgung abwenden?“

Zufrieden sah er auf die noch unbebaute Landschaft und fragte sich, wie lange es dauern würde, bis die Windräder stehen würden. Dann sprangen seine Gedanken wieder zu seiner Mission zurück:

„Die dritte Phase. So weit im Süden. Wer hätte das gedacht? Und danach? Vollendung? Die Windräder sollten erst der Anfang sein. Mein Anfang. Warum nicht einzelne Gemeinde komplett unabhängig machen und ganz auf erneuerbare Energie umstellen? Totale Abkopplung von Atom- und Kohle-, sowie Gaskraftwerken. Und dann mussten auch alle fossilen Heizungen weg und die Gebäude saniert werden, wegen des CO_2-Ausstosses! Ja, es gab noch viel zu tun! Ein neues Modelldorf, eine neue Musterregion. Das ist aber noch lange nicht genug. Erst die Energie, dann alles andere. Das neue Bewusstsein muss ausgedehnt und jene Dinge, die durch falsche Traditionen entstanden sind, müssen ausgemerzt werden. Ein Kriegerdenkmal? Weg damit! Nie wieder Krieg! Politische Extremisten? Ungleichbehandlungen, nur weil der eine Mensch auf eine andere Weise erzogen wurde wie der andere? Intoleranz? Warum mussten der arme Pfarrer Meiselbach und der gute Küster Klüpfel in die Stadt fliehen? Nein, in einer idealen Gesellschaft dürfte das nicht sein. Warum nicht in die Schulen und Kindergärten gehen und eingreifen? Warum zogen so wenige Ausländer auf das Land? Wie konnte man eine Willkommenskultur schaffen? Sind nicht alle Menschen gleich und gut? Sind es nicht die Erziehung und die Umwelt, die sie verderben? Alles das ließe sich verändern und die Windräder sind der Türöffner. Eine neue, eine bessere Welt liegt zum Greifen nahe.“

Während Gregor langsam über einen Feldweg zurücklief, malte er sich in Gedanken bereits aus, wie er das Dorf und die Region auf Dauer umgestalten wollte. Die Vorfreude war eine große und er mit der Entwicklung hochzufrieden.

Kapitel 55

Zurück in seinem Haus sah Gregor auf die Uhr und nahm zur Kenntnis, dass die Sitzung bereits in weniger als zwei Stunden beginnen würde. Für diesen Anlass hatte er sich extra seinen besten Anzug angezogen. Anschließend, einerseits um sich abzulenken, andererseits, weil es seine Überzeugung war, trennte er den Papiermüll, hauptsächlich die Werbeprospekte, von etwaigen Plastikhüllen, ging vor die Tür, gab die Plastikreste in den dazugehörigen Müllsack und wollte auch gerade das Papier in die entsprechende Tonne werfen, da bemerkte er, dass sich in dieser bereits einige Zeitungen stapelten. Es waren eben jene, die er nicht erhalten hatte.

„Merkwürdig", dachte er „wie kommen die denn da hinein? Das waren bestimmt diese verzogenen Bälger. Nun ja, immerhin haben sie die Zeitungen in die richtige Tonne geworfen. Vielleicht besteht ja noch Hoffnung."

Trotzdem holte er sie wieder heraus. Ablenkung vor dem Finale! Da er gerade dabei war, kontrollierte er sogleich alle seine anderen Tonnen, denn eine nichtnachhaltige Mülltrennung war für ihn schlicht nicht akzeptabel. Wer wusste schon, wie umweltschädigend Harry gehandelt hatte? Nein, der Lockenkopf sah sich selbst als Vorbild und bei ihm musste alles stimmen! Im Restmüllbehälter fand er schließlich tatsächlich auch einen Fetzen Papier, den er, nachdem er eine Weile danach gefischt hatte, umgehend umquartierte. Generell wusste Gregor allerdings, dass die Dorfbewohner das Nachhaltigkeitssystem annahmen, denn schließlich hatte er dieses bereits bei seinem allerersten Besuch kontrolliert. Umso mehr wunderte es ihn jedoch, dass sich die Menschen, die vereinzelt sogar Solarzellen auf ihren Dächern hatten, sich so gegen die Schönheit der Windräder sperrten.

„Es war eben die völlig falsche Sozialisation, welche die Windräder aus dem Kontext reißt. Man musste sie eben lehren, dass Windräder, saubere Flüsse, der Verzicht auf die Atomkraft, Solarzellen, Mülltrennung oder auch soziale Gerechtigkeit, Völkerverständigung und Chancengleichheit alles nur Facetten des Guten sind. Bei den Windrädern haben gewisse Personen hier allerdings ganze Arbeit geleistet. Na ja, die Gegenpropaganda war teuer genug. Oder aber Harry hat sie teuer gemacht."

Mit den Zeitungen in der Hand ging Gregor zurück in das Haus und war ganz froh, dass er nun etwas hatte, was ihm ein wenig Ablenkung verschaffte. Er ließ sich auf sein Sofa fallen, griff zuerst zu den Ausgaben des Wochenendes und schlug durchaus geschickt rasch den Lokalteil auf.

Freudig erregt betrachtete er ihn. Plötzlich stockte er schlagartig, ergriff die nächste Zeitung. Wieder der Lokalteil. Gregor erstarrte. Dann sprang er auf, lief hektisch in den Gang und zog sich ganz langsam und merkwürdig abwesend seine ökologisch-einwandfreien Schuhe an. Sanft öffnete er die Haustür und schloss sie sehr gefühlvoll. Anschließend blickte er in den Himmel, lächelte wirr und rannte schreiend die Straße hinunter.

Kapitel 56

Die Tür flog auf. Schwitzen! Irritation! Erregung! Roter Kopf! Kurz vor der Explosion! Vulkan! Klebriger Schweiß! Gekringelte Locken! Wütend stürmte Gregor in das Versicherungsbüro des Schwagers. Wirrer Blick. Die Augen suchten den Inhaber und die Hände fuchtelnden nervös mit einigen Zeitungen. Bevor der anwesende Harald Buxler sein gewinnbringendes Lächeln aufsetzen konnte, redete sich Asmas bereits in Rage:

„Siehst du das? Siehst du das Harry?"

„Das ist eine Zeitung, mein lieber Michel. Bedrucktes Papier. Ich brauche keine. Vielen Dank für deine Mühe!"

„Weißt du, wo ich die gefunden habe?"

„In deinem Briefkasten? Du hattest doch eine abonniert, oder?"

„Nein, in meiner Papiertonne! In der Papiertonne."

„Also hast du sie fertiggelesen? Da gehört sie doch auch hin, oder? Mülltrennung war dir doch immer so wichtig."

„Lass' deine blöden Witze! Weißt du, wer sie da hineingetan hat?"

„Nein, woher auch?"

„Das warst du!"

„Das scheint mir gar keinen Sinn zu machen, lieber Schwager. Warum sollte ich dir die Lektüre deiner Zeitung verderben wollen?"

„Damit ich nicht lese, was da drinsteht! Das sind die alten Zeitungen!"

„Ach so! Liebster Michel, ich war das zwar nicht, aber du warst doch gar nicht da. Du hättest die Zeitung sowieso nicht lesen können."

„Spiel nicht das Unschuldslamm, Harry! Du hast mich doch erst weggelockt!"

„Gelockt? Deine Mutter wollte dich doch so gerne sehen und ich habe ihr etwas Gutes tun wollen, verstehst? Wir können die liebe Frau Schwiegermutter gerne anrufen und es bestätigen lassen. Die liebe Alma! Ich werde sie gleich anrufen!"

„Ja, klar! Wegelockt hast du mich! Auf eine miese Art und Weise. Nur du wusstest nicht, wann ich wiederkommen würde und dass ich alles herausfinde, sobald das Papier vor mir liegt. Da hast du das besser gleich entsorgt. In meiner eigenen Tonne! Das ist so respektlos!"

„Was denn herausfinden, mein Lieber? Wie geht es eigentlich dem Zwerghasen, dem guten Birno? Das hätte ich fast vergessen!"

Gregor schlug den Lokalteil einer der Zeitungen auf und knallte das Blatt auf den Schreibtisch.

„Lenk' nicht ab! Was steht da, Harry?"

„Da steht, dass der Auftritt unseres Familienschauspielers eine große Resonanz hatte. Ja, dein Onkel war wirklich großartig. Tragödie! Götterdämmerung! Der ganze Landkreis war da, um sich Autogramme zu sichern. Es war einfach nur wunderbar. Du hättest da dabei sein sollen, verstehst?"

„Was steht da unter der Titelzeile?"

„Was genau soll da stehen?"

„Dort steht sinngemäß, dass der Auftritt des bekannten Schauspielers Michael Asmas im Rahmen der Neueröffnung deines beschissenen Versicherungsbüros erfolgt ist."

„Ach das, du weißt doch, wie das ist. Die Presse schickt irgendwelche Laienreporter und der versteht die Dinge dann falsch. Hätte ich das gewusst, ich hätte es natürlich sofort berichtigt. Habe aber gar keine Zeitung abonniert. Kann man alles auch am Rechner lesen, aber du bist ja ein Papierfreund und Technikfeind. Bei mir ist es umgedreht. Und, beim großen Versicherungsgott, es geht bei deiner Sache doch um die Leute im Ort und nicht um die Wirkung darüber hinaus, oder?"

„Dein Versicherungsbüro hast du aber nicht zufällig und so rein nebenbei auf meine Kosten eröffnet?"

„Da du hier schon Kunden gesehen hast, will ich das gar nicht leugnen, dass ich das Gute mit dem Besseren verbunden habe, aber eigentlich ist das doch etwas, was einfach dazugehört! Gurken und Karotten, das wächst *beides auch im Garten nebeneinander. Und stört sich das Gürkchen am Möhrchen? Nein, das wird später vielmehr ein leckerer Salat, verstehst?"*

"Was? In dem ganzen Artikel steht nichts, aber auch gar nichts von den Windrädern!"

"Lieber Michel, vergiss doch diesen lächerlichen Artikel! Denk doch einmal nach: Ich habe mich zwar mit dem einen oder anderen schon angefreundet, aber wenn ich gleichzeitig zeige, dass ich mit dem Büro ein richtiger Einheimischer werde, erhöht das nicht das Vertrauen? Kann man die Botschaft nicht viel besser verkaufen, wenn man Teil der Gemeinschaft ist? Ich glaube, das war genau das Richtige. So schafft man es! Also habe ich gesagt: Leute, ich bin einer von euch und bleibe zumindest mit dem Büro hier! Ist doch viel glaubwürdiger, als wenn ich in zwei Tagen wieder weg wäre, oder? Wen interessiert es da, wenn irgendein Schmierfink die Lage nicht kapiert? Ich bin inzwischen bei drei Vereinen. Ja, vielleicht trete ich sogar der Singgruppe des Kirchenchors bei. Man muss mit den Wölfen heulen, verstehst?"

"Und wie erklärst du dir das?"

Entnervt und voller Zorn warf Gregor eine zweite Zeitung auf den Tisch.

"Siehst du diese Anzeige? Das ist im Hintergrund mein Plakat und man sieht mein Windrad, das ich extra habe setzen lassen."

"Ja, wie auf den Plakaten!"

"Auf den Plakaten standen allerdings die wichtigsten Gründe für die Sache und in der Anzeige steht:

Das Einzige, was hier frischen Wind reinbringt, ist ihr Versicherungsbüro Harald Buxler. Nehmen auch Sie an den mehrtägigen Eröffnungsfeierlichkeiten teil. Es erwarten Sie Musik, Speis und Trank, ein kleiner Fuhrpark und viele weitere Überraschungen."

"Lass' mich sehen. Tatsächlich. Das muss ein Druckfehler sein und irgendwer hat die beiden Anzeigen ineinander verschoben. Wir sollten uns bei der Redaktion beschweren, denn die Anzeige war wirklich nicht billig. So ein Unding, verstehst?"

Entgeistert ließ sich Asmas auf den Stuhl fallen, der vor Buxlers Schreibtisch stand, setzte an, hielt inne, stotterte irgendwas Unverständliches, hob die Hände, senkte sie wieder und begann dann doch zu sprechen:

„Du hast mich ausgenutzt, mein Vertrauen missbraucht. Die ganze Nummer nur, damit du dein Büro eröffnen kannst! Was ist mit dir nur geschehen? Für meine Eltern bist du wegen Ida ein Held, aber was du da machst. Ich finde keine Worte.“

Der Versicherungsmensch wollte gerade etwas erwidern und bereitete mit seinen Armen bereits eine beschwichtigende Geste vor, da stieß er, ob nun ungewollt oder gewollt, das wird nicht mehr zu ermitteln sein, gegen einen Gegenstand, der Gregors Augen hinter einem Papierstapel bisher verborgen blieb. Das Ding an sich landete auf den Boden.

„Das ist doch ein Funkgerät? Natürlich, du hast diese Kinder mit den Dingern versorgt!“

Ruhig setzte sich der Schwager auf den anderen Stuhl, machte ein betroffenes Gesicht. Kurz, dann musste er grinsen und sprach:

„Es gibt da einen Punkt, den du nicht verstanden hast, Michel. In Deiner Welt sind alle Menschen gleich, unter dir versteht sich, und deswegen meinst du, dass es nur die Erziehung ist, die jemanden verdirbt. Das ist ein Trugschluss. Ich komme aus einer prekären Familie und habe früh meine Eltern verloren. Trotzdem ging es mir nicht schlecht. Mich hat niemand geschlagen, nur das Milieu hat mir nie gepasst. Wurde dann auch ein wenig asozial und da wollte ich raus. Ich war schon immer egoistisch und an einem gesunden Egoismus ist auch nichts Schlechtes.“

„Kapitalistischer Schwachsinn!“

„Schwachsinn? Du bist ein selbstgefälliger Idiot. Ein Sohn aus bürgerlicher Familie, den man alles in den Arsch gesteckt hat und der dann meint, den anderen alles vorschreiben zu müssen. Naives Sternenkind! Ein Luxusbengel, der den großen Linken spielt und in den relevanten Momenten immer versagt. Sobald du wirklich etwas tun kannst, bist du der Erste, der sich verpisst oder die Lage gar nicht erst versteht!“

„Unsinn!“

„Wo war denn dein soziales Gewissen als bei deiner Firma oben in der Heimat die Lichter ausgingen? Sobald was ist, hat sich Michel schon verpisst! Hast du da irgendwie Partei für die Arbeitslosen ergriffen? Nein, da war vom Sozialrevolutionär Gregor Michael Asmas nichts zu hören oder zu sehen! Der kassiert ja weiter seine üppige Knete! Wie oft musste ich mir deinen linken Käse anhören, wenn ich Versicherungen mit dir abgeschlossen hatte.

Ich war bei den Leuten. Aus Egoismus habe ich mir ihre Geschichten angehört, damit sie ihre Versicherungen nicht kündigen. Trotzdem bin ich für sie dagewesen und du nicht! Nicht einmal deine eigene Familie vertraut dir oder sieht in dir soziale Fähigkeiten. Ob der Herzinfarkt bei dem Zwerghasen oder sonst etwas. Wer hat denn die Zwerghasenkrankenversicherung vermittelt? Wer hat den Spezialisten für Zwerghasenherzinfarkte aufgetrieben? Man kommt auf mich zu, den widerlichen Versicherungstypen, aber nicht auf dich! Nie auf dich. Jetzt gehst du auf die 50 zu und hast endlich erfahren, dass deine eigene Schwester Probleme hat. Bravo! Der größte Ignorant ist der weltverbessernde Idealist, denn er sieht nur das Große, aber das Nahe nicht. Kalt wie ein Schneemann, aber die Welt verbessern wollen, verstehst?"

„Die Sache mit Ida und der Anerkennung von Tilmann ist vermutlich deine einzige gute Tat im Leben."

„Du begreifst es nicht. Du begreifst es einfach nicht. Ich wollte damals etwas aus meinem Leben machen und war in einem Schulungshotel einer Versicherung. Ida war, warum auch immer, an der Bar und anschließend hatten ich und vier Kollegen mit ihr Sex. Leider langten die Verhütungsmittel nicht und dann war sie schwanger. Deine Schwester und ich haben einen Deal gemacht: Ich heirate sie und sie kann hinter der Fassade sexuell machen, was sie will, solange sie mir keine weiteren Bälger anschleppt und für mich öffnete sich die Tür in die bürgerliche Welt. Das war es. So überwindet man die sozialen Grenzen, nicht wenn man auf Demos möglichst laut schreit. Meine beiden anderen Söhne hast du ja jüngst kennengelernt."

„Du bist ein Schwein Harald Buxler. Ein richtiges Schwein", lallte Gregor und wirkte völlig geistesabwesend. Tausend Gedanken und Bilder. Die Tropfen suchten ihren Weg über die Locken und tropften von der Nase auf das Hemd. Für einen Moment wehrlos ausgeliefert.

„Die Leiter Kinder habe ich übrigens bezahlt, damit sie vor deinem Haus herumlungern. Wir mussten schließlich wissen, wenn du mal schnell das Haus verlassen hättest. Man kann dich und deine Menschenfeindlichkeit ja sehr gut einschätzen. Wie so ein Äffchen, das auf Rollen fährt und Schellen klatscht. Für den Fall der Fälle hätten wir genug getürkte Probleme gehabt, um dich zu verlangsamen und die Musterdinger aufzuhängen und kurz anderes zu dekorieren. Habe ich auch auf die Rechnung gesetzt. Versteht sich."

„Versteht sich."

„Du bist selbst schuld. Wen man so eine Aktion ins Leben ruft und die einem wirklich wichtig ist, dann lässt man sich durch nichts von seinem Ziel ablenken. Da ist man vorne mit dabei und überlässt keine Sache dem

Zufall. Das mit dem Zwerghasen war Glück und dass alles so groß wurde, war ja gar nicht geplant. Sollte klein werden, wurde ein Volksfest! Du würdest keine einzige Versicherung verkaufen."

„Und die Windräder?"

„Haben wir Anfangs angesprochen, obwohl die Firma einen Rahmenvertrag mit der Konkurrenz hat. Ja, haben wir wirklich, aber die Leute hier wollen die Dinger einfach nicht haben. Du willst sie mit deiner kruden Steinzeit-Weltanschauung bevormunden und irgendwann haben wir es dann gelassen, denn ich möchte gerne der Partner meiner Kunden sein, nicht der Erzieher. Harald Buxler ist ein Freund, kein Schulmeister!"

„Aber? Ich…"

„Du musst jetzt los. Deine Sitzung beginnt in wenigen Minuten und ich würde gerne Feierabend machen. Viel Glück, mein lieber Michel."

Völlig unfähig auch nur ein weiteres Wort herauszubringen, stand Gregor auf und taumelte aus dem Büro heraus. Niedergeschlagen, wie ein schlechter Boxer. Man hatte ihn betrogen. Alles eine Lüge und er mit Blindheit geschlagen. Gemeuchelt wurde er durch seinen eigenen Verwandten! Alles ruiniert! Sein Traum, seine Hoffnungen, seine Zukunft. Ob der Rhett-Butler-für-Arme die Plakate auch überklebt hatte? Bestimmt! Oder nicht? Egal!

„Alles umsonst, alles umsonst", stammelte er immer wieder vor sich hin und hatte trotzdem kurz darauf das Rathaus erreicht, in dem die Sitzung stattfinden sollte. Zerbrochen! Scherben! Vernichtung! Doch war da nicht noch ein Glimmen? Gab es vielleicht doch noch Hoffnung? Nein, Asmas konnte sich kaum mehr konzentrieren. Wie dann frei reden? Welche Vorarbeit wurde geleistet? Überhaupt irgendeine? Trümmer. Schwarze Fahne. Das Leben zerrinnt. Der rote Faden? Zerrissen! Alles aus!

Was ist das? Plötzlich erschien ihm McRunkel im Geiste und aus dessen Klauen sprühten die Funken! Doch Hoffnung? Funken schlagen! Erste Flammen loderten! Das Feuer brannte lichterloh! Was, wenn seine Rede alles herausreißen würde? Was, wenn es das Schicksal so wollte, dass sich allein durch die Urgewalt des Wortes eine neue Ära einleitete? Vielleicht sollte es so sein? Vielleicht war es sogar die Vorsehung! Dann wäre alles nur die Leistung seiner Person und seiner Persönlichkeit! Gregors Puls beruhigte sich wieder etwas, als er die Tür des Rathauses öffnete und eintrat. Noch konnte man alles drehen! Buxler interessierte ihn nicht mehr. Die Leiter-Kinder? Geschenkt. Es zählte nur seine Vision einer besseren, nachhaltigeren Welt, für die er nun kämpfen würde. Vielleicht wollte das Schicksal genau diesen Endkampf, wobei ihn das letztere Wort unangenehm berührte und er sich auch ein wenig dafür schämte.

„Ja, so muss es sein, denn alles andere ergibt keinen Sinn. Zeit für Veränderungen! Zeit für mich! Nicht für das Reflektieren! Nur für die Tat an sich! Aktion! Aktion!“, und er war fester denn je zuvor entschlossen, Geschichte zu schreiben.

Kapitel 57

Mit konzentriertem Blick ging Gregor den Flur entlang und ignorierte den Vertreter Reiner und den Lobbyisten Riedel, die ihn vergeblich ansprachen. Er nahm aber nicht mehr als Wortfetzen wie *„wir haben Sie nicht erreicht"* oder *„leider waren Sie nicht da, "* wahr. Stattdessen lief der Lockenkopf immer weiter geradeaus in den kleinen Sitzungssaal und setzte sich auf einen freien Stuhl in der letzten Reihe. Der Schweiß rannte über seine Stirn, der Schock versuchte seine Wirkung zu entfalten, die Enttäuschung und Leere wollten sich ihren Weg bahnen, doch Asmas versuchte all das zu unterdrücken und zu verdrängen. Konzentrieren! Noch war nichts verloren!

„Meine Rede, ich kann sie auswendig. Auswendig. Nur auf die Gesten, die Hände muss ich achten. Nur darauf achten. Der Bürgermeister wird eröffnen, vielleicht sagen die Leute von der Windkraftfirma etwas. Dann können die Bürger etwas sagen. Da muss ich schnell sein, dann muss ich gut sein. Am Ende wird sich entscheiden, ob überhaupt jemand verkauft oder verpachtet und ob die Gemeinde versuchen wird, den Bau mit unsinnigen Widersprüchen oder Klagen hinauszuzögern. Ja, so wird es laufen. Es ist wie ein Theaterstück und mein großer Auftritt kommt. Nur nicht zusammenbrechen! Durchhalten!"

Der Saal war inzwischen gut gefüllt. Vorne in der ersten Reihe saßen die drei Feuerwehr-Häuptlinge Mettwald, Berger und Leiter. Letzterer samt Frau, aber ohne die schrecklichen Kinder. Ebenso war dort Frau Koranus zu finden, die verlassene, aber wunderschöne Heidrun Klüpfel und natürlich der unvermeidliche Adolf „Opa" Hartzorn, der böse Geist des Dorfes, wie Asmas einmal mehr befand. Weiter hinten erkannte er noch den Bäcker Goldmann, die Musikanten der örtlichen Musikgruppe und noch so einige Gesichter, an die er sich inzwischen gewöhnt hatte. Den früheren Pfarrer Meiselbach oder den Küster Klüpfer sah er nicht. Das galt aber auch für den neuen Geistlichen der Gemeinde, der offenbar ebenfalls nicht zugegen war. Herbert und Lydia Müller waren dagegen abwesend, aber wer will es ihnen ob des Todes ihres Sohnes auch verdenken? Das galt auch für seinen Nachbarn Benno, dessen moralische Unterstützung er hätte gebrauchen können. Auf Montage. Hie und da munkelte man, dass inzwischen nach seiner Frau auch der Abgeordnete Walter Schulz verstorben wäre. Allerdings hatte Gregor nicht die Nerven, um genauer hinzuhören. Auf die politische Elite gab er sowieso nicht viel. Die Menschen unterhielten sich. Überall dieses Geflüster und Gerede. Warum konnten sie nicht aufhören? Warum ging es nicht los?

„Dieses Geflüster! Lachen sie über mich? Wissen sie, was der widerwärtige Versicherungsgauner getan hat? Ist das Spott? Werde ich verhöhnt?"

Mit wirrem Blick sah er sich um und war sich sicher, dass zumindest das schlimmste Übel des Dorfes genau wusste, welche Qualen man ihm bereitet hatte.

„Die bösartigen Kinder und der Alt-Nazi wurden doch von Harry auch noch bezahlt! Losbuden und Überwachung! Faschisten! Das ist Gesinnungskontrolle! Gestapo! Das hat er doch auch noch zugegeben!", dachte er erregt, doch es brach ihn nicht, sondern stärkte nur seine Entschlossenheit.

„Dann mögen sie kommen. Ich leiste Widerstand! Ich bin gewappnet. Ich bin bereit."

In diesem Moment betraten der Bürgermeister von den Linden, sowie Reinhold Reiner und Hannes Riedel den Saal und gingen in Richtung der drei Stühle, die vorne gegenüber der sitzenden Menschenmenge aufgestellt wurden. Während sich die beiden Repräsentanten der Windkraftindustrie setzten, eröffnete der Bürgermeister die Sitzung:

„Liebe Leute, ich heiße euch alle auf unserer außerplanmäßigen Sitzung willkommen. Um den heißen Brei herum reden möchte ich gar nicht erst, denn unsere Agenda dreht sich primär um die vielbesprochenen Windräder und ganz am Rand noch um eine Neubesetzung des Gemeinderates, aus dem unser beliebter Mitbürger Herbert Müller, aufgrund der persönlichen Tragödie, die ihm widerfahren ist, zurücktreten möchte. Das aber ganz am Ende. Kommen wir zuerst zu den Windrädern. Hierfür begrüße ich die beiden Herren hinter mir, Herrn Reinhold Reiner und Herrn Hannes Riedel, die, wie allgemein bekannt, für die Sache sprechen."

Aus dem Saal waren erste Buhrufe zu hören, doch der Bürgermeister versuchte diese mit einer beschwichtigenden Geste zu beenden.

„Kommen wir zum Ablauf. Als erstes informiere ich über den aktuellen Stand aus Sicht der Gemeinde. Anschließend werden die beiden Herren einige Worte sagen und danach kann jedermann seine Gedanken einbringen. Am Ende stimmen wir über die von mir vorgestellten Anträge ab. Gut, dann zum ersten Punkt. Ich habe in

den letzten Wochen viele Gespräche mit Kollegen aus anderen Gemeinden geführt. Kurz gesagt, sind Anlagen zur Energiegewinnung privilegiert. Was heißt das? Obwohl wir eigentlich nach dem Baugesetzbuch ein Maximum an Gestaltungsmöglichkeit haben sollen, können wir die Windräder kaum verhindern. Der Staat will das so."

„Wir sind Franken, keine Bayern! Und die Dinger sind teilweise höher als der Kölner Dom!", ertönte eine Stimme und es wunderte Gregor wenig, dass es die des Nationalisten Adolf Hartzorn war.

„Ich kann dich verstehen, Adolf, aber wir sind sogar dazu verpflichtet, ein Konzept zu schaffen, das den Windatlas berücksichtigt und in den Flächennutzungsplan hineinbringt. Und ebenfalls ja, auch Windräder mit einer Höhe über 250 Meter sind nicht ausgeschlossen! Allerdings und das ist der eine Abstimmungspunkt, könnten wir jede einzelne Fläche genau überprüfen lassen. Artenschutz, seltene Gewächse, Eingriffe in die Landschaft – das wären solche Dinge, die das Elend in der Landschaft hinauszögern können, allerdings will ich ehrlich sein; die Kollegen im Nachbarort sind, nach zweijährigem Rechtsstreit, daran gescheitert. Ich werde aus diesem Grund nachher zur Abstimmung stellen, ob wir diesen Rechtsweg für den Fall der Fälle einschlagen sollen oder nicht.

Damit komme ich zum zweiten Punkt. Wir in Rodringbach haben allerdings eine Sonderstellung. Fast alle geeigneten Flächen befinden sich in Privatbesitz. Der Staat und die Gemeinde selbst besitzen hier kein geeignetes Eigentum. Wenn ihr also nicht verkauft oder verpachtet, wird es keine Windräder geben. Soweit ich es in Erfahrung bringen konnte, wird das auch niemand im Dorf. Das wäre aber der zweite Punkt, über den ich abstimmen möchte. Wir könnten den Nichtverkauf beispielsweise an die Höhe der Gewerbesteuer oder ähnliches knüpfen. Die Sache belohnen! Wenn wir zusammenhalten, dann wird uns das Land erhalten bleiben, so wie wir es kennen und lieben. Kein Lärm, keine optische Beeinträchtigung, kein Schattenwurf! Soweit nun mein Part. Ich übergebe nun an die beiden Herren Reiner und Riedel."

Der Vertreter Reiner erhob sich und begann, unter den Buhrufen der anwesenden Dorfbewohner, zu reden:

„Meine Damen und Herren, ich möchte es gerne kurzhalten, denn unsere Positionen dürften ihnen bekannt sein. Saubere Energie ist unsere Zukunft und wir bringen Ihnen diese," setzte der gute Mann an, bevor der erste Zwischenruf ertönte:

„Gauner seid ihr, die die Leute unter Druck setzen. Ich kenne Leute aus dem Nachbardorf und da habt ihr dem Schreiner Land abgekauft und der hat seine Angestellten, die Land hatten, dazu genötigt, euch das zu geben!",

sprach Horst Mettwald, der erste Kommandant der Freiwilligen Feuerwehr, und erntete dafür tosenden Applaus. Reiner setzte seinen Vortrag ungerührt, aber in einem deutlich aggressiveren Ton, fort:

„Soll ich nun auf ein Hörensagen eingehen? Muss ich jeden Unsinn kommentieren? Wie wollen Sie jemanden zum Verkaufen zwingen? Mit guten Argumenten überzeugen. Ja, aber zwingen? Sie machen uns hier zu Teufeln, das ist schon schlimmste Demagogie! Was ist das für ein undemokratisches Niveau?

Natürlich sind wir darauf angewiesen, dass wir Land bekommen. Keine Frage, denn sonst lässt es sich nicht bebauen. Heute mögen Sie sich geschlossen dagegen aussprechen, doch wie lange? Die größten Arbeitgeber der Region tendieren zur Firmenverlagerung. Manch' einer von Ihnen hat vielleicht sogar schon die Kündigung erhalten. Meinen Sie nicht, dann werden Sie es sich nicht noch einmal überlegen? Wir haben einzelnen Personen sehr viel Geld geboten, später wird das nicht mehr so sein. Für teilweise brachliegende Flächen! Der Windatlas sagt bei Ihnen sehr oft „ja" und die Sache wird sich bei Ihnen weitaus mehr rechnen als in der ganzen Umgebung. Profitieren Sie mit uns zusammen!

Wir bieten ihnen saubere Energie und wirtschaftliche Vorteile. Sie können daher guten Gewissens einschlagen. Atomkraft, Gas und Kohle sind unkalkulierbare Risiken, dreckig und werden eine Klimakatastrophe auslösen, für die Sie dann noch stärker mitverantwortlich sind. Sie sind dann keine passiven Mitläufer mehr, sondern Täter! Keine Landschaftsbehüter, sondern Heimatzerstörer! Wollen Sie die Totengräber und Vernichter sein?

Lassen Sie sich daher nicht von Ihrem Nachbarn unter Druck setzen. Sprengen Sie diesen Gemeinschaftsdruck! Noch sind unsere Türen offen und gerne zähle ich Ihnen noch einmal die Vorteile auf."

Es folgten zahlreiche Buhrufe der Anwesenden Personen. Offenbar hatte der Lobbyist bei den resoluten Franken nicht gerade den richtigen Ton getroffen. Man sah Reiner nun an, dass er kapitulierte und so rief er nur entnervt:

„So etwas habe ich wirklich noch nie erlebt. Mehr möchte ich nicht sagen, was auch für meinen Kollegen gilt. Die unerhörte und undemokratische Behandlung in diesem Ort ist kaum zu ertragen und daher gebe ich das Wort zurück an Herrn von den Linden."

Die Ansprache war beendet, die Buhrufe verstummten langsam, dafür stieg der Geräuschpegel wieder enorm. Gregor selbst, der noch immer schwitzend und mit großen Augen starr auf dem

Stuhl wurzelte, fand die Rhetorik grässlich und ungeschickt, da sie nicht auf Überzeugungen, sondern auf Drohungen und beinahe schon Beleidigungen fußte. Es ging doch um eine gute Sache. Um eine bessere Welt. Er war sich sicher, dass er es besser machen würde, allerdings stellte er im Geiste noch ein wenig um. Zunächst ergriff aber der Bürgermeister erneut das Wort.

„Soweit die Worte der beiden Herren. Ich eröffne nun die Diskussion vor den Abstimmungen. Gibt es irgendetwas, was ihr gerne loswerden möchtet? Dann nur heraus damit!"

Nun endlich war der Moment gekommen, sich zu erheben. Wochenlang hatte er sich darauf vorbereitet. Immer wieder die Trockenübungen, einmal sogar in der Öffentlichkeit, um einen verwirrten Sexualstraftäter zu schützen. So mögen sie auch pfeifen und johlen. Es war seine Zeit. Langsam erhob Asmas sich. Der Bürgermeister bemerkte dieses und sprach: *„Herr Asmas möchte gerne etwas sagen?"*

Sofort begann die Menge zu pfeifen und zu buhen, doch der Bürgermeister rief die Anwesenden zur Ordnung: *„Leute, Herr Asmas wohnt hier, also hat er auch das Recht, etwas zu sagen. Daher Ruhe! Bitte, Herr Asmas."*

So stand Gregor nun da und er begann mit jener Darbietung, die er so lange eingeübt hatte, wenn er diese auch an ein paar Punkten aufgrund des unglücklichen Auftrittes des Vertreters abändern musste.

„Liebe Mitbürger, diejenigen, die mich kennen, wissen, dass ich ein großer Freund erneuerbarer Energien bin."

Bereits nach diesen Worten wurde es wieder unruhig im Saal.

„Doch, auch ich wurde, wie ihr, getäuscht! Dort vorne sitzen zwei Repräsentanten, welche die Belange der Windkraftindustrie vertreten. Ich gestehe, ich habe mich in ihnen getäuscht. Ja, auch ich wurde in die Irre geführt, denn ich war davon überzeugt, dass es sich um ehrliche und gute Menschen handelt, denen das Wohl der Natur, der Menschheit und eine nachhaltige Zukunft am Herzen liegen. Ich wusste nicht, dass sie gezielt Menschen unter Druck gesetzt haben und spätestens mit diesen unwürdigen Aussagen, die wir eben hören durften, wurden die Masken abgelegt. Vor uns sitzen keine Idealisten, die für eine bessere Welt kämpfen, keine überzeugten Aktivisten, sondern skrupellose, kapitalistische Geschäftemacher, denen es ausschließlich um den eigenen Profit geht. Sie hätten vorschlagen können, die Bürger finanziell, vielleicht über eine Genossenschaft zu beteiligen, aber auch das sieht der

Kapitalismus nicht vor. Ihr habt daher Recht, dass man sich von diesen Menschen distanzieren sollte! Nein, man sollte es nicht nur, sondern man muss es!"

Inzwischen war es merkwürdig still im Saal, denn die Menschen hörten ihm offenbar zu. Die spontane Abänderung des Einstieges schien die gewünschte Wirkung zu entfalten. Verblüffend.

„Doch mögen die Gesichter auch noch so falsch sein. Mögen die Personen auch die egoistischen Motive antreiben. Die Sache an sich ist rein. Die Windkraft kann nichts dafür, dass sie im Moment die denkbar schlechtesten Außendarsteller hat. Die Natur ist größer als der Kapitalismus! Sie ist auch wichtiger! Ihr fürchtet euch davor, dass die Anlagen das Landschaftsbild zerstören könnten. Das kann ich gut verstehen.

Doch ist es wirklich so? Ich komme aus dem Norden und dort gehören die Windräder nun schon viele, viele Jahre zur Landschaft selbst. Sie sind eins geworden, als wären sie unser Fleisch und Blut. Unsere Identität! Mit uns verwachsen! Das geschieht natürlich nicht sofort, aber mit jedem Tag doch ein kleines Stückchen mehr. Da steht dann in euren Augen bald kein 200 Meter hohes Windrad mehr, sondern ein Monument des Fortschritts und der Aufgeschlossenheit. Ein Bau des Stolzes darauf, die Natur zu schonen und die Welt für die Kinder und Kindeskinder zu erhalten!

Ihr könnt das übrigens ganz leicht nachvollziehen. Schaut euer wunderschönes Dorf an! Vor vielen Jahren gab es keinen Strom, keine Autos. Die Stromleitungen, die lange Jahre über den Dächern hingen waren nicht ästhetisch, vielleicht haben sie sogar das gewohnte Bild verschandelt, und die kleinen Sträßchen, ausgelegt für Pferd und Kutsche, waren sicher uriger als die breiten und tristen Straßen.

Trotzdem aber habt ihr und eure Vorfahren damals nicht auf den Fortschritt verzichten wollen und aus heutiger Sicht erscheint ein Widerstand geradezu absurd. Kein Strom? Keine Autos? Auch keine Kanalisation? Habt ihr darüber auch nur einen Funken eurer Kultur verloren? Oder eure Identität? Nein, sie wurde bewahrt und sie wird weiter bewahrt werden! Sie wurde intensiviert und alles Neue wurde integriert!

Mit den Windrädern ist es nun ähnlich. Was sind denn die Alternativen? Die Atomkraft? Wie lange konntet ihr keine Pilze aufgrund der großen Reaktorkatastrophe ernten? Was ist mit dem Müll? Das Problem auf eure Kinder schieben? Nein, dafür seid ihr zu verantwortungsbewusst! Nein, die Atomkraft ist kein Stück sicherer, als sie es gestern war, sie wird nur durch solche Menschen, wie die beiden Herren dort vorne, viel besser verkauft. Doch dieser Menschtypus verkauft alles, wenn die Münze im Beutel klingt! Wollt ihr Kohlekraftwerke? Das wäre

Umweltverschmutzung pur und würde noch mehr CO2 produzieren, die Erderwärmung vorantreiben und damit eine Klimakatastrophe provozieren, die das Schöne, das ihr liebt, am Ende zerstören wird. Als Lösung bleiben nur die erneuerbaren Energien und die Windkraft ist dabei ein wesentlicher Faktor.

Manche werden nun sagen, der Bau der Anlagen hilft der Natur nicht, sondern würde sie zerstören. Ich sage euch, dass ich persönlich jeden Bau einer Anlage verhindern würde, wenn dadurch das Leben einer einzigen gefährdeten Pflanze oder eines einzigen Tieres bedroht wäre.

Ich stimme daher dem Bürgermeister zu. Wir müssen das alles genau prüfen lassen. Nicht, um Windräder zu verzögern, sondern weil wir die Pflicht haben, die Heimat zu schützen. Vollkommen egal, ob nun durch Tierschutz oder durch den Bau von Windkraftanlagen, die das Gift des Atoms ersetzen.

Gregor bemerkte, wie er die Menschen sichtlich beeindruckte und wollte gerade zum Finale ansetzen, als die Stimme eines guten Bekannten, der sich offenbar inzwischen in den Saal geschlichen hatte, die kurze rednerische Pause unterbrach:

„Der hört sich an wie Hitler!"

Asmas sah irritiert in Richtung Tür. Dort stand grinsend der Schwager. Nur kurz verlor Gregor den Faden, aber just in dem Moment kam wieder die Unruhe auf und irgendjemand rief:

„Ja, genau! Außerdem habe ich ihn bei der Nazi-Demo in der Kreisstadt gesehen. Dort hat er sich mit denen unterhalten. Die Nazis waren doch auch immer so umweltfreundlich. Der Hitler war Vegetarier. Wer geht zu denen, wenn er kein Nazi ist?"

„Der Sven hat auch erzählt, dass er im Flüchtlingsheim randaliert hätte! Hat der Sven gesagt! Und schaut, wie sie meinem Sven zugerichtet haben! Der hat jetzt ein Loch in der Nase, weil die Nazis ihm den Ring rausgerissen haben. Nazis wie Nazi-Asmas!"

„Mich hat er gefragt, ob ich Jude bin. Warum fragt er mich, ob ich Jude bin? Ist das wichtig?", warf der Bäcker Goldmann ein.

„Außerdem ist er schwul. Da habe ich ihn im Urlaub gesehen. Homos raus aus Rodringbach!", fügte Jörg Leiter schnell an, ernte aber fast nur schiefe Blicke.

„In meinen Garten hat er sich erbrochen und mein Kater Bergzorn hat davon gegessen!", rief Frau Koranus erregt.

Gregor wollte etwas erwidern, denn diese Dinge waren doch geradezu absurd, doch es gelang ihm nicht, so vieles prallte gleichzeitig auf ihn ein.

„Als ich wegen der Messung in seinem Haus war, da hing da ein Bild von Hitlers Lieblingsmaler Hermann Gradl im Wohnzimmer. Das Ding ist zwar nett anzusehen, aber des passt zum Rest. Jeder weiß doch, wie umstritten der Gradl ist und wie nahe er dem Führer stand", blökte irgendwer und Jörg Leiter griff erneut das Wort:

„Und der ist schwul. So wie der Ernst Röhm! Hat sich auch gut mit dem Homo-Pfaffen verstanden," ereiferte sich Leiter erneut.

„Leiter, jetzt halte doch mal die Gosche, du homophobes Rindvieh. Wer außer dir und deiner Angeheirateten aus dem Nachbardorf hat denn heute damit noch Probleme?" parierte ausgerechnet Opa Hartzorn.

„Du bist einfach ein alter Linker, Hartzorn," schrie Frau Leiter im schrillen Ton. „Als, wenn wir nicht wüssten, dass du der eine bist, wo immer für die Kommunisten abstimmt! Wozu melden wir uns sonst immer als Wahlhelfer? Und der Onkel von dir war auch im KZ und des nicht umsonst!"

„Rita, das ist ein schwerer Eingriff in die Wahlrechte und Homophobie passt nicht zu uns ins Dorf! Wir sind frank und frei und nicht weltverschlossen und dämlich! Ihr gebt ein ganz schlechtes Bild ab! Kein Wunder, dass du nie auf die Liste für den Gemeinderat kommen wirst!", sprach der Bürgermeister.

„Ich scheiß' auf den Gemeinderat, du Dreggsag! Pass du lieber mal auf, was deine Alte und deine Tochter so machen!"

Dieses in Erregung geführte Gespräch öffnete die Büchse der Pandora und auf einmal erklang ein wildes Durcheinander diverser Stimmen. Jubel, Trubel, Meinungsäußerungen. Ungefiltert, keine Ordnung, keine Kontrolle:

„Habe gehört, der Asmas auch bei den Bonzen in der fetten Villa und ist bei KAMA ein hohes Tier!"

„Und wo arbeitest du? Lebst nicht von der Stütze?"

„War bestimmt bei den Massenentlassungen mitbeteiligt! So ein aalglatter Typ wie der in so ‚ner Position!"

„Jetzt bleibt doch mal sachlich, Leute! Es geht um die Windräder und nicht um den Neuen! Der ist doch ganz in Ordnung, finde ich!"

Diesen Satz sprach, man konnte es kaum glauben, Bio-Bauer Derberle, den Gregor vorher gar nicht wahrgenommen hatte, der aber wieder einmal urplötzlich anwesend war.

„Wozu Windräder? Es gibt hier doch kaum Wind! Das dient alles nur, um Subventionen abzuzocken! Die Betreiberfirma bekommt das Ding doch komplett bezahlt plus 60% der fiktiven Gewinne für 30 Jahre. Das ist auch ohne einen Lufthauch ein Hurrikan-Geschäft!"

„Und in der Sekte ist der auch! Hatte deren Fressen bei seinem Fest!"

„Auf meinem Dach ist eine Photovoltaik und es gibt doch auch Biogas, und grünen Wasserstoff! Das sind doch alles erneuerbare Energiequellen. Warum will der uns jetzt ausgerechnet die Windkraft aufdrücken? Wird der dafür bezahlt? Vielleicht eine Gewinnbeteiligung?"

„Einheimische hat er bei seinem Fest auch nichts verdienen lassen! Alles Auswärtige!

„Ja, nicht mal unsere Handwerker konnten da was verdienen bei dem Umbau! Des ist asozial!"

„Wir müssen scho' weg von den fossilen Energien. Kommt auch alles aus dem Ausland und ich traue den Nichtfranken nicht! Da ist schneller eine Energiekrise da als einem lieb ist. Aber lieber Sonne als Wind. Bloß für des auf dem Dach gibt's halt gerade keine Subventionen!"

„Des war aber kein schlechtes Fest bei dem Asmas."

„Ja, wenn keiner was Schlecht's gesagt hat, muss es des gut g'wese sein!"

„Deine Geburtstagsparty war richtig lahm. Die Grumbern war schon nix!"

„Bei mir gab es richtige Bratwurst und nicht so ein Zeugs wie beim Asmas!"

„Nimm dei' Wixgriffel aus meinem G'sicht!"

„Er hat in meinen Vorgarten gekotzt!"

„Hat doch jeder hier schon einmal! Oder was meinst du, warum die Blumen so schön blühen?"

„So ein schlechter Maler war Gradl nicht. Das lässt sich alles kontrovers diskutieren!"

So viele Stimmen, so viel Wahnsinn! Alles drehte sich. Viele weitere Wortfetzen fielen und Asmas ließ sich auf den Stuhl zurückfallen. Die letzte Energie verbraucht. Weg, alles vorbei! Dem Bürgermeister gelang es, die Menge zu beruhigen und er wollte Gregor noch einmal das Wort erteilen, doch dieser konnte nur noch kraftlos abwinken und starrte auf den Boden. Von der Abstimmung bekam er wenig mit, nur so viel, dass die Anträge des Bürgermeisters angenommen wurden. Bezeichnenderweise schaffte er es nicht einmal, seine Hand beim Aufruf zur Abgabe von Gegenstimmen zu erheben. Langsam schleppte er sich hinaus, hörte aus der Ferne noch, dass Adolf Hartzorn den Neubürger Harald Buxler aufgrund seines großen Engagements und des fantastischen, wie er es ausdrückte, Eröffnungsfestes als Nachfolger für den scheidenden Gemeinderat Herbert Müller vorschlug, aber das spielte nun auch keine Rolle mehr.

Erschüttert stand er vor dem Sitzungssaal, denn nun war alles verloren. Der rote Faden war durchschnitten. Niederlage. Zerstörtes Leben. Auf einmal kam ihm ein Mann entgegen und aufgrund der Kleidung schloss er darauf, dass es sich um den neuen Pfarrer handeln musste. Dieser sprach ihn an:

„Guter Mann, das ist doch der Saal für die Sitzung, oder?"

Der Blonde aus dem Norden nickte nur. Völlig geistesabwesend und gebrochen.

„Moment mal, bist du das, Gregor? Gregor Asmas? Was machst du denn hier?"

Der Angesprochene sah langsam hoch und dann erst bemerkte er, dass er den Mann vor ihm durchaus kannte.

„Ich bin es, Bernd. Bernd Rappel. Wir waren doch zusammen in der Schule."

„Bernd? Als wir uns das letzte Mal getroffen hatten, warst du doch...?"

„Ja, ein Rechtsextremist. Ist eine lange Geschichte. Irgendwann bin ich der Szene entwachsen. Zu viele Hohlköpfe, die sich nur hinter der Ideologie verstecken und nichts gebacken bekommen. Dreckig war es da oft! Die Toiletten! Ich wollte Tiefe und fand sie nicht. Ich habe dann die Stimme unseres Herrn gehört, wurde Priester. Das ist meine erste eigene Gemeinde."

Der völlig entkräftete Gregor begann wirr zu lachen und tanzte, optisch sehr unglücklich, auf einem Bein.

„Früher warst du ein Nazi und jetzt ist ein Jude dein Gott. Was für eine beschissene Pointe!"

„Sprichst du von unserem Herrn Jesus Christus? Der stammte aus Galiläa und dort lebten kaum Juden. Er war Arier und über die Mörder unseres Herrn rede ich gar nicht erst. Sie sollen in der Hölle brennen."

Gregor fasste sich mit beiden Händen an den Kopf und lachte. Lauter und lauter. Nicht nur, dass er, wie er fand, gerade die schlimmsten Stunden seines Lebens durchmachte, stand ihm nun auch noch seine alte Nemesis Bernd gegenüber. Außen ein Priestergewand und innen immer noch der alte Rassist und Antisemit. Damals mit der Glatze als Außenseiter gebrandmarkt, nun mitten in der Gesellschaft. Nein, für Gregor würde hier nichts mehr zu gewinnen sein. Er ließ den einstigen Mitschüler stehen, rannte los und wusste, dass er, Gregor Michael Asmas, gekämpft und verloren hatte. Verzweiflung. Es war Zeit, die Konsequenzen daraus zu ziehen. Die letzten Konsequenzen. Am Ende des Lebens. Vorbei, alles vorbei. Ohne Ziel lief er die Straßen entlang. An der Kirche vorbei und auch am Sportplatz. Neben dem Spielplatz war eine kleine Brücke, die über das örtliche Gewässer führte.

„Nein, es hat keinen Sinn mehr. Was soll ich hier noch bewegen? Alle hassen mich! Alles eine Illusion! Es ist die Hölle auf Erden. Sie machen mich, den ehrlichsten Antifaschisten zu einem Nazi. Zerstörten mich! Was für eine Verleumdung und ich kann mich nicht gegen diese Bösartigkeit wehren. Selbst die Kinder stellen sich gegen mich und die Dämonen der Vergangenheit kehren zurück. Hölle! Hölle! Die Welt verliert einen großen Idealisten. Einen Menschen, der nur alles besser machen wollte", rief er melodramatisch aus, kletterte auf das Geländer der Brücke und sprang.

Kapitel 58

Der Vorhang fällt. Unser Gregor? Ach ja, richtig. Der gute Mann war ziemlich verzweifelt, als er zu der Brücke kam und sah sein Leben zerstört. Doch warum sollte er nun in seinen letzten Sekunden ein anderer Mensch geworden sein? Gregor Michael Asmas blieb Gregor Michael Asmas. Auch in der Stunde des geplanten Todes. Schon auf dem Weg zu der Brücke reflektierte er wieder, wog ab, so wie er es immer tat. Letztendlich war der Sprung einer seiner typischen Kompromisse, denn bei dem Gewässer handelte es sich um einen ungefähr 30 Zentimeter breiten Bach, der in dieser Jahreszeit kaum gefüllt war und die Brücke war doch tatsächlich etwas über 3 Meter hoch.

Nun lag er in der Pfütze und hatte sich den Knöchel verstaucht. Eine durch und durch lächerliche Szene. Trotzdem lachte Gregor, denn er gewann eine gewisse Sicht der Dinge zurück, die er in der Verbissenheit der letzten Tage und Wochen verloren hatte. Ich möchte jedoch nichts zusammenfassen, sondern empfehle den werten Zuschauern einfach dem Monolog des Protagonisten zu lauschen:

„Was mache ich da eigentlich? Springe von der Brücke. Na ja, so hoch war sie ja nicht. Mein Knöchel. Hoffentlich ist das nicht so schlimm. Ja, die drei Lebensphasen, der rote Faden und die Vollendung. Was für ein bescheuertes Konzept, als wäre ich hypnotisiert gewesen. Wo warst du nur, du liebes Hirn? Sonst wiege ich doch auch jeden kleinen Mist ab. Wie kann man nur seine ganze Existenz in so eine Einzelaktion legen wollen? Wo war denn da die Selbstreflexion? War vielleicht ein wenig überhöht. Alle hassen mich? Hölle?

Was hatte ich denn vorher? Einen Beruf und eine Einliegerwohnung. Der ewig gleiche Ablauf. Und jetzt? Ich war wochenlang in den USA, die Gegend hier ist wunderschön, ich habe die Gewissheit, dass meine Familie zu Teilen aus widerwärtigen Subjekten besteht und im Gegensatz zu vorher, habe ich mit Benno einen echten Freund. Selbst Sex hatte ich wieder einmal. Vor Menschen zu reden war auch nie meine Sache und nun kenne ich sogar unglaublich viele Klassiker. Wenn das nicht eine deutliche Bildungssteigerung ist.

Objektiv und unter Abwägung aller Umstände geht es mir nun viel besser als vorher. Vielleicht hat mich diese neue, bessere Luft dazu bewogen, zu viel zu wollen, aber die Sache mit den Windrädern gleich an das eigene Leben zu knüpfen? Eine tragische Niederlage, aber nur eine Schlacht und nicht der Krieg. Es wird auch keine bleiben, denn wer einen Garten, der direkt an die Felder grenzt und sich ganz in der Nähe des Waldes befindet, sein Eigen nennt, der könnte dort sicher auch eine gewisse Anlage errichten. Dann können sie zedern und schreien. Wenn nicht mit ihrem Einverständnis, dann muss man sie eben zu ihrem Glück und zu einer nachhaltigeren Zukunft zwingen.

Zudem hatte ein Diskutant durchaus recht. Was ist mit der Sonne? Mit Wasserstoff? Mit Biogas? Nein, Windkraft war nicht genug! Warum ging das denn so unter? Ja, weil ich fixiert war und ihn Symbolen gedacht habe, ich Esel! Ideologische Sturheit! So lernt man sich auch selbst kennen! Dabei gibt es genug progressive Kräfte hier, die man nur aktivieren muss! Und das wird geschehen!"

Ich werde natürlich alle Versicherungen kündigen und bei manchem Zeitgenossen wäre es vielleicht nicht so gut, wenn er zufällig bei KAMA arbeiten würde. Gar nicht gut, aber ab Montag kann ich das ja überprüfen. Die sonstige Pest bekomme ich auch noch dran. Das wäre ja gelacht. Einen Gregor Michael Asmas kann man nicht vernichten.

In einzelnen Schlachten nicht immer erfolgreich, im Kriege unbesiegt", zitierte der Lockenkopf und schämte sich so gar nicht dafür. *„Das ist es, was am Ende auf dem Grabstein stehen soll und es hat gerade erst begonnen."*

Nach diesem Satz erhob sich Gregor aus der Pfütze und trottete langsam nach Hause. Am Sonntag kam Benno zurück und vielleicht konnte man noch einmal Angeln gehen, obwohl er diese Art der Tiertötung natürlich immer noch skeptisch beurteilte, oder sonstige Dinge unternehmen, bevor es am Montag zurück in das Büro ging. Nein, sein Leben war nicht so perfekt, wie er es sich in seinen Fantasien ausgemalt hatte. Keine Vollendung, aber es war besser als vorher. Sehr viel besser und der Rest lag an ihm.

„Ich bin wieder! Lebe wieder! Aufgewacht aus der Totenstarre. Die Augen für die Welt geöffnet! Glücklich Mensch bist du, wenn du schätzen kannst, was du hast! Alles andere wird man sehen!"

Da lief er dahin. Sein wirres Lachen wurde von der Dunkelheit der Nacht verschlungen und doch wusste Gregor, dass es ein Morgen geben wird. Ein besseres, ein linkeres Morgen.

Ende?

Autor

Andreas Herteux ist ein deutscher Forscher, Schriftsteller, Leiter des Erich von Werner Verlages und der Gründer der Erich von Werner Gesellschaft. Seine Bücher wurden in mehreren Sprachen übersetzt.

Mehr Informationen über Andreas Herteux:

<u>Offizielle Homepage:</u>

www.andreasherteux.com

<u>Erich von Werner Gesellschaft:</u>

www.understandandchange.com

Verlag

Der Erich von Werner Verlag wurde 2016 gegründet und ist sowohl im Bereich der Fach- und Sachbücher tätig als auch in dem der Belletristik. Dabei ist er auch international ausgerichtet und veröffentlichen mehrsprachig. Im Laufe der Jahre hat sich der Schwerpunkt der Publikationen, durch die Kooperation mit der Erich von Werner Gesellschaft, deren Forschungsergebnisse durch den Verlag veröffentlicht werden, deutlich in  Richtung der wissenschaftlichen Fachbücher verschoben. Diese Zusammenarbeit lastet die Verlagskapazitäten in der Regel aus, allerdings wird das Programm immer wieder durch die ein oder andere externe Perle ergänzt.

Erich von Werner Verlag

Birkenfelder Straße 3

97842 Karbach

Homepage: https://www.erichvonwernerverlag.de/

E-Mail: info@erichvonwernerverlag.de

Grundlagen gesellschaftlicher Entwicklungen im 21. Jahrhundert – Neue Erklärungsansätze zum Verständnis eines komplexen Zeitalters

Die Welt wandelt sich in rasender Geschwindigkeit. Alles dreht sich, wirkt aus den Fugen geraten. Eine Wirklichkeit, die nicht selten auf Unverständnis trifft und nach Erklärungen fordert. Diese gelingen aber oft nicht befriedigend, was die Frage aufwirft, ob sie ausreichend sind, um die komplexen Veränderungen darzustellen. Können sie das noch? Oder müssen sie weiter-

entwickelt werden? Bedarf es vielleicht anderer Ansätze, um das 21. Jahrhundert verstehen zu können?

Andreas Herteux schließt die offenen Lücken, offeriert eine Vielzahl von neuen bzw. weiterentwickelten Erklärungsansätzen für globale gesellschaftliche, politische sowie wirtschaftliche Phänomene und bietet damit eine faszinierende Sicht auf ein neues Zeitalter: das des kollektiven Individualismus.

Grundlagen gesellschaftlicher Entwicklungen im 21. Jahrhundert

Andreas Herteux

ISBN-Paperback: 978-3-948621-16-2

ISBN-E-Book: 978-3-948621-17-9

302 Seiten - 4. Auflage, Januar 2021